COSTA-BLANCA-CONNECTION

oder

DIE HUNDEHAUFEN-AFFÄRE

für Udo

Christel Görres-Strohmeier

COSTA-BLANCA-CONNECTION

oder

DIE HUNDEHAUFEN-AFFÄRE

Actionkomödie mit krimineller Energie und sati(e)rischem Biss

Bibliografische Information Der Deutschen Nationalbibliothek
Die Deutsche Nationalbibliothek verzeichnet diese Publikation in der Deutschen
Nationalbibliografie; detaillierte bibliografische Daten sind im Internet über
http://dnb.d-nb.de abrufbar

Die Handlung dieses Romans sowie die darin vorkommenden Personen sind frei
erfunden; eventuelle Ähnlichkeiten mit realen Begebenheiten und tatsächlich lebenden
oder bereits verstorbenen Personen wären rein zufällig.

2. Auflage
© 2007 by Christel Görres-Strohmeier
2. Auflage 2010
Alle Rechte vorbehalten
Satz, Umschlaggestaltung, Herstellung und Verlag:
Books on Demand GmbH, Norderstedt
ISBN 978-3-8391-9485-0

Eins

Die spanische Sonne brannte auf die malerisch gelegene maurische Burg von *Dénia*. Ihre majestätisch erhabene Lage über Hafen und Stadt schien Zeugnis einer bewegten Vergangenheit abzulegen, in der Römer, Mauren und Christen über Jahrhunderte ihre Spuren hinterlassen hatten. Mit ihrem mediterranen Flair und der weitverzweigten Hafenanlage, die im Süden von der Bergkette des *Montgó* und im Osten von langen weißen Sandstränden eingerahmt war, wirkte die lebendige Stadt während der mittäglichen Siesta wie ausgestorben.

Erdmute Mooshuber, geborene Hintenlang, öffnete die oberen Knöpfe ihrer eleganten, bajuwarisch blau-weiß gestreiften Seidenbluse mit der linken Hand, wobei sie krampfhaft mit der rechten das Fernglas vor ihr schweißüberströmtes Gesicht hielt. Seit einer geschlagenen Stunde wartete sie in der brütend-windstillen Hitze auf den spanischen Fischtrawler, den man ihr – von der Insel *Ibiza* kommend – für 11.00 Uhr angekündigt hatte. Von einem der knapp 2 000 Liegeplätze, auf dem ihre flotte Motoryacht ankerte, konnte sie die Einfahrt des Hafens von *Dénia* gut überblicken, in die gerade die große Fähre der *Baleária-Line* einlief. Langsam, dumpfe Warnsignale von sich gebend, manövrierte sie an einer prächtigen Ketsch vorbei – einem Zweimaster von mindestens 15 m Länge und über 80 qm Segel am Wind –, die soeben den Hafen des spanischen Festlandes Richtung Mallorca verließ.

Plötzlich entdeckte sie die winzige Nussschale, die hinter dem riesigen Fährschiff auftauchte und heftig in dessen Bugwelle schaukelte. An Deck erblickte sie einen Mast, ein kleines Ruderhaus sowie mehrere Luken, die in den Miniladeraum hinunterführten; und dann vernahm sie das leise Tuckern des Dieselmotors. Sie drehte am Binokular des Feldstechers, um die Schärfe zu regulieren. Jetzt konnte sie den Namen der Rostlaube ausmachen, die anscheinend nur noch von Farbe zusammengehalten wurde. *Temperamento* entzifferte sie mühsam die verwaschenen Lettern am Heck des Trawlers. Was an diesem Kahn allerdings temperamentvoll sein sollte, dachte sie herablassend, indem sie liebevoll mit ihren sorgfältig manikürten und grellrot lackierten Fingernägeln über das glänzende Teakholz des Cruisers strich, wusste außer dem Eigner wohl niemand. Aber wie auch immer, ihr sollte das vollkommen gleichgültig sein. Sobald sie die glitzernden Juwelen in ihrem Besitz hegte, konnte sie sich endlich in der Kühle ihrer Villa am Fuße des Berges *Montgó*, oberhalb *Javeas*, im Schatten der überdachten Luxusterrasse bei einem geeisten Daiquiri ausruhen. »Viktor!«, rief sie und stieß kräftig mit dem Fernglas gegen den muskulösen Oberarm ihres vor sich hindösenden, jugendlichen Liebhabers.

Erschrocken ließ Viktor seinen erhitzten, 1,98 m großen, sonnengebräunten Astralkörper von der Waagerechten in die Senkrechte emporschnellen. »Muschilein«, greinte er weinerlich, »du sollst mich nicht immer so erschrecken.« Leicht taumelnd hielt er sich am Ankerspill der Yacht fest und berührte ungewollt den Sicherungsbolzen der Ankerkette. Im gleichen Augenblick, da die Kette mit lautem Getöse dem Grund des Hafenbeckens entgegenrasselte, schlug die Winde des Spills gegen den Musikknochen seines linken Armes. Vor Schmerz stieß er unflätige Schimpfworte gegen das gleißende Blau des Costa-Blanca-Himmels, schaute mit kreideweißem Gesicht auf seinen blutenden Ellenbogen, würgte ein »Muschilein, mir ist ja so schlecht!« zwischen zusammengepressten Zähnen hervor und bereicherte – eine volle Breitseite von sich gebend – Muschileins glänzende Planken ihres teakholzverkleideten, sündhaft teuren Cruisers.

»Du ungeschickter, bayrischer Riesenknödel!«, tobte Erdmute mit hochrotem Kopf. »Mach die Yacht wieder klar! Wenn ich gleich zurückkomme, will ich sofort auslaufen!«

Die weiße Farbe im Gesicht des bayrischen Riesenknödels war dem zarten Lindgrün eines Granny-Smith-Apfels gewichen, als er sich mit spitzen Fingern bemühte, das Ergebnis seines erbrochenen Mageninhaltes über die Reling zu werfen.

»Mein Gott!«, stöhnte Erdmute angeekelt, um dann völlig entfesselt zu brüllen, »du bist aber auch zu nichts anderem zu gebrauchen, als zum bums...« Sie unterbrach ihre wortgewaltige Schimpfkanonade, weil vom Schwarz-Rot-Gold beflaggten Nachbarschiff ein untersetzter Endfünfziger entgeistert zu ihr herüberblickte, um sich unvermittelt wieder von ihr ab- und der Takelage seiner Brigg zuzuwenden.

»Sehr heiß, selbst für spanische Verhältnisse, finden sie nicht?«, säuselte Erdmute hinüber, indem sie den Inhalt ihrer Körbchengröße 90 D nach vorne straffte und mit gespreizten Fingern versuchte, ihre aufgelöste, platinblond gefärbte Frisur in Form zu zupfen.

»Ja, dat is rischtisch«, erwiderte der Vierschrötige zögerlich in perfektem Hochdeutsch mit Kölschen Knubbeln, wobei sein schwarzbehaarter Bauch über die Bundkante eines knappsitzenden Tangas wabbelte. »Wir kommen nämlich jerade von der Nordküste Afrikas und jlauben Se mir, in Marokko zeischte dat Quecksilber vor drei Tagen noch fuffzisch Jrad an. Deshalb sin wir auch wieder nach *Dénia* zurückjekehrt, um in unserer *baracca modesta* ein kühles Plätzjen zu finden.«

Bei diesen Worten – Erdmute übersetzte gedanklich blitzschnell: bescheidene Baracke – zuckte sie ein wenig zusammen. Jedoch beim Anblick der pompösen Zweimaster-Brigg war ihr klar, dass es sich nur um ein absichtliches Understatement handeln konnte. »Wir haben unser bescheidenes Bretterbüdchen«, konterte sie, albern kichernd, »gleich nebenan in *Javea* aufgestellt. Heute, am späten Abend, veranstalten wir ein winziges Barbecuechen. Möchten Sie nicht daran teilnehmen?«

»Dat is wirklisch freundlisch«, entgegnete der behaarte Wabbelbauch, während er mit abschätzenden Blicken den Wert der exquisiten Motoryacht taxierte. »Isch werde jleich meine *media naranja* fragen, ob se damit einverstanden is. Müsje«, gurrte er die Kajütentreppe hinunter.

Einen Augenblick herrschte Stille. Und dann kam das zwanzig Jahre jüngere Mäuschen, die *halbe Apfelsine:* die bessere Hälfte des Untersetzten, in Gestalt einer 1,90 m großen, mit beachtlichen Bizeps ausgestatteten, in schwarzes Nappaleder gezwängten Walküre die Treppe heraufgestapft. Devot hinter ihr herhechelnd zwei schwarz-weiß gefleckte Deutsche Doggen, die die Größe und das Aussehen von Kälbern hatten.

Mäuschens schwarze Hotpants lagen knapp an den durchtrainierten, braungebrannten Oberschenkeln. Das viel zu enge, vorn geschnürte Mieder presste die immensen Brüste – die bei jeder Bewegung aus dem Ausschnitt zu hüpfen drohten – gegen den muskelbepackten Hals. Die karottenrote, kurze Fransenfrisur hatte sich farblich der sonnenverbrannten, kräftig gebogenen Hakennase angepasst. Ihre dunklen Augen, die unter buschig-schwarzen Augenbrauen zu Schlitzen zusammengekniffen waren, bekamen einen stechenden Ausdruck, als sie stakkatoartig bellte: »Was ... willst ... du?!«

Beim Klang ihrer scharfen Stimme setzten sich die Doggen wie auf Kommando vor den Tangaträger und knurrten ihn warnend an.

Unterwürfig, geradezu ängstlich zum Karottenkopf hinaufschauend, schnurrte der Angeknurrte:»Kleines, können wir heute Abend nit in *Javea* auf e'ner *Fiesta* tanzen? Die nette Frau auf der schicken Jacht nebenan hat uns einjeladen.«

Ruckartig drehte die Walküre den Kopf in Richtung Cruiser, ohne Erdmute auch nur eines Blickes zu würdigen. Mit Daumen- und Zeigefinger packte sie zwischen die prallen Arschbacken des sie anhimmelnden Bittstellers, zog den Tangastring hervor und ließ ihn laut zischend in die vorherige Position zurückschnellen.»Hast du das auch verdient, Bürschchen?!«, donnerte sie, streng und gebieterisch auf ihn herabblickend.

Das dumpfe Grollen der gefleckten Zwillingskälber klang noch bösartiger.

»Aber sischer dat!«, beeilte sich das Bürschchen zu nicken und legte einschmeichelnd seinen Kopf an Mäuschens wogende Brust.

Erdmute schaute fasziniert der sich ihr darbietenden Szene auf dem Nachbarschiff zu. Selbst Viktors grüner Granny-Smith-Teint hatte inzwischen roten Apfelbäckchen Platz gemacht. Gebannt starrte er auf die aus dem Mieder hervorquellenden Riesentitten der schwarz geledertem Domina.

»Viktor!« Erdmute war der lüsterne Blick ihres jungen Liebhabers nicht entgangen.»Gib unseren Gästen meine Visitenkarte und erkläre ihnen, wie sie meine Villa in *Javea* erreichen. Ich bitte vielmals um Entschuldigung: aber ich muss schnellstens einer wichtigen, unaufschiebbaren geschäftlichen Verabredung nachkommen.« Sie klemmte eine große Handtasche unter den Arm, kletterte – majestätisch mit einer Hand zur Brigg hinüberwinkend – über die Reling ihrer Yacht auf die Kaimauer und eilte zu der im Anlegemanöver befindlichen *Temperamento*.

Vom Deck des Fischtrawlers stieg leichtfüßig ein zierlicher, 1,75 m großer und gut gebauter junger Mann mit halblangem, brünett-lockigem Haar auf die Hafenmole. Mit weibisch-gezierten Bewegungen versuchte er, das schmutzige, nach Fisch stinkende Tau am Poller des Anlegeplatzes zu befestigen.

»Mein Name ist Mooshuber ...«, begann Erdmute mit nörgelnder Stimme. In ihrem verschwitzten Gesicht hatte sich die dick aufgetragene blaue Wimperntusche mit dem tiefen Schwarz ihres Kajalstifts vereint, um – durch die sonnengegerbten Falten ziehend – eine zwar neuartige, aber durchaus interessante Landkarte zu zeichnen.

»Stöppchen, Schwester!«, fiel ihr der gut Gebaute abrupt ins Wort, indem er mit dem rechten Patschhändchen eine sanfte Stopp-Bewegung andeutete, sich auf dem Absatz umdrehte, eine trichterförmige Hand bildete und laut in Richtung Ruderhaus rief: »Hallöchen, Baldi! Die Juwelenjule ist da!«

Erdmute Mooshuber, geborene Hintenlang, verschlug es die Worte. Die vor Entrüstung in der Sprachbewegung steckengebliebenen, rundgeformten Lippen verliehen ihr das Aussehen eines nach Luft schnappenden Karpfens, der auf dem Trockenen gelandet war.

Baldi trat aus dem Ruderhaus und insistierte: »Sie sind Frau Mooshuber!?« Er entschärfte die Situation, indem er galant eine schmierige Schlägerkappe undefinierbarer Farbe vom schwarzlockigen Kopf zog, eine tiefe Verbeugung machte, sich zum Zierlichen umdrehte und schelmisch lachend mit dem Zeigefinger mahnte. »So spricht man aber nicht mit einer älteren Dame, Gottlieb!«

Der Ermahnte wandte sich mit einem beleidigten »Du kannst mich mal!« von Baldi nebst der älteren Dame ab und versuchte murrend, den Fischkutter endgültig am Kai zu befestigen. Jedoch die eben erlittene Schmach, in aller Öffentlichkeit vor dem von ihm verachteten Weibervolk bloßgestellt worden zu sein, machte Gottlieb so zornig, dass er unbeherrscht gegen den blankgescheuerten Eisenpoller trat. Laut quietschend und vor Schmerz auf dem gesunden Bein hüpfend, bemühte er sich, das Tau straff um den Anlegeposten zu ziehen, was jedoch aussichtslos war. Plötzlich glitt das gespannte Seil – eine brennende Furche ziehend – durch seine Finger, schnellte im hohen Bogen gegen Baldis Hinterteil, schlingerte zurück auf den Kai und schlug Erdmute so hart gegen die Waden, dass es ihr die Beine wegriss.

Während die drei Protagonisten sich damit beschäftigten, ihre lädierten Körperteile zu bejammern, verfolgte Baldi aus den Augenwinkeln, wie der Trawler – seiner Halterung beraubt – katapultartig seitwärts krängte und den linken Ausleger eines fest verankerten Katamarans rammte. Jählings wurde er zu Boden geschleudert und unter der langsam in sich zusammenbrechenden Besegelung des Doppelrumpfbootes, die auf den Trawler fiel, begraben.

Augenblicklich vergaß Gottlieb seinen gepeinigten Fuß, jumpte vom Kai auf den unbeschädigten Ausleger, balancierte über die Reling des Fischkutters, sprang auf die von der Takelage bedeckten Planken und suchte in hektischer Betriebsamkeit unter dem zerfetzten Segeltuch nach seinem Lebenspartner. »Ich krieg' 'nen Pickel! Oh mein Gott: wenn ihm was passiert ist, krieg' ich 'nen Pickel!«, murmelte er. Mit weit aufgerissenen Augen starrte er auf den großen Riss im dreieckigen Vorwindsegel, durch den sich Baldis schwarzer Haarschopf langsam empor schraubte. Erleichtert stieß er den angehaltenen Atem aus. Vorsichtig befreite er den Freund vom zerrissenen Spinnaker, half ihm auf die wackeligen Beine, setzte ihm die Kappe auf und betitelte die vor ihnen ausgebreitete Katastrophe lakonisch mit: »Das sieht alles total Scheiße aus!«

Dies war zwar derb und typisch deutsch ausgedrückt, beschrieb aber überaus treffend den Zustand der beschädigten Schiffe.

»Musst du jedes Mal dieses vulgäre Wort benutzen?« Brummend befühlte Baldi mit der rechten Hand ein rot-heiß anlaufendes Horn an der Stirn, rieb mit der linken seine schmerzende Kehrseite und stöhnte zum Gotterbarmen.

Als der zierliche Gottlieb sich eingeschnappt abwenden wollte, lenkte Baldi ein. »Wir sollten uns zusammenreißen«, besänftigte er sein Pendant. »Die Leute schauen zu uns rüber. Fehlt noch, dass gleich der Hafenmeister erscheint. Wir müssen die Juwelen loswerden und dann die Havarie beim Hafenamt melden.«

»Hättest du mich nicht vor dieser Mooshuber bloßgestellt, wäre nichts passiert. Du weißt genau, wie sensibel ich bin.«

»Hast ja recht! Wird nicht mehr vorkommen! Großes Ehrenwort!«, schwor Baldi, indem er drei heiße Finger zur Abkühlung in den Wind hielt. »Ich habe eine hervorragende Idee, wie wir der Mooshuber die Schlappe heimzahlen können.«

»Treu nach meinem Motto: lieber gemeinsam gemein sein, als einsam ganz allein sein«, grinste der sensible Gottlieb diabolisch zurück.

Erdmute war von einer Menschenmenge umringt, da sie den Spanier – der ihr auf die Beine half – lauthals einen Dieb schimpfte, weil er ihre prallgefüllte Tasche vom Boden aufhob. Zum Glück verstand der höfliche Iberer kein Deutsch. Mit einem erstaunten Achselzucken wandte er sich von ihr ab und tippte vielsagend an seine Stirn, als sie ihm erzürnt die Geldtasche aus der Hand riss.

Baldi zurrte mit Gottliebs Hilfe die *Temperamento* fest. Er drängte sich durch die Menschenmenge, packte die keifende Deutsche am Handgelenk und zog sie hinter sich her. »Frau Mooshuber«, zischelte er und schüttelte energisch ihre Hand. »Reißen Sie sich zusammen! Oder wollen Sie die Hafenpolizei auf uns aufmerksam machen?« Verstohlen blickte er sich unter seiner Schlägerkappe nach allen Seiten um. »Außer dem Schmuck, dessen Preis Sie mit unserem Big-Boss Boris ausgehandelt haben, kann ich Ihnen noch ein Säckchen mit Diamanten anbieten. Natürlich geht das Geschäft diskret am großen Chef vorbei und muss unter uns bleiben.« Er blickte sich furchtsam um und dann brüsk in Erdmutes Augen. »Oder haben Sie kein Interesse an Diamanten?«

Schlagartig beruhigte sich die Erregte. Da sie ein gutes Geschäft witterte, ließ sie sich folgsam von Baldi auf das Deck des Trawlers helfen.

»Gottlieb, beobachte den Kai! Wenn du etwas Auffälliges siehst, gib postwendend Bescheid!«, wies Baldi seinen Freund an und ging mit Erdmute in das stickige, nach Fisch stinkende Ruderhaus. »Ich hoffe, Sie haben genügend Moos dabei, Frau Mooshuber.« Seine Mundwinkel zeigten vergnügt nach oben, als er unter einen wackligen Tisch kroch und drei lose Planken von den Bohlen löste. Aus der Vertiefung hob er zwei Seehechte, die einen tranigen Geruch verbreiteten, als er die Folie von den Fischen entfernte.

Erdmute nahm weder die Hitze noch den bestialischen Gestank der vergammelten Meeresfrüchte wahr. Gierig griff sie in den geöffneten Bauchraum der Kadaver und zog drei Plastiksäcke heraus. In den ersten beiden befanden sich hervorragend gearbeitete, wertvolle Halsketten und Armbänder sowie vier Rolex-Uhren. Als das kleinere Säckchen geöffnet vor ihr lag, langte sie mit zitternden Fingern in die Handtasche und entnahm ihr eine Lupe. Nach eingehender Betrachtung stand für sie fest, dass es sich um ein Lot geschliffener, lupenreiner Diamanten der Farbe D, River, hochfein handelte. Ihr Gehirn arbeitete fieberhaft. Inbrünstig hoffte sie, dass der deutsche

Dussel nichts von Diamanten verstand und stellte ihn mit der nächsten Frage auf den Prüfstand. »Nun ja«, begann sie mit mäßigem Interesse. »Die Diamanten haben viele sichtbare Einschlüsse und der Schliff der Facetten lässt sie bei weitem nicht das größtmögliche Licht reflektieren. Ich will nicht sagen, dass der Schliff stümperhaft ist, aber …« Sie machte eine bedeutsame Pause, nahm einen der Steine in die Hand, hielt ihn ins Licht und schaute ihrem Gegenüber dabei von unten listig ins Gesicht.

»Gute Frau«, antwortete Baldi, »ich verstehe nicht viel von solchen Klunkern. Sollte ich aber herausbekommen, dass Sie mich über den Tisch ziehen, dann werde ich Sie in München persönlich besuchen oder dem Big-Boss einen Hinweis auf Ihre Nebengeschäfte geben. Sie können sich vorstellen, wie die Ostblock-Mafia reagieren wird.«

Erdmute fuhr zusammen. »Zu Geschäften gehören mindestens zwei Parteien!«, drohte sie mit blitzenden Augen und kritzelte rasch Zahlen auf einen Zettel, um ihn unter die Hand des Kontrahenten zu schieben.

Eingehend betrachtete Baldi die Ziffern. Seinem Gesichtsausdruck nach zu urteilen entsprach die aufgeschriebene Summe keineswegs seiner Vorstellung. »Ich hatte mir zwanzig Riesen mehr vorgestellt«, bemerkte er lauernd.

»Gut! Ich lege zehntausend Euro auf meinen vorgeschlagenen Preis drauf, aber nur, weil ich eine weitere Zusammenarbeit mit Ihnen wünsche.« Mit blutigen Fingern nahm Erdmute einen fest verklebten Umschlag aus der Tasche. »Hier ist die vereinbarte Summe für den Big Boris«, erklärte sie und blätterte anschließend die Tausender für das Diamantengeschäft auf den Tisch.

Baldi versteckte den Umschlag unter den losen Planken, kontrollierte die blutverschmierten Tausender, roch daran, verzog angewidert die Nase und stellte sarkastisch fest: »Da soll mir einer sagen, dass Geld nicht stinkt.«

Sorgfältig steckte Erdmute die wertvollen Pretiosen in die Plastiktüten, stopfte sie in die Bauchhöhlen der Fische, wickelte die Folie um die übelriechenden Früchte des Meeres und zwängte alles in ihre Tasche. »Die Menschenmenge hat sich zerstreut!«, murmelte sie und blickte misstrauisch auf die Hafenmole.

»Die Luft scheint rein zu sein«, bestätigte Baldi, verschloss die Tür des Ruderhauses und tippte geistesgegenwärtig zum Gruß an seine Schlägerkappe, als Erdmute sich mit blutverschmierter Hand von ihm verabschieden wollte.

»Wie ist es mit der Juwelenjule gelaufen?« Geziert nahm Gottlieb die Zigarettenspitze aus dem Mund und trat aus dem Schatten des Hafenstandes, an dem der Frischfischan- und -verkauf in vollem Gange war. Eine Hand in der Hosentasche schlenderte er lässig zu seinem Kumpan, blies ihm gelangweilt kleine Rauchringe ins Gesicht und vermittelte den Eindruck, als beschäftige ihn der Ausgang der Geldverhandlung nur am Rande.

»Sie hat zehn Riesen mehr rausgerückt, als wir vorher besprochen haben«, lachte Baldi. »Trotzdem habe ich das Gefühl, dass sie uns gewaltig über den Löffel balbiert hat.« Er rieb nachdenklich seinen Nasenrücken. »Aber dies macht überhaupt nichts«, er grinste verschlagen. »Da wir erst morgen auslaufen, haben wir heute Abend genügend Zeit, um uns die Diamanten zurückzuholen.«

»Du willst ihr die verhökerten Klunker wieder klauen?« Verdutzt blickte Gottlieb auf seinen Freund. Dann lachte er unbändig und schlug sich vor Vergnügen auf die Schenkel.

»Komm, wir gehen zum Hafenamt!« Amüsiert boxte Baldi seinem Pendant in die Seite. »Da wir eine hohe Versicherungssumme für unseren alten Kahn abgeschlossen haben, passt die Havarie bestens in meinen Plan. Wenn wir die Rostlaube auf hoher See mit einem großen Leck absaufen lassen, können wir auf die amtlich beglaubigten Beschädigungen hinweisen.«

»Na, Viktörchen?« Beschwingt bestieg Erdmute ihre Luxusyacht. Als der Liebhaber keine Anstalten machte, ihr zu antworten, blickte sie in die gleiche Richtung, in die Viktor seit geraumer Zeit starrte. Erneut bot sich ihnen auf dem Nachbarschiff ein grotesk anmutendes Szenarium.

Die schwarz gelederte Domina befahl harsch, indem sie die Hände in die Hüften stemmte: »Du wischst ruckzuck die Hundekacke von den Bohlen, Bürschchen!«

Einer der Zwillingshunde setzte sich knurrend vor den eingeschüchterten Befehlsempfänger. Der andere wurde daran gehindert Gleiches zu tun, weil er seine hockende Stellung nicht aufgeben konnte. Anscheinend litt er an Diarrhö. Das, was sich auf den Planken der geschmackvollen Brigg entlud, erreichte die Dimension eines Kuhfladens und weitete sich mit jeder weiteren Sekunde – nicht in der Konsistenz, dafür aber im Umfang – zu einem kolossalen Elefantenhaufen aus.

Der dickbäuchige Tangaträger schluckte erregt, schaute von der zähnefletschenden Fleckendogge zum Befehle belfernden Mäuschen und dann erschüttert auf die vom Durchfall drangsalierte Deutsche Dogge. »Aber sischer dat Müsje«, stotterte der devote Untertan und presste angeekelt die Lippen zusammen. Resigniert zuckte er die Achseln und schaufelte vorsichtig unter dem Hundehintern das dünnflüssige, nach Jauche stinkende Verdauungsprodukt mit dem Kehrblech in einen Eimer.

»Der Volksmund sagt: Scheiße bringt Glück!«, flüsterte Erdmute ergötzt und schlug, beglückt über den guten Geschäftsverlauf, auf ihre Handtasche, der ebenso ein übelriechendes Düftchen entwich. Mit geübten Griffen warf sie den Motor des Cruisers an, der mit einigen Fehlzündungen in die Gänge kam.

Durch das ohrenbetäubende Geknatter erschrak der hockende Hund heftig, sodass er laut winselnd den Ausscheidungsprozess einer Interruption unterzog, abrupt den Schwanz einklemmte und jaulend die Kajüttreppe hinunter flüchtete.

»Knödelchen? Alles klar zum Auslaufen?«, gurrte Erdmute ihrem jugendlichen Geliebten über die Schulter zu.

»Ich habe den Anker hochgekurbelt«, schrie Viktor, vom Schauspiel auf der Brigg abgelenkt, durch den Lärm zurück.

Erdmute hatte ihre Yacht geschickt im Hafen vertäut, sodass sie nötigenfalls direkt fliehen konnte. Frohgelaunt startete sie durch. Das am Poller vertaute Heckseil, das Viktor vergessen hatte einzuholen, spannte an und blieb samt des Halterungshakens der Yacht am Kai von *Dénia* zurück, als Erdmute Richtung *Javea* brauste.

Zwei

Die Glocken der Theatinerkirche schlugen geräuschvoll die neunte Stunde an, als Erasmus Mooshuber die Riegel der fünffach gesicherten Panzerglastür des Juwelierladens am Odeonsplatz zurückschlug. Beschwingt summte er zu den Klängen eines Marsches und entsperrte bei jedem Tsching-de-rasa-bum einen Verschluss nach dem anderen. Ächzend kniete er sich nieder und griff durch die Stäbe des zusätzlich angebrachten Eisengitters, um die davorliegende Tüte mit Semmeln sowie die leicht vom Winde verwehten Blätter des Münchner Merkurs hereinzuholen.

Im gleichen Augenblick beschnupperte von der Straße ein großer Boxerrüde die frischgedruckten Neuigkeiten, hob hechelnd das linke Bein und setzte erleichtert eine tropfnasse Duftmarke über Zeitung, Semmeln und Mooshubers Hand. Angewidert fuhr Erasmus in die Höhe und schlug mit seiner Glatze, die nur noch ein spärlich-weißer Haarkranz zierte, gegen den Griff des Eisengitters. Als die Lade nach oben schnellte, traf die untere Kante sein Kinn, sodass er mit einem klassischen K.o. zu Boden ging.

Aus dem Inneren des Juwelierladens rannte eine junge Frau und von der Straßenseite ein junger Mann auf das halbgeöffnete Eisengitter zu. »Mein Gott!«, rief der Jungmann, »Ihr Vater ist ohnmächtig!« Rasch zog er ein Handy aus der Jackentasche. »Ich rufe einen Krankenwagen herbei!«

»Einen Moment«, erwiderte die junge Frau. »Ich glaube er kommt zu sich. Herr Mooshuber, können Sie mich hören?«

Benommen richtete sich Erasmus auf und schaute verstört von einem zum anderen. Sein Blick fiel auf den Boxer, der mit einer kalt-sabbernden Hundeschnauze seine unteren Extremitäten beschnüffelte und langsam kam die Erinnerung zurück.

»Warten Sie!«, insistierte der junge Mann, indem er das fragile Häuflein Mensch am Ellenbogen packte. »Wenn Ihre Tochter unter den anderen Arm fasst, können Sie bestimmt bis zum Stuhl im Juweliergeschäft gehen.«

Erasmus Mooshuber erreichte, gestützt auf zwei jugendliche Arme, den rotsamtenen Stuhl des frühen 20. Jahrhunderts. Mit einem schwerfälligen Plumps ließ das späte Jahrzehnt sich darauf nieder und versuchte verstört, seine wirren Gedanken zu ordnen. Er wusste nicht, worüber er sich zuerst aufregen sollte. Über den schrecklichen Hund, der unablässig außer- und innerhalb seines Hosenbeins geifernd herumschnüffelte oder über die impertinente Bezeichnung des gutaussehenden, hochgewachsenen Hundehalters, der die reizend-süße Julia als seine Tochter hinstellte. So eine Unverschämtheit! Hatte man ihn nicht oft genug hämisch auf den beträchtlichen Altersunterschied zwischen seinen einundsechzig und den zarten vierundzwanzig Jahren der von ihm innig Geliebten aufmerksam gemacht? Dabei wusste doch jeder, dass heutzutage ein Endfünfziger noch voll in Saft und Kraft stand!

Gerade einmal – er sah auf das großziffrige Blatt seiner Seniorenarmbanduhr – ein Monat, vier Tage, zwei Stunden und ... vierundzwanzig Minuten (zu Mooshubers Freude funktionierte sein Verstand wieder) war es her, dass er Julia während eines mittäglichen Spaziergangs im Englischen Garten kennen gelernt hatte. Dieses wunderbare Gefühl, das über ihm zusammenschlug, als sie zu ihm herüberblickte, während er seine müde gelaufenen, steifen Glieder auf einer Bank des Biergartens am Chinesischen Turm ausstreckte und sich – genüsslich ein kühles Weizenbier trinkend – die warme Maisonne auf den Bauch scheinen ließ. Ganz plötzlich saß sie ihm gegenüber, die Erfüllung seiner heimlichen Träume: in Gestalt einer wunderschönen, jungen Frau mit einem engelsgleichen, von goldenen Locken eingerahmten Gesicht, die ihn aus großen blauen, aber sehr traurigen Augen ansah. Erasmus war völlig überwältigt, als Julia mit einem sanften Lächeln einwilligte, nachdem er sie zu einer Tasse Kaffee eingeladen hatte. Freimütig erzählte sie ihm, schüchtern an einem Cappuccino nippend, dass alle Versuche, einen kleinen Nebenjob zu ergattern, fehlgeschlagen waren. Ganz Kavalier der alten Schule, bot er ihr eine Halbtagsbeschäftigung im Juwelierladen an.

Allerdings hatte er hier die Rechnung ohne den Wirt, respektive seine Frau, gemacht. Redselig teilte er seiner Gattin mit, dass er einer hilfsbedürftigen, jungen Studentin unter die Arme gegriffen und ihr einen kleinen Job in seinem Geschäft gegeben hätte. Woraufhin Erdmute ihm – sechsundfünfzigjährig, und in den besten Jahren ihres Klimakteriums befindlich – stimmgewaltig zur Kenntnis brachte, dass es erstens: nicht sein Geschäft, zweitens: deshalb auch nicht seine Aufgabe sei, Leute einzustellen sowie drittens: und das vor allen Dingen, es ihm einundsechzigjährig nicht zukäme, vierundzwanzigjährigen Studentinnen unter die Arme oder sonst wohin zu greifen. Während der lautstarken Ansprache überschlugen sich nicht nur die schrillen Töne ihrer Stimme, sondern auch ihre zwei neurotischen Cockerspaniels, die sich just in einer heiß-läufigen Phase befanden. Laut kläffend sprangen sie über sämtliche Möbel, bissen in Vorhang- oder Teppichkanten und knurrten tiefkehlig alles an – im Besonderen aber Mooshuber –, was sich bewegte. Erst als Erasmus seiner Angetrauten – innerlich sehr bewegt aber äußerlich stocksteif dastehend – klarmachte, dass jene Studentin verhaltensforschende Zoologie studiere, man sie nicht nur als Niedriglohnverkäuferin einstellen, sondern auch mit der Erziehung ihrer Rassehunde beauftragen könne, beruhigte sich die Wechseljährige und mit ihr zwei heiße Hündinnen. Kurz darüber nachdenkend, kam Erdmute schließlich zu der für sie nützlichen Erkenntnis, großzügig seinem Wunsch nachgeben zu können.

Die junge Frau hatte sich in kürzester Zeit eingearbeitet und selbst Erdmute – die sowohl Julia als auch ihn mit Argusaugen bewachte – musste zugeben, dass die hilfsbedürftige Studentin nicht nur ein Gewinn für den Verkauf der teuren Pretiosen war, sondern auch einen beruhigenden Einfluss auf ihre geliebten Spaniels ausübte. Einige Tage später reiste Erdmute samt dem heißen Hunde-Doppelpack an die Costa Blanca, um sich vom enervierenden Münchner Geschäftsleben zu erholen.

Jetzt war der Weg frei und Erasmus felsenfest davon überzeugt, dass er seiner geliebten Julia näherkommen würde.

»Herr Mooshuber!« Sanft schüttelte Julia ihren Chef an der Schulter, um ihn in die raue Wirklichkeit zurückzuholen. »Geht es Ihnen gut?« Besorgt beugte sie sich über ihren Arbeitgeber. »Seit fünf Minuten machen Sie einen völlig abwesenden Eindruck.«

»Aber ja!« Verklärt schaute Erasmus zu ihr auf. »Ach, es tut gut, dass Sie sich um mich sorgen.«

Immer aufgeregter beschnüffelte derweil der Rüde Erasmus untere Extremitäten, besprang plötzlich sein linkes Schienbein und vollzog – vor Lust schnaufend – einen Quickie-Koitus.

Regungs- und sprachlos vor Entsetzen schaute der Juwelier dem Begattungsakt seines Beines zu. Noch bevor der dazugehörige Hundehalter hinzuspringen konnte, beendete der Rüde seinen sexuellen Fehltritt mit einem brünstigen Stöhnen, stieg befriedigt von Mooshubers Schienbein, hob seinen Hinterlauf und beglückte den Rotsamtenen des frühen Zwanzigsten mit einem kräftigen Guss seiner hündischen Leidenschaft.

»Herr Mooshuber, ich kann mir diesen Vorgang überhaupt nicht erklären«, befleißigte sich der Hundebesitzer zu stottern und ließ dabei schuldbewusst den Kopf hängen. »So etwas hat Rambo noch nie gemacht. Ist es vielleicht möglich, dass hier läufige Hündinnen herumliefen und Sie in deren Duftmarkierungen getreten sind?«

Julia sprang für ihren apathisch dasitzenden Arbeitgeber ein. »Die Gattin des Herrn Mooshuber hat zwei Hündinnen. Bevor sie nach Spanien abfuhr, waren beide Spaniels läufig, und ...«

»Ja, damit ist natürlich alles gesagt!«, unterbrach Rambos Herrchen erleichtert Julias Erklärungsansatz. »Ich hätte mir auch nicht vorstellen können, dass ein so edler und wohlerzogener Rassehund, Rambo hat nämlich einen ganz berühmten Stammbaum ...«

Rambos Loblied wurde jäh durch ein hysterisches Schluchzen unterbrochen. »Wenn Sie auch nur noch ein einziges Wort über diesen entsetzlichen Köter von sich geben«, empört sprang Erasmus vom besudelten Rotsamtenen hoch, »dann vergesse ich meine gute Erziehung und schmeiße Sie samt ihres Beine bumsenden Bellos im hohen Bogen durch das Hintenlang'sche Juwelierfenster, damit ...« Als er mit starren Augen auf den feucht-steifen Stoff des vergewaltigten Hosenbeins blickte, bewegten sich seine Lippen zwar weiter, aber er brachte vor Erregung kein Wort mehr hervor. An seinem hochroten Kopf, bei dem sogar der weiße Haarkranz wie ein kurz vor dem Ausbruch stehender Vulkan zu glühen schien, trat die Zornesader rot-blau und stark pochend hervor, sodass jeder der im Raum Anwesenden einen kurzfristig einsetzenden Schlaganfall befürchten musste.

Dem Hundehalter schien es angebracht, den Tatort zu verlassen, der entsetzlich nach Exkrementen roch. Fluchtartig suchten er und sein wohlerzogener edler Rassehund das Weite.

Überrascht schaute Julia den Davoneilenden nach und rannte, ohne lange zu überlegen, hinterher. »So einfach lassen wir die Missetäter nicht davonkommen!«, rief sie Herrn Mooshuber im Hinauslaufen zu. Kurz vor den Stufen der Feldherrnhalle erreichte sie das Hunde-Herrchen-Gespann und hielt todesmutig den einen am Halsband und den anderen energisch am Ohr fest.

Blitzartig drehte sich der große Boxerrüde und sprang Julia an, sodass sie rückwärts auf den Boden schlug und den am Ohr gepackten Jungmann fast mitgerissen hätte. Der Hund stellte sich auf ihre Brust, riss das Maul weit auf, bleckte seine großen Fangzähne und ... schleckte sie schwanzwedelnd von oben bis unten ab.

»Igitt, Rambo!«, quiekte Julia, »ich habe mich heute schon gewaschen.«

Der Hundebesitzer, dessen schmerzendes Ohr rot angelaufen war, half der jungen Frau auf die Beine.

»Mensch, Markus!« Julia klopfte zuerst ihre Kleidung und dann liebevoll den Kopf des Hundes. »Das hätte leicht ins Auge gehen können. Was hast du mit Rambo angestellt, dass seine Sexualhormone mit ihm durchgegangen sind?«

»Ich bin gestern Nacht mit der läufigen Hündin meiner Nachbarn zum Hintenlang'schen Juwelierladen gewandert. Die läufige Yorkshire-Terrier-Dame ist begeistert durch das Eisengitter gekrochen und hat überall ihren betörenden Duft hinterlassen. Wahrscheinlich tappte dein liebestoller Kavalier heute Morgen kräftig darin herum.« Markus bekam einen Lachanfall, als die Bilder der vergangenen Stunde vor seinem inneren Auge abliefen. »Das Ergebnis dieser Operation muss unter dem Slogan: totaler Erfolg eingestuft werden! Auf jeden Fall habe ich das erreicht, was ich wollte. Mir blieb genügend Zeit, den Innenraum des Juwelierladens anzusehen, weil dein ältlicher Verehrer längere Zeit weggetreten war. Jetzt musst du mir nur noch mitteilen, wann die respektable Frau Mooshuber mit den geklauten Juwelen aus Spanien zurückkommt. Der Tipp meines Informanten ist bombensicher und mein Plan perfekt. Oder glaubst du etwa, dass man gestohlenen Schmuck der Polizei meldet?«

»Mag sein«, gab Julia zögernd zu, »aber ich kann mir den verkappten Don Juan nicht mehr lange vom Leibe halten. Seit die olle Mooshuber an die Costa Blanca verreist ist, habe ich mit dem kahlköpfigen Fan der deutschen Marschmusik meine liebe Mühe und Not.«

»Julia, du schaffst das!«, insistierte Markus, indem er ihr zärtlich über den Kopf strich. »Also: geh bitte zurück zu deinem verliebten Schwerenöter und halt ihn bei Laune. Wir sehen uns heute Nachmittag und besprechen noch einmal alles genau. Bis dann, Liebes.«

Drei

Erdmute Mooshuber nahm Kurs auf *Cap Sant Antoni*, das weit ins Meer hinausragte und hinter dem sich der Hafen von *Javea* befand. Langsam steuerte sie am *Playa del Tango* vorbei, um vor dem *Playa de la Grava* mit einer Rechtskurve zielsicher in den Hafens einlaufen zu können. Da das Heckseil durch Viktors Unachtsamkeit die Kaimauer des Hafens von *Dénia* zierte, rief sie mit hohntriefender Stimme: »Viktor, mein bayrischer Wurzelsepp! Glaubst du, dass du in der Lage sein wirst, das übriggebliebene Bugseil am Poller zu befestigen, um anschließend – falls nötig: mit stündlicher Meldung beim Vorgesetzten – den Anker zu betätigen? Natürlich nur, wenn du dir dieses Mal nicht den Ellenbogen blutig schlägst!«

»Muschilein! Du sollst nicht immer so gemein zu mir sein!« Viktors Augen blitzten zornig auf. Mit versteinertem Gesicht wandte er sich ab, um voller Selbstmitleid in das übliche Gejammer zu fallen. »Du weißt ganz genau, dass mir schon bei der Erwähnung des Wortes: Blut«, schaudernd verhakte er seine Finger ineinander, »die Hände einschlafen und es mir furchtbar schlecht geht.«

Erdmute schlug die Augen gen Himmel, nahm dem jungen Geliebten das Befestigungsseil aus den schlaffen Händen und zurrte es am Anlegepfosten fest. »Gut! Um die Yacht zu verankern, braucht man nur auf einen Knopf zu drücken. Wenn du das schaffst, lade ich dich zu einem kühlen Drink und einem exzellenten Essen ins Fünfsterne-Hotel: *Mediterranea* in *Javea* ein. Schließlich müssen wir den fulminanten Geschäftsabschluss feiern.«

Da sich Viktors beleidigter Gesichtsausdruck nicht erhellen wollte, lockte Erdmute: »Wurden nicht von dir Wünsche geäußert?«, sie schaute scheinbar gelangweilt auf die abgesplitterte Farbe ihrer rot lackierten Fingernägel. »Soweit ich mich erinnere, ging es um einen Rubinring. Mit diesem Geschenk, das ich dir machen sollte, wolltest du doch unsere Liebe besiegeln.«

Ihr Geliebter zeigte keine Regung.

»Jetzt fällt es mir wieder ein: es ging um den Ring und um ein Auto! Wie hieß die Marke dieses flotten Flitzers denn gleich? ... Porsche-Carrera?!«

In Viktors starres Mienenspiel und die eingeschlafenen Hände schien Bewegung zu kommen. Bevor er den Knopf der elektrischen Ankerwinde betätigte, entfernte er die manuell zu betreibende Kurbel des Spills. Während der Anker nach unten rasselte, umarmte Viktor stürmisch seine ältliche Geliebte und half ihr mit übertriebener Galanterie auf die Hafenmole. Fröhlich vor sich hinpfeifend geleitete er sie zu dem im Hafen geparkten Mercedes 500 SL und schien heute keinen Ärger darüber zu empfinden, dass er den Wagen nicht chauffieren durfte.

Zielstrebig fuhr Erdmute über die *Avenida del Port* zum Zentrum von *Javea*, das man im Mittelalter zur Abwehr von Piratenangriffen landeinwärts im Schutze der Hänge des *Montgó* errichtet hatte. Vorbei an der Befestigungskirche Sankt Bartholomé, die Anfang des 16. Jahrhunderts im gotisch-isabellinischen Stil erbaut wurde, steuerte sie über die *Carretera de Jesús Pobre* das Hotel *Mediterranea* an.

Angeekelt hielt Viktor die Nase aus dem geöffneten Beifahrerfenster. Selbst die auf Höchstleistung laufende Aircondition war machtlos gegen den Gestank, der Erdmutes Handtasche entströmte. Sie selbst schien den Geruch nicht wahrzunehmen. Im Gegenteil. Immer wieder strich sie verzückt über das glatte Leder und murmelte: »Das war das beste Geschäft meines Lebens. Jetzt bin ich all meine drückenden Geldsorgen mit einem Schlag los.«

Als sie vor dem Hotel parkte, betätigte Viktor – im fluchtartigen Aussteigen begriffen – den automatischen Fensterheber. Er fasste zwischen Türholm und Scheibe, um die Wagentür zuzuschlagen. Im gleichen Augenblick, als er sich in dem langsam hochfahrenden Fenster die Finger einklemmte, zog Erdmute den Schlüssel aus dem Zündschloss. Sie kletterte aus dem Auto und schaute verständnislos über das Wagendach in das wachsbleiche Gesicht ihres unter Schock stehenden Liebhabers.

»Muschilein, auch wenn du mich draußen stehen siehst«, flüsterte Viktor stockstocksteif und mit starrem Blick, »befinden sich meine Finger noch immer im Auto.«

Begriffsstutzig sah Erdmute ihn an, bückte sich ins Wageninnere und blickte entgeistert auf Viktors eingezwängte Finger. Bevor sie den Schlüssel ins Zündschloss stecken konnte, um den elektrischen Fensterheber zu aktivieren, schrie Viktor vor Schmerzen jäh auf.

Der Page, der abwartend auf der Hoteltreppe stand und des tölpelhaften Missgeschicks ansichtig wurde, war übereilt hinzugesprungen und hatte Viktor in hektischer Unbesonnenheit nach rückwärts vom Auto weggezogen, sodass beide krachend auf den staubigen Boden fielen.

Der vom Geschrei aufgeschreckte junge Geschäftsführer des Nobelhotels eilte hinzu, um helfend einzugreifen. Er brachte nur noch ein bestürztes *»Olé!«* über die Lippen, als er die blutigen Finger des großen, depperten Deutschen sah, der auf dem kleinen, irritierten Iberer lag und ihn mit seinem Gewicht zu zerquetschen drohte.

Erdmute fasste sich zuerst und rief dem Geschäftsführer überfordert zu: »Pepe! Hilf mir, diesen damisch-bayrischen Riesenhirsch ins Haus zu bringen!«

»Viktor ist und bleibt ein Unglücksrabe«, seufzte der schlanke, dunkelgelockte Geschäftsführer in einwandfreiem Deutsch. Gemeinsam zogen sie den weißgesichtigen, flachatmenden Germanen vom rotgesichtigen, nach Luft ringenden Spanier. Wie ein nasser Sack hing Viktor zwischen Erdmute und Pepe, als man ihn die Hotelstufen hinauf schleppte.

Mühsam rappelte sich der Page vom Boden hoch, atmete keuchend durch und steckte seinen Kopf in den Innenraum des Mercedes, um das Gepäck herauszuholen. Augenblicklich schreckte er zurück, als ihm der bestialische Gestank von verfaultem Fisch entgegenschlug. Mit weit von sich gestreckten Armen beförderte er die übelriechende Tasche in den Abstellverschlag neben dem Hoteleingang.

Während Baldi die havarierten Schiffe im Hafenamt zu Protokoll gab, bemühte sich Gottlieb um einen Leihwagen bei der Firma Sol-Mar, die gegenüber dem Hafen von *Dénia* ihre Dienste anbot. Startbereit saß er in einem Seat Ibiza, als sein Partner die Wagentür des karminroten Kleinwagens hinter sich zuwarf und neben ihm Platz nahm.

»Hallöchen, Baldi! Ich habe im Telefonbuch nachgesehen. Die Juwelenjule wohnt unterhalb der *Ermita Santa Llucia*«, erklärte Gottlieb voller Tatendrang. »Das ist eine bekannte Einsiedelei in *Javea*. Ich habe eine Karte der Stadt besorgt.« Mit dem ihm eigenen weiblichen Scharm betätigte er geziert den Anlasser. »Wenn wir hurtig losfahren, könnten wir die olle Juwelenjule im Hafen abfangen und ihr die wertvollen Klunker abjagen.«

Gottlieb fuhr zügig auf der Küstenstraße nach *Javea* durch den *Parc Natural del Montgó.* Hinter dem Kloster *Nuestra Senora de los Angeles* bog er rechts in die *Costa de San Antonio,* eine kleine Straße, die sich in engen Serpentinen bis nach *Javea* hinunterschlängelt. Als er den Seat im Hafen auf der *Plaza Almirante Bastarreche* parkte, stieg sein Kumpan aus, der seine Augen aufmerksam über die vielen Touristen schweifen ließ, die gemächlich auf dem Platz flanierten.

Plötzlich erblickte Baldi Erdmute, die vor einer silbergrauen Nobelkarosse stand. »Halt dich startbereit, Gottlieb!«, flüsterte er, indem er in den Wagen zurücksprang. »Siehst du den Anabolika-Muskelprotz, der gegenüber bei dem Mercedes steht und der Mooshuber lakaienhaft die Wagentür aufhält?«

»Oh!«, entfuhr es Gottlieb, wobei er schwärmerisch die Augen verdrehte. »Meinst du den atemberaubenden Adonis? Ist es nicht absurd, dass dieser wohlgestalte Mensch der alten Schachtel den Hof macht!?«

»Mein Dummerchen«, grinste Baldi breit. »Auch du solltest wissen: Geld regiert die Welt!«

»Dann wird es allerhöchste Zeit«, das Dummerchen knirschte hörbar mit den Zähnen, »dass wir dieser hässlichen Faltenschrulle die wertvollen Steinchen klauen.« Schnaubend startete Gottlieb das Fahrzeug und verfolgte die gemütlich fahrende Nobelkarosse durch den Ort. Sie verbargen den Seat hinter einem Kleinlaster, als Erdmute auf dem Platz vor dem Hotel geparkt hatte und beobachteten Viktors Auftritt aus sicherer Entfernung.

Im Gegensatz zu Gottlieb, der beim Anblick von Viktors blutenden Fingern wahrhaftig in Tränen ausbrach, verleitete Baldi das trottelige Verhalten des dämlichen Deutschen zu Heiterkeitsausbrüchen, die er zu unterdrücken suchte, indem er sich die Faust vor den prustenden Mund hielt. Gottliebs Tränenfluss versiegte schlagartig, als er sah, wie der plattgedrückte Page Erdmutes prallgefüllte Handtasche mit ausgestrecktem Arm und abgewandter Nase in den Abstellraum des Hotels verfrachtete.

Die brütende Nachmittagshitze hatte sich wie eine Glocke über das *Barrio Castellans* gelegt, sodass sie keiner Menschenseele ansichtig wurden, als sie zaghaft hinter dem Pritschenwagen hervorlugten. Geduckt schlichen sie zum

Hotelverschlag, schlossen die Tür leise hinter sich und blieben furchtsam stehen, als ihnen drei Paar gelbe Augen unheimlich aus der Dunkelheit entgegenfunkelten.

Um Viktor, der schlaff und blass auf einem Stuhl des Speisesaals hockte, hatte sich das halbe Hotelpersonal versammelt. Während eine Kellnerin seine Hand verband und dabei unentwegt »Por Dios!« murmelte, reichte ihm eine andere ein Glas Cognac, das er dankbar mit seiner intakten Hand annahm, um vorsichtig daran zu nippen.

Erdmute unterhielt sich unterdessen mit dem Geschäftsführer und aß hungrig einen *salmón con salsa de yogur griego*. »Pepe«, begann sie und schob sich eine vollbeladene Gabel Lachs in den Mund, der in eine pikante, griechische Joghurtsoße getunkt war, »hast du an das Barbecue gedacht, das ich heute Abend in meiner Villa veranstalte?«

»Natürlich, *Doña Erdmute*!«, beruhigte sie der Geschäftsführer. »Wie besprochen, werden die Speisen gegen 22.30 Uhr in deinen *Palacio* geliefert. Vorher solltest du die *Fiesta* bei dieser Hitze nicht beginnen.«

»Keine Sorge, *Don Pepe*.« Erdmute nahm den letzten Bissen vom Teller. »Wir haben uns an die spanischen Verhältnisse adaptiert und eröffnen keine Party vor 23.00 Uhr, nicht wahr?«, sie blickte zu Viktor, »mein armer, bayrischer *Wolpertinger*!« Gesättigt und zufrieden tätschelte sie Viktors gesunde Schulter, wodurch sie dessen lustloses Herumstochern auf dem Teller mit Köstlichkeiten unterbrach.

»Ach, Muschilein«, jammerte das bajuwarische *Fabelwesen*, »wenn du wüsstest, wie schlecht mir ist.«

»Komm, Viktörchen!«, tröstete Erdmute ihren Geliebten. »Trink tapfer deinen Cognac. Ich gehe derweil zur Toilette und mach' mich frisch, bevor wir zur Villa fahren.« Gereizt suchte sie nach ihrer Handtasche, die unauffindbar war. »Mein Gott«, flüsterte sie leichenblass, »nun ist alles verloren!«

Ungeachtet der sengenden Sonne rannte sie auf den Parkplatz, riss die Fahrertür auf, schaute auf und unter den Vorder- und Rücksitz, umrundete das Fahrzeug und wiederholte den Vorgang auf der anderen Seite. Aber der kostbare Gegenstand blieb verschwunden.

Sie hastete die Treppen zum Hotel hoch und schrie hysterisch: »*Pepe*! Man hat uns beklaut!« Mit hochrotem Kopf lief sie am Geschäftsführer vorbei, der ihr auf der Hoteltreppe entgegenkam.

Verblüfft blickte der Spanier zuerst der vorbeistürmenden Deutschen hinterher und dann hinaus zum Abstellverschlag, vor dessen Tür ein tumultartiges Gefecht zwischen zwei lautstark fluchenden Männern und drei bösartig fauchenden Katzen stattfand.

Auf Baldis Rücken saß ein fetter, rabenschwarzer Kater, der knurrend und mit angelegten Ohren die Krallen in seinen blutenden Kopf hieb. Gottlieb schien es noch schlimmer erwischt zu haben. Er kreischte in den höchsten Tönen, weil eine grau getigerte Katze, die quer über seinem Kopf lag, mit ihren scharfen Fängen die Muschel seines linken Ohres blutig schlug, während eine dreifarbige Glückskatze sich mit gesträubtem Fell in seinem Schritt verkrallt und verbissen hatte. Geschwind rannte Baldi hinter den Kleinlaster. Ununterbrochen schlug er gegen seine Schulter, um den dicken Kater zu vertreiben. Gottlieb spurtete laut schreiend hinter dem Kumpan her und bearbeitete seinen Unterleib mit gezielten Boxhieben.

Was sich dann abspielte, ereignete sich innerhalb weniger Sekunden. Viktor trat, aufgeschreckt durch das laute Spektakel, neugierig ans Fenster und sah mit käsigem Gesicht zwei fliehende Gestalten, von deren Kopf und Ohren das Blut heruntertriefte.

Gleichzeitig betrat Erdmute den Speisesaal und blickte verständnislos auf den bleichen Hünen, der gequält seine eingeschlafenen Hände ineinander verhakt hatte und mit verdrehten Augen auf den Boden sackte. Ihr geöffneter Mund formte Wörter, deren Laute ihr vor Entsetzen gelähmter Kehlkopf nicht mehr bilden konnte.

Pepe eilte die Hoteltreppe – zwei Stufen auf einmal nehmend – hinunter, um der Diebe habhaft zu werden. Auf dem letzten Treppenabsatz strauchelte er, fiel fluchend zu Boden und sah nur noch das rote Heck eines davonrasenden Autos. Erbost rannte er dem fauchenden Katzentrio nach, das zielstrebig hinter der Tür der Abstellkammer verschwand.

Erdmute, deren Haare vor Hysterie wortwörtlich zu Berge standen, erschien auf der Treppe und herrschte den Geschäftsführer genervt an: »*Pepe*! Du musst uns helfen!«

»Was ist passiert, *qué pasa?*«, fragte der Angeherrschte über die Schulter, ohne sich umzudrehen. Vorsichtig knipste er das Licht im dunklen Verschlag an, aus dem ihm aggressive Laute entgegenfauchten.

»Viktor liegt ohnmächtig im Speisesaal. Wir Frauen können den Kolossalknödel nicht hochheben. Du musst mit anpacken!«

»Hier befindet sich eine große Ledertasche«, erklärte *Pepe* zusammenhanglos und betrachtete verdutzt den Schauplatz des Geschehens. Angewidert näselte er durch seine von Daumen- und Zeigefinger eingeklemmte Nase. »Aus der ragen zwei zerfetzte, übelriechende Fischkadaver heraus, die von drei Katzen berserkerhaft verteidigt werden. *Doña* Erdmute! Das ist doch wohl nicht der von dir gesuchte Gegenstand, oder?!«

Das misslaunige Gezeter der *Doña* verebbte schlagartig. Wie von allen Furien gehetzt, stürmte sie die Treppe hinunter, nahm ein auf der Erde liegendes Tennisracket mit der rechten Hand, zog den verdatterten Spanier mit der linken von der Eingangstür und hieb auf jenes ein, welches die Frechheit besaß, das zu stehlen, was sie ihr Eigen nannte.

Zutiefst erschrocken wichen die wilden Katzen vor der entfesselten Bestie Mensch zurück. Mit gesträubtem Fell und angelegten Ohren versuchten sie ihre Flucht einzuleiten, indem sie, knurrend und starren Blickes – in geduckter Haltung – langsam rückwärtsgingen. Mit einem geschmeidigen Satz durch eine Öffnung in der hinteren Wand brachten sie sich in Sicherheit.

Erleichtert warf Erdmute den zertrümmerten Tennisschläger auf den Boden, krallte ihre gierigen Finger in das stinkende Aas und stopfte es eilends in die Tasche. Ekstatisch presste sie das schleimige Leder an den in Seide gehüllten, blau-weiß gestreiften Bajuwarenbusen, ging schleppenden Schrittes zum Auto und setzte sich ausgepumpt auf den Beifahrersitz ihrer Luxus-Limousine. »*Pepe*«, sagte sie zum Geschäftsführer, der ihr zum Wagen gefolgt war, »ihr Spanier solltet darauf achten, dass den Dieben auf die Finger gesehen wird. Wenn die Deutschen und Engländer sich von der schönen Halbinsel zurückziehen, bricht nicht nur die touristische Wirtschaft des Landes zusammen.«

»Frau Mooshuber!«, redete sie der Geschäftsführer förmlich an, da er sich in seiner nationalen Ehre gekränkt fühlte. »Erst seit die reichen Ausländer bei uns wohnen, fühlen sich die Ganoven – und zwar aus der gesamten Welt – in unserem Land heimisch. Bei uns Spaniern gab es nie viel zu stehlen. Apropos, warum verteidigst du diese stinkenden Meeresfrüchte so fanatisch?

Man hat den Eindruck, als hättest du etwas Wertvolles darin versteckt. Diebesgut vielleicht? Ha, ha, ha!«

»Bist du jetzt vollkommen verrückt geworden?!«, rief Erdmute pikiert. »Du weißt genau, dass meine geliebten Spaniels grundsätzlich nur Frisch- und niemals Dosenfisch essen. Außerdem habe ich in meiner Tasche sehr viel Bargeld, Kreditkarten, Fahrzeugpapiere, Ausweise und ...«

»Ist schon gut! Reg dich nicht auf!«, beschwichtigte der Geschäftsführer seine gut zahlende Kundin. »Das war ein kleiner *Broma* meinerseits.«

»Es ist absolut kein Witz, jemand als Dieb zu bezichtigen, der wie ich sein Leben lang ehrlich und hart gearbeitet hat!«, behauptete Erdmute voller Entrüstung, ohne rot zu werden. Erleichtert atmete sie auf, als der unerfreuliche Disput unterbrochen wurde.

Mit wackeligen Beinen und farblosem Teint erschien Viktor im Hoteleingang. Erdmute winkte ihrem jungen Geliebten zu und zeigte auf den Fahrersitz neben sich. Der überraschte Geschäftsführer erlebte die Metamorphose eines menschlichen Wracks. Urplötzlich verwandelte sich Viktor von einem jammernden und kranken Lazarus in einen rotwangigen, vor Kraft strotzenden Muskelmann, als seine ältliche Geliebte ihn aufforderte, den 500-SL zu chauffieren.

Freudestrahlend setzte Viktor sich neben sie und betätigte überglücklich den Anlasser. Schwungvoll fuhr er rückwärts gegen eine Mülltonne, legte mit krachendem Getriebe den Vorwärtsgang ein, schrammte mit dem linken Kotflügel an eine lila blühende Bougainvillea, riss einen starken Ast aus dem herrlich blühenden Strauch und beschwor ein frenetisches Hupkonzert herauf, als er sich mit quietschenden Reifen rücksichtslos in den fließenden Verkehr auf der Straße vor dem Hotel einordnete.

Zurück blieb ein spanischer Geschäftsführer namens *Pepe*, der sich kopfschüttelnd in den Schatten des Hauses zurückzog, um über Erdmute und Viktor im Einzelnen und die verrückten Deutschen im Besonderen nachzudenken.

Gottlieb hielt am Straßenrand unter dem schattigen Dach einer Pinie und lehnte sich stöhnend in das Polster des Seats. Baldi klappte den Beifahrerspiegel herunter und erschrak, als er sein blutverschmiertes Konterfei betrachtete. »Das sieht schlimmer aus, als es in Wirklichkeit ist«, beruhigte er sich selbst, zog ein Taschentuch aus der Hosentasche, schüttete Wasser aus einer Flasche darauf und rieb behutsam sein Gesicht ab. »Kopfwunden bluten immer stark«, bekräftigte er seine Diagnose und fühlte sich bestätigt, als nach der Reinigung nur noch einige Kratzer am Haaransatz übrig blieben. Er sah zu seinem Kumpan hinüber und schluckte betroffen.

Unter leisem Wimmern hatte Gottlieb seine Unterseite entblößt. Bestürzt blickte er auf die übel zugerichteten Genitalien und meinte fatalistisch: »Die Bezeichnung *Rühreier* wäre überaus angebracht!«

»Das kriegen wir wieder zusammengeflickt«, versuchte Baldi ihn zu beruhigen. »Jedenfalls säubere ich erst einmal dein blutiges Ohr. Dann fahren wir sofort zu einer Klinik. An dein wertvolles Stück lassen wir lieber 'nen Fachmann ran. Wir müssen uns sowieso eine Tetanus- und Tollwutspritze geben lassen. Bei diesen verwahrlosten Tieren weißt du nie, ob sie die Tollwut, die Krätze oder sonst was haben.« Notdürftig versorgte er die Wunden seines Partners, drehte sich erschöpft zur Seite und nahm einen Schluck aus einer Baldrianflasche, die er ständig bei sich führte. Mit bebenden Händen verabreichte er unbeabsichtigt auch seiner Hose einen kräftigen Schuss des Beruhigungsmittels.

»Huch!«, frotzelte Gottlieb und kicherte wie eine alberne Fünfzehnjährige. »Du brauchst dich nicht schamhaft abzuwenden. Jeder weiß, woher du deinen Spitznamen hast: Baldi von Baldrianowitsch!« Schmerzhaft verzog er sein Gesicht. »Ich hätte nichts dagegen, wenn du mir ein paar von den grässlich riechenden Tropfen gibst, denn ich krieg' jetzt schon 'nen Pickel, wenn ich daran denke, was man in der Klinik mit meinem Schniedelwutz anstellen wird.«

»Deinen ... was? Äh, jedenfalls bin ich froh, dass du in der Lage bist, mich und den Rest der Welt schon wieder ironisch auf die Schippe zu nehmen. Dein ... äh, Sch...nudelwitz muss doch grauenhaft weh tun.«

»Worauf du einen lassen kannst!« Mit zittrigen Fingern nahm Gottlieb die Flasche und träufelte das Beruhigungsmittel nicht nur in seinen Mund, sondern ließ auch T-Shirt und Hose in den Genuss des stark duftenden Gebräus kommen.

Baldi half seinem Pendant auf den Beifahrersitz, übernahm das Steuer und fuhr schnurstracks zum *Centro Sanitario* nach *Javea*. In der Notaufnahme empfing sie ein deutsch-sprechender spanischer Arzt. Schnell und fachmännisch versorgte der *Medico* ihre Kopfwunden und legte Gottlieb mit entblößtem Unterleib auf eine Liege. Als er ihn zur weiteren Behandlung an eine Fachärztin übergeben wollte, wurde Gottlieb schlagartig von einem Erstickungsanfall geplagt.

Rasch griff der Arzt zum Beatmungsgerät. »Leidet ihr Freund unter einer Jod- oder anderen Allergie?«, fragte er besorgt.

»Er leidet unter einer allergischen Reaktion auf Frauen«, entfuhr es Baldi unüberlegt.

Der *Medico* schaute ihn verständnislos an.

Baldi suchte krampfhaft nach Erklärungen und stotterte: »Wissen Sie, mein Freund ist sehr genant gegenüber Frauen. Es wäre besser, wenn Sie ihn behandeln würden.«

Der Doktor blickte auf Gottliebs, von Hämatomen übersäten und blutig zerkratzten Unterleib und legte das Sauerstoffgerät zur Seite. Nachdenklich sah er vom schweratmenden Gottlieb zu seinem vor Verlegenheit schluckenden Freund und erklärte zögernd in Baldis Richtung: »Ich mache Sie darauf aufmerksam, dass ich bei der Polizei Anzeige erstatten werde, wenn Sie mir keine glaubhafte Erklärung für diese schweren Verletzungen geben können.« Er sah Baldi drohend an. »Dabei ist es mir vollkommen gleichgültig, ob Sie ein Sado-Maso-Gespann oder ein brutaler Schläger sind.«

»Stöppchen, Doktor!« Gottlieb nahm sein zartes Händchen zur Hilfe und setzte sich empört auf. »Baldi würde mich niemals schlagen. Wie können Sie nur so etwas Hässliches sagen, Sie schlimmer Mensch, Sie?«

Tröstend nahm Baldi seinen Lebenspartner in die Arme, da er kurz vor einem Tränenausbruch stand.

Indigniert sah der Medikus auf das Schwulenpaar, das sich gegenseitig beruhigend auf die Schultern klopfte und mit unterdrücktem Schluchzen versicherte, wie lieb sie einander hätten. Er besann sich darauf, dass er einen Eid abgelegt hatte und Arzt geworden war, um anderen zu helfen und nicht, um ihnen eine Moralpredigt zu halten.

Mit der größten Sorgfalt versorgte er Gottliebs Genitalien und sah verlegen zur Seite, als sein Patient ihn während der Arbeit unentwegt dankbar anhimmelte. Er setzte erst Baldi und dann seinem Freund zwei Spritzen ins

Gesäß. Peinlich berührt registrierte der Doktor, dass Gottlieb eine Erektion bekam.

Für den Rest des Tages nahm sich der junge Arzt eine Auszeit, um darüber nachzudenken, ob er die richtige Entscheidung bei der Wahl seines Berufes getroffen hatte.

Vier

Kaum hatte Julia die Wohnungstür des kleinen Zwei-Zimmer-Apartments in Schwabing mit dem Absatz zugedrückt, als sie der Boxerrüde schwanzwedelnd mit einem ungestümen Satz ansprang und ihr die Einkaufstüten aus den Händen riss. »Aus, Rambo!«, rief sie und bemühte sich, das hyperaktive Begrüßungszeremoniell des Hundes in den Griff zu bekommen. Da die unbändige Lebensfreude des Boxers rassebedingt war, gab sie die erzieherischen Maßnahmen schnell wieder auf, weil sie jedes Mal von Erfolglosigkeit gekrönt blieben.

Als Julia das Tier zur Beruhigung in die Toilette sperren wollte, stand Markus wartend hinter der Tür und fiel ihr lachend um den Hals. »Alles, was der Hund kann, kann ich schon lange!«, rief er laut und küsste sie stürmisch auf den Mund.

»Alles, was Rambo kann, kannst du noch lange nicht«, widersprach sie und drückte kichernd beide Hände gegen seine Brust.

»Und was sollte das sein?«, begehrte Markus zu wissen und umschlang Julia erneut.

»Nun«, begann sie übermütig, »bei einem so überschäumenden Begrüßungsakt kannst du nicht mit dem Schwanz wedeln.« Quiekend rannte sie in die Küche und warf krachend die Tür hinter sich ins Schloss.

»Was bei dem von dir erwähnten Akt überschäumt und womit man wedeln kann«, zitierte Markus salbungsvoll, indem er Julias Aussage genussvoll in zweideutige Einzelteile zerlegte, »werde ich dir gleich zeigen, wenn ...« Abrupt hielt er inne, rannte zum Boxer und zog mit seinen muskulösen Armen am Hundehalsband, um zu verhindern, dass zwei auf der Erde liegende, saftige Steaks in seinem gierigen Rachen verschwanden. »Hilfe!«, flehte er, »wo ist die studierte Verhaltensforscherin? Ich kann diese fleischfressende Pflanze nicht mehr im Zaum halten.«

Mit unbändiger Kraft zerrte der Rüde in die Richtung, aus der die unwiderstehlichen Düfte des Fleisches seinem ausgeprägten Geruchssinn entgegenschlugen.

Julia öffnete die Küchentür einen Spalt und lugte vorsichtig um die Ecke. Ihre Vermutung, dass Markus Hilferuf nur eine Finte war, um sie aus der Küche zu locken, stellte sich als unbegründet heraus. Besorgt blickte sie auf die Szene im Wohnzimmer und kam zu der Schlussfolgerung, dass Rambos Fresssucht das Mittagessen vereiteln würde, wenn sie nicht sofort eingriff. Entschlossen nahm sie Aufstellung vor dem Tier und befahl mit ruhiger Stimme: »Rambo! Aus!« Augenblicklich setzte sich der Boxer auf die Hinterläufe und schaute sie abwartend an. Sie zeigte Richtung Toilette und der Hund trabte gehorsam zum Ort der inneren Sammlung. Mit sanfter Stimme belobigte sie das folgsame Tier und ließ die Tür hinter ihm ins Schloss gleiten.

»Gott sei Dank zeigt dein Studium auch in der Praxis Früchte«, bemerkte Markus anerkennend, »was man nicht von jeder Studienrichtung behaupten kann.«

»Da du einen Raub planst und Juwelen stibitzen willst«, antwortete Julia schlagfertig, »scheinen deine Juravorlesungen ebenfalls Früchte zu tragen.«

»Was willst du? Als Robin Hood beklaue ich nur reiche Räuber!«

»Nein, mein tapferer Edelmann. Robin Hood hat zwar reiche Ganoven beehrt, aber seine Beute anschließend mit den Armen und Notleidenden geteilt.«

Nachdenklich rieb Markus sich den Schädel, machte einen übertriebenen Kratzfuß vor seiner Freundin und meinte spöttisch: »Wenn Sie mir gleich ein gutes Mittagessen kredenzen, sehr verehrtes und begehrtes Edelfräulein, werde ich ernsthaft in Erwägung ziehen, einen kleinen Teil meiner noch zu erbeutenden Beute an die vom Leben Benachteiligten abzutreten.«

Julia machte einen tiefen Hofknicks. »Sollten Euer Gnaden mir beim Kartoffelschälen freundlicherweise zur Hand gehen«, sie klaubte die verstreuten Lebensmittel vom Boden auf, »werden wir bald einem üppigen Mahle frönen können.« Gemeinsam trugen sie die Esswaren in die Küche und bereiteten eine deftige Mahlzeit.

Während Julia den Tisch festlich mit Tischdecke, Servietten und einem Kerzenständer schmückte, schüttete ihr Freund Rotwein in eine Karaffe. »Findest du nicht auch, dass Rotwein besser schmeckt«, Markus hielt das Gefäß ins Licht und gab sich den Anschein, als prüfe er fachmännisch das leuchtende Rubinrot des Getränkes, »wenn man ihn vor dem Genuss eine halbe Stunde atmen lässt? Apropos, ich glaube, dass Rambo genug Kloluft geatmet hat. Soll ich ihm, bevor wir essen, ein bisschen Chappi geben?«

Ein vollbeladenes Tablett balancierend erwiderte Julia: »Zu Frage eins: der Rotwein von Aldi schmeckt mir mit oder ohne Beatmung gleich gut, allerdings macht er sich in der Karaffe entschieden dekorativer. Frage zwei muss ich mit Ja und Nein beantworten.«

Abwartend blickte Markus zu ihr hinüber.

»Ja: der arme Kerl sollte endlich mit guter Luft belohnt werden. Nein: sein Essen erhält er zuletzt, auch wenn dir und mir das Herz blutet. Einem starken und dominanten Tier musst du durch das Einhalten der Rangordnung zeigen, dass du der Leitwolf bist. Deshalb darf er auf keinen Fall vor dir sein Essen bekommen.«

Markus entließ Rambo in die Freiheit des kleinen Flurs und gebot ihm, sich im Hundekorb zu platzieren. Artig folgte das zur Ruhe gekommene Tier der Anweisung des Leitwolfes, was ihn keineswegs davon abhielt, seine schnuppernde Nase sehnsüchtig in Richtung des verführerischen Steakduftes zu wenden, um mit traurigen Hundeaugen zu demonstrieren, wie sehr er litt.

»Nachdem das Fräulein Professor genug über das Leitwolfverhalten doziert hat, würde der angehende Jurist gerne erfahren, wie die Sache nach seiner eiligen Flucht aus dem Hintenlang'schen Juweliergeschäft weitergegangen ist?«, sagte Markus lachend und schob sich einen dicken Fleischhappen in den Mund.

»Oh je!« Julia tupfte mit der Serviette ihren Mund ab und trank einen Schluck Rotwein. »Der arme Mooshuber war völlig am Boden zerstört und unfähig, Kunden zu bedienen. Zu allem Unglück rief seine bessere Hälfte am späten Nachmittag an. Nachdem sie ihm mitgeteilt hatte, dass er am Sonntag mit ihrer Heimkehr rechnen müsse, verhielt der verstörte Mann sich noch übellauniger als vorher.«

»Die olle Mooshuber kommt am Wochenende zurück?« Impulsiv sprang Markus vom Stuhl und umrundete den Esstisch. »Das heißt: sie hat die heißen Juwelen übernommen, um sie in München an einen Hehler zu verhökern!« Er gab der erstaunten Julia einen fettigen Kuss auf die Nase, rief in überschäumender Vorfreude »Bald sind wir reich!« und tanzte eine Polka durch das Wohnzimmer. Wie elektrisiert sprang Rambo an Markus hoch und versuchte die hopsenden Hinterläufe den Tanzschritten seines Herrn anzupassen.

»Der angehende Staatsanwalt, der mit dem Wolf tanzt«, stellte Julia fest und wollte sich schier ausschütten vor Lachen.

»Wenn die einzig hier anwesende Dame nicht sofort aufhört, das männliche Wolfsrudel auszulachen, geht der Leitwolf morgen mit Rambo in das Juweliergeschäft«, spaßte Markus und zog den Boxer zum Hundekorb. »Wir müssen unbedingt an die Tresor- und Eingangsschlüssel kommen! Hast du eine Idee?«

Julia dachte nach. »Mein Brötchengeber hat mich gebeten, sein geschändetes Beinkleid in die Reinigung zu bringen.« Sie öffnete eine große Dose mit Hundefutter und löffelte die Hälfte des Inhalts in Rambos Essnapf. »Wenn du morgen kommst, musst du meinem Chef klarmachen, dass du dich für die Säuberung der Hose verantwortlich fühlst.« Mit der Hand klopfte sie gegen ihren Oberschenkel und der Rüde machte sich heißhungrig über das Essen her. »Ich stecke vorher die Schlüssel in die Tasche der Hose. Um 13.00 Uhr verlasse ich das Geschäft. Bis dahin müssen die Duplikate angefertigt sein, die du mir – zusammen mit den Originalschlüsseln – in der gereinigten Hose zurückbringst. Kannst du das in der Zeit von 9.00 Uhr bis 13.00 Uhr schaffen?«

Sinnend wuselte Markus durch sein volles, kastanienbraunes Haupthaar. Nach eingehender Überlegung grinste er schelmisch. »Der angehende Staatsanwalt ist mit so viel krimineller Energie ausgestattet, dass er den gut durchdachten Vorschlag ohne große Mühe in einen strategisch einwandfreien Plan umsetzen kann. Deshalb sollten wir das herrliche Wetter ausnutzen, um bei einem Spaziergang im Englischen Garten alles noch einmal zu überdenken. Rambo muss sowieso Gassi gehen.«

»Prima!«, begeisterte sich Julia. »Wir lassen den Abwasch stehen, nehmen eine Decke unter den Arm, legen das große Paket Aprikosen-Eis in die Kühltasche und halten ein Picknick im Sonnenschein auf dem Rasen ab.«

Fünf

»*Donde está la Señora Erdmute?*«, rief *Pepe* in die Gegensprechanlage vor der Eingangspforte des Anwesens, die von zwei überdimensionalen, steinernen Bajuwarenlöwen bewacht wurde. Er hielt ein köstlich dekoriertes Tablett mit Meeresfrüchten in das starr blickende Auge der Videokamera und bat höflich grinsend um Einlass.

»Die *Señora* is auf 'm Klo, *momento*!«, lallte Viktor, der mit einem Glas besten französischen Cognacs vor den vielen Monitoren in der technisch überladenen Überwachungszentrale saß und versuchte, der vielen Schaltknöpfe Herr zu werden. Gegen das Pochen in den gequetschten Fingern hatte er ein starkes Schmerzmittel genommen. Gegen Erdmutes anhaltende Schimpftiraden, über die sichtbaren Schäden an ihrem 500 SL, halfen weder Pillen noch der Geist des Weinbrandes. Die verheerende Wirkung beider Betäubungsmittel im empfindlichen Magen des zart besaiteten Muskelmanns ließ nicht lange auf sich warten. Wahllos tippte er auf einen Knopf und betätigte – wie es sich für einen prädestinierten Pechvogel geziemt – die Taste der automatisch gesteuerten Sprenganlagen, die man rund um den gesamten Besitzt installiert hatte.

Eine plötzlich von oben herabschießende Dusche ertränkte auf *Pepes* Präsentierbrett kläglich die köstlich arrangierten Meeresfrüchte in ihrem ursprünglichen Element. Das höfliche Grinsen des Tablettträgers wurde durch eine Wasserfontäne weggeschwemmt, die ihm heftig ins Gesicht zischte. Gleichzeitig prallte der Schwall eines heimtückisch im Erdboden versteckten Wasserspeiers gegen seine Hand und schleuderte das Servierbrett mit den ertrunkenen Meeresbewohnern gegen das steinerne Monument, um dem links lauernden Löwen das weit aufgerissene Maul zu stopfen.

Viktors alkoholdurchtränktes Kleinhirn registrierte sein fehlerhaftes Verhalten und gab den umständlich-langsamen Befehl an das benebelte Großhirn, eine andere Wahl zu treffen. Mit zitterndem Zeigefinger visierte er den Knopf des Türöffners an. Er verfehlte das Ziel um Haaresbreite und erwischte die Taste der Brunnenfontänen, deren Wasserspiele man mit kitschig buntem Licht gekoppelt hatte. Das runde Wasserwerk aus weißem

Carrara-Marmor, dessen Durchmesser mehr als fünfzehn Meter betrug, war mit Kolossal-Skulpturen aus der griechischen Mythologie überladen. Sie überragten einen kunstvoll angelegten Irrgarten, dessen mannshoher Buchsbaum die Sicht auf die verzweigten Wege des Labyrinths verdeckte. In blassblaues Licht getaucht erschien Bacchus, der mit aufgeblasenen Wangen Wasser auf die in scharlachrotem Schaum badende Aphrodite spie. Der durch grellgrünes Scheinwerferlicht beleuchtete Neptun wurde mit einem wirbelnden Wasserstrahl aus einer goldgelb angeleuchteten Amphore des Götterboten Hermes benetzt, was den übergewichtigen Amor dazu verleitete, seinen rosarot angestrahlten Wasserpfeil der Liebe auf die im Blutschaum badende Aphrodite abzuschießen. Dem verwirrten Betrachter drängte sich unweigerlich der Titel: Gruppenbild mit abgeschlachteter Dame auf.

Als die in leuchtendes Lila getauchten Fontänen im Zentrum des Brunnens fünf Meter hoch in die Luft schossen, setzte gleichzeitig aus vier Lautsprechern Elvis Presleys Lied: **In the getto** ein.

Aus dem Innern der Villa brachte es eine laut kreischende Stimme fertig, die Quadrofonie der vier Lautsprecher zu übertönen. »Viktor! Ich stehe in der Duschkabine!«, keifte Erdmute. »Das Wasser ist weg! Irgendein Idiot hat draußen die Sprenganlagen angestellt!« In Lockenwicklern gestylt erschien sie im Türrahmen der Überwachungszentrale. Auf ihrem feuchten Körper klebte ein knallroter Kimono, aus dem ein mit pinkfarbener Paste bekleckertes Dekolletee waberte. In dem mit braunem Brei beschmierten Gesicht sprühten geschlitzte Glupschaugen Blitze des Zorns gegen den Verursacher der Wasserknappheit in ihrer Bade- und Saunalandschaft.

Viktor wähnte sich einem Delirium tremens nahe, als er des angsteinflößenden Aliens ansichtig wurde. Zu keiner Regung fähig umklammerte er das Glas mit beiden Händen und harrte stumpfsinnig der Dinge, die unausweichlich über seinem Haupt zusammenbrechen würden.

»Du trotteliger, tumber Tastentollpatsch!«, schrie das außerirdische Wesen, wobei jedes wutschäumende *T* feuchtsprachig in Viktors Glas eintauchte und die goldgelbe Konsistenz des Weinbrandgeistes nachhaltig verwässerte.

Bedingt durch den aus Pillen und Alkohol bestehenden Drogenmix in Viktors Magen, verwandelte sich das Konterfei seiner ältlichen Geliebten in das schlangenumwobene Haupt der Medusa, das bedrohlich vor seinem Gesicht hin- und herschaukelte. Unausweichlich erwartete er den Todesstoß, als aus ihrem weit aufgerissenen Mund ein Zeigefinger züngelte, der zielsicher auf den Knopf der Eingangspforte tippte. Parallel zum sich öffnenden Eisentor erlosch die bonbonfarbene Brunnenbeleuchtung. Über das Wirrwarr der griechischen Mythologie legte sich wohltuend ein Mantel der zaghaft aufkeimenden Dunkelheit und ließ auch die schmalzige Stimme des King of Rock and Roll verstummen. Das versiegende Wasser der Rasensprenger und Brunnenfontänen belebte erneut die ausgetrockneten Wasserröhren des Sauna- und Badeparadieses in der Mooshuber-Villa.

Pepes jetzt tropfnasse Erscheinung hatte sich dadurch grundlegend verändert, da seine Haare, Ohren und Schultern von grünen Blattsalaten und Meeresfrüchten bedeckt waren. Er schritt durch die bekannten Wege des dunklen Irrgartens zur Treppenempore der Villa und balancierte weitere aufwendig dekorierte Platten, die er seinem Lieferwagen entnommen hatte. Als er auf dem untersten Treppenabsatz ankam und zum Hauseingang nach oben blickte, zuckte er geschockt zusammen. Zwei in der Wand eingelassene eiserne Fackeln beleuchteten gespenstisch einen rotgewandeten Zombie, dessen Gesicht in braune Verwesung übergegangen zu sein schien. Der Schreck fuhr in seine Arm- und Beinglieder. Mit weichen Knien und zitternden Händen jonglierte er die mit Hummer und Gemüse prachtvoll gestalteten Präsentierbretter über seinem Kopf. »*Qué es Usted?*«, wollte der Spanier von der lebenden Leiche auf dem obersten Treppenabsatz wissen.

»Wer sind Sie?«, schallte die Gegenfrage gleichen Inhalts von der Empore zurück. »*Pepe,* bist du es? Hast du dich schon mal im Spiegel angesehen? Vor dir könnte man sich fürchten!«, rief Erdmute entrüstet, um dann kopfschüttelnd fortzufahren: »Es ist nicht zu glauben, wie manche Menschen rumlaufen!«

Da der Geschäftsführer ein *Caballero* war, schluckte er eine heftige Erwiderung herunter. »Es steht außer Frage, wer dieses Malheur angerichtet hat!«, konstatierte er stattdessen. »Wo ist der Unglücksrabe? Sag ihm, er soll was Nützliches tun und mit mir den Lieferwagen entladen!«

»Das geht nicht. Er ist total besoffen und stiert die vielen Tasten der Bewachungszentrale an, in der Hoffnung, dass sich die Knöpfe lieb haben und gegenseitig drücken.« Erdmutes zynischer Ton wurde sachlich. »*Don* Pepe, hast du dein Personal mitgebracht?«

»Das kommt zum Kellnern gegen 22.00 Uhr.«

»Dann musst du auf meine Haushaltshilfe *Juanita* warten.« Erdmute sah auf die Digitaluhr an der Wand. »Sie und ihr Mann werden sich in einer Viertelstunde um den Grill kümmern. *Juanita* hat alles im Pavillon vorbereitet. Stell die kalten Platten solange in den Kühlraum. Ich muss die Spaniels waschen. Seit geraumer Zeit stehen meine Lieblinge im geschäumten Zustand im Eintauchbottich der Sauna.« Erdmute machte auf dem Absatz kehrt und nahm sich die Freiheit, dem Träger der kalten Platten die kalte Schulter zu zeigen. Ihren volltrunkenen Liebhaber ignorierte sie, indem sie ihn wortwörtlich im Cockpit der Zentrale links liegen ließ.

Beim Betreten der Saunaabteilung hörte Erdmute klägliches Jaulen. In höchster Not versuchten ihre Spaniels dem nassen Tod durch Ertrinken zu entkommen. In wilder Panik sprangen sie an der hölzernen Bottichwand des 1,80 hohen Eintauchbeckens hoch. Sie hatte vergessen, den Wasserhahn zu schließen. Nachdem die Wasserzufuhr in der Gartenanlage abgestellt war, floss das kostbare Nass aus den geöffneten Hähnen und Duschen und überschwemmte nicht nur die Säuberungs- und Schwitzabteilung, sondern drohte auch dem Leben ihrer geliebten Cocker den Garaus zu machen.

Beherzt kletterte Erdmute in die eiskalte Flut des hohen Holzzubers, in dem zur Erquickung nach einem heißen Saunagang das einlaufende Wasser ständig auf acht Grad heruntergekühlt wurde. Bedingt durch den Temperaturunterschied schnappte sie zuerst nach Luft und dann nach ihren unterkühlten und halb ertrunkenen Rassehunden. Fieberhaft suchte sie nach dem Fön, um ihre tropfnassen Lieblinge aufzuwärmen. »Meine armen Scheißerlis«, bemitleidete sie die vor Kälte schlotternden Trieffelle und durchwühlte die vielen Schubladen. Endlich fand sie unter einem Stapel Handtücher die elektrische Heißluftdusche.

Beim Anblick des verhassten Turbo-Trockners erstarrte das gefriergeschockte Cocker-Doppelpack. Wie von allen Hunden gehetzt flüchteten die Scheißerlis aus dem Saunatrakt. Kopf- und ziellos huschten sie in die Überwachungszentrale, sprangen auf Viktors Rücken – der über der Tastatur liegend eingeschlafen war – und schüttelten die eisige Nässe aus ihrem zottigen Fell.

Viktors trunkene Träume über rasante Fahrten im Porsche-Carrera wurden jäh unterbrochen. »Hallo, da san ja Muschileins mollige Maderln«, lallte er erschrocken. Mühsam stützte er sich auf der Tastatur ab, drückte drei Knöpfe und fiel aus allen Wolken, als schwungvoll Bewegung in das automatisch gesteuerte Verschlusssystem der Rollläden, Haus- und Eingangspforten kam. Das Einrasten der Türen und Fensterläden löste den Kontakt zum grellen Scheinwerferlicht rund um das Grundstück aus und ließ die Alarmsirene aufheulen, die mit der regionalen *Policía* verbunden war.

Einem Racheengel gleich erschien seine klatschnasse Geliebte, die sich der Versuchung hingab, das Schrillen der Sirene zu übertönen. Viktor, der sich ausgeruht hatte und anscheinend vom Mut einflößenden Alkoholteufel geritten wurde, begrüßte sie mit einem dreisten Grinsen. »Ah, da kimmt ja die fette Kachl«, dröhnte sein bayrisches Organ durch den Raum. »Die oide Schlawinerin. Die ogranzlte Trutschn, die glaubt, dass ihr die Sonn aus 'm Oarsch brennt, weil 's nimmer woaß, wo 's mit ihr'm Diridari zuerst hischeiß'n soll.«

Verblüfft klappte Erdmutes Kinnlade nach unten. Unter dem bröckelndbraunen Brei veränderte sich ihre Gesichtsfarbe von schneeweiß in puterrot. Das Spiel der Mimik nahm groteske Züge an und wechselte von der erstaunten zur empörten Maske bis hin zu einer verzerrten Hexenfratze.

Erschrocken zuckten beide zusammen, als ein greller Klingelton die unheilvolle Stille zerfetzte.

Fasziniert vom ständig wechselnden Mienenspiel seiner ältlichen Geliebten, griff Viktor automatisch nach dem Telefonhörer, lauschte den schnell gesprochenen Worten des spanisch sprechenden Polizisten, verstand überhaupt nichts und unterbrach den Redner mit der Fortsetzung seines urbayrischen Dialekts. »Und du, depperter Aff', kannst ma mit deinem G'wäsch den Buckl abarucka! Und wenn'st mi ored'st, dann lern'st g'fälligst vorher richtig Deitsch. Des kann i ja wohl als deitscher Resident, der euch eh ois zoit und eure Sauwirtschaft o'kurblt, wohl erwart'n.« Viktor schüttelte verwundert den Kopf und staunte über die Wirkung des Alkohols, der seiner Redeweise anscheinend Flügel verliehen hatte.

In Sekundenschnelle verwandelte sich Erdmutes Hexengesicht in eine vor Entsetzen starre Totenmaske. Mit der linken Hand entriss sie Viktor den Telefonhörer, holte mit der rechten weit aus und versetzte ihrem aufmüpfigen Geliebten eine schallende Ohrfeige. Inbrünstig hoffte sie, dass der spanische Ordnungshüter der deutschen Sprache nicht mächtig war.

Einem psychotischen Schock nahe, nahm sie zur Kenntnis, dass der Polizist in fehlerfreiem Deutsch mit starkem Ruhrgebiet-Slang brüllte: »Waach dich und sarret nomma! Langsam gehssemich aufen Senkel, miesen Sausack! Als Gastarbeiterkind in Gelsenkirchen hammich die blasierten Deutschen Bescheid gestoßen, dattich ein Zwerchkanake bin. Ich lass mir nich mehr am Bein pinkeln. Dann hau ich aba wien Weltmeister aufe Kacke!«

Einem Chamäleon gleich erstrahlte Erdmutes Antlitz plötzlich in mütterlichem Wohlwollen, als sie den Ordnungshüter – mit weicher, um Verzeihung bittender Stimme – sanft unterbrach und in die Muschel schleimte: »*Buenas tardes.* Hier ist Frau Mooshuber aus *Javea.* Bitte entschuldigen Sie viele, viele tausend Mal das ungebührliche und unentschuldbare Verhalten meines betrunkenen Bekannten. Seine törichte Trunkenheit veranlasste ihn, auf den falschen Knopf in unserer Überwachungszentrale zu drücken, sodass der Alarm ausgelöst wurde. Ich werde mich morgen persönlich bei Ihnen auf dem Polizeirevier für das schnelle Eingreifen bedanken. Es zeigt wieder einmal mehr, wie außerordentlich freundlich und umsichtig die spanische Polizei um das Wohlergehen ihrer ausländischen Mitbewohner besorgt und bemüht ist. Danke! Danke vielmals!«

Verlegen über die emotionsgeladenen Beschimpfungen zuvor stotterte der iberische Gesetzeshüter aus dem Ruhrpott: »Aba, äh! ... Da issen Bekakelungsbedaaf, *Señora* Mooshuber. Soll ich Se nich wat später am Ahmt besuchen?«

»Nein! Das ist außerordentlich fürsorglich von Ihnen, aber wirklich nicht nötig. Also nochmals: *muchas gracias* und *buenas noches.*« Mit einem gequälten Seufzer legte Erdmute den Hörer auf. »Das hätte noch gefehlt! Die spanische Polizei im Haus, mein Gott!«

Ihr mütterlich-warmes Lächeln gefror. Mit einem grimmigen Gesicht wandte sie sich zu Viktor um. »Du erwähntest eben eine fette, alte, ranzige Schlawinerin, der die Sonne aus dem Arsch scheint und die nicht weiß, wo sie mit ihrem Geld zuerst hinscheißen soll, wenn ich mich recht entsinne. Nimm hiermit zur Kenntnis, dass du dir den Porsche-Carrera zwischen die strammen Hinterbacken schieben und den Rubinring durch dein niedliches Näschen ziehen kannst! Und jetzt würde ich dir empfehlen, deinen Rausch auszuschlafen, sonst brauchst du dich heute Abend nicht mehr bei meinen Gästen blicken zu lassen!«

»Ach, Muschilein«, grämte sich der zur Räson gebrachte Ausbund an muskelbepackter Männlichkeit. »Mir ist ja so schlecht. Ich vertrage keinen Alkohol, das weißt du. Verzeih mir. Ich gehe, wie du mir geraten hast, ein wenig ins Bett!« Im Hinauswanken wandte er sich mit flehentlich bittenden Dackelaugen zu seiner Geliebten um. »Und das mit dem Porsche, gell, das überlegst du dir noch mal, oder!?«

Pepe, der mit beladenen Tabletts vor der verschlossenen Eingangspforte stand und beim Aufheulen der Sirene geduckt darauf wartete, dass die Sprenganlagen erneut seine Kunstwerke vernichteten, rief erbittert in die Gegensprechanlage: »Sehr verehrte Frau Mooshuber! Was ist denn jetzt schon wieder los? *Juanita* und ihr Mann stehen vor der Tür. Wir können nicht rein. Ganz davon zu schweigen, dass die ersten Gäste bald erscheinen werden.«

»Das war ein Fehlalarm«, entgegnete Erdmute hastig. »Ist schon wieder behoben!« Mit versteinertem Gesicht drückte sie auf die Tastatur zur Entriegelung der Rollläden und Eingangstüren. Da sie die Schlacht gewonnen hatte und die alten Verhältnisse wiederhergestellt waren, verließ sie erhobenen Hauptes die Zentrale. Auf dem Rückweg zur Badeabteilung erblickte sie in einem Spiegel ihr ramponiertes Gesicht. Nervös schaute sie auf die große Wanduhr über der Saunatür und registrierte panisch, dass nur noch eine halbe Stunde blieb, um ihr Äußeres zu restaurieren.

Die vergessenen Rosen-Resli-Maderln packten die Gelegenheit beim Schopf, um durch die automatisch geöffneten Türen in die Freiheit zu entkommen. Hungrig schnupperten sie in die Richtung, aus der köstliche Düfte herüberwehten.

Im festlich geschmückten Pavillon drehte sich *Juanita* zu ihrem deutschen Mann um, der die Grill-Leckereien in einer mit Eis gekühlten Tonschüssel übereinander stapelte. »Hilf mir bitte, den Aschkasten des Holzkohle-Grills zu entleeren«, bat sie und hielt sich die Nase zu. »Da liegt die mit Fleisch- und Fischfett vermischte Asche vom letzten Barbecue drin. Der Gärtner hat vergessen, sie zu entsorgen. Das stinkt fürchterlich! *Caramba!*«

Pepe erschien im Scheinwerferlicht des rosarot angestrahlten Pavillons. Wie immer machte er *Juanita* die schönsten Komplimente. »*Hola, guapa!*«, lächelte er fröhlich und stellte große, silberne Obstschalen auf das in weißen Damast gehüllte Büffet neben zwei glänzende Silberkandelaber. »Peter, *amigo*«, scherzte er und blickte seinem deutschen Freund tief in die Augen, »wenn du mir die wohlgestaltete Schönheit mit den dunklen, langen Haaren nicht vor der Nase weggeschnappt hättest, dann wären *Juanita* und ich jetzt die Eltern von zwei niedlichen Kindern!«

Der Angesprochene hob mit seiner Frau den schweren Grillaschkasten hoch und kippte den stinkenden Inhalt achtlos in ein gepflegtes Hibiskusbeet. »Ja, ja«, frotzelte der feuerrot gelockte Deutsche mit der Figur eines Zehnkämpfers. »Das sagt ausgerechnet jener Mann, der eine germanisch-blonde Lieblichkeit geheiratet hat. Ach, übrigens: wenn du nach Hause gehst, dann Grüß bitte deine Frau und meine Kinder recht herzlich von mir!«

Der Schlagabtausch der langjährig in Freundschaft verbundenen Ehemänner wurde durch das Erscheinen der durchnässten Spaniels unterbrochen. Erregt nahm das Rosen-Resli-Gespann die Witterung der ranzig riechenden Holzkohlen-Asche auf, hopste hurtig hinein und wälzte wonnig das nasse Fell, um den scheußlichen Schampon-Geruch loszuwerden.

»Das wird die erhabene Erdmute freuen, wenn sich ihre schönen Scheißerlis in verkohlte Aschenputtel verwandelt haben«, stellte *Pepe* lakonisch fest.

Der rotgelockte Peter imitierte Viktors Gejammer und reimte salbungsvoll: »Muschilein, du hast recht; die Hunde haben fettige Asche am Bein; mir ist ja so schlecht.«

Erdmutes Helfer kicherten unterdrückt hinter vorgehaltener Hand über Peters Parodie.

»Sagt mal, aber ganz ehrlich!«, *Juanita* sah sich verstohlen nach allen Seiten um, »das dekadente Verhalten dieser Hunde-Mamis geht mir als hart arbeitende Mutter mit zwei Kindern manchmal auf den, die ... äh, wie heißt das auf Deutsch?«

»Nerven, Geist, Keks«, bot ihr der Ehemann ein umfangreiches Wortrepertoire an.

»Richtig! Peter, erinnerst du dich an das letzte Barbecue bei Mama-Muschilein? Da erschien eine Schweizerin mit einem ... äh, keiner Rasse zugehörigen Hund, wie heißt das noch mal?«

»Durchmischter Rassehund, Spitz-Verdackelter-Windhund, Promenadenmischung«, half *Juanitas* bessere Hälfte ihr auf die Sprünge.

»Richtig! Und die setzte ihren Hund tatsächlich auf einen Stuhl neben sich, band ihm ein Lätzchen um und ließ das Tier mit allen anderen Gästen von einem Teller fressen.«

»Und was meinten die Gäste dazu?«, fragte *Pepe* erschüttert.

»Die waren genauso verrückt und fanden das niedlich!«

»Jetzt veräppelst du mich!«

»Frag Peter, der war dabei und hat das auch gesehen!«

Peter nickte zustimmend. »Für solch ein überkandideltes Verhalten gibt es viele Gründe. In Deutschland und Spanien, eigentlich in ganz Europa, gehen die Geburtenraten zurück. Der Instinkt gebietet uns aber, Nachkommenschaft zu zeugen, um die Art zu erhalten. Das heißt: da wir – wie alle Säugetiere – einem Fütterungs- und Pflegezwang unterliegen, befriedigen wir dieses profunde Bedürfnis mit einem dekadenten Betütern von Tieren; um das mal mit meinen unvollkommenen Worten zu erklären.«

»Ja aber, wir haben auch einen Hund! Der wird weder von mir noch von meinen Eltern betütert.«

»Du hast Kinder und deine Eltern Enkel. Aus diesem Grund darf dein Hund ein Tier bleiben, ohne mamihaft behandelt zu werden. Die vermenschlichten Kreaturen leiden stark unter der entarteten Haltung und entwickeln die schlimmsten Neurosen. Das siehst du an diesen verwöhnten und verfetteten Spaniels, die es genießen, sich einmal hündisch in der vergammelten Asche wälzen zu dürfen. Diese Asche stinkt uns; für eine Hundenase ist das ein absoluter Wohlgeruch. Und wenn ...«

Eine schrille Stimme unterbrach Peters Aufklärungsversuch. Frisch angemalt und jugendlich aufgedonnert erschien Erdmute im Hauseingang. Zu einer weißen Designer-Jeans trug sie ein engsitzendes Top aus schwarzem Lurex. Ein schwarz-weiß geblümter Schal aus elegantem, mit Seide vermischtem Kaschmir rundete ihr teures Outfit ab. »*Juanita*!«, wollte sie aufgeregt wissen. »Hast du meine Scheißerlis gesehen?«

»Eben liefen sie hier herum, Frau Mooshuber«, rief die Gefragte zurück.

»Pfeifen Sie mal nach den Hunden«, empfahl *Juanitas* Ehemann der aufgetakelten Deutschen mit verhaltener Schadenfreude.

»Rosen! Resli!«, lockte Erdmute, da sie des Pfeifens nicht mächtig war. »Mami hat Leckerlis.« In der manikürten Hand hielt sie einen Karton Trockenfutter, mit dem sie laut rappelte.

Postwendend hüpfte das fettig-verklebte Duo aus der Asche, spurtete in verfressener Vorfreude auf das Geräusch zu und sprang laut kläffend an Frauchens weißer Designer-Hose hoch.

»... ja natürlich Boris. Das Geld liegt gut versteckt in unserem Fischkutter, nur keine Aufregung! Ich wollte mich gerade bei dir melden und ... Gut, dann treffen wir uns um 17.00 Uhr im Hafen von *Dénia* am Fischstand.« Baldi schaltete das Handy aus und wischte sich die feuchte Stirn ab. »Wenn ich mich mit dem Siebenbürgen-Deutschen aus Rumänien unterhalte, läuft mir vor Furcht das Wasser am Körper herunter.«

»Jeder weiß, dass die Ostblock-Mafia besonders brutal agiert«, bestätigte Gottlieb. »Mir schlottern jedes Mal die Knie, wenn der Big-Boss mit seinen Staffordshire-Bullterriern erscheint, die auf den Mann abgerichtet sind.« Er imitierte das gebrochene Deutsch des Rumänen. »Ich hassen deutsch Polizei! Das alles dreckiges Bullen! Deshalb ich nennen mein zwei Kampfhundchen: Bullen und Beißer! Hö, hö, hö!«

Baldi lachte ob der gelungenen Parodie kurz auf, ehe er sofort wieder verstummte. »Komm! Nimm die Beine in die Hand! Wenn ich daran denke, wie rigoros Boris reagieren kann, falls man seine Befehle nicht minutiös befolgt, läuft mir ein eiskalter Schauer den Rücken hinunter.«

Auf dem Weg vom *Centro Sanitario* nach *Dénia* machte sich im Wagen eine gedrückte Stimmung breit. Baldi fuhr, als wenn der Leibhaftige hinter ihm her wäre. Die kriechenden Fahrzeuge während der Rushhour brachten ihn schier zur Verzweiflung. Unter dem wütenden Hupen der anderen Verkehrsteilnehmer überholte er waghalsig die Autoschlangen und atmete erleichtert auf, als er mit quietschenden Reifen am Hafen auf einem freien Parkplatz stoppte.

Während der halsbrecherischen Fahrt blieb Gottliebs überstrapazierte Leidensfähigkeit nicht ohne Folgen. Wütend zählte er drei rotglühende Pickel auf seiner Stirn, als er den Beifahrerspiegel herunterklappte. »Du rücksichtsloser Egoist!«, zeterte er empört. »Die besten Jahre meines Lebens habe ich dir geopfert! Und was tust du hirnloser Halbaffen-Homo meiner zarten Haut an?« Mühsam schluckte der Sensible die aufsteigenden Tränen hinunter.

»Reiß dich zusammen, du transusige Tränen-Tunte!«, zischte der hirnlose Halbaffe unbeherrscht zurück und nahm aufgebracht einen kräftigen Schluck aus der Baldrianflasche. »Da hinten am Kai steht der Big-Boss und wartet mit seinen zähnefletschenden Kampfmaschinen auf uns!« Er reichte den Beruhigungssaft weiter.

Die Transuse zuckte ängstlich zusammen, als sie der 1,60 m kurzen und schmächtigen Gestalt ansichtig wurde, deren Bullterrier gereizt an den Leinen zerrten und mit angelegten Ohren in ihre Richtung knurrten. Mit fliegenden Händen nahm Gottlieb auch einen Schluck aus der Flasche.

»Komm, Kumpel!«, ermahnte Baldi sein Pendant. »Sei ein Mann!« Betont forsch stieg er aus dem Wagen.

»Im Moment will ich kein Mann sein!«, trotzte Gottlieb weinerlich. »Und wenn mir Titten wachsen würden, bestünde eventuell die Aussicht, dass der Big-Boss mich vernascht und nicht die Hunde auf mich hetzt.« Mit weichen Knien stieg er aus und ging hinter Baldis Rücken in Deckung.

»Ich schon die ganze Zeit gewartet! Hö, hö, hö!«, empfing sie der finster dreinblickende Zwerg. »Wo sich Geld aufhalten!?«

Baldi machte einen großen Bogen um die geifernden Bullterrier. »Das Geld müsste im Ruderhaus unter den Planken liegen. Bitte, Boris! Beruhige die Bestien und binde sie am Poller fest. Im Ruderhaus ist es sehr eng. Gottlieb kann draußen bleiben und darauf achten, dass die Tiere niemand anfallen.«

»Was du willst sagen mit **müsste**?« Boris Stimme bekam einen gefährlichen Unterton. »Sein sich Geld da oder nicht da?« Er bückte sich und leinte die Hunde am Poller fest.

Baldi schloss die Tür zum Ruderhaus auf. »Natürlich ist das Geld ...«, abrupt unterbrach er den begonnenen Satz und starrte mit blassem Gesicht auf die herausgebrochenen Planken unter dem Tisch, aus deren Vertiefung ihm höhnisch eine gähnende Leere entgegenblickte. Seine Gedanken überschlugen sich: zweifellos war das Geld geklaut worden. Aber weder die Tür noch das Glasfenster des Ruderhauses zeigten Einbruchsspuren. Boris würde ihm einen Diebstahl nicht abnehmen. Den Zaster vom Nebengeschäft mit den Diamanten konnte er nicht anbieten, da er keine Ahnung hatte, welcher Betrag zwischen Boris und Erdmute ausgehandelt worden war.

In Sekundenschnelle bastelten Baldis Gedanken eine Story zusammen. Ein Stoßgebet gen Himmel sendend hoffte er, dass ihm der Rumäne das

Märchen abnahm. »Hör zu Boris!«, begann er zögernd, »du hast gesehen, dass mein Trawler beschädigt wurde. Ich bin mit dem Katamaran zusammengestoßen. Während ich lange im Hafenamt damit beschäftigt war, den Hergang der Havarie zu Protokoll zu geben, ist die Mooshuber wahrscheinlich hier gewesen und – da sie mich nicht antraf – unverrichteter Dinge wieder weggegangen.« Baldi holte tief Luft und wischte die Schweißperlen von der Stirn. »Gottlieb und ich waren heute schon in ihrer Villa, aber wir fanden ein leeres Haus vor. Am späten Abend fahren wir erneut raus und werden dann das Geschäft mit ihr abwickeln.«

»Und warum du nicht gesagt in Handy, dass Handel nicht gemacht?«, schlug ihm der gefährliche Pygmäe die verdrehten deutschen Sätze donnernd um die Ohren.

»Aber Boris! Seit vielen Jahren machen wir zusammen gute Geschäfte. Hättest du mir die Geschichte geglaubt, wenn du dich nicht selbst von der Havarie im Hafen überzeugt hättest?«

Der Rumäne zog drohend die Augenbrauen zusammen und dachte nach. »Gut! Wir lange machen Geschäfte. Du haben recht.« Als der Big-Boss unter die ausgebeulte Achselhöhle seines Sakkos griff, hielt Baldi den Atem an. Mit geschlossenen Augen erwartete er den finalen Schuss, der seinem viel zu kurzen Leben ein Ende bereiten würde. Stattdessen rieb Boris durch seine juckende Unterarmnässe, zog die Hand wieder hervor, roch daran, verzog angewidert die Nase, stylte mit den klebrigen Fingern seinen blonden Bürstenhaarschnitt und knurrte bösartig: »Bis jetzt alle Geschäfte gut. Du mir morgen bringen Geld oder du sein tot!« Er machte eine entsprechende Bewegung und ratschte mit dem Zeigefinger über seine Kehle. »Und auf dein warmes Bruder ich hetzen klein Bullen und niedlich Beißer, damit ihm können abzwicken die Eier, hö, hö, hö! Oder ich gehen zu Mooshuber-Frau und ihr ganz langsam ich schlitzen auf weißen Wabbelbauch, wenn nicht will sie machen Handel wie telefonisch vereinbart.« Der Rumäne schaute auf seine Armbanduhr. »Ich noch haben andere Geschäfte. Ostblock-Mafia nicht schlafen. Du daran denken, dass Staffordshire-Bullterrier gezüchtet für beißen Ratten tot! Wer in mein Mafia tanzen aus Reihe, der sein Ratte! Entweder morgen Geld oder du tot und warmes Tunte ohne Klöten.«

Hörbar stieß Baldi den angehaltenen Atem aus. Seine Hände zitterten, als er angsterfüllt und mit tropfnasser Kleidung die Tür des Ruderhauses öffnete.

Boris trat vom Trawler auf die Uferpromenade und löste die Hundeleinen vom Poller. Wild tobend sprangen die Terrier am Big-Boss hoch. Aggressiv bissen sich die Tiere gegenseitig blutig und konnten selbst vom eigenen Herrn kaum unter Kontrolle gehalten werden.

Baldi hielt Ausschau nach seinem Lebenspartner, der sich auf dem Kai hinter den Billet-Buden der vielen Fährschiffe verborgen hielt.

Eilig ging Gottlieb auf den Freund zu, schaute in sein verstörtes Gesicht und fühlte nahendes Unheil auf sich zukommen. »Der Rumänen-Deutsche«, er zeigte auf einen schwarzen Volvo in der vorderen Parkreihe, »hat seine halbe Ostblock-Mafia mitgebracht.«

Baldi sah Gottliebs ausgestecktem Zeigefinger nach. Aufgewühlt stierte er auf vier schwarzgekleidete, düster anmutende Giganten, deren ausgebeulte Achselhöhlen dem eingeweihten Betrachter Auskunft gaben, welcher Zunft die geschlossene Gesellschaft angehörte.

»Baldi, du siehst grauenvoll aus!«, stellte der Lebensgefährte fest. »Was ist passiert?«

»Es geht um mein Leben und den Erhalt deiner mädchenhaften Männlichkeit. Wir müssen zur Mooshuber-Villa düsen. Alles weitere erkläre ich dir auf der Fahrt nach *Javea*.

Boris ging mit seinen gefährlich knurrenden Bullterriern zu den dumpf dreinblickenden Gesellen, die gelangweilt vor dem Volvo standen und erwartungsvoll in Hab-Acht-Stellung gingen, als der kleinwüchsige Big-Boss sich vor ihnen aufbaute. Lautstark gab er in flüssigem Russisch Anordnungen: »Findet die Adresse von dieser Mooshuber raus! Die wohnt in *Javea*. Irgendwas stinkt faul!« Er tippte an seine große Nase. »Das wittert mein Riechkolben zehn Meilen gegen den Wind. Es könnte außerordentlich interessant werden, wenn wir diesem drallen deutschen Drachen bei Dunkelheit einen kleinen Höflichkeitsbesuch abstatten würden! Hö, hö, hö!«

Sechs

Ganz nach Rüdenart begrüßte Rambo im Englischen Garten mit *Bein-chen heben* einen Baum nach dem anderen. Geschäftig verewigte er sich für die Hunde-Damenwelt, indem er seine Duftmarken setzte, um das Revier sorgsam abzustecken.

Unter einer prächtigen Rotbuche, in der Nähe des leise murmelnden Eisbachs, fand Julia ein freies Plätzchen zwischen vielen Erholungssuchenden, die in kleinen Grüppchen, zu zweit oder solo, das herrliche Sonnenwetter und die frische Luft genießen wollten. Das Aprikosen-Eis hatten sie mit großem Appetit gegessen. Satt und händchenhaltend döste das Liebespaar im Schatten des Baumes, als es durch lautes Geschrei von der Liegedecke hochschreckte und neugierig zum Spielplatz blickte.

»Das ist wirklich das Allerletzte«, hörte man eine junge Frau schreien, die erbost ihren zweijährigen – in Pampers gewindelten Dreikäsehoch – aus einem Sandkasten zog, in dem viele Kinder mit großem Eifer Burgen bauten. Die Eltern, die rund um den Spielplatz auf ihren Decken lagen, erhoben sich aufgeschreckt und umringten jenes, was diesen Aufruhr ausgelöst hatte. Das anfänglich erregte Gemurmel schlug in lauten Protest um, je mehr Eltern sich einfanden.

Sanft stieß Julia ihren Freund in die Seite. »Da drüben am Kinderspielplatz rottet sich eine aufgebrachte Menschenmenge zusammen. Das hört sich an, als ob irgendjemand gelyncht werden soll.«

»Ach, Julia!« Markus gähnte herzzerreißend. »Das geht uns nichts an. Wahrscheinlich handelt es sich um Kindererziehung oder Kinderkacke oder sonstige Familien-Streitigkeiten.«

Das bedrohliche Murren der Menge wurde lauter. »Das ist ein gefährlicher Kampfköter!«, rief eine aufgebrachte Männerstimme. »Wenn er keinen Maulkorb trägt, sollte man ihn wie einen tollwütigen Hund abschießen können!«

»Hast du Rambo gesehen?« Julia schwante Böses. »Eben lag er ganz brav neben uns.«

Zögernd erhob sich Markus und beschattete mit der Hand seine Augen. »Vielleicht sollten wir doch einmal nachsehen, was am Spielplatz los ist.«

Beide drängten sich durch die Ansammlung. Erschrocken griff Julia nach Markus Hand, als sie sah, dass die geballte Masse Mensch drohend vor Rambo stand, der seelenruhig im Sandkasten hockte und hingebungsvoll seiner gesunden Verdauung freien Lauf ließ.

»Ist das etwa ihr Hund?«, forderte lauthals ein Familienvater zu wissen, der sich seinen Filius rittlings auf die Schultern gesetzt hatte. Eine mit Dreck vermischte braune Brühe lief aus dem losen Pampers-Beinbündchen an seinem Rücken hinunter. »Sie sollten den kotenden Köter aus dem Spielbereich unserer Kinder nehmen und den mit Bakterien verseuchten Hundehaufen fix entfernen!«

»Genau!«, bestätigte ein aufgestachelter, rüstiger Opa seinen Vorredner. »Obwohl es in Bayern ganz klare Bestimmungen gibt, dass große Hunde anzuleinen sind und einen Maulkorb tragen müssen, macht jeder Hundehalter, was er will.«

»Aber meine Herrschaften«, versuchte ein hinzugeeilter Hundeliebhaber zu vermitteln. »Auch, wenn dieses Tier keinen kupierten Schwanz und niedliche Schlappöhrchen hat, so kann jeder sehen, dass das halbe Häuflein Hund ein ganz harmloser Boxer ist, der niemandem etwas zu Leide tut.«

»Häuflein, halbes Häuflein?!«, klagte eine aufgebrachte Mutter, die sich schützend vor ihre kleine Tochter gestellt hatte. »Ich sehe einen Riesenhund, der einen fulminanten Haufen in die Spielstätte unserer Kinder kackt, und dass keiner den Mumm aufbringt, dieses Ungeheuer von seinem Vorhaben abzuhalten.«

»Apropos abhalten«, mischte sich der Ehemann einer werdenden Mutter ein. »Wenn wir Eltern unsere Kinder bei einem kleinen Geschäftchen abhalten, und das natürlich nur in höchster Not, steht eilends irgendein moralisierender, kinderfeindlicher Bürger hinter uns und empört sich darüber. Aber diese – in alle Ecken pieselnden und kotenden – Köter dürfen ohne Strafe die Gesundheit unserer Kinder gefährden.«

Die werdende Mutter nickte und klopfte dem zukünftigen Vater anerkennend auf die Schulter. Schließlich waren das Erfahrungen, die man zwar noch nicht gemacht hatte, aber in nächster Zukunft erleben würde.

»Das kann ich bestätigen!«, plapperte aufgeregt ein älterer Herr ohne

Anhang dazwischen. »Ich habe es selbst gesehen, dass man eine Mutter, die ihr Kind am Straßenrand abhielt, sogar bezichtigte, sie hätte ihre Aufsichtspflicht verletzt!« Die Stimme des anhanglosen Herrn war durchsetzt von vertraulicher Anbiederung, als er fortfuhr: »Und seien Sie ehrlich! Falls unsereins – wenn es denn pressiert – im Busch seine Notdurft verrichtet, dann ist das gesetzwidrig und man wird wie ein Verbrecher behandelt.«

Zögernd nahmen einige Eltern von dem *Naturpinkler* Abstand und schauten ihn misstrauisch von der Seite an. In der heutigen Zeit konnte man nie wissen, aus welcher Richtung den Schutzbefohlenen Gefahr drohte.

Von rechts kämpften sich unvermittelt vier betrunkene, kahlgeschorene junge Männer an den Menschenpulk heran und skandierten zusammenhanglos: »Ausländer raus! Keine Asylanten in Deutschland!«

Ein gebissloser alter Herr verschaffte sich Respekt, indem er mit seinem Spazierstock rücksichtslos eine Gasse durch die Menschenmasse schlug. »Wo ist die Lobby für uns Rentner, welche die dritte Nullrunde anstelle von Rentenerhöhungen hinnehmen mussten?«, mümmelte der zahnlose Mund. »Wer geht für die von Staat und Gesellschaft vergessenen Pensionäre auf die Straße?«

Der Familienvater, dessen Rückenpartie inzwischen von oben bis unten besudelt war, nahm nun die Sache persönlich in die Hand. »Ich heiße Gerhard Gruber. Meine Frau Gretchen und ich«, er fasste seine Partnerin liebevoll um die Schultern, »haben drei Kinder. Das kleine *Scheißerli* da oben ist unser Nesthäkchen Felix. Wir wohnen in Schwabing, direkt neben diesen herrlichen Gartenanlagen, und verbringen jeden sonnigen Nachmittag mit unseren Kindern im Freien. Ich plädiere dafür, dass wir gemeinsam eine Petition unterschreiben, um sie dem Münchner Oberbürgermeister vorzulegen. Wir sollten dafür sorgen, dass unsere Kinder unbehelligt und geschützt vor Hunden in den Anlagen spielen können. Falls das nichts hilft, demonstrieren wir. Aber nicht nur mit Transparenten und Unterschriften! Überlegenswert wäre es, dass wir unseren Kindern die vollen Pampers ausziehen und sie genauso dekorativ in die Anlagen legen, wie die Hundebesitzer es mit den Haufen ihrer Hunde immer getan haben und weiter tun werden. Wenn das alles nichts nutzt, schlage ich schlussendlich vor, dass wir uns die freilaufenden Tiere schnappen und denen Pampers anziehen.«

Gerhard Grubers Empfehlungen wurden beifallklatschend und unter lautem Gelächter angenommen. Einer der Väter schlug vor, zur Durchsetzung der Forderungen und zur Sauberhaltung der Anlagen einen Verein zu gründen. Als alle heftig debattierend auseinandergingen, war sich jede Gruppierung einig, dass – für welche Interessen auch immer – man demonstrieren müsste, um den berechtigten Forderungen Nachdruck zu verleihen.

Der Hundehaufen des Anstoßes verkümmerte derweil zur Nebensache, sodass Julia und Markus – einschließlich des Täters mit den treuen und unschuldig dreinblickenden Hundeaugen – unbehelligt ihre Liegedecke aufsuchen konnten. Geräuschlos packten sie ihre Siebensachen und schlichen auf Zehen-, beziehungsweise Pfotenspitzen unbemerkt nach Hause.

Am nächsten Morgen betrat Julia, mit zehnminütiger Verspätung, den Juwelierladen durch die Seitengasse. Erleichtert atmete sie auf, als ihr aus dem Tresorraum fröhliches Pfeifen zur Deutschen Marschmusik entgegenschallte. Auch wenn Herr Mooshuber sich ihr gegenüber wie ein verliebter Pennäler benahm, auf Pünktlichkeit und Disziplin legte er allergrößten Wert. »Grüß Gott, Chef, an diesem besonders schönen Tag«, machte sie sich mit einem reizenden Lächeln beliebt. »Haben Sie die schmutzige Hose für die Reinigung bereitgelegt?«

»Aber sicher, liebste Julia.« Erasmus übergab ihr freudestrahlend eine Einkaufstasche, in der sich außer dem zu reinigenden Kleidungsstück eine langstielige Baccara-Rose befand.

»Aber Herr Mooshuber, das wäre doch nicht nötig gewesen.« Julia gab sich die größte Mühe zu erröten. Da ihr das nicht gelang, drehte sie sich schnell um und ging nach nebenan in den kleinen Aufenthaltsraum. »Ich stelle die herrliche Rose ins Wasser.« Bevor sie nach den Schlüsseln suchte, vergewisserte sie sich, dass die Lade an der Schmuckvitrine aufgeschlossen war. Wachsam nahm sie den Schlüsselbund aus der Manteltasche ihres Arbeitgebers und steckte ihn behutsam in die Tasche der verschmutzten Hose. Als sie nervös in den Laden zurückkehrte, kam ihr Erasmus lächelnd entgegen, um eine neue CD in den Player einzulegen.

Parallel zum Erklingen des *Dessauer Marsches* betrat Markus das Hintenlang'sche Geschäft und lauschte aufmerksam. Zu Julias Erstaunen sang er fehlerlos den Text zu dem Marsch, den ihr Chef im Nebenzimmer gut gelaunt pfiff.

>>Noch einmal! Da capo!<<, der Fürst kommandiert,
es müssen Heerpauken zur Stelle;
es rasseln die Trommeln, es wird musiziert,
als gelt's zu erstürmen die Hölle.

Erasmus erschien mit einem erfreuten Lachen im Laden, um einen gleichgesinnten Fan der Deutschen Marschmusik zu begrüßen. Über Markus Anwesenheit erschrak er so nachhaltig, dass er sich wie ein kleines, unsicheres Kind mit blutleerem Gesicht hinter der zarten Julia versteckte und völlig konsterniert über die blassen Lippen stotterte: >>Verlassen Sie mit ihrem bulligen *Beinbumser* im Nu mein Juweliergeschäft, sonst rufe ich die Polizei!<<

>>Aber, Herr Mooshuber!<< Verdattert nahm Markus die heftige Reaktion des Geschäftsinhabers zur Kenntnis. >>Der Hund steht angebunden vor der Tür. Ich bin gekommen, um mich bei Ihnen zu entschuldigen. Da ich während unseres letzten, unglückseligen Zusammentreffens gehört hatte, dass Sie ein Liebhaber der Marschmusik sind, habe ich zur Wiedergutmachung eine CD mitgebracht.<<

Erasmus trat langsam hinter Julias Rücken hervor, schaute misstrauisch nach allen Seiten und dann begierig auf Markus' Hand.

>>Margareten-Marsch! Komponiert und getextet von Johann G. Piefke<<, las Markus laut vor.

>>Ich habe eine fast vollständige Sammlung der Deutschen Marschmusik, aber dieser Titel fehlt!<<, erklärte Erasmus mit roten Wangen und heiserer Stimme. >>Wie kommt es, dass sich ein junger Mann für diese Musikrichtung interessiert?<<

Markus nahm Haltung an, klappte die Hacken zusammen und meldete zackig: >>Zwölf Monate bei der Bundeswehr gedient!<<

Erasmus wirkte wie elektrisiert. >>Dienstgrad?!<<, bellte er.

>>Gefreiter Markus Mandant!<<

>>Einheit?!<<

>>Panzeraufklärungsbataillon 3, Lüneburg!<<

Mit einer Hand an der nicht vorhandenen Mütze salutierte Erasmus. >>Zwölf Jahre Zeitsoldat! Hauptfeldwebel! Also Spieß und damit Mutter der Kompanie. Einheit: Panzeraufklärungsbataillon 1, Braunschweig.<<

Markus lachte und überreichte feierlich seinem neu gewonnenen Kameraden die Piefke-CD.

Überwältigt nahm Erasmus das Geschenk an und verkündete schwärmerisch: »Ja, das waren glorreiche Zeiten! Damals, während der Militärzeit. Da war der Mann noch ein Mann. Hart und diszipliniert, wehr- und heldenhaft erzogen ...« Die Kompaniemutti suchte nach weiteren, mannhaften Superlativen und schmückte wortgewaltig und weitschweifend die vielen Episoden seines heldenhaften Soldatenlebens aus.

Die Stimmung konnte nicht besser werden. Es schien, als hätten sich zwei Landser nach langen und entbehrungsreichen Kriegsjahren getroffen, um die imaginären Heldentaten aufleben zu lassen, ohne zu bemerken, wie schnell die Stunden vergingen.

»Mein ehemaliger Vorgesetzter, Major von Turmberg, alter Adel, schneidiger Offizier«, schwafelte redselig die Mutter der Kompanie, »sang im Kasino zur fortgeschrittenen Stunde sämtliche Strophen des Dessauer Marsches und erzählte Herrenwitze von Oberst Zitzewitz.«

Julia hob hinter Erasmus Rücken ihren linken Arm hoch und zeigte vielsagend auf die Armbanduhr.

Markus schlug vor dem Spieß a. D. die Hacken zusammen und nahm diensteifrig Haltung an. »Gestatten, Herr Hauptfeld! Will verbockte Sache von gestern gutmachen! Werde verschmutztes Beinkleid persönlich in die Reinigung bringen!«

»Jawohl, mein Lieber!« Erasmus schlug Markus markig auf die Schulter. »Erlaubnis erteilt!«

Er drehte sich zu seiner Angestellten um, die hastig ihren hochgehobenen Arm hinter dem Rücken verbarg. »Fräulein Julia!«, kommandierte er jovial. »Geben Sie dem netten Gefreiten das Gewünschte!«

Julia drückte ihrem Freund die Tragetasche geschickt in die Hand, sodass man kein Klirren des Schlüsselbundes vernahm.

Als Markus den Laden militärisch grüßend und strammen Schrittes verließ, murmelte die Mutter der Kompanie seufzend: »Leider habe ich keine Kinder. Aber wenn ich mir einen Sohn gewünscht hätte, dann müsste er so sein, wie dieser sympathische, disziplinierte und grundehrliche deutsche junge Mann, dem die Verteidigung seines Vaterlandes am Herzen liegt.«

Sieben

Voller Ingrimm schaute Erdmute auf ihre einstmals blütenweiße Designer-Jeans, packte die vor Schmutz starrenden Rassehunde am Genick und schleifte sie bis in die obere Etage. Als sie die jaulenden Tiere durch das Zimmer zog, in dem Viktor seinen übermäßig genossenen Alkohol ausdünstete, schreckte ihr Geliebter hoch und greinte in der gewohnten Weise: »Muschilein, du sollst mich nicht immer so erschrecken!«

In diesem Moment brannten bei Erdmute alle Sicherungen durch. Außer sich vor Zorn warf sie die Rosen-Resli-Raben in das angeschlossene Bad en Suite, ging zum aufrecht im Bett sitzenden Muskelmann, bildete eine Faust und platzierte sie mit einem trockenen Aufwärtshaken mitten in der immerwährenden Leidensmiene.

Den gepeinigten Aufschrei ihres bayrischen Holzhackerbubs ignorierte sie konsequent. »An der Nase eines Mannes erkennt man seinen Johannes!«, schnauzte sie ihn mit schriller Stimme an. »Das war dein ewiges Gesülze, um von mir Geld für eine Nasenoperation zu ergattern. Ich gebe dir hiermit den Grund und die Gelegenheit, um dein zierliches Liliputnäschen in ein herausragendes männliches Statussymbol verwandeln zu lassen. Denn dieses bluttriefende Etwas, das unter deinen Augen klebt und rot vor sich hersprudelt, verdient ohnehin den Namen Nase nicht mehr ...« Ihre flüssig vorgetragene Vorwurfsattacke ging in ein gedehntes Holpern über, weil sich Viktors Hände ineinander verkrampften. Als er über seine Lippen leckte und den Geschmack des Blutes wahrnahm, verdrehte er die Augen und fiel ohnmächtig in die Kissen.

Diesmal bemühte sich seine mütterliche Geliebte nicht um ihn. Einem Nervenzusammenbruch nahe, stürmte Erdmute in die Toilette und ließ stöhnend kaltes Wasser über ihre schmerzenden Fingerknöchel laufen. Erbittert scheuerte sie mit Seife den fettigen Schmutz ihrer ungezogenen Lieblinge von den Armen, riss zornbebend die ruinierte Jeans herunter und zog mit fliegenden Fingern eine zerknautschte Wanderhose unter einem Haufen schmutziger Wäsche hervor, um sie angewidert überzustreifen.

Furchtsam fanden die Cocker-Spaniels hinter der Marmorsäule des Badezimmers Zuflucht, da sie aus langjähriger Erfahrung wussten, dass man dem Frauchen geflissentlich aus dem Wege zu gehen hatte, wenn es sich in einem seiner hysterischen Ausnahmezustände befand.

Der Durchgang vom Bad zum Ruheraum blieb geöffnet, als Erdmute wutschnaubend das Licht löschte und die Schlafzimmertür hinter sich scheppernd zuknallte.

Zaghaft schlichen die eingeschüchterten Tiere aus dem Waschraum, um vor Viktors Bett Witterung aufzunehmen. Ohne zu zögern sprangen sie in die weißen Laken und schmiegten sich mit ihrem rußig-nassen Fell eng an jenen Menschen, von dessen sanften Schwingungen keine Gefahr ausging. Als Rosen ihn mit der kalten Hundeschnauze anstieß, zeigten Viktors brach liegende graue Zellen rudimentäre Reaktionen und er streichelte erfreut über das nasse Fell. »Mösilein, du bist feucht? Da werd' i ganz gamsig!«, lallte er. »Sollen wir uns wieder vertragen und eine unanständige, neue Nummer ausprobieren?«

Die feurige Antwort auf das eindeutige Angebot gab eine nass-raue Zunge, die eifrig seine Ohrmuschel abschleckte und ihn bis in die tieferen Gehörgänge kitzelte. Bevor Viktor abermals sein in Alkohol eingelegtes Gehirn dem Reich der umnebelten Träume überließ, kicherte er brünstig: »Nicht so stürmisch, du sexy Boxenluder aus dem Porsche-Rennstall. Ich muss erst wieder zu Kräften kommen.« Sprach's, legte den Kopf auf die Seite und schnarchte nach einer Weile mit den Hunden um die Wette.

Erdmutes Hormone spielten noch immer verrückt, als sie schwer atmend zum Pavillon eilte. »Peterchen, mein Lieber«, trällerte sie mit verschämtem Augenaufschlag, wobei sie sich durch Mimik und Tonlage in ein schüchternes, kleines Mädchen verwandelte. »Die zwei zarten Lämmchen und die drei knusprigen Spanferkelchen am Spieß«, sie drehte die Grillstange über dem offenen Feuer, »duften einfach köstlich. Jetzt wird es Zeit, dass die Gäste langsam eintreffen, sonst hat man den armen, kleinen Tierchen umsonst das kurze Leben genommen.« Als Erdmute verführerisch mit den Wimpern klimperte, wandte sich Peter zu seiner Frau um und verdrehte angeödet die Augen.

»*Juanita*, wie viel Liter Rotwein hast du für die *Sangría* leicht vorgekühlt?« Die Gastgeberin sprach mit der normalen, ihr ganz eigenen Marktweib-

Stimme zu der Haushaltshilfe, die unentwegt kleingeschnittene Äpfel und Apfelsinen in vorgekühlten Krügen mit süßem Likör und kaltem Gin überschüttete, um sie anschließend leicht mit Zucker und Zimt zu bestreuen.

»Erst einmal zwanzig Liter, Frau Mooshuber.«

»*Don Pepe*!« Erdmute reckte den Busen vor, als ihre Stimme einen rauchig-dunklen Alt annahm, aus dem man die *Femme fatale* heraushörte. »Wie steht es mit den Drinks? Was kann der Barkeeper unseren Gästen heute Abend anbieten?« Sie sah auf die unüberschaubare Batterie hochprozentiger Spirituosen, die *Pepe* in einem langen Regal hinter dem Tresen aufgereiht hatte.

»Vom Aperitif über Digestifs bis hin zum Longdrink steht alles zum Mixen bereit. Mit dieser Menge Alkohol könnte ich eine Kleinstadt ohne große Mühe für eine Nacht *borracho* machen. Wie wäre es, wenn ich dich mit einem klassischen Daiquiri ein bisschen betrunken mache?« Er kannte Erdmutes Lieblingsgetränk, zwinkerte ihr charmant mit den Augen zu und warf einige Eiswürfel in den Shaker, gab Rum, Zitronensaft und Zuckersirup dazu, schüttelte alles gut durch und seihte das Getränk in eine gekühlte Cocktailschale.

Erdmute warf ihm eine neckische Kusshand zu und leerte das Glas mit einem Zug. »Du weißt, dass man als gastgebender Tribun dem Volk Brot und Spiele bieten soll – also: den Pöbel bis zum Erbrechen mit Speisen und Getränken abfüllen muss – um das Prädikat: beste Party seit langem verliehen zu bekommen!« Mit Wohlgefallen bemerkte der selbsternannte Volkstribun, dass sich der Alkohol im Magen besänftigend auf die gestörten Drüsenfunktionen auswirkte. »Oh, nun geht es mir besser!«, stellte Erdmute seufzend fest. »*Pepe*, vergiss nicht, das große Feuerwerk gegen 1.30 Uhr in Gang zu setzen!« Sie schaute in Richtung Eingangspforte, aus der man lautes Zuschlagen von Autotüren und Bellen aus vielen Hundekehlen vernahm.

»Wie viele Partygäste hast du gezählt?« Gottlieb sah angestrengt von der gegenüberliegenden Straßenseite zum Tor der Mooshuber-Villa, vor deren Grundstück eine erkleckliche Anzahl von Autos parkte.

»Das müssen inzwischen mehr als vierzig Leute sein«, bemerkte Baldi leise, während er den Oleanderbusch in der Mitte teilte, hinter dem sie sich verborgen hielten. »Der Knackpunkt ist, wann wir am besten nach den Diamanten suchen? Warten wir, bis alle besoffen in den Seilen hängen? Oder halten wir solange *Siesta*, bis die *Fiesta* beendet ist und die Alkoholleichen abtransportiert werden?«

»Es geht nicht nur um die Klunker«, bemerkte Gottlieb zähneknirschend. »Ich will auch das Geld wiederhaben, das diese gierige, olle Schachtel unter den Planken im Ruderhaus unseres Trawlers geklaut hat.«

»Aber nein, Gottliebchen! Überleg' mal. Die Mooshuber hat auf gar keinen Fall die Mücken stibitzt. Da waren Meister ihres Fachs am Werk! Keiner glaubt daran, dass die ungelenke Alte in den Laderaum des Schiffes eingestiegen ist und von unten die Bohlen des Ruderhauses durchbrochen hat. Ne, ne mein Sonnenscheinchen! Hier bist du in einem kolossalen Irrtum befangen, wenn ich das mal so vornehm ausdrücken darf.«

»Wer soll es dann gewesen sein? Sie war die einzige Person, die wusste, wo du den Zaster versteckt hast!«

Baldi strich sich nachdenklich über den Nasenrücken. »Mir gehen seit einiger Zeit besorgniserregende Gedanken durch den Kopf. Das Territorium der italienischen Mafia sind die Balearen. Unser erfolgreicher Diamantendiebstahl, den wir bei unserem betrunkenen und mitteilsamen Nachbarn auf der herrlichen Insel Ibiza gemacht haben, ging durch alle spanischen Tageszeitungen.« Baldi klopfte sich selbst auf die Schulter. »Es war ein gut durchdachter Plan, den wir zwei bravourös in die Tat umgesetzt haben, ohne Verdacht zu erregen! Ich wollte dich nicht beunruhigen: aber seit geraumer Zeit habe ich das unerklärliche Gefühl, dass wir beobachtet werden.«

»Jetzt, wo du es aussprichst?! ... mir geht es genauso!«

Baldi nickte bestätigend mit dem Kopf. »Die Itaker-Mafia hat ihre Ohren überall und ist bestimmt erstklassig darüber informiert, dass wir auf dem spanischen Festland für den Big-Boss im Russen-Territorium klauen.«

»Du meinst also, dass wir eventuell unsere Hintern zwischen die Stühle von zwei Mafia-Organisationen gesteckt haben?!« Nervös zerrte Gottlieb an einem eng anliegenden Bergsteigerseil um seinen Hals, das er bei jedem Einbruch mit sich führte.

»Das ist nicht auszuschließen! Wenn es aber so ist, und die *Makkaroni* fanden zwar keine Diamanten, dafür aber den Zaster unter den Planken unseres Kutters, könnten wir es mit außerordentlich wütenden Verbrechern zu tun kriegen. Ganz bestimmt wurde die Übergabe der wertvollen Steinchen an die Mooshuber von der Itaker-Mafia beobachtet!«

Gottliebs Gesicht glich einer Totenmaske, als er resümierte: »Das bedeutet, diese Killer rücken nicht nur uns, sondern auch der Mooshuber auf die Pelle. Mit anderen Worten: die *Brutalos* sind entweder schon da oder werden heute Abend erscheinen!?«

»Man hat ja bekanntlich schon Pferde kotzen sehen.« Baldi kratzte nervös seinen schwarzen Lockenkopf. »Auf der anderen Seite sind das Vermutungen. Ich denke, dass wir im Moment hier erst einmal sicher sind! Deshalb sollten wir uns nicht wie ängstliche Kinder, sondern wie coole Jungs mit stählernen Nerven benehmen!«

Gottliebs cooler Versuch, seine Nerven zu stählen, schlug fehl. Aufgeregt stülpte er sich ein Nachtsichtgerät über den Kopf. »Siehst du«, flüsterte er anklagend, »ich habe dir gleich gesagt, dass du das Anwesen der Faltenschrulle nicht bei Dunkelheit beschatten sollst. Aus dieser Entfernung kann man weder Freund noch Feind erkennen.«

Baldi drückte den Zweig des rosa blühenden Oleanderbusches zur Seite und schaute auf die unheimliche Apparatur, hinter der das Gesicht seines Partners verschwunden war. Gereizt zuckte er zusammen. »Gottlieb, ich habe dir schon hundertmal gesagt, dass du dieses schreckliche Ding nicht überziehen sollst!«, wisperte er ärgerlich. »Du könntest in Edgar Wallaces Horrorstreifen: **Der Frosch mit der Maske** die Hauptrolle spielen.«

»Da wäre mir die Darstellung des Fieslings lieber, der in dem Film: **Das Schweigen der Lämmer** ein Infrarot-Nachtsichtgerät trägt und den Frauen die Haut abzieht. Huh! Was für eine schön-schaurige Vorstellung!«, raunte Baldis sensibles Pendant. »Äh …, ich will damit sagen«, lenkte er schnell ein, als er in Baldis strafende Augen sah, »solange du mich so liebst wie ich bin, kann mir kein Unheil passieren.«

»Dir passiert gleich was ganz Fürchterliches, wenn du nicht ruckzuck die grauenvolle Apparatur herunter nimmst!« Ergrimmt riss Baldi das Gerät von Gottliebs Gesicht und schleuderte die verhasste Maske in einen Bougainvillea-Strauch, aus dessen dornenreicher Mitte ihnen empörte Laute entgegenfauchten.

»Ach du dickes Ei!«, entfuhr es Gottlieb. Der Satz rief Assoziationen hervor, die ihn dazu veranlassten, entsetzt zwischen seine Beine zu schauen.

»Diese Tierstimmen sind mir mehr als vertraut. Mein Bedarf an Katzen, die sich in allen Körperteilen festkrallen, ist für die nächsten zwanzig Jahre gedeckt.«

Mit Verblüffung verfolgte Baldi die überhastete Reaktion seines Kameraden.

Gottlieb sprang empor, um das knapp ein Kilogramm schwere Gerät aus dem blühenden Busch zu angeln. Dabei zerkratzte er sich die Arme an den langen Stacheln der Pflanze, stöhnte leise auf und brachte sich und die teure Apparatur mit einem Hechtsprung hinter der Mauer des Nachbargrundstücks in Sicherheit. Unter einem großen Zitronenbaum, dessen Zweige bis auf die Erde rankten, streckte er gestresst seine Glieder aus.

Geduckt schlich Baldi seinem Partner nach und kletterte geräuschlos über die Mauer. Kaum hatte er sich neben Gottlieb niedergestreckt, als die beleuchtete Eingangstür des Hauses geöffnet wurde und eine jugendliche Frauenstimme predigte: »Während ich mich nebenan bei meiner Nachbarin auf der *Fiesta* amüsiere, dürfen meine Mädels ein interessantes Nachtleben genießen. Dass mir meine Samtpfötchen morgen früh pünktlich zum Frühstück erscheinen!« Man hörte wohliges Schnurren und leises Miauen aus vielen Katzenmäulchen.

Nachdem das Licht im Hauseingang gelöscht, das Quietschen der geschlossenen Gartenpforte verklungen und der trippelnde Schritt auf hochhackigen Schuhen verstummt war, stotterte Gottlieb: »Nach den Geräuschen zu urteilen«, seine Armhaare standen aufrecht, »muss es sich bei den Mädels um Katzen handeln. Auf dem Grundstück der ollen Jule werde ich von Hunden angefallen. Auf der Straße höre ich aus jedem Busch wütendes Fauchen. Neben mir verunsichern gefährliche Stubentiger unser Versteck und es ist vorhersehbar, dass mich die kleinen Biester gleich mit ihren Reißzähnchen und Samtpfötchen begrüßen werden! Baldi, was sollen wir tun?«

»Ruhig bleiben!«, empfahl sein Freund mit fester Stimme, obwohl es auch ihn innerlich umtrieb. »Ich fress' 'nen Besen, wenn die Miezen sich nicht gleich in alle Himmelsrichtungen verdrücken, um nach Partnern zu suchen. Du kannst mich beim Wort nehmen! Die kleinen, liebestollen Streuner werden sich nicht die Bohne für uns interessieren.«

An der Rückfront des Mooshuber-Anwesens saßen drei dunkel gekleidete Gestalten in einer Lancia-Thesis-Limousine. Italienische Gesprächsfetzen drangen in die Dunkelheit der mond- und sternenlosen Nacht.

»Paolo, was hat dir Luigi am Telefon aus München erzählt?« Emilio warf gelangweilt eine Colaflasche aus dem Wagenfenster, die klirrend auf dem Pflaster zersplitterte.

Das Ende einer Zigarette leuchtete rotglühend auf und Paolo nahm einen tiefen Lungenzug, bevor er auf die Frage antwortete: »Er hat mich darüber informiert, dass er im Münchner Juwelierladen ebenfalls nach den Diamanten suchen wird ...«

»Falls die beiden Homos die Steinchen in unserem Territorium geklaut haben sollten«, fiel ihm Emilio ins Wort, »und sie heute Morgen an die Deutsche verhökert haben ...«

»... und falls die Deutsche die Diamanten nach München verschickt haben sollte!«, beendete Paolo den Satz. »Auf jeden Fall werden wir zweigleisig fahren. Du weißt, dass der Pate nichts dem Zufall überlässt.«

»Dann hätte der Big-Boss den zwei Sumpfohren den Auftrag dazu erteilt«, sinnierte Emilio und gab gewaltige Cola-Rülpser von sich. »Das allerdings glaube ich niemals!«

»Ich bin deiner Meinung!«, bestätigte Paolo. »Die Reviere zwischen unserem Palermo-Paten auf den Balearen und dem Russen-Boss auf dem Festland wurden letztes Jahr klar abgesteckt. Wenn die Ostblock-Mafia die Vereinbarung brechen würde, hätten wir – stante pede – einen blutigen Bandenkrieg!«

»Dazu ist Boris viel zu klug! Er hat sich stracks dem Motto des Paten angeschlossen, das da heißt: teile und herrsche!«, merkte Emilio an. »Auf der anderen Seite fällt es mir schwer zu glauben, dass dieses Schwulenpärchen so dämlich war und den Bruch auf eigene Rechnung gemacht hat!«

»Das wäre für die Wichte mindestens drei Nummern zu groß! Selbst der Dümmste müsste wissen, dass die Mühlen der italienischen Mafia geschwind und äußerst gründlich malen«, wandte Alfredo mit einem sardonischen Lächeln ein.

»Wie auch immer«, stellte Emilio mit teilnahmsloser Stimme fest, »wir haben den Auftrag, zuerst die Villa samt Inhaberin auf den Kopf zu stellen. Oder anschließend aus den Homos herauszukitzeln, wo die Ibiza-Diamanten geblieben sind. Jedenfalls«, Emilio grinte selbstzufrieden, »haben wir drei den Zaster aus dem Fischkutter gerecht untereinander aufgeteilt.«

»Keine Bange, Kollegen«, Alfredo zückte sein Stilett, ließ die scharfe Klinge aus dem Schaft springen und reinigte sich lässig die Fingernägel. »Bei mir hat noch jede Schlampe geredet, wenn ich gedroht habe, ihr mit dem kleinen Messerchen das süße Gesicht zu zerschneiden. Ob die Deutsche die Diamanten hier versteckt oder auf heimlichen Wegen nach München verfrachtet hat, das werden wir alles erfahren, denn sie wird singen wie ein Vögelchen!«

»Wir müssen nur die beste Zeit abpassen, um in die Villa einzusteigen.« Paolo gähnte laut und warf den glühenden Zigarettenstummel achtlos auf den ausgedörrten Boden vor die Wagentür. »Kommt Zeit, kommt Rat! Wir haben noch die ganze, herrlich düstere Nacht vor uns.« Er schnupperte in die klebrig-warme Luft hinaus und prophezeite: »Bald wird ein Unwetter losbrechen! Denn meine rechte Arschbacke, in die Bullen vor einem Jahr biss, juckt wie der Teufel. Weckt mich, wenn es blitzt und donnert, dann stürmen wir den Palast!«

Der Abend war fortgeschritten und die Gäste bester Stimmung. Erdmute ging vollkommen in ihrer Gastgeberrolle auf und gesellte sich abwechselnd zu den bunt zusammengewürfelten Gruppierungen, um sie zu animieren, *Pepes* raffiniert zusammengestellte Cocktails und Longdrinks zu trinken. »Ich freue mich, Sie auf meiner *Fiesta* begrüßen zu können«, empfing Erdmute die muskelbepackte Walküre aus Köln, »und hoffe, dass Sie ausgiebig den Speisen und Getränken zugesprochen haben.«

Das Busenwunder trug die gleiche martialische Kleidung des Vormittags und schien sich köstlich zu amüsieren. Beschwipst ein großes Longdrinkglas schwenkend, kicherte sie mit ihrem Bürschchen um die Wette.

Der untersetzte kölsche Knubbel hatte sich besonders schick herausgeputzt. Zu einer schwarzen, extrem knappen Shorts trug er ein hellblaues T-Shirt und seinen nackten Hals bedeckte eine schwarze Fliege. Die behaarten kurzen Beine, die in schwarz-blau gestreifte Ringelsocken und Jesuslatschen steckten, rundeten das elegante Bild ab. »Aber sischer dat«, beantwortete er die gestellte Frage. »Janz lecker sin die jebratenen Tierschen am Spieß!«

Er hielt seine sonnenverbrannte Pellkartoffel in Richtung Feuerstelle und schnupperte dabei hörbar laut. »Um die Leckereien mal mit e'nem heiteren, kölschen Jedischt zu beschreiben: E'ne jut jebratene Jans, mit e'ner joldenen Jabel jejessen, is e'ne jute Jabe Jottes.«

»Apropos: Gans und Gold«, kicherte die Domina glucksend dazwischen, wobei ihr voluminöser Busen auf und nieder hüpfte. »Mein Name ist Elfriede Gans. Und das Bürschchen, welches heute sehr artig war und deshalb mit mir die Party besuchen darf, heißt Bruno Gold. Ist das nicht zum Brüllen?! Und da ich schon vier von den hervorragend gemixten Scorpion-Lady-Longdrinks intus habe, finde ich alles noch viel drolliger!«

»Och e'nä!«, entfuhr es Goldbruno stolz. »Ming Müsje, dat kann suffe, wie e' Loch!« Er lachte überlaut, wobei die schwarze Fliege auf seinem Adamsapfel im Gleichtakt mit den wippenden Titten der Domina hoch- und runterrutschte.

Wie der Herr, so's G'schert, sagt der Volksmund! Die Deutschen Doggen ließen sich von der enthemmten Stimmung des Gold-Gans-Paares anstecken. Übermütig sprangen sie an beiden hoch und gaben dem Bürschchen einen heftigen Stoß, sodass es nach vorne segelte und sich den Kopf in Elfriedes Monumental-Brüsten einklemmte.

Durch den Aufprall wankte die beschwipste Walküre rückwärts, riss einen schmächtigen Herrn mit grauen Schläfen von den Beinen, beschwerte ihn mit ihrem Kolossalgewicht und schüttete (über)flüssigerweise auch noch die hochprozentig-klebrige Scorpion-Lady über seine weiße Seidenhose.

Der goldige Bruno wollte sich schier ausschütten vor Lachen. »Se müssen schon entschuldijen«, wandte er sich – nach Luft ringend – an den distinguierten Herrn, der von der Domina unterdrückt auf der Erde lag. »So ausjelassen hann isch die beiden Kälber noch nie erlebt. Mein Jott, is dat lustisch!« Da die Miene des bekleckerten und von einem Walkürenhintern niedergedrückten vornehmen Herrn überhaupt keinen lustigen Eindruck machte, versuchte er, dessen sauertöpfige Miene aufzuheitern. »Ming Vollblutweib, dat mit Ihnen an de Äd liegt, hat den beiden Übeltätern urkomische Namen jejeben. Nach e'nem lustijen Jedischt aus Kindertagen.« Über den kommenden Witz juchzte Bruno schon im Voraus, sodass er die mit Lachsalven vermischten Worte kaum über die Lippen brachte: »Pitt un

Patt im Sonnenbad, kloppen sisch dä Pimann platt! Is dat denn nit zum Schreien?« Beifallheischend schaute er in die Runde.

»Aber, welche von den beiden Doggen heißt denn jetzt Pimann?«, wollte eine klapperdürre, ältere und sehr nüchterne Dame von ihrem Ehemann wissen, der lustlos an einem Glas Mineralwasser nippte. »Oder hast du das verstanden, Karlchen?«

Da der verniedlichte Karl die Achseln zuckte und mit dem Kopf schüttelte, schien sich anscheinend auch ihm der tiefere Sinn dieses subtilen Reimes nicht zu erschließen.

Stattdessen sprang die durchtrainierte Domina ernüchtert vom Unterdrückten, ging auf den albern lachenden Bruno zu und trat ihn ohne Umschweife wuchtig in den knapp behosten Allerwertesten. »Das machst du nicht noch einmal, Bürschchen!«, befahl sie dröhnend. Im gleichen Augenblick, da das Lachen in Brunos Hals stecken blieb, vernahm man dumpf-knurrende Töne, die aus Pitts und Patts Kehlen hervorbrachen. Das Doggen-Duo nahm in gewohnter Manier Aufstellung und beobachtete mit geifernd hochgezogenen Lefzen jede Bewegung des Goldbürschchens mit dem brennenden Hinterteil.

Nach dieser taktlos-diskriminierenden Handlung erstarb für einige Sekunden das umtriebige Treiben und die umherstehenden Partygäste schauten betreten drein. Schmachtend blickte der vierschrötige Bruno zu der großen Gans auf und verkündete volltönend, sodass es jeder vernehmen konnte: »Womöchlisch denken Se, dat ich övverdrieve. Evver ich liebe dat martialische Vollblutweib!«

Ganz bewusst hatte Erdmute das Kölner Zweigestirn eingeladen und darauf vertraut, dass es ihren Gästen ein ähnlich kurioses Schauspiel bieten würde, wie auf der Brigg. Fasziniert genoss sie den skandalösen Auftritt. Beglückt schaute sie in die betroffenen Gesichter der Partyteilnehmer und hoffte, in die Annalen der *Fiestas* von *Javea* eingehen zu können. Mit einem maliziösen Lächeln wandte sie der Szenerie den Rücken, besann sich auf ihre Gastgeberpflichten und half dem piekfeinen Herrn auf die Beine.

»Raffaello!«, rief der Piekfeine nach seinem kunstvoll getrimmten Zwergpudel und machte verlegen eine knappe Verbeugung vor Erdmute. »Frau Mooshuber, chönntet Sie mir säge, wo's Bad isch?«

Eine junge, hübsche Frau, deren weißes Sommerkleid ihre schlanke Figur umschmeichelte, bot sich mit einem reizenden Lächeln an: »Frau Mooshuber, kümmern Sie sich weiter um Ihre Gäste. Ich kenne die Räumlichkeiten und kann dem Herrn zeigen, wo sich die Waschräume befinden.«

»Melody, darf ich Ihnen Herrn Seiler, einen Schweizer Schokoladenfabrikanten vorstellen?« Die Gastgeberin wandte sich an den Herrn mit den grauen Schläfen. »Herr Seiler, darf ich Sie mit meiner Nachbarin, Frau MacMillen, bekannt machen? Ich muss Sie allerdings warnen«, Erdmute schaute entzückt auf das Pudelhündchen, »Frau McMillen ist eine fanatische Verehrerin von kleinen, niedlichen Stubentigern.«

Nachdem der Hersteller von süßen Schoko-Glückshormonen der Katzenliebhaberin mit einem galanten »Freut mi!« das Samtpfötchen geküsst und seine Umhängetasche – aus der ein Tauende heraushing – genommen hatte, ging das Traumpaar in Weiß auf die pompöse Villa zu. Hinterher trippelte ein gleichfarbener Zwergpudel, dem der Rest der Partyteilnehmer verzückt nachschaute.

»Habe ich das eben richtig verstanden? Heißt der affektierte Seiden-Typ wirklich Geiler und hat dieser Laffe tatsächlich eine Schokoladenfabrik in der Schweiz?«, kicherte angetrunken ein dünnes Männlein undefinierbaren Alters und stieß dabei seinen in sich zusammengesunkenen beleibten Nachbarn mit dem spitzen Ellenbogen in die Rippen.

Der umfangreiche Herr im Pensionsalter schreckte aus den Alkohol-Nebelschwaden von *Pepes* raffinierten Mixkompositionen hoch, riss die Augen auf, rülpste profund, um dann erschrocken zu murmeln: »'tschuldigung! Gestatten, Freudenhausen. Fer... Ferdinand, Frei... hick, Freiherr von Freudenhausen, hick, hick.« Seine Hochwohlgeboren litt unter einem heftigen Schluckauf.

Die Gattin des mickrigen Männleins – eine mütterlich wirkende Mittfünfzigerin, deren sanft-dunkle Augen verdächtig glänzten und auf einen hohen Alkoholpegel hinwiesen – ermahnte ihren Gatten mit dem Zeigefinger. Unkontrolliert schwankte sie mit dem Oberkörper hin und her, wobei sie sich unablässig der Gefahr aussetzte, vom Stuhl zu fallen. »Mein lieber Ottokar Loch!«, schrie Frau Loch, da ihr Gatte anscheinend schwerhörig war. »Der elegante, in weiß gekleidete Herr heißt Seiler und nicht Geiler. Ich kenne dich genau! Du wirst doch seine Durchlaucht nicht mit diesem Asbach-Uralt-Witz langweilen?«

»Na, nu llass ma, kll… hick, kleines Frauchen«, lallte der beleibte Blaublütige, stützte unsicher die Ellenbogen auf den Tisch, legte die Innenseite beider Daumen unter sein Kinn und versuchte mit den Zeigefingern auf die Augenlider zu tippen. Da er anstatt Ziel-, massenhaft Feuerwasser in sich hineingeschüttet hatte, landete er mit beiden Fingern in den Nasenlöchern. So verharrte er – seinen heftigen Schluckauf-Attacken ausgeliefert – eine kurze Weile, bis es ihm gelang, die Augendeckel anzuvisieren, um mit den Zeigefingern die bleiernen Lider über seinen glasigen Augen nach oben zu schieben. »Vielleicht kenne ich die Zote noch nicht, oder … hick, habe sie zusammen mit meinen grau… hick, grauen Zellen ins Nirwana geschwemmt.«

Hedwig Loch sah mit gemischten Gefühlen, wie ihr Göttergatte, der endlich ein Opfer gefunden hatte, kichernd zur Schwafelattacke ansetzte. »Mir stinkt es auch, wenn man ewig diese abgestandenen Witze erzählt bekommt!«, drängte sich Herr Loch auf, um dann überzeugt fortzufahren: »Aber **den** kennen Sie noch nicht: zwei Stewardessen stehen vor einem Hotel, in dem sie übernachtet haben. Sagt die erste: hast du eben die beiden berühmten Schweizer Schokoladenfabrikanten Toebler und Geiler gesehen? Sagt die zweite: ja! Aber wer von den beiden war denn eigentlich Geiler? Sagt die erste: nu, der Toebler!«

Vor Vergnügen schlug sich Herr Loch auf die spitzen Knie und brüllte vor Lachen.

Seine Gattin kicherte pflichtbewusst mit und schielte in Richtung des Durchlauchtigen, dessen Augenlider – einschließlich der schlaffen Zeigefinger – wieder nach unten gerutscht waren. »Sie sollten unserem liebenswürdigen *Costa-Blanca-Schwafler* niemals das Wort erteilen! Er hört sonst nicht auf, uns alle mit seinen Steinzeitwitzen zu löchern!«

»Aber, gnä' Frau!«, versuchte der blaue Ferdinand galant zu lallen. »Das Witsch… hick, das Witzchen war doch ganz nett.« Der Hochwohlgeborene machte eine Kunstpause, in der er seinen Schluckauf-Attacken Herr zu werden versuchte und riss sich dann energisch am Riemen. »Aber ganz ehrlich, meine Gute: ein geiler Flugzeugbesitzer, der Schokoladen-Schweizer herstellt, welche die Frechheit besitzen, dessen Stewardessen zu bumsen, ist mir in meinen adeligen Kreisen …« Ferdinand Freiherr von Freudenhausen rutschten die Daumen vom Kinn, sodass sein durchlauchtiger Kopf unsanft auf dem Tisch in einem Teller mit zartem Lammfleisch landete.

Verwirrt hob die sanftäugige Frau Loch Ferdinands Kopf in die Höhe, sah in glasige Pupillen und bemerkte einen üblen Geruch, als dem Freiherrn ein saures Aufstoßen entwich, bevor er seinen angefangenen Satz mit »... noch nicht über den Weg gelaufen« beenden konnte.

Frau Loch legte feinfühlig den aristokratischen Edelkopf zurück in den Fleischteller und wanderte mit ihrem Costa-Blanca-Schwafler zu *Pepes* Bar, um voller Passion die neuesten Mixkreationen durchzuprobieren.

Der überwiegende Teil der Fiestabesucher hatte unterdessen nachhaltig den alkoholischen Getränken zugesprochen. Die Stimmung war fröhlich angeheitert und es wurde eifrig das Tanzbein zu den Klängen von Rock-, Pop- und Big-Band-Musik geschwungen.

Erdmute setzte sich zu einer kleinen Gruppe, die nicht richtig in Schwung kommen wollte, da es sich um notorische Antialkoholiker handelte. »Karlchen«, bat die Gastgeberin den Mineralwasser-Trinker. »Kann ich dich zu einem Glas *Piña Colada* oder *Sangría* verführen?« Sie kannte seinen ausgeprägten Geschmack für süß-alkoholische Sachen und hatte gleich beide Getränke mitgebracht.

Karlchens Gattin Annemie lenkte augenblicklich das Gespräch in eine andere Richtung. »Erdmute«, redete sie hektisch dazwischen, »wir sprechen gerade über das interessante Thema *Klonen*! Friedhelm und Heidi sind der Meinung, dass fünfzigtausend Dollar zuviel wären, um ihr Yorkshire-Terrier-Mädchen erneuern zu lassen, bevor Tussi stirbt. In den USA zählt das Klonen vor dem Entschlafen des geliebten Tieres schon lange zur Routine.«

»Darüber habe ich viel gelesen und würde es sofort machen. Schließlich darf Geld keine Rolle spielen, wenn es um die Hunde geht, die ich wie meine eigenen Kinder behandele.« Erdmute nippte grübelnd an der verschmähten *Piña Colada*. »Wenn man zum Beispiel Rosen ein Stück Haut entnehmen würde. Den Zellkern isoliert und sie in Reslis entnommene und entkernte Eizelle einpflanzt, entstünde ein ganz normaler Embryo, der sich – eingesetzt in Rosen oder Reslis Gebärmutter – normal entwickeln könnte!«

»Das geht?« Heidi hielt die winzige Tussi in die Luft und sah den Bonsai-Verschnitt zweifelnd an.

»Na klar!« Friedhelm lachte amüsiert. »Nur, kannst du mir anschließend das Verwandtschaftsverhältnis von Rosen oder Resli zu ihrem Welpen erklären?«

»Überlegen wir mal spaßeshalber!«, sinnierte Karl laut. »Wenn Rosen ein Stück Haut hergibt, dann ist sie der Samenspender und damit der Vater des Welpen. Gleichzeitig aber auch eine jüngere Zwillingsschwester, da der Welpe ja nach ihrem Ebenbild geklont wird. Wenn Rosen den Embryo austragen würde, wäre sie auch des Welpen Leihmutter. Wobei Resli, die Ei-Spenderin auch die Mutter ist und gleichzeitig die Tante des Welpen, weil sie die Schwester von Rosen ist. Und wenn ...«

»Hör auf! Da findest du nie durch!«, unterbrach Annemie das Kuddelmuddel. »Jedoch: Spaß in die Ecke, Ernst komm raus! Wer interessiert sich schon für die Verwandtschaft und deren verzwickte Verhältnisse?« Verklärt schaute sie auf den schwarzen Mops, der friedlich zu ihren Füßen lag und Schwierigkeiten mit der Atmung hatte. »Aber ich sage dir mit aller Bestimmtheit«, fuhr sie engagiert fort. »Um meinen Archibald reproduzieren zu können, wäre mir kein Betrag zu hoch. Nicht wahr, Karl!?«

»Aber sicher, Annemie-Spatzi!«, bestätigte Karl und schielte neidisch auf die *Piña Colada* in Erdmutes Hand.

Um zu verhindern, dass man Rückschlüsse auf ihr Un(Vermögen) ziehen könnte, lenkte Heidi fix ein. »Wenn es um ideelle Werte geht, spielt auch bei uns das Geld überhaupt keine Rolle!«

Friedhelm warf erklärend dazwischen: »Hätte man unsere Tussi nicht so winzig gezüchtet, wäre sie in der Lage, Babys zu kriegen. Aber die Gebärmutter des Hündchens ist viel zu klein und äußerst krebsanfällig ...«

»Aber deshalb kauft man doch so ein niedliches Tierchen!«, hielt Heidi dagegen. »Ich habe mir bewusst die Kleinste aus dem Wurf ausgesucht, obwohl mir klar war, dass die Mutter des vierfachen Welpenwurfes bei der Geburt gestorben ist. Schließlich will man mit dem Trend gehen. Trotzdem haben Friedhelm und ich uns entschlossen – aus Vorsichtsgründen – die Gebärmutter bei unserer Tussi herausnehmen zu lassen. Hoffentlich passiert dem zarten Tierchen bei der Operation nichts.«

»Nebenbei bemerkt: zarte Tierchen!«, forderte Erdmute die Tierfreunde auf. »Ihr müsst unbedingt die knusprigen Lämmchen und Ferkelchen kosten! *Juanita:* säbel' für meine Gäste etwas von dem zarten Fleisch ab!«

»Unsere Erdmute lässt sich nicht lumpen!«, stellte Tussis hungriges Frauchen lobend fest. »Als Gastgeberin verleihen wir ihr das Prädikat: besonders wertvoll! Weil sie stets auf unser leibliches Wohlergehen bedacht ist. Wir sollten uns endlich den Bauch mit den kross gegrillten Lämmchen und Ferkelchen vollschlagen!«

Annemie kostete vom knusprigen Braten. »Erdmute«, gierig knabberte sie an einer Lammkeule, »nächste Woche Dienstag bist du zum Hundegeburtstag geladen. Archi-Möpschen wird dreizehn Jahre alt«, freute sich Annemie. »Hier ist eine Einladung. Karlchen hat am Computer die zwölf Fotos der Hunde eingescannt, die mit ihren Herrchen und Frauchen erscheinen werden. Schau mal, deine Rosenreslis sind auch dabei!«

Während sich alle Köpfe über die aufwendig gestaltete Einladung beugten und begeistert in *Ah- und Oh-Rufe* ausbrachen, leerte Karlchen klammheimlich die *Piña Colada* und schüttete das Glas *Sangría* in einem Zug hinterher.

»Ich wäre nächste Woche mit meinen Lieblingen gerne gekommen«, bedankte sich Erdmute. »Aber ich fliege am Sonntag nach München zurück.« Bedauernd zuckte sie die Schultern, erhob sich und schlenderte zum Nachbartisch, um mit den anderen Gästen einen gepflegten Smalltalk zu halten.

Elfriede Gans dozierte gerade über die Emanzipation der Frau. Laut schlürfte sie einen heißen Mokka hinunter und schien die anfängliche Trunkenheit weitestgehend überwunden zu haben. »Wer dachte noch vor zwanzig Jahren daran, dass eine Frau sich in aller Öffentlichkeit dazu bekennen würde, neben dem Ehemann einen Liebhaber zu haben«, schnatterte die Gans leidenschaftlich. »Ein Privileg, das zu allen Zeiten dem starken Geschlecht vorbehalten blieb. Man(n) meint, dass alleine das Testosteron Muskeln und Kraft verleihe und deshalb die Macht mit ihm sei. Aber sehen Sie«, stolz spannte Elfriede die beachtlichen Bizeps an. »Frau braucht keine Männlichkeitswahn-Hormone, sondern viel Eiweiß und eine eiserne Disziplin beim Krafttraining!«

Bewundernd nickte Bruno mit verschwommenen Augen zu den intelligenten Ausführungen der Domina. Gebannt hingen seine Blicke an den Lippen des Vollblutweibes, während er das vierte Glas Margarita leerte und sich genussvoll die salzigen Lippen leckte.

»Das ist richtig!«, bestätigte eine ältere Lady, die mit einem getönten Blauschimmer das gepflegte Weiß ihrer mondänen Frisur aufgepeppt hatte. »Ich benötige zwar neben meinem Ehemann keinen Liebhaber«, sie kicherte verschämt und zwickte dem neben ihr sitzenden betagten Herrn zärtlich in die Nase, »jedoch habe ich in München im Zirkus Krone – zusammen mit mehr als dreitausend unentwegt kreischenden Damen – die Chippendales gesehen! Die Striptease-Show dieser muskulösen und gut gebauten Riesenmänner war mehr als aufregend!« Augenzwinkernd lächelte sie ihren Ehemann an, der belustigt zurückgrinste, da seine bessere Hälfte die Story schon oft zum Besten gegeben hatte und er ihr die kleine Freude gönnte.

»Mir sind zwar kurze, handliche Männer lieber«, wandte Elfriede ein und Bruno nickte zufrieden. »Jedoch: Man(n) – respektive Frau – könnte sich ja auch einmal für einen anderen Typ interessieren!« Unvermittelt stellte der bislang zufrieden Nickende seine befürwortenden Kopfbewegungen ein.

»Dazu kann ich auch einen Beitrag leisten«, plapperte eifrig ein betagtes Mütterchen dazwischen. »Ich habe neulich wieder einmal die Kontaktanzeigen durchgelesen«, teilte das antike Jahrzehnt vertraulich mit. »Eine Annonce hat es mir besonders angetan. Da stand geschrieben, dass die schwarzen Männer in der Karibik ganz lieb und zärtlich zu weißen Frauen sind. Ein schwarzer Liebhaber«, die Mittachtzigerin verdrehte entrückt die Augen. »Das wäre ein erregend-neuerer Sex, als der, den ich seit über fünfzig Jahren mit meinem kürzlich verstorbenen Heinrich hatte. Gott hab ihn selig!« Erschrocken hielt die rüstige Omi eine Hand vor den Mund, als sie von der aufmerksamen Zuhörerschaft entgeistert angestarrt wurde und ertrug, peinlich berührt, das fünf Sekunden anhaltende Schweigen.

Vereinzelt hörte man verhaltenes Kichern. Dann stimmte – wie bei einem Schneeballsystem – einer nach dem anderen in die Heiterkeitsausbrüche ein, sodass das immer wieder aufbrandende Gelächter der beschwipsten *Fiesta*-Gäste zum Schluss mehrere Minuten überdauerte. Die betagte Dame stieß hörbar den angehaltenen Atem aus und fiel verschämt in das kollektive Gekicher des versammelten Geldadels ein.

Von dem offenherzigen Bekenntnis der Alten aufgestachelt, meldete sich mutig die piepsige Stimme einer grauen Maus zu Wort, deren Wangen vom Alkohol gerötet waren. »Ich habe gehört, dass man sich zum Geburtstag«, sie schaute ihrem massigen Gatten dabei dreist ins Gesicht, »einen Callboy bestellen kann. Meinem bulligen Egon haben seine Saufkumpane zum Fünfzigsten ein Callgirl in einer gigantischen Geburtstagstorte geschenkt.«

Verblüfft schaute der Bullige seine Angetraute an, stotterte ein verstörtes »Aber, Roswitha-Maus!« und blickte verlegen in die gespannt auf eine Erwiderung wartenden Gesichter der Partygäste, völlig fassungslos darüber, dass sich seine füg- und schweigsame Gattin bereitwillig von fremden Frauen aufhetzen ließ, um in aller Öffentlichkeit die intimsten Geheimnisse aus dem häuslichen Nähkästchen auszuplaudern. Statt einer Erklärung zog er es vor, sich den Inhalt eines Sangríaglases auf ex hinter die Binde zu schütten und blieb sowohl seinem Weibe als auch der neugierigen Zuhörerschaft die Antwort schuldig.

»Meine Damen!«, warf Erdmute ein, wobei sie die anwesenden Herren geflissentlich übersah, »lügen wir uns nichts in die Tasche. Sollte sich – auch heute noch – eine Ehefrau nebenbei einen Geliebten gönnen, wie das umgekehrt die Herren der Schöpfung schon immer getan haben, dann ist der Tatbestand zwar der gleiche, jedoch beim männlichen Geschlecht als ein entschuldbares Kavaliersdelikt anzusehen. Beim weiblichen Geschlecht gilt dies immer noch als unmoralisch, verwerflich oder verkommen!«

»Mit anderen Worten«, rief Bullen-Egon, der sich in angeheitertem Zustand durch starke Sprüche zu rehabilitieren versuchte, »Männer verstehen Frauen nicht und Frauen die Männer nicht! Nur der Hund versteht beide!«

Vergnügt sah Erdmute in die lachend-erhitzten Gesichter ihrer mehr oder minder beschwipsten Gäste während der emotionsgeladenen Diskussion. Sie schürte das Feuer, indem sie *Pepe* aufforderte, die angeheiterten Damen des Tisches erneut mit einer Runde der hochprozentigen Mixspezialitäten zu versorgen. Verschwörerisch wandte sie sich an die holde Weiblichkeit. »Wer weiß, meine Damen«, flüsterte sie geheimnisvoll, »vielleicht habe ich keine Chippendales eingeladen. Aber Sie sollten davon ausgehen, dass Spanien Ebenbürtiges zu bieten hat.«

Angeregt nahmen die Ladies die alkoholischen Getränke entgegen. Als Erdmute mit selbstgefälliger Eitelkeit hörte, dass man ihr diese ausgeflippte Überraschung – sozusagen als i-Tüpfelchen am Schluss der *Fiesta* – zutrauen würde, ging sie zufrieden weiter. Die Nachbarin und der Fabrikant der Schweizer Schoko-Köstlichkeiten waren seit geraumer Zeit abgängig. Unerschütterlich davon überzeugt, dass die beiden ein Techtelmechtel hatten, eilte sie zur Villa und erwartete hinterfotzig den zweiten Skandal dieses Abends. Innig hoffte sie, die beiden in flagranti zu ertappen.

»Habt ihr die Fingernägel sauber?«, fragte der kleine Big-Boss. Ungehalten blickte er zu seinen Leuten hoch und steckte, ganz nach Napoleonischer Art, die rechte Hand in das Revers seines Jacketts.

Artig streckten die vier Muskel-Giganten die Hände vor. Jeder hatte ein Mindestmaß von zwei Meter und ein Gewicht von mehr als zwei Zentner vorzuweisen.

»Alle Jahre wieder findet bei der drallen Deutschen ein Massenbesäufnis statt.« Boris kontrollierte die Hände seiner Untergebenen. »Wir werden uns unter die Partygäste mischen. Von euch erwarte ich ein gebildetes und diskretes Auftreten, bis zu dem Augenblick, wo ich das Signal zum Zuschlagen gebe. Keiner kneift! Jeder Quatsch wird mitgemacht, damit man glaubt, dass ihr seit Stunden mitgesoffen habt. Alle nehmen ein großes Glas mit Wasser! Wenn ihr gefragt werdet, was drin ist, antwortet ihr: Wodka!

Kein Alkohol und kein Wort Russisch. Im Schnellkurs bringe ich euch vier herausragend formulierte Sätze meiner deutschen Muttersprache bei: ich nix deutsch sprechen! Ich nix französisch können! Das mir kommen spanisch vor! Ich nur trinken Wodka!«

Unterwürfig sahen die Riesen-Russen auf den selbst ernannten Napoleon herab und stotterten die Sätze folgsam nach.

»Rasputin, wann sollte die *Fiesta* beginnen?«, unterbrach Boris nach geraumer Zeit ungeduldig das wirre Geplapper.

»Zwischen 22.00 und 23.00 Uhr, Boss!«

»Es ist 1.00 Uhr und wir können davon ausgehen, dass alle dem Alkohol fleißig zugesprochen haben. Hö, hö, hö. Bevor wir zum Wagen gehen, kämmt jeder die Haare, putzt die Zähne, nimmt ein Deodorant gegen die Unterarmnässe und geht vorher noch mal still aufs Örtchen!«

Die Herren der Schöpfung hatten die vorgegebenen Anweisungen innerhalb weniger Minuten ausgeführt. Rasputin, der Georgier, setzte sich ans Steuer und der Big-Boss auf den Beifahrersitz. Aljoscha, Alexander und Wladimir quetschten sich ächzend auf die Rückbank des Volvos. In rekordverdächtigem Tempo erreichten sie das hellleuchtete Mooshuber-Anwesen und Boris erteilte die Order, das Auto vor die Einfahrt zu stellen. »Legt eure Jacken und Schulterhalfter ab. Mit den ausgebeulten Jacketts würden wir auffallen und mein sorgsam ausgeklügelter Plan des Überraschungsangriffs wäre perdu.«

»Boss! Ohne Pistole fühle ich mich nackt!«, protestierte der schwarz behaarte Georgier. »Das macht mich nervös!«

Das Gesicht des Pikkolo-Anführers lief rot an und seine stechenden Augen sprühten gefährliche Blitze, als er Rasputin krachend vor das Schienbein trat. »Noch einer, der als Stratege fungieren und sich meinen Befehlen widersetzen will?«

»Nein Boss!«, sang einstimmig der bunt zusammengewürfelte Kosakenchor.

Während Rasputin mit schmerzverzogenem Gesicht sein Bein rieb, rissen sich die anderen ungestüm die Sakkos herunter, schnallten flugs die Schulterhalfter ab, legten alles in Windeseile unter die Vordersitze und schlenderten zum Eingang des Irrgartens. Unschlüssig standen sie vor dem Labyrinth aus Buchsbaum, über dessen mannshohe Hecken ohrenbetäubende Musik und volltrunkenes Johlen herüberbrandete.

Der Napoleon-Nachahmer runzelte die Stirn, steckte – mangels Jackenrevers – die Hand unter das Hemd und dachte nach. Das russische Riesen-Quartett verhielt sich mucksmäuschenstill und hing gebannt an seinen Lippen.

»Das ist ein Irrgarten!«, stellte der Pygmäen-Boss nach kurzer Zeit fest und rührte versonnen durch seine Unterarmnässe. »Das heißt: wir werden uns darin verlaufen!« Da er zu einem Entschluss gekommen war, nahm er die Hand aus dem Hemd, roch an den wohlriechend-klebrigen Schweißfingern und fuhr sich in der gewohnten Weise durch die Haare, um dem blonden Bürstenschnitt festen Halt zu verleihen. »Rasputin!«, belferte er, »du ziehst dein Polohemd aus und ribbelst es am Bund auf. Wir befestigen den Faden am Eingang des Labyrinths und führen ihn bis zum Ausgang. Falls wir uns verlaufen, können wir anhand des Fadens erkennen, wo wir vorher gewesen sind.«

»Boss, das ist genial«, blies Rasputin seinem Vorgesetzten Zucker in den Hintern. »Du bist und bleibst der Größte.« Gespannt wartete der Rest der Ganoven, welche Vergünstigung der Arschkriecher sich mit dem nächsten Satz erschleimen wollte. »Aber du weißt, wie schnell ich mich erkälte! Aljoscha, unser breitgesichtiger Kasache, ist der Jüngste und Widerstandsfähigste!«, Rasputin grinste kriecherisch, »deshalb sollte er die Gelegenheit bekommen, uns alle aus dem verdammten Garten für Irre zu führen.«

Grimmig verzog Aljoscha sein breites Kasachen-Gesicht und drohte Rasputin offen mit dem Mittelfinger seiner rechten Hand. Alexander, der blonde Weißrusse und Wladimir, der kahlköpfige Bulgare warteten vorsichtshalber ab. Beim Big-Boss konnte man nie wissen, welchen Stimmungsschwankungen er gerade unterlag und wie er reagieren würde. Wütend ballten sie die Fäuste in den Hosentaschen.

»Du opportunistisches Schleimer-Schwein!«, brüllte Boris mit weit zurückgelegtem Kopf nach oben in das furchtsame Gesicht des Georgiers. »Runter mit der Klamotte!«

Zu den feixenden Gesichtern seiner Kumpane zog sich das opportunistische Schleimer-Schwein geschwind das Polohemd über den Kopf, biss mit klappernden Zähnen am Saum einen Faden los und fixierte ihn an einem starken Ast.

Im Gänsemarsch wanderten sie durch die engen Gassen des Labyrinths. Boris ging als Letzter und achtete sorgsam darauf, dass der Faden nicht abriss. Die vielen Sackgassen zählten sie schon lange nicht mehr. Nachdem auch das Breitleinwand-Gesicht aus Kasachstan sein letztes Hemd hergegeben hatte, schien ihnen der Ausgang noch immer weit entfernt und sie schwirrten verwirrt durch Labyrinthe.

»Wir haben uns verlaufen!«, stellte Boris weise fest.

Die Ostblockbande schaute rat-, mut- und kopflos drein. Laut fluchend wünschte man die Mooshuber und ihren vermaledeiten Irrgarten zur Hölle.

Da der ausgefeilte Plan des Rumänen-Deutschen seinen hochgesteckten Zielen nicht gerecht wurde, bekam er einen muttersprachlichen Rückfall, stampfte wütend mit dem Fuß auf und zeterte wie ein germanisches Rumpelstilzchen: »Euch nackte Protze von Muskeln nichts einfallen!? Vielleicht nicht nur ihr könnt machen entblößten Oberkörper-Striptease, sondern aufführen auch geistige Entkleidungsnummer von grauer Hirnmasse! Dann eventuell wir finden Ausweg aus irrem Garten!«

»Hi, Jungs!«, rief Elfriede überrascht von der anderen Seite der Hecke. Frau Gans stand vor dem Ausgang des Labyrinths und begutachtete sorgfältig die Verdauungsergebnisse ihrer schwarz-weißen Kälber. Da ihr die Konsistenz der Elefantenhaufen noch immer zu dünnflüssig erschien, beschloss sie, die Medizin gegen Durchfall weiter zu verabreichen. »Die Befreiung der Verirrten aus dem Garten, lässt nicht mehr lange auf sich warten!«, schnatterte Frau Gans begeistert über die Ankunft der Pseudo-Chippendales. Durch die Sichtlücken der hohen Hecke blickte sie tief beeindruckt auf die muskulösen Oben-Ohne-Machos. »Erdmute und die übrigen angeheiterten Damen werden ganz weg sein, endlich den Männerstrip sehen zu können. Wow! Was für eine ausgeflippte Wahnsinnsparty! Wartet Boys! Ich eile, ich fliege!« Die schwergewichtige Gans rannte, verfolgt von den beiden Doggen, um die erste Buchsbaumhecke und prallte gegen Rasputins hüllenlosen Oberkörper. Die schwarz-weiß gefleckten Kälber hatten keine Chance, den abrupt gestoppten Spurt abzubremsen und prallten frontal gegen den breiten Rücken ihres Frauchens.

Bedingt durch die engen Wege, stand der Rest der Russen-Mafia hinter Rasputin in einer Reihe und – wie die Steine beim Dominoeffekt – begrub man den kleinen Big-Boss, der den letzten Platz inne hatte, unter einem Gewicht von fast zehn Zentnern, einschließlich der Doggen-Kilos.

Der zu oberst liegende Rasputin blickte zwischen die hervorragenden Brüste der Domina, die über seinem haarigen Gesicht lagen. Verdattert brabbelte er seinen einstudierten Satz »Ich nix französisch können!« in die aufgeblähten Ballons.

Ehe die überraschte Elfriede eine entsprechende Erwiderung formulieren konnte, zwängte sich der nach Luft ringende Wladimir unter Rasputins verschwitzter Achselhöhle hervor und repetierte automatisch das Gelernte: »Ich nix sprechen deutsch!«

Obwohl der kahlköpfige Bulgare mit dem Hinterkopf die Nase des unter ihm liegenden Weißrussen blutig geschlagen hatte, konnte niemand den blonden Alexander davon abhalten, sein einstudiertes Sprüchlein »Ich nur trinken Wodka!« mit ganzem Stolz zu rezitieren.

Um artig in den Männerchor einstimmen zu können, blieb für Aljoscha nur noch ein Satz übrig, den er als überzeugenden Schlusspunkt setzte. »Das mir alles kommen spanisch vor!«, flüsterte der breitgesichtige Kasache beunruhigt. Bangen Blickes beäugte er die epileptisch zuckende Hand des rumänischen Bosses, die unter ihm herausragte. »Steht auf, ihr Trottel!«, brüllte er im besten russischen Jargon. »Der Big-Boss ist unter mir verschwunden! Wir haben ihn wahrscheinlich ungespitzt in den Boden gerammt!«

Augenblicklich stieß Rasputin die gefallene Gans mit einem brutalen Griff von seinem Körper. Als Elfriede vor Schmerz laut aufschrie: »Bürschchen! Wag es nicht, mich so derb anzufassen, du exorbitanter Grobmotoriker!«, nahmen Pitt und Patt vor dem Georgier Aufstellung, um ihn mit geblecktem Wolfsgebiss blutrünstig anzuknurren.

Der exorbitante Grobmotoriker verfiel in Totenstarre, da das Doggen-Duo grässliche Horror-Assoziationen zu Bullen und Beißer in ihm weckte. Rasputin wagte kaum die Lippen zu bewegen, als er nuschelnd in die Richtung des Mafia-Chefs liebdienerte: »Helft unserem genialen Boss auf die Beine, ihr leeren russischen Wodka-Flaschen! Ich mache mir große Sorgen, dass unser geliebter Anführer nachher so zusammengeschrumpft ist, dass er beim Erdbeeren pflücken von der Leiter fallen könnte.«

Grinsend kamen Wladimir und Aljoscha der Aufforderung nach und hofften voller Schadenfreude, dass der Big-Boss dem Radfahrer mit dem goldenen Lenker anschließend die Hölle heiß machen würde, weil er Witze über die Größe des selbst ernannten Napoleons gemacht hatte. Zu ihrer Enttäuschung grinste selbiger statt dessen entrückt und sah verzückt zu dem begehrenswerten Busen der Domina hoch, um verwirrt stammelnd verdrehte deutsche Sätze zum Besten zu geben. »Ich nix sprechen deutsch, aber wenn ich trinken Wodka, dann ich können französisch und danach mir alles kommen sehr spanisch vor!«

Elfriede blickte interessiert auf Boris niedlich-handlichen Kleinwuchs hinunter. »Das ist überhaupt kein Problem«, meinte sie und taxierte wohlgefällig den Laufenden Meter von oben bis unten. »Denn drüben an der Bar gibt es literweise Wodka und andere geistige Raffinessen. Was allerdings das von dir erwähnte französische Raffinesschen betrifft, mein kleines, knuddeliges Russen-Bärchen, so müsstest du dieses erst einmal unter Beweis stellen! Allerdings habe ich im Augenblick den Eindruck, dass du keinen Schimmer hast, wovon du sprichst! Stimmt's oder habe ich recht!?«

Aufmunternd zeigte sie in Richtung des hell erleuchteten Pavillons und herrschte die Doggen mit »Aus!« an, bevor sie das wacklig-verwirrte Russen-Bärchen an die Hand nahm und hinter den schweren Jungs auf den Ausgang des Labyrinths zustapfte. Automatisch wich sie den großen Tretminen ihrer Riesen-Kälber aus und schaute perplex drein, als der klapprige Boris zweimal knöcheltief in den Hundehaufen stand. Man hörte saugende Geräusche, als sie ihn aus dem klebrigen Kleister befreite.

Durstig gingen die Herren mit den unverhüllten Oberweiten zur menschenumlagerten Bar. Als Elfriede Gans dem Menschenpulk markerschütternd zurief: »Meine Damen, hinter Ihnen stehen riesige, russische Chippendales, die voller Ungeduld darauf warten, ihren Männerstrip vorführen zu dürfen«, drehten sich alle Köpfe, wie an einer unsichtbaren Schnur gezogen, zu den Mafia-Gorillas um.

Lüstern starrte die zum Teil erheblich betrunkene Damenwelt auf die männliche Muskelpracht. Zuerst durchdrang die Menge ein behutsames Raunen. Verhaltene Ah-!, oh-! und Junge-Junge-Rufe! hallten durch die erleuchtete Nacht, ehe alle Dämme brachen und die Damen der feinen Gesellschaft ein entfesseltes, spitz-hysterisches Gekreische zum Anlass nahmen, um sich auf die Pseudo-Chippendales zu werfen.

Innerhalb weniger Sekunden war jeder von einer Traube weiblicher Fans umringt, die drängend und schubsend versuchten, ihnen die letzten Kleider vom Leib zu reißen.

Als die alkoholisierte graue Roswitha-Maus sich an den Arm des blonden Weißrussen hängte und ihn mit ihrer Piepsstimme anhimmelte: »Spring für mich aus der Torte, ich habe heute meinen Fünfzigsten!«, leierte Alexander zusammenhanglos sein »Ich nur trinken Wodka!« herunter und sah sich dabei hilfesuchend nach dem Big-Boss um, der wie ein hypnotisiertes Kaninchen auf die tollen Titten der Domina stierte.

Egons ehemals füg- und schweigsames Ehegespons nahm derweil dreist den Ganoven Alexander an die Hand, schlug der hochbetagten Rivalin, die am Hosenbund des Weißrussen zerrte, respektlos auf die alt-ehrwürdigen Finger und kreischte besitzergreifend: »Der gehört mir!« Sie schleppte den führerlosen Weißrussen zum Tresen, füllte eigenhändig ein Weißbierglas randvoll mit Wodka und legte, zu ihrem eigenen Erstaunen, ein nie gekanntes Domina-Gehabe an den Tag, indem sie belferte: »Trink das! Sofort!«

Annemie, die sich schmollend von ihrem beschwipsten Karlchen zurückgezogen hatte, belegte den Platz an der Bar neben dem Pfannekuchen-Gesicht aus Kasachstan. Voller Zorn hoffte sie, dass ihr Ehemann eifersüchtig würde, falls er herübersehen sollte.

In perfektem Russisch stellte sie sich mit ihrem Namen vor und erkundigte sich nach Aljoschas Befinden, indem sie ihrer Stimme einen verruchten Klang beimischte. »*Menjá sawút* Annemie! *Kak delá*?« Woraufhin sich der Kasache seinerseits mit einem erstaunten »*Spasíba, charaschó! Menjá sawút Aljoscha!*« vorstellte, die Hälfte des Wodka-Weißbierglases austrank und es gleichzeitig fertigbrachte, der blauäugigen Annemie in die Pupillen zu schauen.

Pepe hatte automatisch an die Pseudo-Chippendales die klare Flüssigkeit ausgeteilt, weil jeder zweite Satz »Ich nur trinken Wodka« hieß.

Wladimir zog es magisch zu Heidi und Friedhelm, die mit ihrem Yorkshire-Terrier am Tresen saßen. Der kahlköpfige Bulgare war von jedem kleinen Hund fasziniert, seit er den Film: **Irma la Douce** gesehen hatte, in dem das winzig-weiße Hündchen trinkfester war als die dazugehörige Dame des horizontalen Gewerbes.

Belustigt juchzte er, als Tussi – nach zögerlichem Probieren an einer Wodka-Lache auf der Theke – zuerst nieste, verwundert das Ohr mit dem Hinterfuß kratzte und sich anschließend gierig über den Rest der Alkoholpfütze hermachte. Nachdem sie nach kurzer Zeit – unter konvulsivischem Hicksen – mit glasigen Augen von links nach schräg schielte, fielen auch Heidi und Friedhelm in das dröhnende Gelächter des Bulgaren ein.

Mit unterdrücktem Ärger sah Rasputin dem Saufgelage seiner Kumpane zu. Er setzte sich auf die Eckbank des Gangsterbosses, welche die schwergewichtig-gefüllte Gans für sich und das handliche Russenbärchen reserviert hatte. Mit ihren Brüsten überlud sie die gesamte Breite des Tisches und sah dem Mafia-Boss, der knapp über die Oberkante der Platte sehen konnte, tief in die Augen.

»Wie geht's, Boris?«, erkundigte der Georgier sich servil, indem er nach unverfänglichen Worten suchte, weil Boris auf unliebsame Störungen äußerst gereizt reagieren konnte. »Bemerkst du auch, dass ein Unwetter aufzieht und ein nahendes Unheil in der Luft liegt?« Boris Blick blieb starr auf den Brüsten der Domina haften. »Nicht, dass du meinst, ich wolle mich einschleimen oder sogar gegen die anderen intrigieren. Aber: keiner hält sich an deine Anweisungen! Wladimir, Alexander und Aljoscha saufen literweise Wodka und sind längst hackevoll! Außerdem reagieren diese Weiber so geil auf alles, was eine Hose trägt, dass ich um das diskrete Benehmen unserer

Jungs fürchten muss. Brief und Siegel gebe ich dir, dass sie zum Schluss kein Blatt mehr vor den Schoß nehmen werden, wenn keiner sie vom Bechern zurückhält!«

Mit starrer Stumpfsinnigkeit blickte der Big-Boss auf Rasputin. Vergeblich versuchte er seine verschütteten Gedanken zu ordnen, die während des tiefen Falls im Garten durcheinander gewürfelt worden waren.

Das russische Geschnatter ging der deutschen Gans auf den Geist. Mit einem Ruck sprang sie auf die Füße und unterbrach mit harschen Worten das unverständliche Männergeschwafel. »Boris-Bär!«, befahl sie in einem Ton, der keine Widerrede duldete. »Wir tanzen! Jetzt! Bill Haleys Rock 'n' Roll Soundtrack: **see you later, Alligator** hat begonnen!«

Wie ein aufgezogenes Spielzeug hopste der gefürchtete Mafia-Boss vom Stuhl. Während die große Deutsche den kleinen Rumänen hinter sich herzog, rief er aus seinem Gedächtnis-Computer verbliebene Restdaten ab, drehte sich zum Georgier um und wiederholte die Befehle: »Keiner kneift! Jeder Quatsch wird mitgemacht!«

Fassungslos sah Rasputin dem gefährlichen Gangsterchef nach. Erschüttert schlenderte er zum Kasachen an die Bar, der es geschafft hatte, die notorische Antialkoholikerin zu einem Wodka-Saufgelage zu überreden. »Aljoscha!«, klagte er mit stumpfer Stimme, »seit wir dem Big-Boss auf den Kopf gefallen sind, tickt er nicht mehr richtig. Anstatt eines Mundes, der unumstößliche Befehle artikuliert, scheint er einen Schließmuskel im Gesicht zu haben, aus dem immer nur der gleiche Bockmist kommt. Was ist nur mit dem genialen Strategen los?«

»Das scheint eine Amnesie zu sein«, erklärte Annemie, die einen Weißbierhumpen, randvoll gefüllt mit Wodka, in der Hand hielt und unmerklich schwankte.

Aljoscha machte Rasputin mit der Antialkoholikerin bekannt: »Unsere Nachbarin ist die blauäugige deutsche Amnesie«, laberte er lallend. »Sie spricht so flüssig auswärts, wie 's Russische Konsulat!«

»Ich heiße Annemie!«, kicherte das blauäugige Konsulat für russische Angelegenheiten. »Amnesie nennt sich der Zustand, wenn man auf den Kopf gefallen ist!«

Verwirrt blickte der Georgier auf die Alkohol-Konsumenten, die das schriftlich verbriefte deutsch-russische Handelsabkommen mündlich mit einem kräftigen Schluck Wodka besiegelten. Empört setzte Rasputin zu einer Gardinenpredigt an. Sowohl sein geöffneter Mund, als auch der mahnend erhobene Zeigefinger blieben in der Schwebephase, als jäh tosender Beifall aufbrandete.

Die deutsche Domina trat mit dem rumänischen Rumpelstilzchen – in das gleißende Licht von vier Spots getaucht – auf die Tanzfläche. Ergötzt machten die Tanzpaare Platz. Neugierig sprangen die Gäste von ihren Stühlen und umringten die erhöhte Tribüne. Das begeisterte Publikum klatschte erwartungsvoll zum Takt der Musik.

Nachdem das kräftemäßig unausgewogene deutsch-rumänische Kulturabkommen sich mit Kick-, Hopp- und Slip-Bewegungen in den Sprungschritt eingetanzt hatte, setzte die muskulöse Elfriede zu akrobatischen Hebefiguren an und wirbelte den kümmerlichen Kobold zu Schulterkugeln und Propellern aufwärts. Elfriede Gans dominierte die Tanzszene und (ver)führte den kleinen Klacks zu waghalsigen Figuren. Als sie die furiose Darbietung beendete, indem sie den Mafia-Boss aus schwindelnder Höhe mit einem Schocksalto durch ihre Beine zog, gab es kein Halten mehr. Unter dionysischem Gekreische stürzte sich die Menge auf das Rock 'n' Roll-Paar und gratulierte begeistert zu der sensationellen Aufführung.

Kaum war das Duo von der Tanzfläche verschwunden, als Joe Cockers anrüchiges Lied: **you can leave your hat on** einsetzte. Aufgrund des animierenden Textes fühlte sich die vernachlässigte Mittachtzigerin dazu veranlasst, den weißen Cowboy-Hut des vornehmen Schweizers von einem Stuhl zu stibitzen und das heiser besungene Relikt dem hübschen Alexander auf den Kopf zu setzen. Klangvoll skandierte sie, was Joe Cocker überaus erotisch sang: »Zieh dich aus! Lass nur den Hut an!«

Sie brauchte nicht lange zu warten, bis die alkoholisierte Menge um den vom Donner gerührten Weißrussen herumtanzte und volltönend in den zittrigen Gesang der weißhaarigen Dame einstimmte. »Faszinierend, wie ich die Massen in der Hand habe!«, flüsterte sie überwältigt und schnitt dazu – als Retourkutsche – hämische Grimassen in das erzürnte Gesicht der eifersüchtigen Roswitha-Maus.

Griesgrämig stand Bullen-Egon mit dem abgefüllten Goldbruno im Abseits. Angewidert lamentierte er: »Ekelhaft, wie diese Weiber ausflippen, wenn sie das halbe Jahrhundert erreicht haben und ein paar junge Muskelmänner vorgesetzt bekommen! Wenn sich jeder bei seinem Fünfzigsten so aufführen würde?!«

Der Rheinländer schwankte haltlos und stierte erbittert auf seinen Rock 'n' Roll tanzenden Rivalen, der von dem Vollblutweib dominiert wurde, das er abgöttisch liebte. »Is dat denn möschlisch!«, lallte er in tiefster Depression. »Ming Domina hätt ihren joldijen Sklaven verjesse! Isch han dat ärme Dier! Am levste wöd ich zu Foos no Kölle jonn. Och e'nä, wat is et mir schläch!«

Resigniert blickte Egon zur Roswitha-Maus, die sich schamlos an den Hals des jungen Weißrussen geworfen hatte. Unglücklich murmelte er: »Weder ist mir schlecht noch habe ich meinen Moralischen, aber: am liebsten würde ich auch zu Fuß nach Köln gehen!«

Acht

Obwohl der Ventilator im Hintenlang'schen Juwelierladen auf der höchsten Stufe lief, rann Julia der Schweiß in kleinen Rinnsalen den Rücken hinunter. Der Zeiger der großen alten Standuhr zeigte 12.50 Uhr an und Markus war noch nicht zurückgekehrt, um ihr vor dem Arbeitsende die Schlüssel in der gereinigten Hose zu übergeben. Zum zigsten Mal polierte sie die Glasscheibe der Schmuckvitrine, als zu ihrer Freude die Ladenglocke anschlug. Erlöst aufatmend, legte sie das Staubtuch zur Seite und trat in froher Erwartung hinter der Säule hervor, die ihr die Sicht auf die Eingangstür versperrte. Das Lächeln erstarb auf ihren Lippen, als ein elegant gekleideter Mittfünfziger den Laden betrat, die Tür leise anlehnte und sie unverwandt und starren Blickes ansah. Nachdem sie sich wieder gefangen hatte, lächelte Julia wie gewohnt und empfing den Kunden mit einem freundlichen: »Grüß Gott.«

Der hochgewachsene, schlanke Mann zog betont langsam ein Pfeifenetui aus der Tasche. Während der langatmigen Zeremonie des Pfeifestopfens schaute er sich verstohlen im Verkaufsraum um, ohne ein einziges Wort zu sprechen. Geflissentlich ignorierte er das nervöse Verhalten, das er aufgrund seines seltsamen Gebarens bei der Verkäuferin hervorrief. Erst als er den

Tabak umständlich mit einem Streichholz entzündet und zwei tiefe Züge genommen hatte, schaute er Julia mit unbewegtem Gesicht an und flüsterte mit rauer Stimme, der man einen italienischen Akzent entnehmen konnte: »Mein Name ist *Nessuno*. Ich bin mit Frau Mooshuber verabredet.«

»Es tut mir leid, aber die Juwelierin hält sich zur Zeit im Ausland auf«, erwiderte Julia charmant. »Am Wochenende erwarten wir sie zurück.« Sie übersetzte den Namen des Italieners mit Niemand. Ein unheimliches Gefühl beschlich sie. Unauffällig wischte sie die feuchten Hände an ihrem Sommerkleid ab und bemerkte furchtsam: »Der Chef kann Ihnen weiterhelfen, er ist nebenan ...«

Julias Satz blieb unvollendet. Zutiefst erschrocken bemerkte sie, dass der Pfeifenraucher urplötzlich eine Pistole in der Hand hielt.

Rüde drängte der Fremde sie rückwärts in den Nebenraum, wo Erasmus fröhlich die Melodie zu Johann G. Piefkes Margareten-Marsch pfiff und dazu mit den Fingern auf eine Tischplatte trommelte.

»Wenn Sie mir nicht alsbald die gestohlenen Diamanten zurückgeben«, flüsterte der fremde Niemand gewaltbereit, »dann schieße ich Ihrer Tochter ein Loch in den Kopf.« Er nötigte Julia bis vor Erasmus' Stuhl zu gehen. Roh presste er die Waffe an ihre Schläfe, wobei sein gehetzter Blick die Räumlichkeit durchforstete. Ohne Vorwarnung nahm er mit der freien Hand die Pfeife aus dem Mund und schlug den glühenden Tabakskopf auf Erasmus' Schädel, sodass die Funken seinen weißen Haarkranz zu verbrennen drohten. Geschockt schrien Julia und ihr versteinert dasitzender Boss auf.

Um die letzten Reste des spärlichen Haupthaares zu retten, trommelten Erasmus Finger zu Piefkes Marschmusik jetzt auf dem Kopf weiter. »Welche Diamanten? ... Welche Tochter? ... Wovon sprechen Sie überhaupt?«

»Öffnen Sie sofort den Monumental-Safe an der Wand! Meinen Sie wirklich, dass sich die italienische Mafia Diamanten von ihrem eigenen Balearen-Territorium klauen lässt, ohne dass dies blutige Folgen hätte?«, fragte der Niemand unheilschwanger. »Nur so ein bekloppt-bürgerlicher Bajuwaren-Juwelier kann glauben, dass er die gestohlenen Ibiza-Klunker in München verhökern kann. Also her mit den Glitzersteinchen!«

»Ich habe weder Hehlerware, geschweige denn gestohlene Diamanten«, stammelte Erasmus, mühsam um seine Fassung ringend. »Wir sind ehrliche Münchner Juweliere von achtbarem Ruf. Gesetzestreue deutsche Bürger, die immer pünktlich ihre Steuern zahlen und jährlich dem Roten Kreuz eine Spende in beträchtlicher Höhe zukommen lassen. Auch wenn wir diesen Betrag anschließend von der Steuer absetzen, so ...«

»Du verklemmter, deutscher Niederfrequenz-Spießer«, unterbrach der gefährliche Ganove Erasmus' Laudatio auf das pflichtbewusste Germanische Bürgertum, »wenn du nicht *subito* den vorsintflutlichen Panzerschrank öffnest«, *Nessuno* drückte die Pistole noch brutaler an Julias Kopf, »werde ich mit präziser deutscher Pünktlichkeit ein so achtbares Blutbad anrichten, dass du weder dem Finanzamt noch dem Roten Kreuz jemals wieder einen beträchtlichen Betrag spenden wirst.«

Angstschlotternd sah der Niederfrequenz-Spießer auf kraus zusammengezogene Brauen und in Pupillen, die fast ganz unter den Lidern verschwunden waren, sodass er nur noch das Weiß im Auge seines Feindes wahrnahm. »Si, si«, versuchte er sich italienisch anzubiedern, wobei seine dritten Zähne den Part übernommen hatten, zu Piefkes Marschmusik den Takt zu klappern. In Bächen lief der Angstschweiß von seiner Glatze herunter und brachte es zischend fertig, die letzten Brandherde auf seinem Schädel zu löschen. Mit wachsweichen Knien ging er zur Garderobe, um mit fliegenden Fingern in den Manteltaschen nach dem geforderten Gegenstand zu suchen.

Aus Julias Gesicht war jegliche Farbe gewichen.

»Wo ist der Schlüsselbund? Ich kann den Safeschlüssel nicht finden!« Bebend schaute Erasmus zum Mafioso und dann flehend zu dessen Geisel. »Fräulein Julia, bitte! Wissen Sie, wo ich den Schlüssel hingelegt habe?«

Aufmerksam blickte Julia zur Tür. Obwohl aus dem CD-Player gerade ein tosender Trommelwirbel schallte, glaubte sie aus dem Verkaufsraum ein Geräusch zu hören. Ihren ganzen Mut zusammennehmend, erklärte sie mit fester Stimme: »Ja natürlich, Chef! Der Schlüsselbund liegt neben der Schmuckvitrine im Verkaufsraum. Ich gehe und ... **fass** ihn sofort!«

Im gleichen Moment, als der Gangster seine Geisel noch enger an sich presste und heiser in ihr Ohr zischte: »Das könnte dir so passen! Schlampe!«, sprang ihn knurrend ein Schatten an, verbiss sich in seinen rechten Arm, riss ihm die Waffe aus den Fingern und warf den italienischen Niemand so mir nichts dir nichts zu Boden.

Abgehetzt erschien Markus im Türrahmen und blickte verblüfft auf den zitternden Ladeninhaber, von dessen rotem Kopf kleine Dampfwolken entwichen. Zerknirscht stammelte er: »Tut mir leid, Herr Mooshuber, aber ich konnte Rambo vor der offenstehenden Ladentür nicht bändigen und ...«, der Atem stockte ihm und er starrte verblüfft auf den blutig gebissenen Arm eines gut gekleideten Herrn, der sich stöhnend hinter dem Tisch vom Boden erhob und entsetzt rief: »Halten Sie den Kampfhund zurück! Ist das etwa Bullen? *Porca miseria*! Dann kann Beißer nicht weit sein!«

Kopfscheu stierte der Italiener vom bluttriefenden Arm zum wütend knurrenden Hund. Am verblüfften Markus vorbei, hastete er zum sperrangelweit offenstehenden Ausgang des Juweliergeschäftes. Kurz bevor er die Straße erreichte, ereilte ihn das Schicksal in Gestalt einer wilden Bestie, die – ihrem Jagdinstinkt folgend – mit einem kräftigen Biss Teile des Gesäßes, der Unterhose und der eleganten Beinkleidung herausriss. Mit blanker Hinterfront rannte der feige Niemand an äußerst indignierten Passanten vorbei, die ihm trotz aller Empörung zugestanden, dass er einen hervorragenden Schneider besaß.

Rambo sandte der entwischten Beute ein paar grimmige Knurrlaute nach, spuckte Haut- und Stofffetzen aus, machte auf den Hinterpfoten kehrt, trabte befriedigt in den Nebenraum des Geschäftes und hoffte auf ein dreifachmenschliches Lob für seine hündische Heldentat, wobei er schwanzwedelnd von einem zum anderen blickte.

»W... was ist denn los?«, fassungslos blickte Markus in die Runde. Bestürzt nahm er seine Freundin in den Arm, die urplötzlich und völlig unmotiviert in Tränen ausbrach.

»Das war die italienische Mafia, die von mir und meiner Tochter Diamanten haben will, die wir auf irgendwelchen Inseln im Baikalsee gestohlen haben sollen«, stotterte Erasmus verwirrt.

»Von den Balearen, von Ibiza, Herr Mooshuber«, stellte Julia richtig, schnäuzte sich die Nase und sah Markus vielsagend an. Dankbar beugte sie sich zum Boxer hinunter und flüsterte schluchzend: »Du hast dem Chef und mir das Leben gerettet!« Zärtlich tätschelte sie den Kopf des Hundes und sah ihren Chef auffordernd an.

»Natürlich, Fräulein Julia. Sie haben vollkommen recht.« Zaudernd ging Erasmus zum Boxer und kraulte ihn zaghaft hinter den Ohren. »Braver Hund!«, lobte er. »Du hast uns wirklich das Leben gerettet.«

Markus hob die Pistole auf, die der Mafioso hinter dem Tisch liegen gelassen hatte. »Was machen wir damit?«, mit spitzen Fingern hielt er das blutige Eisen in die Luft und betrachtete es mit Abscheu. »Ich glaube, wir sollten die Polizei informieren. Was meinen Sie, Herr Mooshuber?«

»Ich weiß nicht so recht!?« Erasmus erholte sich zusehends vom Schock. Unablässig kreisten seine Gedanken um Erdmute und das Anwesen auf der Iberischen Halbinsel. »Nicht, dass meine Frau in irgendeinen Diebstahl hineingezogen wurde«, dachte er laut nach. »Vielleicht ist sie sogar entführt worden und man will von mir Lösegeld erpressen!? Seit dem frühen Morgen versuche ich Erdmute zu erreichen, aber immer ertönt das Besetztzeichen. Wenn wir bei der Münchner Polizei Anzeige erstatten, könnten wir etwas Falsches tun!«

»Das ist möglich«, stimmte Julia zu. »Zuerst erkundigte sich dieser *Nessuno* – was übrigens Niemand heißt und bestimmt nicht sein richtiger Name ist – nach Ihrer Gattin. Als ich ihm erklärte, dass Frau Mooshuber im Ausland sei, zog er sofort das Schießeisen und verlangte gestohlene Diamanten. Das alles ist sehr merkwürdig.« Sie wandte sich an Markus. »Was meinen Sie dazu, Herr Mandant?«

»Unter diesem Gesichtspunkt, meine Damen und Herren«, plädierte der angehende Staatsanwalt vor imaginären Geschworenen, »sollte Herr Mooshuber das Gespräch mit seiner Gattin einer polizeilichen Meldung vorziehen! *In dubio contra polizía!*«

Erasmus nahm Markus die Pistole aus der Hand und säuberte sie mit einem Taschentuch. »Herr Mandant! Ich hätte eine ungewöhnliche Bitte«, begann er umständlich. »Könnten Sie mir den Rambo ausleihen? Nur solange, bis meine Frau mit den Hunden am Wochenende zurückkommt. Fräulein Julia und ich, nun ja, wir würden uns sicherer fühlen. Bestimmt haben Sie bemerkt, dass dieser Niemand geradezu Panik vor Rambo hatte, ... was bei einem solch sanften Tier wirklich unerklärlich ist«, beeilte er sich hinzuzufügen. »Für Fräulein Julia wäre es kein Problem, sich mit Rambo anzufreunden. Sie wird mir beibringen, wie man mit dem Boxer umgehen muss.«

Grienend schaute Julia zu Markus, der unschlüssig herumstand. »Chef, was halten Sie davon, wenn ich Ihnen morgen früh einen auf den Mann abgerichteten Dobermann vorbeibringe?«, half sie ihrem Freund aus der Patsche. »Die Leiterin einer renommierten Hundeschule, bei der ich gerade ein

Praktikum absolviere, würde Ihnen Terminator bis zum Sonntag ausleihen. Ich zeige Ihnen, wie Sie das Tier behandeln müssen. Herr Mandant wird den Rambo ganz bestimmt bis heute Abend zum Schutz hierlassen! Nicht wahr, Herr Mandant?«

»Aber ja, selbstverständlich!«, kam Markus der vorgetragenen Bitte nach. »Ich werde keinen Bundeswehrkameraden im Stich lassen!«

»Danke, das ist sehr nett von Ihnen.« Erasmus hielt gerührt die gereinigte Waffe in der Hand und warf schaudernd das blutige Taschentuch in den Abfalleimer. »Ich lege das Mordinstrument in den Safe.« Er ging zum Panzerschrank.

»Ich hole geschwind den Schlüssel, der neben der Schmuckvitrine liegt«, sagte die junge Frau geistesgegenwärtig und sah Markus beschwörend an.

»Ich schließe derweil die Ladentür.« Markus rannte hinter seiner Freundin her. »Sie steht noch immer sperrangelweit auf und könnte eventuell andere Ganoven zum Eintritt verleiten.« Eilends überreichte er ihr die gereinigte Hose und schloss geräuschvoll die Ladentür.

Feinfühlig nahm Julia den Schlüsselbund aus der Hosentasche, ging zu ihrem Chef zurück in den Nebenraum und überreichte ihm beides mit einem anmutigen Lächeln.

Erasmus nahm Schlüssel und Beinkleid dankbar in Empfang, schloss den Safe auf, legte Waffe und Hose hinein, verriegelte die Tür, nickte unentwegt mit dem Kopf und wirkte verwirrt und abwesend.

Bestürzt schaute das junge Paar den abstrusen Handlungen zu.

»Chef, warum schließen Sie ihre gereinigte Hose im Panzerschrank ein?«, fragte Julia mit großen Augen.

Unvermittelt drehte Markus sich um, blickte zur Decke und pfiff leise vor sich hin, um mit aller Macht einen aufkommenden Lachkrampf zu unterdrücken.

»Welche Hose? Mein Gott, habe ich das gereinigte Ding tatsächlich weggeschlossen?« Betreten schüttelte Erasmus den Kopf. »Ich muss gestehen, dass ich mir Sorgen um meine Frau mache«, erklärte er, ging zum Telefon und wählte mehrmals. »Es ist zum Verrücktwerden, nach Spanien gibt es im Moment keine Verbindung!« Wütend warf er den Hörer auf den Tisch.

Als der Juwelier abermals die Tastatur drückte, sah ihm seine Angestellte neugierig über die Schulter. »Aber Herr Mooshuber!«, bemerkte sie erschüttert. »Sie wählen ja unentwegt ihre eigene Geschäftsnummer hier in München! Da ist es nicht verwunderlich, wenn unablässig das Besetztzeichen ertönt.«

Betreten schaute Erasmus seine Aushilfskraft an, hängte den Hörer ein, legte die Hände an den schmerzenden Kopf und erklärte ausgepumpt: »Ich schließe den Laden, gehe fünf Schritte über den Flur zum Aufzug, fahre eine Etage höher in meine Wohnung und werde von dort, ganz in Ruhe, mit Erdmute sprechen.«

Im gleichen Augenblick, da Julia ihren Chef mit tröstenden Worten und sanftem Schulterklopfen in seinem Vorhaben bestätigte, stürzte Markus mit dem gassigeilen Hund auf die Straße und lehnte seinen Kopf an die kühle Marmorwand des Juwelierladens, um der Entfaltung seines unterdrückten Lachkrampfes nicht mehr selbst im Wege zu stehen.

Vorbei flanierende Spaziergänger schmunzelten belustigt mit, ohne den Anlass zu kennen, der zu solch heftigen Lachsalven führte. Erst als ein weißhaariges Mütterchen schüchtern an seinem Ärmel zupfte und ihn höflich bat, sie an seiner Heiterkeit teilnehmen zu lassen, da ihr – als gebeutelte Rentnerin bei drei Nullrunden – das Lachen inzwischen vergangen sei, kam Markus zur Besinnung. Er ging zurück in das Juweliergeschäft, um sich von der verwirrten Kompanie-Mutter zu verabschieden.

»Ah, da ist ja der Herr Mandant!«, begrüßte ihn spöttisch seine Freundin. »Herr Mooshuber und ich dachten, dass Sie grußlos gegangen wären.«

»Oh nein! Da ist das werte Fräulein Mooshuber in einem kolossalen Irrtum befangen«, konterte Markus mit maliziösem Lächeln. »Rambo musste draußen nur dringend sein Käckelchen verrichten.«

»Er musste was? ...«, kopfschüttelnd blickte Julia zum angehenden Staatsanwalt hoch.

Erasmus, dem in der Zwischenzeit jeglicher Humor abhanden gekommen war, wandte sich mit schwacher Stimme an Markus. »Herr Mandant, das Fräulein Leitner ist nicht meine Tochter. Leider habe ich keine Kinder. Wenn es Ihnen nichts ausmacht, dann bringen Sie bitte die junge Frau nach Hause. In Begleitung eines ehemaligen Gefreiten und des wehrhaften Hundes Rambo hat meine Mitarbeiterin den besten Schutz. Falls Fräulein Leitner morgen den Terminator mitbringt, kann uns im Juwelierladen hoffentlich nichts mehr passieren.«

Im Englischen Garten stand Gerhard Gruber auf dem Spielplatz und schlug um den Sandkasten herum sechs Pfähle in den Boden. Seine Frau Gretchen kniete mit den zwei älteren Kindern auf dem Rasen. Hingebungsvoll malten sie große, rote Buchstaben auf drei Kinderlaken, worauf stand: Protest gegen Hundehaufen auf Münchner Spielplätzen! Der künftige Rentengarant sind gesunde Kinder! Wir fordern Maulkorb- und Leinenzwang!

Das mit Pampers bekleidete Nesthäkchen hielt derweil einen von Papas Pfählen fest umklammert und drückte mit hochrotem Kopf und angestrengter Miene zwar nicht den Pfahl in die Erde, dafür aber ein ordentliches Pfund in die Windeln. Nach Beendigung der immens wichtigen Aufgabe watschelte Winzling Felix erleichtert mit nackten Füßchen über das mit frisch-roter Farbe versehene Kunstwerk seiner größeren Geschwister und hinterließ fröhlich glucksend einen bleibenden Eindruck.

Empört schalt die ältere Schwester: »Wenn du nicht sofort von meinem Transparent runter gehst, du ... du ...«, mit geröteten Wangen suchte sie nach einem besonders extremen Wort, »du Zwergpimmel, dann knall ich dir eine!«

Der Zwergpimmel setzte sich erschrocken mit einem Plumps auf das Laken neben das Wort Rentengarant, quetschte einen dicken, braunen Klops am ausgeleierten Beinbündchen heraus, empfand ein unangenehm nasses Gefühl am zarten Kinderpopo und heulte aus Leibeskräften.

Vom lauten Gebrüll aufgeschreckt, erhob sich ein mit Fett reichlich aufgepolsterter Mensch im besten Mannesalter, der den nackten Leib in Bermuda-Shorts gezwängt hatte. Erzürnt eilte er mit seinem hechelnden Labrador-Rüden zur Plakate malenden Gruber-Sippe und las empört die Worte auf den Spruchbändern. Verärgert wippte er mit den Zehenspitzen auf und nieder und stemmte beide Hände in die nicht mehr vorhandene Taille. »Der einzige, der hier Haufen hinterlässt, ist ihr grässlich schreiendes Balg!«, rollten die Worte gewaltig über seine Stimmbänder. »Wir schwer arbeitenden Münchner Bürger haben das Recht auf Ruhe und Entspannung nach einem entnervenden Nachtdienst, oder!?«

Der Labrador blickte fasziniert auf die bewegten Füße seines Herrn und wartete mit verhaltenem Grollen auf den Befehl zum Angriff.

Gerhard Gruber hielt, während er die Pfähle einschlug, inne und den Hammer kampfbereit über seinem Kopf, um gegebenenfalls einzugreifen.

Seine Frau Gretchen erhob sich langsam, nahm den plärrenden Dreikäsehoch vom Transparent und windelte ihn in neue Pampers. Misstrauisch, aber energischen Schrittes, ging sie zum knurrenden Rüden und dem dazugehörigen Zehenwipper. Beiden hielt sie die beschmutzte Windel unter die Nase, um mit ruhiger und eindringlicher Stimme eine Entgegnung zu formulieren. »Wir Eltern entsorgen den Schmutz unserer Schutzbefohlenen zu Hause. Ihre schlecht erzogenen Tölen verunreinigen täglich mit ihren bakteriell verseuchten Exkrementen alle Ecken und Enden dieses schönen Englischen Gartens. Die Tierhalter, bis auf ganz wenige, scheren sich einen Dreck um die Beseitigung der Hundehaufen. Was allerdings die Ruhe oder die Entspannung betrifft, so zieht dieses kinderfeindliche Deutschland das wütende Gekläffe aus mehr als fünf Millionen amtlich gemeldeten Köterkehlen, die Dunkelziffer übersteigt diese Zahl um ein Beträchtliches, einem natürlichen Kinderweinen vor. Die unzähligen Kothaufen der wild streunenden Katzen, die täglich in Sandkästen oder sonst wo verscharrt werden, will ich dabei überhaupt nicht erwähnen!« Gretchen Gruber holte tief Luft, ehe sie zum vernichtenden Fazit ansetzte. »Es ist eine Schande! Und Sie sollten sich besonders schämen, denn schließlich waren Sie auch einmal ein Kind, obwohl ...«, ungeniert unterzog sie ihr Gegenüber einer gründlichen Fleischbeschau, »man sich das bei Ihnen heute kaum noch vorstellen kann.«

Die Kinder des Gruber-Clans klatschten dem herausragenden Beitrag ihrer Mutter zur Hundehaufen-Affäre begeistert Beifall.

Der (ge)wichtige Wipper verordnete, zur Enttäuschung des Labradors, seinen Zehen absoluten Müßiggang. Würgend nahm er seine Nase aus der stinkenden Angelegenheit anderer Leute und trollte sich erbost zu seiner Liegedecke. Den Geruchssinn des Labradors schien die menschliche Ausscheidung nicht im mindesten zu tangieren. Desinteressiert wandte er sich von der Windel ab, trippelte zu Grubers Pfählen, roch daran, hob den Hinterlauf und setzte mehrere Duftmarken, um nachhaltig die Grenzen seines Reviers abzustecken.

Grubers sechsjähriger Sohn Fabian zupfte an Gretchens luftigem Sommerkleid. »Guck mal, Mami!«, aufgebracht wies sein kleiner Zeigefinger auf den großen, schwarzen Rüden, »der Hund macht Pipi an Papis Pfahl und niemand schimpft mit ihm. Ich kriege immer Schelte von dir, wenn ich dasselbe mache. Das ist ungerecht! Außerdem habe ich vor dem unheimlichen Pinkelhund Angst.«

»Mit dir schimpft Mami nur!«, begehrte zornig die achtjährige Franziska auf. »Mir hat Gretchen sofort Stubenarrest gegeben, als ich mich ein einziges Mal draußen hingehockt habe!« Trotzig warf sie den kastanienbraunen Pferdeschwanz zurück und trat wütend mit dem Fuß auf. »Und ich fürchte mich auch vor dem schwarzen Pieseltier.«

Die laute Unterhaltung vor dem Sandkasten lockte viele Eltern an, die erbost auf den schwarzen Verteiler von Harntropfen niederblickten. Der Tropfen, der das Fass dann zum Überlaufen brachte, war ein kleiner Mischling, der zwar schmächtig wirkte aber dennoch dem Labrador-Rüden in keiner Weise nachstehen wollte. Äußerst geschäftig versuchte er, mit seinen Reviermarkierungen die des großen Rivalen zu überdecken.

Ehe sich die Dackel-Rehpinscher-Komposition versah, nahm ihn die beherzte Mutter eines Zwillingspärchens am Schlafittchen, stülpte ihm eine Pampers über das Hinterteil, verschloss ordentlich den Bund und überließ den völlig überforderten Hund seinem Schicksal. Um den Fremdkörper am wichtigsten Teil seines Leibes loszuwerden, drehte sich das übertölpelte Tier winselnd und vollkommen hysterisch im Kreis herum. Die akrobatischen Verrenkungen des wimmernden Wirbelwindes riefen bei den Kindern schrille Ausrufe der Freude und des Entzückens hervor. Da die vergeblichen Versuche des Hundes, der lästigen Windel am Hintern mit der Schnauze habhaft zu werden, einer gewissen Komik nicht entbehrten, brachen – nach anfänglicher Zurückhaltung – auch die Eltern in schallendes Gelächter aus.

Durch den Lärm aufgeschreckt, näherte sich das entrüstete Frauchen. »Was haben Sie mit Herkules gemacht? Welcher Tierquäler war das? Ich werde Sie alle beim Tierschutzverein anzeigen!«, warnte die aufgebrachte junge Frau, wobei sich auf ihrem Gesicht runde, rote Flecken bildeten.

»Und wer zeigt Sie beim Kinderschutzverein an?«, schimpfte die beherzte Mutter des Zwillingspärchens. »So etwas gibt es natürlich nicht! Deshalb sollten Sie ganz still sein, denn Ihre Töle hat die Spielanlage mit Urin verunreinigt. Warum ist Ihr Köter nicht angeleint? Können Sie die Schilder nicht lesen, die vor diesem Sandkasten extra zum Schutz unserer Kinder angebracht wurden? Es steht ganz deutlich geschrieben, dass Hunde anzuleinen und die Ausscheidungen der Tiere von den Besitzern zu entsorgen sind!«

»Nehmen Sie Ihre Kinder doch nicht so wichtig!«, zeterte die Hundehalterin außer sich mit rotglühenden Wangen. »Kinderschutzverein, pah! ... Das wäre ja noch schöner! Wer auf diesem übervölkerten Planeten Kinder in die Welt setzt, handelt vollkommen verantwortungslos! Und wer gleich drei Gören hat, den bezeichne ich als asozial!« Die Hundemutti befreite ihren strampelnden Herkules von der Windel und tröstete ihn überschwänglich, um dann kreischend fortzufahren. »Außerdem bezahle ich für meinen vermischten Rassehund eine Steuer! Somit ist die Stadtverwaltung für die Beseitigung des Hundedrecks zuständig!«

Der Träger des Bermuda-Shorts mischte sich wichtig ein. »Jawohl!«, belehrte er die Zuhörer. »Dieses hundefeindliche Deutschland sollte sich ein Beispiel an Spanien nehmen! Bei unserem letzten Urlaub erfuhren wir, dass man an der Costa Blanca überhaupt keine Hundesteuer erhebt. Alle Einheimischen und Residenten sowie eine große Zahl sonnenhungriger Rentner besitzen im Durchschnitt zwei bis drei Hunde.«

Die dürre Ehefrau des gut gepolsterten Bermudashorts-Trägers, die sich geschwind ein durchsichtig-gelbes Wickeltuch um den verknöcherten Bikini-Hintern geschlungen hatte, schob energisch ihren beleibten Gatten zur Seite. »Hans-Peter!«, fiel sie ihrem Angetrauten ins Wort, »du kannst diesen Tierquälern ruhig erzählen, wie liberal der iberische Bürger ist. Obwohl das spanische Trottoire nur ein Drittel der Größe deutscher Bürgersteige beträgt, beschwert sich niemand darüber, wenn die Tiere ihre Geschäfte darauf verrichten. Nur die – ach so sauberen – deutschen Hundehasser regen sich künstlich auf, wenn sie mal in einer Tretmine ausrutschen.«

Der Fettgepolsterte warf sich stolz in den Bauch. »Richtig, Rita!«, bestätigte Hans-Peter den spitzfindigen Diskussionsbeitrag seiner Gattin. »Außerdem vertreten ich und meine Frau die gleiche Ansicht, wie das Frauchen des Herkules'. Ich und meine Frau haben uns deshalb auch entschlossen, lieber die armen, verlassenen Tiere dieser Welt zu betreuen, als noch mehr Kinder in die Welt zu setzen. Sehen Sie sich doch Afrika und Asien an! Da gibt es schon genügend Bälger, die keiner mehr satt kriegen kann. So ein treuer Hund braucht keine teure Ausbildung, Kleidung und so weiter. Sie sollten sich alle ein Beispiel an **den** Bürgern nehmen, die in der Lage sind, noch über den Tellerrand zu sehen, damit unser Staat weiterhin funktionieren kann!«

»Warum wandern Sie nicht mit ihren schrecklich lauten und gefährlichen Kötern nach Spanien aus?«, rief ihm erbittert eine treusorgende Oma zu, die mit ihren Enkeln im Sandkasten backe, backe Kuchen spielte. »Vielleicht kann Ihre Hunde-Nachkommenschaft im sonnigen Süden unsere Rentenkasse auffüllen. Wir jedenfalls nehmen uns Zeit für unsere Kinder und Enkel. Wir lassen ihnen eine liebevolle Erziehung und teure Ausbildung angedeihen, damit sie später einen guten Job bekommen und ihren Beitrag zum Rentensystem leisten können, um den Generationenvertrag einzulösen. Und was Ihre unpassende Äußerung zu den Ländern der Dritten Welt angeht, so darf ich Ihnen versichern, dass dort ein ähnlicher Vertrag existiert, der zwar nicht in einer Rente, dafür aber in der Betreuung der älteren Generation durch ihre Kinder besteht!«

Die Mutter der Sechs-Monate-Zwillinge spürte den unwiderstehlichen Drang, sich mit der mutigen alten Dame solidarisch zu erklären. Kurzerhand zog sie ihren Babys die stark beschmutzten Pampers aus, legte sie auf die Liegedecken der perplex dreinschauenden Hundehalter und bemerkte lakonisch: »Ich wollte Ihnen nur einmal ganz konkret **die** Scheiße vor Augen führen, die Sie hier unablässig quatschen. Außerdem will ich Ihnen nachhaltig vermitteln, wie sich unsere Schutzbefohlenen fühlen, wenn sie neben den stinkenden Ausscheidungen anderer Lebewesen einen sonnigheißen Tag verbringen müssen. Jetzt entsorgen Sie zur Abwechslung die Haufen unserer Kinder. Genau so, wie wir ständig die Hundehaufen aus den Sandkästen entfernen.«

Unter dem tosenden Beifall der zahlreich versammelten Eltern ging die erzürnte Mutter erhobenen Hauptes zu ihren Zwillingen zurück und versorgte sie mit neuen Windeln.

Die Hundebesitzer drehten sich wortlos um, warfen angeekelt die verschmutzten Pampers auf den Rasen und packten ohne ein einziges Wort der Gegenrede ihre Sachen zusammen. Der Labrador-Rüde wurde von seinem Herrn unentwegt aufgefordert, **bei Fuß** zu kommen. Da sich der Hundehalter nie um dessen Erziehung gekümmert hatte, schnüffelte der große Hund leinen- und pausenlos in unmittelbarer Nähe der ängstlichen Kinder weiter. Erneut hob er das Hinterbein, um den verhassten Geruch in seinem Revier mit Urin zu überdecken, ohne zu registrieren, dass er mit seinem Leben spielte.

Das Oberhaupt der Gruber-Familie stand noch immer wie eine versteinerte Statue da und wartete darauf, beim geringsten Anlass das Schwert des Damokles auf den Schädel des unheimlichen Pinkelhundes niedersausen zu lassen.

Besorgt schaute Gretchen ihren Göttergatten an. »Gerhard!«, empfahl sie mit sanfter Stimme. »Inzwischen müssen dir die Arme abgestorben sein. Nimm den schweren Hammer herunter, sonst saust das Ding auf deinen eigenen Kopf.«

Papa Gruber beherzigte den Rat erst, nachdem der große Labrador seine reviermarkierenden Instinkte befriedigt und den Rückzug seines Herrn akzeptiert hatte. Er legte die Verteidigungswaffe zur Seite, rieb die eingeschlafenen, kribbelnden Finger und wandte sich an die Erziehungsberechtigten, die erregt diskutierend kurz davor standen, gegen die Hundehalter handgreiflich zu werden.

»Liebe Eltern«, beschwichtigte er die aufgeregte Menge. »Trotz der Ignoranz der Hundebesitzer müssen wir umsichtig und diszipliniert vorgehen, um unsere berechtigten Forderungen einzuklagen. Ich schlage deshalb vor, dass wir viele Unterschriften sammeln. Meine Familie war schon in mehreren Schulen und in der Nachbarschaft fleißig tätig. Auch Ihnen übergeben wir vorgedruckte Formulare. Bitte, überzeugen Sie die Menschen für unser Vorhaben.«

Die Gruber-Kinder verteilten stapelweise vorgefertigte Listen an viele Interessierte. Mehrere Mütter legten dekorativ beschmutzte Windeln neben die vielen stinkenden Hundehaufen, die von Schmeißfliegen übersät auf dem Rasen vergammelten. In einträchtiger Gemeinsamkeit befestigte man die Transparente zwischen den Pfählen, bevor die fünfköpfige Gruber-Familie mit den anderen Eltern nach Hause ging.

Kaum hatten Julia und Markus die Wohnungstür hinter sich geschlossen, als die junge Frau deprimiert und laut schluchzend das Schlafzimmer aufsuchte. Erst jetzt wurde Markus bewusst, welch tödlicher Gefahr seine Freundin entkommen war. Nachdem er fürsorglich eine warme Decke über sie ausgebreitet hatte, machte er sich daran, ein leichtes Essen zuzubereiten. »Julia, ich kann dir mehrere Menüvorschläge unterbreiten. Was möchtest du essen? Rührei mit Schinken oder Schinken mit Rührei?«, versuchte er sie aufzuheitern. Es kostete ihn viel Mühe, ihr ein Lächeln abzugewinnen und noch mehr Überredungskunst, sie für ein paar Bissen zu begeistern. Nachdem er ihr einen Schluck Cognac eingeflößt hatte, kam langsam wieder Farbe in das wächserne Gesicht und sie erholte sich zusehends von dem morgendlichen Trauma.

»Du warst bestens über die Bataillone bei der Bundeswehr informiert.« Vorsichtig nippte Julia am Cognac-Glas. »Obwohl du den Zivildienst in einem Seniorenzentrum abgeleistet hast.«

Markus grinste vergnügt. »Dies alles und sogar den Text des Dessauer-Marsches kann man im Internet abzapfen. Du musst zugeben, mein Auftritt war äußerst professionell.«

»Das kann ich bestätigen! Herr Mooshuber war so gerührt, dass er dich fast adoptiert hätte.« Julia lächelte verschmitzt. »Auch mit den Schlüssel-Duplikaten ging alles klar?«

»Ja, was denkst du denn!?«

»Nach allem, was ich heute erlebt habe«, Julias Mundwinkel zuckten verdächtig, »meine ich, dass der Juwelenraub eine Nummer zu groß für uns ist.«

»Aber, Liebes!« Markus tätschelte beruhigend ihre kalten Hände. »Die italienische Mafia hat die Mooshubers und ihren Juwelierladen im Visier. Wir treten doch überhaupt nicht in Erscheinung, glaub mir!«

»Markus, ich fürchte mich entsetzlich! Außerdem erwähnte dieser italienische *Nessuno-Mafioso* die Ostblock-Mafia. Vielleicht ist das eine *Mafia-Connection!?* Ein Zusammenschluss von Ganoven aus der ganzen Welt, die alle hinter den Diamanten her sind. Bestimmt werde ich heute Nacht vor Angst kein Auge zumachen können.«

»Wo ist dein berühmtes Selbstvertrauen geblieben? Beim Umgang mit gefährlichen Tieren zeigst du entschieden mehr Courage als ich!«, sprach Markus ihr Mut zu. »Apropos Hund! Vergiss nicht, den Terminator zu buchen, damit ihr im Geschäft sicher seid. Gleich gehen wir mit Rambo Gassi. Nach einem ausgiebigen Spaziergang im Englischen Garten wirst du fantastisch schlafen.«

Wenige Stunden später schlenderten sie im kühlen Abendwind durch die gepflegten Anlagen, als Rambo plötzlich auf drei Beinen verhoffte. Die Wiese vor dem Spielplatz glich einem Schlachtfeld aus Schmutz und Unrat. »Das ist vielleicht eine Sauerei!«, rief Julia erschüttert. »Sieh es dir an! Neben jedem Hundehaufen liegt ein Haufen in Windeln.« Mühsam las sie in der fortgeschrittenen Dunkelheit vor: »Protest gegen Hundehaufen auf Münchner Spielplätzen! Der künftige Rentengarant sind gesunde Kinder! Wir fordern Maulkorb- und Leinenzwang!«

»Ich glaube, da hat es ordentlich Zoff zwischen der Kinder- und Hundefraktion gegeben!«, bemerkte Markus spöttisch. »Wenn das so weiter geht, werden wir auf diesem friedlichen Platz bald eine ausgewachsene Revolte erleben!«

»Hoffentlich gab Rambos Hundehaufen nicht den Anlass zu der Protestaktion. Wir hätten gestern Nachmittag den Kot entsorgen müssen. Ich wäre auch stinksauer, wenn meine Kinder neben Tier-Exkrementen spielen müssten! Für Rambos Verdauungsspaziergang habe ich heute vorsorglich eine Plastiktüte mitgenommen. Wenn jeder ein bisschen Rücksicht nehmen würde, könnten alle miteinander auskommen. Soll ich die Windeln einsammeln? Wir haben etwas gutzumachen!«

»Untersteh dich!«, bestimmte Markus, »für Windelprobleme sind wir viel zu jung! Den heutigen Vätern wachsen meist graue Haare, ehe sie ihr Studium beendet haben und eventuell bereit sind, den ersten Stammhalter zu zeugen. Natürlich nur, wenn sie nicht nach dem Studium übergangslos in Rente gehen wollen. Im Moment jedenfalls werden wir erst einmal die Grundlagen zum Kinderkriegen legen, indem wir durch den Juwelendiebstahl die Voraussetzung für die teure Kindererziehung schaffen!«

Obwohl Julia während der Nacht in Markus schützenden Armen einschlief, hatte sie bedrückende Albträume. Brutale Mafia-Horden fielen in einem Blutrausch gegenseitig übereinander her. Ein italienischer Niemand versuchte mit diamantenen Kugeln ihrem Chef die letzten Locken vom Kopf zu schießen. Daraufhin flüchtete ihr Vorgesetzter mit dampfender Halbglatze zum Panzerschrank, zog sein gereinigtes Beinkleid aus und schloss es sorgfältig im Safe ein, bevor er, nur noch in eine stark beschmutzte Pampers gewindelt, unablässig langstielige Baccara-Rosen aus dem Beinbündchen zupfte, um sie auf das entblößte Hinterteil des flüchtenden *Nessuno* zu werfen. Dazu klatschte seine Gattin Erdmute erheitert Beifall und zerbiss mit knirschenden Zähnen Schlüssel-Duplikate, während das Rosen-Resli-Gespann – zum Takt des Margareten Marsches – einen wilden Stepptanz aufführte. Klicke die klack! Klacke die klick!

Am anderen Morgen erschien Julia pünktlich im Hintenlang'schen Juwelierladen und machte ihren Vorgesetzten mit Terminator bekannt, der ihr bis zum Wochenende zur Verfügung gestellt wurde. »So, Herr Mooshuber«, verkündete sie die frohe Kunde, »jetzt kann uns im Geschäft nichts mehr passieren!«

Vorsichtig näherte sich Erasmus, lautlos auf Zehenspitzen gehend, dem riesigen Rüden. »Fräulein Leitner.« Der Juwelier wischte sich die feuchten Hände an der Hosennaht ab, bevor er das Tier mit spitzen Fingern berührte. »Die Größe dieses Dobermanns wirkt nicht nur auf Verbrecher, sondern auch auf mich außerordentlich bedrohlich. Ich hoffe, dass der Hund sich von mir befehligen lässt, denn ab 13.00 Uhr bin ich mit ihm alleine im Geschäft.«

»Terminator ist hervorragend abgerichtet. Er wird jedem gehorchen, den er als Leitwolf anerkennt. Als Hauptfeldwebel sind Sie das Befehlen gewöhnt. Die Untergebenen haben Ihre Anweisungen immer befolgt?«

»Ausnahmslos!«, bekräftigte Erasmus. »Sie haben recht! Es wäre ja gelacht, wenn ich mich von einem dummen Hund unterkriegen lassen würde. In meinem Leben habe ich ganz andere Schlachten geschlagen!«

»Na, sehen Sie! Im Grunde ist alles kinderleicht. Sie müssen nur drei kurze Kommandos beachten: Aus! Sitz! Platz! Den wichtigsten Befehl, den ich jetzt mit: **F a s s** buchstabiere, dürfen Sie nur anwenden, wenn sich im Geschäft jemand befindet, der Ihnen an den Kragen will!«

Mit leiser Stimme wiederholte Erasmus die drei Kommandos. Die geschulte Aufmerksamkeit und der absolute Gehorsam des Tieres, das jede Anweisung im Nu befolgte, machten ihm große Freude, sodass er nach kurzer Zeit ungeduldig wissen wollte: »Fräulein Leitner! Glauben Sie, dass der Dobermann mich als Alpha-Tier anerkannt hat?«

»Das steht außer Frage, Chef!«, bestätigte Julia. »Und da wir Mittag haben, kann ich Sie und Terminator mit ruhigem Gewissen alleine lassen. Bis morgen, Herr Mooshuber!«

Verliebt lächelnd winkte Erasmus ihr durch die Panzerglasscheibe nach, als er die Eingangstür des Juwelierladens verriegelte. »So, mein Guter«, wandte er sich an den Hund. »Jetzt können wir beide auch Mittag machen!« Mit »Platz!« befehligte er das Tier in die Ecke des Raumes und packte seine Brotzeit aus. Kaum hatte er die ersten Bissen seiner trockenen Mahlzeit heruntergeschluckt, als das Telefon läutete. Am anderen Ende der Leitung erzählte Erdmute langatmig, dass sie einen wunderschönen Rubin in Dénia erstanden hätte und fragte, ob sie den Edelstein besser in Weiß- oder Rotgold fassen lassen solle.

Da die Leitung zwischen Spanien und Deutschland gestört zu sein schien, schrie Erasmus in die Muschel: »Also, Rubine **fass** ich grundsätzlich in ...«

Der Dobermann reagierte wie ein gespannter Flitzebogen. Auf den gegebenen Befehl hin sprang Terminator mit einem Ruck auf die Beine, zog die Lefzen hoch, entblößte sein beeindruckendes Raubtiergebiss und knurrte Erasmus – mangels einer anderen Person – zähnefletschend an. Sprungbereit, mit angelegten Ohren, drängte er ihn in den Nebenraum, sodass dem Spieß a.D. nichts anderes übrig blieb, als in dem einzigen Örtchen Zuflucht zu suchen, welches eine Tür besaß. Und das war die Gästetoilette.

Es half kein Bitten und kein Drohen. Der Befehl konnte nicht mehr rückgängig gemacht werden. Terminator blieb unerbittlich!

Neun

Erdmute inspizierte die untersten Räume ihrer Fünfundzwanzig-Zimmer-Villa. Aber weder in der Bade- und Saunalandschaft im Souterrain noch in den darüber liegenden Wohnräumen konnte sie der beiden habhaft werden.

»Sie werden nicht die Frechheit besitzen«, dachte sie ärgerlich, »und es in den oberen Schlaf- und Aufenthaltsräumen treiben!? Das würde wirklich dem Fass den Boden ausschlagen!« Vorsichtig stieg sie die Stufen hoch. Aber auch in ihrem Schlafzimmer und den Arbeits- und Gästeräumen blieb die Suche erfolglos. Enttäuscht über den entgangenen Skandal wollte sie gerade wieder nach unten gehen, als verhaltenes Gemurmel aus Viktors Zimmer nach draußen drang. Unter Hochspannung stehend, schlich sie hinüber und lauschte an der Tür.

»Oh Gott, oh Gott!«, hörte sie den entsetzten Aufschrei der schottischen Nachbarin. »Nehmen sie dieses abartige Tier da runter. Der will ja tatsächlich *bumsen* und ist ganz aufgeregt!«

Dann erkannte sie den dunklen Bass-Bariton des Schokoladen-Fabrikanten, der keuchend antwortete: »I nime jetz Seil z' hilf! Keine loht sich's Bümsele verderbe. Do füehrt sich schließlich je wie verruckt uf!«

Erdmutes empörtes Gesicht wechselte wie ein Blinklicht im Sekundentakt die Farben von rot auf wachsgelb. Sie glaubte, ihren Ohren nicht zu trauen, als sie Viktors vulgäre Worte vernahm. »Ja liebste Melody, jetzt lassen Sie ihn doch endlich mal ran! Denn selbst der ärmste Hund braucht hin und wieder einen anständigen Wochenend-Hopsasa!«

Erdmute Mooshubers Sinne trachteten nach Rache. Blind vor Wut riss sie die Schlafzimmertür auf und stand wie vom Donner gerührt im Türrahmen, als sich ihr ein abscheuliches Sittenbild von Sodom und Gomorra darbot. Obwohl sie die Köpfe und Arme des quer über dem Bett liegenden Schottisch-Schweizerischen Paares nicht sehen konnte, weil sie an der hinteren Bettkante herabbaumelten, veranlasste sie der sündhafte Ersteindruck dazu, einen durchdringenden spitz-hysterischen Schrei von sich zu geben. Sowohl Melody McMillens in die Höhe gerecktes Hinterteil, als auch der

Körper des vornehmen Schweizers, der über ihr hing, zuckte erschrocken zusammen.

Von Viktor, der ebenso hinter der gegenüberliegenden Bettkante verschwunden war, sah sie nur den Kopf. Lüstern lachend, feuerte er das Pärchen mit den Worten an: »Nun packt zu und lasst es endlich knacken!«

Vor unterdrückter Empörung zitterte Erdmute am ganzen Körper. »Jetzt hab ich euch erwischt!«, geiferte sie außer sich vor Zorn, »indem ihr vor meinen Augen einen flotten Dreier vollzieht, habt ihr aus meinem ehrbaren Haus einen verruchten Swinger-Club gemacht!«

Der Schweizer und die Schottin stießen sich auf der gegenüberliegenden Seite mit den Händen von der Erde ab. Mit verrußten Gesichtern kamen ihre abgetauchten Köpfe und geschwärzten Oberkörper zum Vorschein. Begriffsstutzig setzten sie sich in Viktors Bett auf und schauten verdutzt zur tobenden Gastgeberin.

Als Viktor sich halbnackt, nur mit einer verrußten Boxershorts bekleidet, hinter dem Bett zur vollen Größe aufrichtete, kreischte Erdmute: »Ein schamloses, schmutziges und verwerfliches Trio, das seid ihr! Seht euch eure Kleidung an! Alle seid ihr mit dem gleichen rußigen Dreck eures unmoralischen Treibens besudelt! Leugnet es nicht! Die schwarze Schande ist der sichtbare Beweis für eure Hurerei!«

Blind vor Zorn hetzte sie ins Arbeitszimmer und riss die Tür des Wandschrankes auf. Mit zitternden Händen zerrte sie die alte Schrotflinte aus der Halterung, steckte mit fliegenden Fingern eine Patrone in den Lauf und hetzte zum Abschaum der menschlichen Gesellschaft zurück. Ohne auch nur einen Moment zu zögern, legte sie auf ihren jugendlichen Geliebten an. Im gleichen Moment, als sie abdrücken wollte, nahm sie mit Bestürzung wahr, wie ihre beiden verrußten Scheißerlis freudig erregt hinter dem Bett hervorkamen und von Raffaello – der süßen, weißen Versuchung – in geiler Sexgier erfolglos besprungen wurden. Mit donnerndem Knall entlud sich Erdmutes alte Büchse. Durch den Rückstoß wurde sie gegen die Wand geschleudert und verlor für mehrere Sekunden das Bewusstsein.

Viktor, der seinen Alkoholrausch halbwegs ausgedünstet hatte, duckte sich und sah – im Untertauchen begriffen – wie der herrliche Lüster über dem Bett in tausend Stücke zerbarst.

Der Schweizer Fabrikant warf sich zum zweiten Mal über die vor Aufregung schrill schreiende Schottin und schützte ihren Körper vor den herabfallenden Glassplittern.

Als Erdmute die Augen öffnete, nahm sie schemenhaft war, wie das heiß- und sehr begehrte Rosen-Resli-Doppelpack laut aufjaulend zur Schlafzimmertür hinausstürzte. Der angeschwärzte Raffaello fegte wie ein geölter Blitz hinter den heißen Hündinnen her, um den Vorstoß zu einem erneuten Decksprung zu wagen.

Viktors Sinn stand weder nach Vorstößen, geschweige denn nach Begattungsakten oder sonstigen geschlechtsspezifischen Sprüngen. Wie von allen Furien gehetzt suchte er sein Heil in der Flucht. Die Treppen hinunterstolpernd, spurtete er durch den Irrgarten auf die Straße und hoffte, im Nachbarhaus einen sicheren Unterschlupf finden zu können.

Versteinert saß Gottlieb unter dem Zitronenbaum. Auf seinem Kopf, über den Schultern und zwischen seinen verkrampften Beinen schnurrten und miauten mehr als zehn Katzen verschiedener Größe und Farbe. Sämtliche Haare seines Körpers standen in der Senkrechten und es liefen ihm abwechselnd heiße und kalte Schauer über den Rücken. Er spürte förmlich, wie die Pickel in seinem Gesichtes nach außen in die Freiheit drängten. »Du verdammter selbst ernannter Hellseher!«, zischelte er zu Baldi hinüber. Eine wunderschöne, weiße Perserkatze rieb schnurrend ihren Kopf an seiner Nase und brachte seine Pusteln zur prachtvollen Entfaltung. »Einen Besen wolltest du fressen, wenn die Bestien sich nicht in alle Himmelsrichtungen verdrücken würden, um nach brünstigen Partnern zu suchen!«

»Aber Gottliebchen«, stammelte Baldi, da die Katzenpopulation auch an ihm großen Gefallen fand und seinen Körper mit übelriechenden Duftmarkierungen beglückte, indem sie unablässig Kopf und Hinterteil an ihm rieb. »Die tun doch nichts. Im Gegenteil! Ich habe sogar den Eindruck, dass sie uns besonders gern haben!«

»Sicher! Die haben uns zum Fressen gern! Das werden wir gleich erleben! Und mit deinen ewig-weisen Sprüchen kannst du mich inzwischen auch mal gern haben! Falls ich hier mit dem Leben davon kommen sollte, kannst du gewiss sein, dass ich dir einen Besen besorgen werde, den du mit Stumpf und Stiel fressen wirst! Das schwöre ich hiermit feierlich!«

»Gottlieb! Jetzt reiß dich gefälligst am Riemen!«, rief Baldi mit unterdrücktem Ärger.

»Ich soll mich am Riemen reißen? An meinem Riemen werden gleich die Bestien reißen, das habe ich vor kurzem erst schmerzhaft erleben müssen!«

»Ich versichere dir, die kleinen Kätzchen werden uns kein Leid antun!«, versuchte Baldi sanft zu vermitteln. »Ich habe den Verdacht, dass sie sich von dem Baldriansaft angezogen fühlen, den wir während des Tages mehrfach auf unsere Kleidung gekleckert haben. Erinnerst du dich?«

»Du meinst«, wagte Gottlieb zu hoffen, »dass der Baldriangeruch sozusagen die einzige dufte Himmelsrichtung war, in der die sexbesessenen Kater ihre rolligen Kätzchen gesucht haben?«

»Da braucht's nur ein bisschen Kombinationsgabe«, dozierte Baldi mit selbstbewusster Stimme. »Sieh doch, wie sie überall ihre Duftmarken an uns absetzen!«

»Vielleicht hast du ja recht!« Voller Abscheu beobachtete Gottlieb, wie sein Arm von einem feinen Strahl bestäubt wurde. »Herrje, ist das ekelhaft!« Gottliebs sprießende Pickellandschaft hatte sich streuselartig im Gesicht verteilt. »Jedoch tausend Mal besser, als zerkratzt und anschließend verschlungen zu werden. Aber trotzdem! Den Besen werde ich dir mit Petersiliensuppenkraut auf einem silbernen Tablett ...«

Ein ohrenbetäubender Knall ließ Gottliebs angefangenen Satz zerbersten und das laute Gegröle der Partygäste einen Moment verstummen. Sekundenlang hörte man nur das Dudeln des Liedes, in dem Joe Cockers heiserrauchige Stimme noch immer einen Striptease mit Hut forderte, bis der Geräuschpegel der *Fiesta* den Song wieder übertönte.

»Das war ein Gewehrschuss!«, stellte Gottlieb besorgt fest, während die Katzenplage erschrocken auseinanderstob. »Baldi, ich glaube, der Super-Gau ist eingetreten. Die Costa-Blanca-Connection hat die Juwelenjule erschossen!?«

»Pst, sei still Gottlieb!«, wisperte der Lebenspartner, wobei er die Hand an seine Ohrmuschel legte und angestrengt in die schwül-warme Gewitterluft lauschte. »Da wetzt einer in wilder Flucht über die Straße!«

Als das Gartentor quietschte, hielten sie angespannt die Luft an. Mit einem energischen Ruck wurden die tiefhängenden Zweige des Zitronenbaumes hochgerissen.

»Au, verdammt!«, verfluchte unterdrückt eine fremde Riesengestalt das dornenreiche Gewächs. Mit gequältem Stöhnen warf sich der halbnackte Viktor neben dem Homophilen-Paar auf den staubigen Gartenboden.

Gottlieb schoss erschrocken in die Höhe, stieß sich den Kopf an einem dicken Ast und spürte, wie ein langer Baumstachel seine Nase aufspießte. »Baldi, hilf mir!«, wimmerte er stocksteif dastehend.

Ehe Baldi reagieren konnte, sprang Viktor hoch und befreite Gottliebs Riechkolben vom Stachel.

»Auch einen Nasenstüber abbekommen?«, fragte Gottlieb weinerlich und blickte mitfühlend auf das rotverkrustete Liliputnäschen des atemberaubenden Adonis. Unter verhaltenem Schluchzen nickte der Angesprochene und sah seinem Gegenüber gebannt in die Augen.

»Wer hat den Schuss in der Villa abgegeben?«, wollte Baldi wissen.

»Mein hysterisches Muschilein hat mir einen Boxhieb auf den Geruchserker gegeben«, beklagte Viktor sich und schaute noch immer tief in Gottliebs Augen. »Anschließend wollte sie mich totschießen! Einfach so.« Bewegt fuhr er mit dem Finger über Gottliebs zerstochene Nase. »Aber du bist ja noch viel schlimmer dran! Dein hübsches Gesicht ist nicht nur durch ein lädiertes Atmungsorgan verunstaltet, sondern auch von vielen schrecklichen Pusteln übersät, sodass du eine große Ähnlichkeit mit einem frisch gebackenen Streuselkuchen aus Omis Backherd hast!« Einem plötzlichen Impuls folgend fielen sie einander in die Arme, um sich unter einem typisch-deutschen Lamento mitzuteilen, wie schlecht es ihnen ginge.

Sprachlos starrte Baldi auf zwei traurige Gestalten, die man als die besten deutschen Jammerer im Guinnessbuch der Rekorde hätte verewigen können, weil sie die höchste Perfektion in *the new german art of lamentation* erreicht zu haben schienen.

»Paolo, wach auf! Es donnert bereits!« Alfredo schrie schrill in die Gehörwindungen des Bandenmitgliedes, das neben ihm saß und eingenickt war.

Mit aufgerissenen Augen fuhr Paolo steil in die Höhe und stieß sich seine Halbglatze am Wagenhimmel des Lancias.

»Jetzt spinn nicht!«, rügte Emilio seinen Kumpan. »Paolo! Das war ein Gewehrschuss und sonst gar nichts!«

»Ein Gewehrschuss?!«, echote Paolo und versuchte die verschlafenen Gedanken in seinem angeeckten Schädel zu sortieren. »Wo? Wer? Warum?«

»Wenn du mich fragst, das hörte sich wie ein Knall aus einer Schrotflinte an«, behauptete Emilio. »Falls es ein Schuss war, dann kam er ganz klar aus der Villa!«

»Aus der Villa?« Das logische Denken schien Paolo abhanden gekommen zu sein. Automatisch griff er unter seine Achselhöhle, um sich zu vergewissern, dass wenigstens seine eiserne Braut vorhanden war. »Dann vorwärts!«, flüsterte er erleichtert, als seine Finger das kalte Eisen spürten. »Wir klettern an der Rückfront des Hauses über die Gartenmauer und dringen von hinten in den Palast ein!«

Leise lehnten sie die Autotür an und schlichen geduckt durch die finstere Nacht zur Zwei-Meter-Wand, die, aus Naturquadern gefertigt und übereinander getürmt, das ganze Anwesen umgab. Keuchend überwanden sie das Urgestein und erduldeten stoisch die ständig fließenden Rinnsale nasskalten Schweißes am ganzen Körper, bis sie, auf der Gartenseite angelangt, wieder festen Boden unter den Füßen fühlten. Nach Atem ringend nahmen sie eine kurze Auszeit. Die feucht-warme, zum Schneiden verdichtete Atmosphäre deutete auf ein kurz vor der Entladung stehendes Unwetter hin. Jede Deckung nutzend, schlichen sie bis kurz vor den Menschenpulk im hell erleuchteten Pavillon.

»*Jamon*«, *Pepe* wandte sich an einen seiner Kellner, »hast du das eben auch gehört? Obwohl wir seit Stunden neben den dröhnenden Lautsprechern stehen und meine Trommelfelle bereits zerfetzt sind, meine ich, einen Knall gehört zu haben.«

»Entweder sind das die krachenden Musik-Boxen«, *Jamon* zuckte desinteressiert mit den Achseln, »oder die Fehlzündung eines Autos. Vielleicht ist es aber auch ein sensibler Fingerzeig der Gastgeberin, die dich sanft mit einem Pistolenschuss darauf hinweisen will, dass die Feuerwerkskörper zu entzünden sind!«

»Das würde mich nicht wundern«, bemerkte Peter sarkastisch und blickte *Juanita* vielsagend an. »Diesem mannstollen Monstrum traue ich bis hin zum finalen Abschuss alles zu!«

Juanita griente, während sie einen neuen Krug *Sangría* auf die Theke stellte. »Ganz so schlimm, wie du sie immer hinstellst, ist sie auch nicht!«

Sie schaute in die Runde. »Aber ganz ehrlich! Ich habe keinen Schuss gehört; was bei diesem infernalischen Getöse allerdings kein Wunder ist.«

Pepe blickte auf die Armbanduhr, deren Zeiger auf die dritte Stunde des neuen Tages zuging. »*Mierda*! Scheiße!«, fluchte er unfein, dafür aber zweisprachig. »Schon vor anderthalb Stunden sollte das Spektakel begonnen haben!«, er wandte sich nach *Juanita* und Peter um. »Kommt ihr mit mir zum Brunnen. Ich brauche dringend Hilfe. Auch wenn wir Spanier zu jeder Gelegenheit böllern und deshalb alle Experten sind, bei diesem kniffligen Feuerwerk sind einige Bomben und Raketen dabei, die mir Kopfzerbrechen bereiten. *Jamon* und *Manuel* können uns an der Bar vertreten. In diesem Zustand schmeckt sowieso niemand mehr, was er sich die Kehle abwärts schüttet.«

Sie eilten zum bunt angestrahlten Brunnen und machten sich mit den umfangreichen Vorarbeiten zum finalen Abschluss vertraut.

Erdmute lehnte benommen an der Schlafzimmerwand und hielt ihre rauchende Büchse mit gefühllosen Händen fest. Der mit Lüstersplitter übersäte Schokoladenfabrikant saß neben der geschockten schönen Schottin, die völlig unmelodisch vor sich hin schluchzte.

»Aber Frölein Melody«, versuchte Herr Seiler Frau McMillens Weinkrampf zu überlisten, indem er auf seine und ihre weiße Kleidung zeigte und ganz nach Hundehalterart schelmisch resümierte: »Mir gsehnd beidi us wie zwe schwarz-wiss gläckti Dalmatiner!«

Der Weinkrampf der vormals in blitzende Helligkeit gekleideten Schottin erhielt neue Nahrung, als sie händeringend ihr ruiniertes Kleid betrachtete.

»Ou! Entschuldigung!«, bemerkte der Schweizer, als ihm bewusst wurde, dass sein gut gemeinter Aufheiterungsversuch komplett in die Hose, respektive ins Kleid, gegangen war. »Wie ha i das chönne vergässe! Sie liebe jo wisse Chatze! Jo, d faue mir no Schneehuehn und Schneehas i! Welli vo dene beide wisse Arte liebi Sie de am meischte?«

Die niedliche Nachbarin näselte durch die tränenverstopften Gänge ihres zierlichen Näschens und lächelte ein wenig, als ihr der fürsorgliche ältere Gentleman ein Taschentuch reichte. »Sie haben ja recht! Ich werde mich

gleich um meine Stubentiger kümmern, dann geht es mir wieder besser!«
Frau McMillen schnäuzte sich hörbar. Schüchtern lächelnd ging sie auf den
freundlich gemeinten Scherz des Schweizers ein. »Aber wenn Sie mich so
gezielt fragen, dann sind mir von all den genannten Tierarten die weißen
Perserkatzen am allerliebsten!«

Erdmute, die verwirrt von einem Gast zum anderen schaute, erhob sich
mit zitternden Beinen vom Boden, hängte ihre alte Büchse fürs Erste an
den Kleiderhaken in Viktors Schlafgemach und versuchte zu sprechen. Was
dabei herauskam, waren gestotterte, unzusammenhängende Wortanfänge,
wie »Erd... mute ... irrt«.

Mühsam um Fassung ringend riss sie sich zusammen. »Was mussten Sie
wegen mir erdulden! Was habe ich Ihnen nur zugemutet! Ich war in einem
fürchterlichen Irrtum befangen. Das ist unverzeihlich!« Sie schaute in die
Runde und räusperte sich, um das belegte Krächzen aus ihrer Stimme zu
vertreiben. »Eine Entschuldigung steht besonders bei Viktor an! Wissen Sie
vielleicht, wo er sich zur Zeit aufhält?«

Das in Lüstersplitter eingebettete schwarz-weiß gefleckte Dalmatiner-
Pärchen schüttelte stumm die Köpfe.

»Viktor wird mir ganz bestimmt verzeihen!«, murmelte Erdmute mehr zu
sich selbst, als zu den beiden Opfern ihres hormonbedingten Wutanfalls.
»Ich rufe jetzt direkt den Porsche-Carrera-Verkäufer in Valencia an! Er muss
morgen früh ...«, sie blickte auf ihre Armbanduhr, »nein, heute früh, um
Punkt 11.00 Uhr den sündhaft teuren roten Flitzer vor die Tür stellen! Ich
habe ihn ja schon lange bestellt!«

Schuldbewusst mischte sie ihrer Stimme einen völlig hilflosen Klang bei,
der auch den härtesten Stein zum Erweichen gebracht hätte. »Wie mache
ich das alles nur wieder gut, was ich in meiner törichten Unbeherrschtheit
angerichtet habe?«, schluchzte sie leise und vergoss, von jetzt auf gleich, dicke
Krokodilstränen, womit sie – aufgrund ihrer herausragenden schauspiele-
rischen Leistung – eine Nominierung zur nächsten Oscarverleihung sicher
in der Tasche hatte.

»Aber nei, Frau Mooshuber«, versuchte der Schweizer Kavalier seine
zerknirschte Gastgeberin zu beruhigen. »Es isch jo nüt passiert! Was mi
betrifft isch die Aglägeheit jetzt verbi!« Herr Seiler sah die Schottin fragend an.

»Aber sicher, es war ja auch eine komische Situation ...«, beeilte sich die Nachbarin zuzustimmen und hielt sinnend einen Moment inne, um urplötzlich so ansteckend zu kichern, dass ihre beiden Zuhörer erst langsam und dann aus vollem Halse ein befreiendes Mitlachen nicht mehr zurückhalten konnten. »Nur!«, griemelte glucksend die schöne Schottin und blickte verschmitzt zum Pudelbesitzer, »sie sollten nach ihrer süßen, weißen Versuchung sehen! Sonst werden sie bald eine Vaterschaftsklage am Hals haben.«

Überrascht schauten sich die Münchner Juwelierin und der Schweizer Schokoladenfabrikant einige Sekunden an. Geschwind rannten sie die Treppe hinunter und ließen die schöne Schottin leise lachend in den glänzenden Glassplittern des lädierten Lüsters zurück.

Unterdessen hatte das heiße Rosen-Resli-Gespann sämtliche geschlechtsreifen Rüden zu einer aufregenden Hochzeitsreise eingeladen. Quietschend spurteten sie dem kommenden Honeymoon entgegen, sodass die männliche Meute den Menschen die Gefolgschaft verweigerte und den betörend riechenden Hochzeiterinnen hinterher hechelte.

Pitt und Patt, die schwarz-weiß gefleckten Kälber, schalteten Raffaello vorübergehend aus, indem sie ihn wie zwei donnernde Dampfwalzen überrannten. Annemies schweratmiger, alter Mops – der während dieser Aufregung kurz vor einem Herzinfarkt stand und vorsichtshalber seinen Klon-Vertrag schon unterschrieben hatte – wurde von den Deutschen Doggen rabiat zur Seite gefegt.

Die begehrenswerten Rosenreslis flitzten mit den Doggen unter das Büffet, traten rücksichtslos auf blankgeputzte Schuhe und rissen Damastdecke nebst Essens- und Trinkutensilien von der festlich geschmückten Tafel. Vor dem absoluten Höhepunkt sprangen die heißen Hündinnen auf den Tisch seiner alkoholdurchtränkten Durchlaucht, tapsten fröhlich im Fleischteller des Freiherrn herum und besudelten den blauen Ferdinand mit frischer Grillkohlenasche.

Die fest von Bacchus Armen umschlungene, bis zur Sinnlosigkeit betrunkene blaublütige Reblaus machte keine Anstalten, ihren tiefen Schlaf der Rekonvaleszenz auch nur für einen Augenblick zu unterbrechen. Selbst als das Doggen-Duo über seine Hochwohlgeboren hechelnd hinwegsprang, wendete der Aristokrat nur müde sein edles Haupt im zarten Lammfleisch, befreite sich mit einem anhaltenden Analhusten vom inneren Druck, murmelte zusammenhanglos »Die Zote kenn ich bereits!« und schlief sorg- und arglos weiter.

Als die läufigen Spaniels zielstrebig auf das gepflegte Hibiskusbeet zusteu- erten, hatten sowohl der schwarz-weiß geölte Blitz als auch der vertraglich abgesicherte Archi-Mops wieder aufgeschlossen. Gemeinsam wälzte man sich in der hundegerechten, fettig-ranzigen Holzkohlenasche des letzten Barbecues.

Erdmute, die im Flurschrank fluchend nach den Pampers für läufige Hün- dinnen suchte, wurde nach langem Stöbern endlich fündig. Außer Atem rannte sie hinter dem randalierenden Rudel her, um sowohl dem Rosen- Resli-Gespann als auch den liebestollen, zur Höchstform auflaufenden Rü- den die Tour zu vermasseln.

Begeistert machten die sehr betrunkenen Gäste bei dem neuen Gesell- schaftsspiel: **fangt die Schmutzhunde** mit. Mit unsicher schwankenden Schritten und ein Weißbierglas balancierend, rannte Annemie ihrem Ar- chibald hinterher und bekam dessen eingerolltes Schweineschwänzchen zu fassen. Vor Schmerz jaulte der betagte Mops laut auf und schnappte – je oller, je doller – reflexartig nach jedem, der seinen One-Night-Stand mit den unwiderstehlich duftenden Bräuten verhindern wollte.

Aljoscha, der Kasache mit dem Breitleinwand-Gesicht, eilte seiner Sauf- kumpanin zu Hilfe und versuchte, den künftigen Klon-Kandidaten am Kopf zu packen. Weil seine glasigen Pupillen nur noch verschwommene Umrisse wahrnahmen, griff er am Rüden vorbei und staunte, als er seine Hände in Annemies Ausschnitt wiederfand.

Seltsamerweise empfand die Antialkoholikerin, aufgrund ihres alkoholi- sierten Zustandes, dieses derbe Verhalten nicht verwerflich. Völlig enthemmt zog sie das Pfannekuchengesicht an einem Ohr zu sich heran, küsste den überraschten Kasachen gekonnt auf den Mund, leerte das Weißbierglas bis zur Neige und pfefferte es mit einem gebrüllten »*Nastrovje!*« hinter sich an die Wand.

Damit erreichte die blauäugige Annemie das, was sie den ganzen Abend vergeblich versucht hatte. Karlchen, der Heimlichtrinker, bekam einen ei- fersüchtigen Anfall, in dessen Verlauf er sich ganz öffentlich zu drei Gläsern süffig-süßer *Sangría* bekannte und sie nacheinander genussvoll hinter die Binde goss.

Anschließend wankte er zum Swimmingpool, warf sich brummend in einen Liegestuhl und hoffte, die nagende Eifersucht bei einem Nonstop-Nickerchen vergessen zu können.

Der fette, alte Mops erhielt aufgrund seiner enthemmten Herrschaft eine Galgenfrist, um einen erneuten Vorstoß bei den willigen Hunde-Damen zu versuchen.

Elfriede Gans sprintete zwischen ihre vorwärts drängenden Doggen, fasste kurzentschlossen deren Leinen und wurde kopfüber zu Boden gerissen, als die Kolossalkälber sie wütend ansprangen. Die liebeskranken Riesenhunde schleiften die Domina, welche die Zügel partout nicht aus der Hand geben wollte, rücksichtslos durch den Schmutz.

Big-Boss Boris handelte instinktiv. Hinter der Gefallenen warf er sich in den Staub, ergriff mit beiden Händen die Pillepatsch-Füße der geliebten Gans, um mit ihr gemeinsam dem Gruppensex der liebestollen Rüden Einhalt zu gebieten.

Die angesäuselten Zuschauer trauten ihren Augen nicht, als sie sahen, wie der dritte Halter eines männlichen Hundes ein Lasso über seinem Kopf schwang und damit die süße, weiße Versuchung einfing. Während der Hersteller von Schoko-Glückshormonen die zappelnde Potenzpille zu sich heranzog, erklärte er laut: »Als passionierter Weschterriter isch das mini liechtischti Uebig. Glert isch ebe glert!«

Er befreite den jaulenden Raffaello vom würgenden Seil, legte ihm die Leine an und steckte lässig das weiße Lasso in die Umhängetasche aus gleichfarbenem Nappaleder zurück.

Man(n) beziehungsweise Frau war beeindruckt. Der Rest der noch geh- und fangtüchtigen Partyteilnehmer stürzte sich, zusammen mit Erdmute, auf die beiden Spaniels. Gemeinsam wälzte man sich mit den Schmutzhunden auf der Erde, um ihrer dreckig-glitschigen Körper habhaft zu werden. Mit vereinten Kräften schafften sie es, die heißen Hündinnen zu stellen und ihnen den Keuschheitsgürtel aus weichem Zellstoff über die Hinterteile zu stülpen.

Zurück blieben eine Anzahl eingeschwärzter Fiestagäste und vier tieftraurig-trist dreinschauende Rüden, die von der heißgeliebten Weiblichkeit bis in die tiefste Hundeseele aufgewühlt und trotz allergrößtem Einsatz nicht zum Zuge gekommen waren.

Erdmute sperrte ihre versiegelten Pampers-Hunde vorsichtshalber in die Bade- und Saunalandschaft und vergewisserte sich diesmal vorher, dass der Wasserhahn des Eintauchbottichs abgestellt war.

Die verrußten Teilnehmer der Hunde-Schnitzeljagd gingen unter den lauten Anfeuerungsrufen der restlichen Gäste zum Swimmingpool. Sie rissen sich die schmutzigen Kleider vom Leibe und sprangen, zusammen mit ihren verkohlten Rasserüden, ins lauwarme Nass.

Rasputin zupfte nervös an seinem Schnauzbart, obwohl er sich beim lächerlichen Anblick des allseits gefürchteten Big Boss' am liebsten die Haare gerauft hätte. Das Walküren-Weib hatte seinen verehrten Chef bis auf die Unterhose ausgezogen. Wie ein Kleinkind nahm sie den willenlosen Gangsterboss auf den Arm und ging die Treppen des Swimmingpools hinunter. Mit der Hand plätscherte sie ihm Wasser auf den Körper und wusch die klebrige Holzkohle von Gesicht und Schultern. Als sie ihm das schmächtige Brüstchen mit kühlem Wasser zu säubern versuchte, kreischte Klein-Boris wonnig mit schrillem Stimmchen auf. Um sie herum spritzten sich die entblößten Party-Schmutzfinken gegenseitig unter volltrunkenem Gekreische Wasser auf die sündigen Häupter.

Rasputin hielt es nicht mehr auf seinem Sitz. Aufgebracht rannte er zum kahlköpfigen Bulgaren an den Tresen, der mit Heidi und Friedhelm Deutsch-Bulgarische Brüderschaft getrunken hatte.

»Sieh mal Friedhelm«, kicherte Heidi. »Tussi verhält sich wie wir Menschen! Eben war ihr speiübel und sie wollte keinen Tropfen Alkohol mehr saufen. Aber jetzt ist sie wieder nüchtern und setzt alles daran, um mit uns weitertrinken zu können!«

Tussis Herrchen schaute nach unten und bemerkte erheitert, wie der Terrier an Wladimirs Hosenbein hochsprang und unter forderndem Gekläffe nochmals um geistige Nahrung bat.

»Tussi nur trinken Wodka!«, stellte der Bulgare fest, hob den Bonsai-Zurückschnitt hoch und setzte ihn in eine große Wodka-Lache auf die Theke. In kürzester Zeit war die Terrier-Dame alkoholabhängig geworden. Gierig schlabberte sie das Hochprozentige in sich hinein.

»Friedhelm!«, machte Heidi sich Sorgen, »wie reagiert eine kleine Hundeleber auf solche Saufexzesse?«

»Wenn Tussilein das öfter macht, kriegt sie bestimmt irgendwann eine Leberzirrhose und endet, genau wie wir Menschen, im Delirium tremens. Dann wäre es gut, wenn du für sie die Vorbereitungen für eine Klonerie triffst, damit ...«

Friedhelms Clownerien wurden durch Rasputins russischen Wortschwall unterbrochen. »Wladimir, schau dir den Big-Boss im Pool an! Wenn das so weitergeht, werde ich ihn seines Amtes entheben und entmündigen lassen!«

Schwerfällig wandte der Bulgare seinen Kahlkopf nach rechts und bekam einen drolligen – während des Ein- und Ausatmens von Pfeiftönen unterbrochenen – Lachanfall, als er die besoffen-nackte Meute erblickte, die im sündigen Sumpf nasse, neckische Spielchen spielte und einen gefürchteten Gangsterboss umrundete, der seinen Kopf an die Monumental-Titten der Elfriede Gans gelehnt hatte, um dabei friedlich an seinem Daumen zu lutschen.

Irritiert blickte Rasputin vom schallend lachenden Kahlkopf zum Daumen nuckelnden Big-Boss. In düsterster Depression nahm er sein Haupt in beide Hände, um sich einzelne, tiefschwarze Haarbüschel auszureißen und verzweifelt »*Njet*!« zu stöhnen.

Wladimirs ulkige Pfeiftöne erhielten einen erneuten Lachschub, als er von Boris' entwürdigendem Daumenlutschen auf Rasputins haarsträubendes Gebaren guckte. Während sein Kahlkopf unentwegt von links nach rechts pendelte, hielt er schlagartig zwischen zwei drolligen Lachpfiffen inne. Erschrocken schaute er auf drei Kerle, die die Flaschen im Barregal überragten und mit Pistolen in die Menge zielten.

»*Napráwa*, Rasputin!«, schrie er, durch den Schock nüchtern geworden.

Sogleich unterbrach Rasputin sein hysterisches Haarausraufen und sah, wie ihm geheißen, nach rechts. Der Schießeisen ansichtig werden und sich fallen lassen geschah im gleichen Augenblick. Automatisch griff er unter seine linke Achselhöhle und zog statt des kühlen Revolvers eine warme, mit Schweiß besudelte Hand hervor. In diesem Moment fühlte er sich nackter, als der selbst ernannte Napoleon in Unterhosen auf dem Arm der verhassten Domina.

Friedhelm und Heidi blickten begriffsstutzig zuerst auf den schwarz behaarten Georgier und dann in die Richtung, in die der kahle Bulgare zeigte. Friedhelms Stimme überschlug sich, als er nach einer Schrecksekunde die beiden Kellner laut warnte: »Hinter euch stehen Killer mit Pistolen!« Geistesgegenwärtig zog er Heidi vom Barhocker und schleppte sie unter den Tisch des langen Büffets. Unter Schock stehend, krabbelten sie auf allen Vieren bis zum Ende der Platte und vergaßen in der Hektik, die trunkene Tussi aus der Wodka-Pfütze zu nehmen. Hand in Hand eilten sie auf die Villa zu.

Jamon und *Manuel* verstanden zwar kein Deutsch, jedoch das Wort *Pistola* und die zu Tode erschrockenen Gesichter taten ihr Übriges. Die Spanier warfen sich seitlich hinter der Theke auf den Boden, als hätte man ihnen die Füße weggerissen.

Gelähmt starrten die Partyteilnehmer zur Bar. Ehe man in der Lage war, einen klugen Gedanken zu fassen, setzte mit Donnergetöse am Marmorbrunnen das Feuerwerk ein.

Paolo schrie laute italienische Befehle. »Die Ostblock-Mafia ist also doch da, sie hat sich am Brunnen verschanzt und schießt zu uns rüber! Nehmt Deckung! Am besten hinter der Hibiskushecke!«

Während Emilio hinter der Halbglatze herspurtete und sich gemeinsam mit ihm unter dem Blütenstrauch versteckte, erkundigte er sich: »War der kleine Furz in Unterhosen, den diese Riesenkuh gegen ihren Euter gedrückt hielt, nicht Big-Boss Boris?«

»Was redest du denn für 'n Blech! Der Ostblock-Boss schießt vom Brunnen zu uns herüber!«, brüllte Alfredo gegen das ohrenbetäubende Knallen an, indem er sich unter dem Gebüsch neben seinen Kumpan hockte. »Big Boris lässt sich von niemand auf den Arm nehmen!«

»Ruhe!«, schnauzte Paolo nervös. »Um die Klunker in der Villa zu suchen, müssten wir unbemerkt am riesigen Wasserwerk vorbeischleichen. Quizfrage: wie umrunden wir – ohne uns blaue Bohnen einzuhandeln – den bonbon-bunten Brunnen?« Argwöhnisch stellten sie sich aufrecht, lugten über die schulterhohe Hecke und verfolgten staunenden Auges, wie die Hunde - bedingt durch das laute Geknatter am Brunnen - jaulend aus dem Swimmingpool sprangen. Zu Tode erschrocken überrannten sie alles, was sich ihnen in den Weg stellte und verflüchtigten sich in alle Winde. Mit einer Ausnahme! Der Tussi-Trunkenbold blieb unerschüttert auf dem Tresen in seiner halb weggesoffenen Wodka-Lache liegen, streckte alle Viere von sich und schnarchte durchdringend.

Wladimir und Rasputin folgten dem Beispiel der spanischen Kellner und suchten Deckung neben einer zerschossenen Eistruhe hinter der Theke.

Elfriede Gans sprang mit Boris aus dem Wasserbecken und raffte im Vorbeilaufen fremde Kleidungsstücke und Schuhe auf. Den Gangsterboss hinter sich herschleifend, jagte sie in Riesensätzen zur Villa.

In blindem Entsetzen stürzten die übrigen Badegäste hinter der großen germanischen Gans und dem kleinen Russenbär her, griffen sich irgendein Textil, hielten es schamhaft vor ihre Blöße und suchten Schutz hinter allem, was ihre Nacktheit verbergen konnte.

Wie elektrisiert sprangen die Fiestagäste an den Tischen von ihren Stühlen und teilten ihre Massenflucht in zwei Gruppen ein. Die Mehrheit der Fersengeld gebenden Teilnehmer rannte am rauchenden und zischenden Marmorbrunnen vorbei in die bekannten Wege des Irrgartens. Die des Gartens Unkundigen dagegen wollten sich nicht in die Irre führen lassen und flüchteten auf kürzestem Weg zur Naturquader-Mauer der Straßenfront, hinter der ihre Autos geparkt standen. In überstürzter Eile half man einander über das aufgetürmte Gestein, warf sich – unter alkoholischem Stress stehend und völlig demoralisiert – in die Autos, um das rettende Heil in der Flucht zu finden.

Splitterfasernackt flitzte die alkoholisierte Annemie aus dem Wasser und packte nach einer fremden Männerhose. Als sie um die rosa-blühende Hibiskushecke rannte, stand sie – wie vom Donner gerührt – vor den drei Itaker-Mafiosi, die in halb hockender Stellung und mit gezückten Schießeisen über die Blütenpracht nach vorne blickten.

Die verdutzte Deutsche kreischte aus Leibeskräften. Die Köpfe der Ganoven ruckten, wie an einer unsichtbaren Schnur gezogen, von vor- nach seitwärts. Als die Gangster den schwarz-besudelten, klapperdürr-nackten Körper der alten Alemannin erblickten, gaben sie erstickte Gurgellaute von sich und fielen furchtsam nach hinten in die vergammelte Holzkohlenasche. Dabei lösten sich aus ihren Revolvern mehrere Schüsse, die gegenüber an der Bar in die hochprozentige Flaschen-Batterie einschlugen.

Schamhaft zog Annemie die Herrenhose bis zum Kinn und zerteilte mit ihren gellend-spitzen Schreckensschreien die dicke Luft. »Hilfe! Karlchen! Man wird mich erschießen! Hättest du mich doch vorher geklont!«

Benommen schreckte der tief schlafende Karl von seinem Liegestuhl hoch. Überstürzt rannte er in Richtung Hibiskusbeet und stieß gegen den Allerwertesten seiner Durchlaucht, der über die Sitzbank hinausragte und mit den Glassplittern der zerschossenen Alkoholflaschen gespickt war.

Freiherr von Freudenhausen zog brummend – oral wie auch anal, da er an heftigen Flatulenzen litt – sein hochwohlgeborenes Hinterteil ein und schlief unbeeindruckt des Tohuwabohus um ihn herum im Fleischteller weiter.

Als Karlchen auf die verrußte Nacktheit seiner Gattin blickte, hinter der drei rußige Männer im Staub lagen, blieb ihm vor Entrüstung die Spucke weg und er hob dazu an, ihr in aller Öffentlichkeit eine Moralpredigt zu halten, die sich gewaschen haben sollte. »Kaum halte ich die Augen fünf Minuten geschlossen, treibst du es mit drei Kerlen auf einmal!«, tobte er mit hochrotem Kopf. »Beteiligst dich vor allen Nachbarn an einem obszönen Gruppensex mit Dame! Und das in deinem Alter! Wenn ich daran denke, wie du mir vor zehn Jahren mit deiner pharisäerhaften Doppelmoral vorgeworfen hast, dass ich im zweiten Frühling sei, nur weil ich mal ein bisschen mit meiner Sekretärin rumgevögelt habe! ...«

»Wie bitte?«, begehrte die blauäugige Annemie erbittert auf. »Du heimlich trinkender Eintänzer aus der Fischbratküche hast mit deiner Sekretärin gevögelt?! ...«

Die Gangster hinter der blühenden Hecke schauten verblüfft vom Streithahn zur -henne und dann sich gegenseitig an.

»Paolo«, fragte Emilio erschüttert, »weißt du, wovon der Zoff handelt? Du verstehst doch die Deutschen, oder?«

Paolo war sich nicht einig, ob er die Deutschen verstand. Nachdenklich rieb er mit dem Revolverlauf seine Schläfe. »Wenn ich es richtig mitgekriegt habe«, übersetzte er frei Schnauze, »dann geht es da um einen Gruppensex unter Damen, und im Frühling treiben sie es nicht nur mit der alten Sekretärin, sondern auch noch mit Vögeln.«

Überfordert starrten Alfredo und Emilio auf die Schnauze des freien Übersetzers und schüttelten begriffsstutzig die Köpfe. »Seid ihr jetzt völlig übergeschnappt?!«, entrüstete sich Alfredo. »Anstatt das ewig deutsche Gejammer dieser spießigen Germanen-Gruftis ins Italienische zu übersetzen, solltet ihr mir endlich die Mooshuber zeigen, damit ich ihr das Messerchen an die Kehle setzen kann. Was sind wir? Brabbelnde Kalliopen oder brutale

Killer?« Zum Revolver zog er das Stilett heraus und fuchtelte aggressiv mit beiden Waffen vor Emilios Nase herum. »Hat denn keiner mehr Respekt vor der italienischen Mafia?«

»... und mir machst du Hoppenpoppen-Hurenbock Vorwürfe!« Annemies Gejammer schlug in blinde Wut um. Erzürnt schlug sie mit dem fremden Beinkleid auf den Kopf des ihr angetrauten Fremdgängers ein. »Die besten Jahre meines Lebens habe ich nur der Familie geopfert! Und um meinen schwarzen Mops zu retten, habe ich mich heute sogar mit den sexbesessenen, verkohlten Rüden auf der Erde rumgewälzt, um ...«

»Was?! Mit geilen, rußigen Hunden hast du es auch noch getrieben?!«, schrie das Karlchen außer sich. »Das ist Sodom ... das ist Omi Annemie ... das ist Gonorrhö ...« Der empört stotternde Karl drohte völlig zu entgleisen. Verwirrt versuchte er die verworrenen Sätze zu sortieren: »Das ist Sodomie mit Omi Annemie in Sodom und Gomorrha ...«

Die Ignoranz der Streitenden im Angesicht seiner gezückten glitzernden Waffen, die sich unbeeindruckt wie die Kesselflicker weiterzankten, brachte Alfredo bis kurz vor den Siedepunkt. Mit dem Stilett visierte er den Tresen an, warf und traf den mit Zitronen und Karottengemüse garnierten Ferkel-Spießbraten, neben dem die Terrier-Tussi schnarchte. Während die Klinge zitternd im Kopf der armen Sau stecken blieb, riss er Emilios Revolver an sich und zerschoss beidhändig das staubige Erdreich vor den Füßen der wild gestikulierenden und lauthals keifenden Deutschen.

Annemie starrte blauäugig auf die nach allen Seiten spritzenden Staub-wölkchen vor ihren Füßen. Der ihr amt- und kirchlich zugeteilte Ehebrecher schrie wie ein Schwein am Spieß und tanzte sich notgedrungen – aufgrund der vielen zirpenden Kugeln, die um seine Sandalen schwirrten – kurzfristig in die Fischbratküche ein.

Aljoscha, der im Pool noch immer dem zwecklosen Versuch unterlag, die rußige Farbe des Archi-Mopses von seinem Pfannekuchen-Gesicht abzu-reiben, schien das Gemüt eines Fleischerhundes zu besitzen. Als er die in Not geratene Nudistin erblickte, schmiedete sein dumpfes Spatzenhirn in aller Seelenruhe einen Plan. Bedächtig stieg er aus dem Pool, schlenderte halbnackt durch den Kugelhagel zu Rasputin und Wladimir an die Bar und ließ sich hinter der zerschossenen Eistruhe auf die Erde plumpsen. Cool nahm der Kasache dem geduckt hockenden Rasputin die krampfhaft umschlossenen schwarzen Haarbüschel aus den Fingern und flüsterte in übertriebener Wichtigkeit: »Ich habe von langer Hand eine Fluchtmöglichkeit ausgearbeitet!«

»Na, das wird was werden!«, höhnte Rasputin nervös. »Und welche Strategie hast du als gehandikapter Handlanger ausgeklügelt?«

»Wir nehmen kurzerhand die deutsche, blauäugige Amnesie als Schutzschild und verduften mit ihr hinter unserem handlichen Big-Boss her, der mit dem handgemachten Busenwunder schon in der Villa verschwunden ist.«

»Das ist ja allerhand! Aber wenn du die schwarzarschige Nudistin retten willst«, mutmaßte Wladimir spitzfindig und hielt dabei den geöffneten Mund unter ein Schussloch in der Eistruhe, aus dem gekühlter Schnaps floss, »dann nehme ich das handvoll Hundchen auf der Theke als Schutzschild und rette die ulkig-besoffene Wodka-Tussi!«

»Das könnt ihr zwei Irren handhaben, wie ihr wollt!«, knurrte Rasputin missmutig, wobei er ununterbrochen an sein Schießeisen denken musste, das durch Boris' perfide Strategie für ihn unerreichbar unter dem Vordersitz des Volvos verborgen blieb. »Trotzdem ist es nicht von der Hand zu weisen, dass die Idee unseres handfesten Pfannekuchens gar nicht so schlecht ist! Hoffentlich findet unser handbreit hoher Napoleon durch den Garten der Irren zu unserem Auto zurück, damit wir mit unseren Revolvern zurückschießen können. Irgendwann muss der handzahme Boris wieder zur Vernunft kommen! Mit dem deutschen Streitpaar hätten wir einen Grand in der Hand, wenn wir es zur Abwehr gegen blaue Bohnen als Handschild vor uns herschieben.«

Wladimir schlich geduckt zur Mitte der Theke, hinter der *Jamon* und *Manuel* wie Espenlaub zitternd auf der Erde lagen und ängstlich ihre Arme über den Kopf gelegt hatten, um sich vor den herumfliegenden Splittern zu schützen.

»Das mir alles kommen spanisch vor!«, laberte der Bulgare besänftigend zu den des Deutschen unkundigen Spaniern hin, schob vorsichtig seine glänzende Glatze über den Thekenrand, griff blitzschnell nach dem trunkenen Terrier und warf sich, keine Minute zu früh, mit dem Bonsai-Verschnitt im Arm auf den Boden.

Im Nu wandten sich die Itaker-Mafiosi vom zänkischen, deutschen Tanzpaar ab und zielten auf die Flaschen hinter der Bar.

Als die allgemeine Aufmerksamkeit auf ein neues Ziel gerichtet war, sprangen Aljoscha und Rasputin hinter der Truhe in die Höhe und spurteten längsseits zu den ängstlich dastehenden Alemannen. Der nervöse Karl hatte die kurze Atempause dazu benutzt, um Annemie sein T-Shirt überzustreifen. Erstaunt schaute er auf, als die beiden Russen sie an den Schultern vor sich her schoben, um sich mit ihnen gemeinsam am Brunnen vorbeizumogeln. Jede Deckung nutzend hastete Wladimir mit der trunkenen Tussi hinter dem fliehenden Trupp her.

Unbeeindruckt vom gefahrvollen Geschehen saß der Weißrusse am Anfang des langen Bar-Tresens außerhalb des direkten Schussfeldes. Mit dem fünfzigjährigen Geburtstagskind hatte er schon das fünfte Wodka-Weißbierglas ausgetrunken und litt infolgedessen an einer alkoholbedingten Verzögerung seines Reaktionsvermögens. Da einige Querschläger mittlerweile auch an ihren Köpfen vorbeizischten, hielt es der blonde Alexander endlich für angebracht, im Zeitlupentempo vom Barhocker zu rutschen. Schwankend versuchte er auf eigenen Füßen zu stehen und schaute perplex drein, als er mit gallertartigen Gummibeinen zu Boden sank und neben der hochbetagten Witwe Platz nahm.

Trotz ihres fortgeschrittenen Alters hatte sich selbige der bedrohlichen Situation schneller angepasst als der omnipotente Ostblock-Mafioso. Mit einem Aufschrei fiel die alte Dame Alexander um den Hals und klammerte sich an seinen nackten Oberkörper, als eine Schusssalve, quer über ihre Köpfe hinweg, auf dem Tresen zwei dickbauchige Sangría-Krüge zerfetzte.

Obwohl dem Geburtstagskind, das trotzig auf dem Barhocker sitzen geblieben war, die Tonsplitter krachend um die Ohren flogen, nahm die graue Roswitha-Maus nur die Parterre gegangene Nebenbuhlerin wahr, die sich abermals erdreistete, ihr den tollen Tortenspringer abspenstig zu machen. Mit einem gellenden Aufschrei stürzte sie sich locker vom Hocker und versuchte, ihr persönliches Geburtstagsgeschenk aus der Umklammerung der Widersacherin zu befreien. »Du alte Schabracke«, keifte sie kehlig, »den habe ich zu meinem Halb-Jahrhundert-Wiegenfest geschenkt bekommen. Der gehört mir alleine!«

»Auch in meinem Alter hat Frau noch Bedürfnisse!«, wehrte sich die rüstige Witwe mit einer Stutenbissigkeit, dass der vor Wut rot angelaufenen grauen Piepsmaus Hören und Sehen verging.

Der junge Weißrusse starrte vom Geburtstags-Grufti zum kurz vor der Kompostierung stehenden betagten Klammerbeutel an seiner Brust. Hilflos blickte er auf den lüsternen Alt- und Uralt-Weibersommer, um sein Erstaunen mit dem banalen deutschen Drehsatz »Das mir alles kommen spanisch vor« zum Ausdruck zu bringen.

Egon, das bullige Ehegespons der kämpfenden Geburtstags-Grandlerin saß wie auf heißen Kohlen mit dem abgefüllten Bruno Gold an einem Tisch neben der Tanzfläche. Der kölsche Jung hatte seinen Kopf auf der Tischplatte in die verschränkten Arme gelegt und pflegte, weiterhin in tiefstes Selbstmitleid gefangen, seinen Moralischen.

»Isch hann dat ärme Dier! Isch kann ni mi!«, heulte er Rotz und Wasser in urkölscher Tonart, ungeachtet der Geschosse und Feuerwerkskörper, die um ihn herum donnerten und dampften.

Als Egon das gellende Gebrüll seiner galligen Gattin vernahm, sprang er auf und rief gereizt: »Auch, wenn du nicht mehr kannst, Bruno! Wir müssen schleunigst aus der Schusslinie! Mit oder ohne dein armes Tier!« Dem heulenden Elend zog er den Stuhl unter dem rheinischen Hintern weg, nahm seine schlaffe Hand und schleifte ihn zu den alten Amazonen hinüber, die sich unter dem Tresen in Ringermanier in der Gosse wälzten. Auf dem Tresen nahm er den Rest der Wodkaflaschen aus einem Eiswasserbottich. Ohne viel Federlesen schüttete er den Inhalt über den Kopf des widerspenstigen Weibes und nahm das abgekühlte Geburtstagskind unter seine Fittiche. Schnellen Schrittes rannte er, an jeder Hand eine schwere Last hinter sich herschleppend, am feuerspeienden Brunnen vorbei, um in der Villa Schutz zu finden.

Verdutzt blickte der blonde Alexander den Flüchtenden nach und starrte das klassische Altertum fragend an, das erschöpft neben ihm auf der Erde hockte.

»Wodka trinken?«, lud er töricht grinsend seinen Uralt-Fan ein.

Wie Phönix aus der Asche stand die putzmuntere Oma hurtig vom staubigen Erdboden auf, um erbost beide Hände in die Hüften zu stemmen und – wie Kassandra – rufend zu warnen: »Wenn ihr Russkis weiter soviel Wodka trinkt, werdet ihr genauso enden wie mein Heinrich! Vor ihm hat mir zum Schluss gegraut, weil er auf dem Bahnhof in total betrunkenem Zustand plattgefahren wurde! Gott hab ihn selig!«

Alexander verstand nur Bahnhof. »Ich nix sprechen deutsch!«, erinnerte er die Tochter des Priamos und zuckte verständnislos mit den Achseln. Die rüstige Witwe griff ihm kurz entschlossen unter die Arme und versuchte, das Schwergewicht aus der Gefahrenzone zu ziehen.

»Jungi Frau!«, rief der Schweizer Schokoladenfabrikant, der sich während der allgemeinen Verunsicherung mit seinem Pudel hinter den großen, stummen Lautsprecher-Boxen auf der Tanzfläche versteckt hatte. »Dä Ma isch viel z'schwär, dä chönnet Sie nie stemme. Lönd Sie dä Chippendale sitze und göhnt Sie e chli uf b t'site!«

Die Oma tat wie ihr geheißen und duckte sich unter das Tresen-Ende. Gekonnt warf der passionierte Westernreiter das weiße Lasso um den nackten Oberkörper des dümmlich dreinschauenden Zwei-Zentner-Russen, zog an und hängte das andere Ende des Taus über den starken Ast eines üppig gewachsenen Olivenbaumes. Unter größter Kraftanstrengung hievte er den schweren Jungen in die Höhe. Als Alexander endlich auf eigenen Füßen stand, wankte er – vom Seiler-Seil gezogen und Omis Hand gehalten – am funkensprühenden Carrara-Brunnen vorbei.

Am gegenüberliegenden Ende des Marmorbrunnens montierte *Pepe* angestrengt die Feuerwerkskörper.

Wie aus dem Nichts tauchte aus dem Dunkeln eine schwankende Frauengestalt auf, die mit zerzausten Haaren und irrem Blick auf ihn zukam.

Hedwig Loch redete wirres Zeug, als sie den Spanier erblickte. »Hall... llo!«, lallte sie völlig betrunken. »Ich suche m... mein L... loch. Hat denn niemand m... mein L... loch gesehen?«

Irritiert forderte *Pepe* sie auf, stehen zu bleiben. »Wenn ich die letzten Feuerwerkskörper gezündet habe«, versuchte er sie zu beruhigen, »gehen wir gemeinsam auf die Suche nach dem verlorengegangenen, äh ... Gegenstand.« Er drehte sich um. »Der feuerspeiende Höhepunkt steht bevor!«, rief er seinen Freunden zu. »Peter, wie geht es mit den Pokamona-Bomben und -Raketen? Ich habe Schwierigkeiten, die Warimono-Kugelbombe zu installieren! Die Aufhängung ist abgebrochen!«

»Bei uns läuft alles bestens!«, rief Peter durch den Lärm zurück. »*Juanita* zündet gleich die sieben Pokamona-Raketen auf der rechten Seite und ich gleichzeitig die zehn Bomben auf der linken! Musst du denn dein Bomben-Ding unbedingt aufhängen?«

Über die Freud'sche Fehlleistung lachte *Pepe* belustigt und überlegte laut: »Besser wäre es auf jeden Fall! Aber was soll's? Ich lege die Kugelbombe einfach auf den Brunnenrand. Wenn ich bis drei gezählt habe, rennen wir zum Irrgarten und verschanzen uns hinter den hohen Buchsbaumhecken des ersten Séparées. Dort stehen unter einem soliden Dach mehrere Liegen, wo wir uns ausruhen können!«

Während der Spanier »*Uno, dos, tres*« zählte, nahm er die taumelnde Frau Loch mit festem Griff an die Hand und eilte mit ihr in den Schutz des ersten Gartenabteils.

Zehn

»Terminator? Aus! Ja, wo ist denn das kleine Hundchen? Platz! Terminatörchen? Komm zu Papi Mooshuber!«, jodelte Erasmus einmal mit lauter Stimme und dann mit betörendem Gesang sein Befehls-Repertoire die Notenleiter rauf und runter.

Die geknurrte Antwort des auf den Mann abgerichteten Dobermanns umfasste die gleichen Oktaven. Nur, dass es sich hierbei um ein unheilschwangeres Bellen handelte, das als furchterregendes Echo von den Zimmerwänden zurückhallte.

Der verängstigte Inhaber des Juwelierladens, der nur noch die enge Gästetoilette sein eigen nennen durfte, sah verzweifelt auf die großen Ziffern seiner Armbanduhr. Geschlagene acht Stunden saß er auf dem stillen Örtchen bei reichlich Wasser und wenig Brot. Er versuchte die Situation positiv zu betrachten. Schließlich durfte er an einem Ort verweilen, an dem er wenigstens in allen Ehren seine Notdurft verrichten konnte. Was keinesfalls auf den Dobermann zutraf. Als Erasmus vorsichtig seine Nase durch den winzigen Spalt der geöffneten Toilettentür hielt, wehte ihm der Geruch von Tierexkrementen entgegen, der in der heiß-stickigen Luft des verschlossenen und unbelüfteten Juwelierladens ausgeprägt zur Geltung kam.

Die ehrwürdige Standuhr schlug lärmend die neunte Stunde an und Erasmus hegte keine Hoffnung mehr auf rasche Hilfe vor dem nächsten Morgen. Mindestens fünf Kunden, die während der letzten, langsam verrinnenden Stunden versucht hatten, das Geschäft zu betreten, waren nicht nur aufgrund des Schildes, auf dem **Geschlossen** stand, wieder weggegangen. Ängstlich ergriffen sie jedes Mal die Flucht, sobald der Hund durch die Panzerglastür mit tobendem Gebell jedem zur Kenntnis brachte, wer in diesen heiligen Hallen das alleinige Sagen hatte.

Im gleichen Augenblick, als Erasmus auszubrechen versuchte, vermittelte ihm der Dobermann durch aggressive Drohgebärden, dass er auf keinen Fall ein Entkommen aus dem Latrinenbereich dulden würde. Es war hoffnungslos! Das Tier schien nicht nur die Ohren eines Luchses zu besitzen, sondern auch mit einem Januskopf ausgestattet zu sein, dessen Augen nichts entging, was sich gleichzeitig vor oder hinter ihm abspielte.

Resigniert legte Erasmus Mooshuber seinen müden und verspannten Körper, einem Schlangenmenschen gleich, zwischen Klosockel und Duschbecken nieder. Bevor er in einen unruhigen, Stunden währenden Dämmerschlaf fiel, sandte er ein Stoßgebet gen Himmel, dass die geliebte Julia ihn in der Frühe aus dieser menschenunwürdigen Zwangslage befreien würde. Er schreckte aus einem albtraumhaften Halbschlaf auf, in dessen Verlauf Erdmute den modisch gekleideten *Nessuno* über das Knie gelegt hatte. Mit der bloßen Hand - an deren Ringfinger ein übergroßer, in Rotgold gefasster Rubinring steckte - versohlte sie dessen blanken Hintern, der aus einer zerrissenen Armani-Hose hervorblitzte, wobei sie unentwegt »Jetzt **fass** ich zu, jetzt **fass** ich zu!« schrie. Während Erasmus sich hinter dem zarten Rücken seiner geliebten Julia versteckte, rief er Terminator – auf dessen spitz-kupierten Ohren ein Rot-Kreuz-Häubchen saß – zaghafte Befehle zu, die der Dobermann gähnend ignorierte. Stattdessen sprang der Wachhund auf den Glastisch der Schmuckvitrine, setzte zähnefletschend ein stinkendes Geschäft darauf ab und verhinderte dadurch ein Diamantengeschäft, das

Erasmus mit einem russischen Mafioso abschließen wollte, wozu ihn die italienische Mafia mit vorgehaltenen Maschinengewehren zwang.

Gequält stöhnte der Juwelier auf. Mit zusammengekniffenen Augen blickte er auf das Leuchtzifferblatt seiner Seniorenarmbanduhr. Der Zeiger stand auf 4.35 Uhr. Bevor er sich mit steif-schmerzenden Gliedern erhob, tastet er nach seiner Brille. »Verflixt juchhe!«, fluchte er ergrimmt, »wo habe ich sie nur hingelegt?« Aus der Richtung des Seiteneinganges vernahm er das gleiche schabende Geräusch, welches ihn aus den Horrorträumen in die raue Wirklichkeit zurückgerufen hatte. Er tastete sich an der Wand entlang und nahm erschrocken ein knirschendes Geräusch unter seinen Füßen wahr. Just in diesem Augenblick wurde ihm bewusst, dass jener folgenschwere Fehltritt für die nächste ungewisse Zeit seinen Hühneraugen einen besseren Durchblick verschaffen würde als seinen Sehorganen. Durch den Spalt der angelehnten Toilettentür vernahm er das grimmige Grollen des Dobermanns, der sich vor den Seitenausgang des Juwelierladens gelegt hatte und aufgeregt schnaubend unter dessen Ritze Witterung aufnahm.

»Fass!«, wagte Erasmus eine hohlklingende Aufforderung aus dem engen Latrinenreservat hinüber zu rufen. In Verbindung mit den feinen Sinnen von Nase und Ohren erkannte das Hundehirn einen neuen gemeinsamen Feind, sodass der Dobermann postwendend dem alten Befehlsgeber gehorchte. Wie ein entfesselter Irrwisch sprang das Tier auf die Beine und warf sich mit vollem Körpereinsatz gegen die Eisentür. Unablässig knurrend, sprang er an der Pforte hoch, biss rabiat in die Klinke und gebärdete sich so gefährlich, wie man ihn über lange Zeit abgerichtet hatte.

Erasmus verließ festen Schrittes die enge Klo-Kombüse, um sich todesmutig neben Terminator zu stellen. Im Gegensatz zum fix funktionierenden Tierhirn forschte Erasmus lange in seinem Gedächtnisspeicher nach den Hundenamen, die der Ganove beim Überfall auf den Juwelierladen in heller Panik ausgerufen hatte. Gott sei Dank wurde er nach längerem Durchforsten seiner grauen Zellen fündig und befahl versuchshalber so laut er konnte: »Bullen und Beißer! Fasst!« Lauschend legte der Juwelier sein Ohr an die Eisentür. Befriedigt hörte er die ängstliche Stimme des Ganoven *Nessuno*.

»Eros! Ich habe dir gleich gesagt, dass Big Boris den Inhaber mit seinen Kampfhunden solange unter Kontrolle hält, bis die Alte mit den Klunkern zurückkommt!«, sagte der feige Niemand nervös. »Ich trage einen neuen, teuren Anzug und lass mir nicht noch einmal von Bullen in den Hintern beißen!«

»Von so einer modisch-maroden Memme, wie du eine bist, lass ich mich nicht ins Boxhorn jagen!«, drang eine fremde Stimme an Erasmus' gespitzte Lauscher. »Luigi, du gehst mit mir zum Haupteingang, damit wir von dort aus in den Laden eindringen können! Ich warte sowieso schon lange darauf, den selbst ernannten Napoleon und seine beiden stinkenden Kampf-Köter abknallen zu können. Sollte dieser Pikkolo-Parvenü es tatsächlich gewagt haben, unserem Paten das Balearen-Territorium streitig zu machen, dann könnte ich mich offiziell rächen. Niemals werde ich diesem feixenden Klein-Klecks vergessen, dass er mir bei der letzten Zusammenkunft durch seinen Bullterrier den Arsch hat aufreißen lassen.«

»Aber, Eros ...«, wagte Luigi mit serviler Stimme einzulenken.

»Halt dein Memmen-Maul!«, unterbrach Eros brutal den Modebeau. »Paolo hegt gegen Boris und seine Viecher die gleichen Rachegedanken wie ich. Wir haben alle noch eine Rechnung mit dem Laufenden Meter offen! Wer von uns das Glück hat, ihn zu fassen, darf ihn umlegen, wenn der kurze Knilch die Klunkerchen bei sich trägt. Los vorwärts, Luigi! Sonst schieße ich dir in die ramponierte und modisch verbrämte Kehrseite ein paar blaue Bohnen, du blutleerer Bettnässer!«

Durch seinen Erfolg ermutigt, befahl Erasmus mit gestählter, aber leiser Stimme »Terminator! Aus! Platz!« und war erstaunt, als das Tier augenblicklich seinen Befehlen gehorchte, sich an der Eisentür niederlegte und aufmerksam auf die nächste Order wartete. Er tastete sich bis zum Schreibtisch vor, auf dem das Telefon und die Stehlampe standen. Als er feststellen musste, dass kein Gerät funktionierte, fluchte er ärgerlich: »Die Verbrecher haben draußen im Flur sämtliche Leitungen gekappt. Warum ließ ich nicht das neue, vom Normalstrom unabhängige Alarmsystem einbauen? Zu allem Unglück habe ich das Handy oben in der Wohnung liegen lassen! Verflixt juchhe!«

Fahrig tastete sich Erasmus zur Garderobe vor und nahm die Safeschlüssel aus der Jackentasche. Vor dem Panzerschrank angekommen, rutschte er auf einer klebrig-stinkenden Masse aus und murmelte beschwörend: »Nicht nervös werden, Mooshuber! Immer positiv denken! Scheiße bringt bekanntlich Glück und *shit happens* nun mal!« Geschwind schloss er den Safe auf und tastete nach der Pistole. Sie blieb unauffindbar. Als er plötzlich eine Hose in der Hand hielt, schnaufte er grimmig: »Wo ist das verdammte Schießeisen?« Zornig warf er das frisch gereinigte Beinkleid auf den Boden, mitten in die gut verteilte Tretmine des Dobermanns. Dann umschlossen seine suchenden Finger das kalte Eisen. Besorgt bemerkte er, wie der Hund überstürzt aufsprang und auf ihn zutrabte. Das Blut gefror in seinen Adern. Furchtsam zielte er mit dem Revolver in die Richtung, aus der das Tier kam. Jedoch der Dobermann rannte an ihm vorbei zum Haupteingang und sprang aggressiv knurrend gegen das Panzerglas der Tür.

Mit zitternden Fingern wischte Erasmus sich den Schweiß von der Stirn. »Mein Gott bin ich froh, dass der auf den Mann abgerichtete Hund und meine Wenigkeit einen gemeinsamen Feind haben«, stöhnte er gestresst. »Hoffentlich bleibt die Witterung der Ganoven weiterhin als Beute in seinem Hundehirn. Wenn er den Geruch der beiden Gangster aus der Nase verliert, dann bleiben mir zwei Alternativen. Entweder nehme ich erneut mit der Enge des Lokus-Abteils vorlieb oder ich erschieße den Dobermann!« Mit rutschig-verklebten Sohlen ging er in den Verkaufsraum, hielt die Waffe in seinen bebenden Händen und brüllte mit schlotternden Knien: »Fass! Beißer, lauf nach vorne! Fass! Bullen, greif von hinten an!«

»Aber Julia! Warum bist du so früh aufgestanden? Mein Nebenjob auf dem Bau fängt um 5.00 Uhr an und deiner erst um 9.00 Uhr!« Erstaunt stellte Markus die Kaffeekanne neben die frischgepressten Zeitungs-Neuigkeiten auf den Tisch, als seine Freundin mit zerzausten Haaren in der kleinen Küche erschien.

»Ich habe sehr schlecht geschlafen«, gähnte sie und wickelte müde den viel zu großen, weißen Frottee-Bademantel um ihren schlanken Körper. »Ich hatte schreckliche Albträume von Terminator, der den Mooshuber angefallen und aufgefressen hat. Ich hätte gestern viel länger mit meinem Arbeitgeber und dem Dobermann trainieren müssen.« Überreizt nippte Julia an der dampfenden Kaffeetasse ihres Freundes. »Ich möchte früher als gewöhnlich zum Geschäft gehen und sehen, ob alles gutgegangen ist. Kannst du mich mit Rambo begleiten, falls etwas passiert sein sollte?«

»Logo, Liebes!« Markus klopfte Rambo beruhigend den Rücken, der schwanzwedelnd und völlig aus dem Häuschen zwischen den beiden hin-

und hersprang und sein überschäumendes Temperament kaum zu zügeln wusste.

»Hast du schon die Zeitung gelesen?« Lachend las Markus aus dem Lokalteil der Süddeutschen vor.

»Aufstand der Pampers-Generation«, heißt die fette Überschrift!

Der große, gepflegte Kinderspielplatz am Eisbach wurde gestern Abend in eine wilde Fäkalien-Deponie umgewandelt. Auslöser sind die vielen, frei herumlaufenden Hunde, die in Sandkästen und auf Liegewiesen ihren Kot und Urin absetzen.

Obwohl im Englischen Garten Hunde an der Leine zu führen sind und bei großen Tieren Maulkorbzwang besteht – wie es auf allen Schildern der Stadtverwaltung schwarz auf weiß geschrieben steht –, halten sich die meisten Hundehalter nicht daran.

Die aufgebrachten Eltern, die täglich mit ansehen müssen, wie ihre Schutzbefohlenen zwischen den Exkrementen der leinen- und führerlosen Hunde spielen, haben sich zusammengeschlossen, um mit Transparenten und Petitionen gegen die ignoranten Tierhalter vorzugehen.

Unsere Korrespondentin fragte einen Hundebesitzer, warum er nicht auf die eigens dafür vorgesehene Spielwiese im Park gehe. Das Herrchen eines großen Labradors erklärte, dort stinke es ihm zu sehr nach Exkrementen! Außerdem könne er bei dem Gekläffe der schlecht erzogenen Tiere keine Ruhe und Erholung nach einer stressigen Nachtschicht finden. Er gehe lieber zum Spielplatz am schönen Eisbach, da die Kinder, wenn sie zur Ordnung gerufen würden, sofort artig parierten.

Die empörte Mutter eines sechs Monate alten Zwillingspärchens erklärte unserer Reporterin, man werde so lange die mit Kot beschmutzten Windeln neben die Hundehaufen legen, bis dieser Missstand beseitigt und die Gesundheit der Kinder gewährleistet sei. Wenn die Hunde ihren Kot und Urin überall absetzen dürften, hätten die Kinder das gleiche Recht.

Wie die Eltern unserer Mitarbeiterin mitteilten, wären sie zu allem entschlossen, um ihre berechtigten Forderungen durchzusetzen. Der ausgedehnte Protest würde nicht nur auf Transparente und Petitionen beschränkt bleiben, da man auch radikalere Mittel in Erwägung ziehen müsse, wenn die Bedürfnisse ihrer Kinder hinter den schlechten Gewohnheiten der Hunde und deren sturen Haltern zurückstehen müssten.

Markus legte das Blatt zur Seite und gähnte. »Wir sollten am Wochenende im Englischen Garten spazieren gehen! So, wie das in der Zeitung beschrieben steht, muss man mit dem Schlimmsten rechnen. Was meinst du dazu?«

»Von mir aus gerne. Was meinen die Eltern eigentlich mit: noch radikalere Mittel?« Julia legte den Marmeladentoast auf dem Teller ab und ließ die mit Konfitüre beschmierte Hand herabbaumeln.

Dankbar leckte Rambo die süßen Finger ab.

»Das würde mich auch brennend interessieren«, grinste Markus und schlenderte fröhlich pfeifend ins Bad. »Vielleicht wird uns dies am Sonntag in aller Öffentlichkeit vorgeführt.«

Eine halbe Stunde später gingen sie strammen Schrittes durch die dunkle, menschenleere Innenstadt. Folgsam trottete Rambo nebenher. Mit der ständig schnüffelnden Nase am Boden las er die Münchner Hundezeitung, deren lokale Neuigkeiten – im frisch gepressten Zustand – von seinen Kollegen an allen Haus- und Straßenecken hinterlassen worden waren. Als sie am Odeonsplatz um den Häuserblock in die Brienner Straße einbogen, wurde die gespenstische Stille des anbrechenden Tages durch vier laute Glockenschläge der Theatinerkirche zerrissen. Rambo verhoffte jäh auf drei Beinen. Mit gespitzten Ohren starrte er knurrend zum dreißig Meter entfernten Juwelierladen.

»Markus!«, wisperte Julia aufgeregt. »Siehst du die beiden dunklen Gestalten vor der Tür des Hintenlang'schen Geschäftes? Das Eisengitter ist oben. Da stimmt was nicht!«

Behutsam zog Markus seine Freundin in einen dunklen Hauseingang.

Rambo hatte die Witterung des modebewussten *Nessuno* aufgenommen und wollte sich diesmal die Beute auf keinen Fall entgehen lassen. Sein gefährliches Grollen hallte durch die unbelebten Straßen und schallte als unheimliches Echo von den Wänden der Häuserschluchten zurück, als er zähnefletschend auf die Gangster losstürmte.

Luigi stieß einen spitzen Schrei aus. »Das ist Bullen! Ich erkenne ihn! Gleich wird er mir abermals **den** Körperteil zerfetzen, der mir jetzt schon auf Grundeis geht! Zweifellos wird Big-Boss Boris uns außerdem noch Beißer auf den Hals hetzen, wenn wir nicht ruckzuck von der Bildfläche verschwinden!«, angsterfüllt starrte er auf den tobenden Hund hinter der Panzerglastür. Zum zweiten Mal nahm der feige Niemand die Beine in die Hand und stürzte in panischer Flucht davon.

Geschockt blickte Eros auf das gebleckte Wolfsgebiss der offensiv angreifenden Bestie. Wie ein Hase Haken schlagend, sauste er laut schreiend hinter Luigi her.

Markus pfiff den Hund zurück.

Enttäuscht stoppte Rambo und sandte dem flüchtenden Ganoven ein grimmiges Gebell nach. Zwischen Befehl und Beute hin- und hergerissen, trabte er widerstrebend und übellaunig zu seinem Herrn zurück, wobei seine aufmerksamen Hundeaugen zum Eingang des Geschäftes schauten, hinter dessen Eingangspforte Terminator sich wie toll gebärdete.

»Liebes«, flüsterte Markus, indem er Julia an der Schulter zurückhielt. »Der Dobermann scheint sich bester Gesundheit zu erfreuen. Hoffentlich weilt der olle Mooshuber ebenso unter den Lebenden. Uns darf er auf keinen Fall zusammen sehen, sonst ist der Plan aufgeflogen! Geh rein, ich warte solange draußen und komme dir direkt zu Hilfe, falls es nötig sein sollte. Wenn alles paletti ist, dreh an der Glastür das **Geschlossen-Schild** herum! Ich muss mit Rambo die U-Bahn erreichen, denn auf dem Bau darf keiner zu spät erscheinen!«

»Okay, alles klar!«, wisperte Julia. »Halt Rambo fest, damit er mir nicht folgt!« Sie ging zum Haupteingang des Juwelierladens und beruhigte Terminator von außen mit sanfter Stimme.

Als die Tür geöffnet wurde, fielen zuerst der Dobermann mit einem begeisterten Quietscher und dann der Arbeitgeber mit einem geschluchzten »Juchhe!« erfreut über sie her. Während Julia die Tür mit dem Schuh zuschob, drehte sie mit einer Hand das Schild an der Türscheibe um und hielt sich mit der anderen die Nase zu.

Elf

Kaum hatte Elfriede Gans die untersten Stufen der Empore vor dem Anwesen erreicht, als das Getöse des Feuerwerks in ihrem Rücken begann. Boris hinter sich herschleifend, hetzte sie die Treppen hoch, zwängte ihren Körper durch den Türspalt der halbseitig geöffneten Villentür und konnte es nicht verhindern, dass der Rumänen-Deutsche mit dem Kopf frontal gegen die Holzumrandung der Eingangspforte stieß.

Durch den Aufprall wurde der Ostblock-Mafioso zu Boden geschleudert, sodass er verdattert und benommen auf dem Hosenboden landete. Verwirrt schüttelte er mehrmals den Kopf, schaute erstaunt an seinem mäßig bekleideten Körper hinunter und angeekelt zur halbnackten Domina hinauf.

Emsig eilte Elfriede dem handlichen Halbnackten zu Hilfe und stellte ihn behutsam auf die wackeligen Füße. »Du armer, kleiner Russenbär«, schnatterte die Gans besorgt gegen die knallenden Böllerschüsse an, warf die fremden Schuhe zu Boden, streifte dem Rumänen-Deutschen ein großes Jackett über und knöpfte es akkurat zu.

Boris Blick lief an sich herunter und sein Kopf vor Wut rot an, als er voller Verachtung das Kleidungsstück betrachtete, das ihm bis an die Waden reichte. Seine Stimme überschlug sich, als er schimpfte: »Du es wagen mir anzuziehen stinkendes Fremd-Sakko? Wer du eigentlich seien? Ich dich nicht kennen, du ...«, seine Augen sprühten Funken, als er neue Worte für den nächsten deutschen Drehsatz zusammensuchte, »du Dummkuh mit Dickeuter, hö, hö, hö!«

Die Domina brauchte lediglich drei Sekunden, bis sie sich gefangen hatte und ihr entgeistert dreinblickender Gesichtszug dem gewohnt herrischen Ausdruck Platz machte. Tief durchatmend straffte sie ihren Körper, sodass sie den Ganoven-Gnom um zwei Haupteslängen überragte, bevor sie ihn gebieterischen Blickes anherrschte: »Du Pikkolo-Pickel wagst es, mir die Stirn zu bieten?«

Mit einem Ruck hob sie Boris am Revers hoch, spießte ihn am Jackettkragen wie ein rohes Steak an den rechten Haken der verlöschten eisernen

Fackel neben der Eingangstür und befahl barsch: »Bürschchen! Da kannst du eingeschnürt hängen bleiben, bis du zu Kreuze kriechst!«

Simultan zum Wortstakkato der Gebieterin tauchten die Pitt- und Patt-Doggen auf, setzten sich grollend vor den wild zappelnden Mafioso und verfolgten wachen Blickes jede seiner Bewegungen.

Boris erstarrte. Furchtsam zog er die Beine an den Körper und die allgewaltige Domina laut scheppernd das Villentor hinter sich zu.

Aljoscha und Rasputin, die Annemie und Karl vor sich her die Empore hinaufgeschubst hatten, blieben überrascht stehen, als sie den abgehangenen Anführer erblickten, der mucksmäuschenstill in einem übergroßen Sakko am Haken hing.

»Warte Boss, ich werde dich direkt aufschnüren«, flüsterte Rasputin großkotzig und versuchte – geräusch- und bewegungsarm – an den Hunden vorbeizuschleichen.

Die Köpfe des Doggen-Duos ruckten von vor- nach seitwärts. Aggressiv knurrend erhob sich Pitt aus der sitzenden Stellung und sprang den Georgier laut bellend an. Aufgrund der gefahrvollen Situation verfluchte Rasputin – in stocksteifer Haltung verharrend – zum wiederholten Mal den Verlust seiner Waffe.

Keuchend erschien der haarlose Bulgare auf dem obersten Treppenabsatz. Durch den Krach des Feuerwerks erwachte die Terrier-Tussi und kläffte überdreht auf Wladimirs Armen in Richtung des Springbrunnens, der in einem Inferno aus zuckenden Lichtreflexen zu zerbersten drohte. Sofort wandte sich ihr Zorn gegen die aufmüpfigen Doggen. Unter erzürntem Gebell entglitt sie den Händen des Bulgaren und sprang mit einem Satz auf den Boden. Die Nachwirkungen des übermäßig genossenen Alkohols – der bei dem kleinen Hund einen großen Kater verursacht hatte – versetzten Tussi in einen Ausnahmezustand der Raserei. Todesverachtend biss sie Pitt, der hoch aufgerichtet mit den Vorderpfoten auf Rasputins Schultern lag, ins Hinterbein, robbte sich verwegen von hinten an den sitzenden Patt heran und schlug ihre spitzen Zähnchen erbarmungslos in dessen schwarz-weiß geflecktes Heck. Dabei knurrte sie wie ein ganzes Rudel Wölfe, das kurz vor dem Reißen seiner Beute steht. Der Überraschungsangriff war gelungen. Die beiden Riesendoggen klemmten eingeschüchtert die Schwänze ein und flüchteten jaulend die Treppe hinunter.

126

Kriecherisch grinsend eilte Rasputin zum Boss, um ihn aus der verzwickten Lage zu befreien. Da er keine Lösung fand, ihn zu enthaken, verschränkte er die Arme um Boris' Taille und hängte sich mit seinem ganzen Gewicht an den Aufgespießten. Durch den immensen Zug wurden Boris' schmerzend abgeschnürte Arme nach oben gepresst, sodass der Big-Boss zuerst aus der Jacke und anschließend aus der Haut fuhr, nachdem er mit Rasputin krachend auf der Erde gelandet war.

»Du barbarisch-blödsinniger, grob und gripsloser Georgier!«, schrie er, rieb sich die gepeinigten Achselhöhlen und zog rasch viel zu große Schuhe über, ehe er sich vor dem schwarz-behaarten Zwei-Meter-Mann aufbaute und ihm gezielt vor das Schienbein trat.

Während der barbarisch Blödsinnige laut aufheulend herumhüpfte, schleimte er mit freudestrahlendem Gesicht seinen Kumpan an: »Oh, ist das schön: wenn erstens der Schmerz endlich nachlässt und zweitens unser allseits geliebtes und gewieftes Genie wieder der Alte ist!«

Parallel zu Annemies und Karls verzweifeltem Hämmern gegen die Villentür umrundeten die oben-ohne Riesen-Russen ihren kleinen Big-Boss, der mit finster dreinblickender Miene ihr liederliches Outfit betrachtete. »Bevor wir unsere Schießeisen holen, besorgt ihr euch anständige Kleidung! Wie ihr das macht, ist mir egal. Aber ein bisschen plötzlich, kapiert!?«

»Boss!«, wagte Rasputin sich erneut den Mund zu verbrennen. »Nicht, dass du meinst, ich wollte dich kritisieren, aber darf ich dich – äh ... nur am Rande bemerkt – darauf aufmerksam machen, dass du außer einer Unterhose und viel zu großen Schuhen ...«

Gereizt sah Boris an sich herunter. Aufgebracht tobte er: »Auf der Stelle bewegst du deinen behaarten, georgischen Affenarsch und besorgst mir Klamotten!« In seinen Siebenmeilenstiefeln stolperte er auf Rasputin zu.

Gehetzt blickte der behaarte Affenarsch um sich, weil er um die Gesundheit des noch intakten Schienbeins fürchten musste. Sein begehrlicher Blick fiel auf Karls geschmackvolles Beinkleid, der verzweifelt gegen das verschlossene Eingangstor der Villa trommelte. Mit einem einzigen Tritt in die Kehrseite des adretten Hosenträgers stellte Rasputin augenblicklich dessen Einlass begehrenden Trommelwirbel an der Pforte ein. Als Karl sich empört zum Georgier umwandte, demonstrierte Rasputin – mit wichtigem Gehabe vor den Augen des Big-Boss' – seine Judokenntnisse, indem er den Türtrommler mit einem gekonnten Ashi Guruma auf die Erde warf. Selbstgefällig grinsend riss er dem Besiegten Unterhemd und Leinenhose vom Leib.

Entrüstet eilte die blauäugige Annemie ihrem Angetrauten zu Hilfe, weil sie glaubte, eine Chance gegen die rohen Russenkräfte zu haben. Anklagend reckte sie die Arme gegen den groben Georgier. Rasputin reagierte blitzschnell und zog ihr mit einem Ruck das T-Shirt über den Kopf und die hochgehobenen Gliedmaße.

Der bloßgestellte Karl wollte sich und seiner Gattin keine weitere Blöße mehr geben. Mit ausgebreiteten Armen stellte er sich schützend vor seine komplett entblößte Frau.

Im gleichen Augenblick, als Rasputin unter Feuereifer seinen Chef mit der requirierten Fremdhose bekleidete, entkleideten Aljoscha und Wladimir den schwer atmenden Egon, der mit letzter Kraft den betrunkenen Rheinländer die Treppe hinaufschob. Vor Erschöpfung wehrlos, wurden sie brutal auf die Erde geworfen und ihrer Oberbekleidung beraubt.

Als entschieden wehrhafter entpuppte sich Roswitha, die zuletzt auf dem Treppenabsatz erschien. Als Rasputin hinzusprang, um Egons Eheweib ebenfalls an die Wäsche zu gehen, biss ihm die graue Pipsmaus couragiert seinen rechten Zeigefinger bis auf den Knochen durch. Peinvoll aufheulend, humpelte er mit der blutenden Hand zum Gangsterboss, der ihm – aufgrund seiner nicht enden wollenden schrillen Schmerzensschreie – entnervt gegen das gesunde Schienbein trat.

Just in dieses Durcheinander taumelte Alexander, vom Schweizer Lasso gezogen und durch Omis Hand gestützt, auf die Empore. Offen bekundete der Weißrusse seine Schadenfreude, indem er den schreienden Schleimscheißer hämisch angrinste. »Mal sehen, ob mich der Schokoladen-Dingsbums auch beißt, wenn ich ihm was Seidenes klaue«, lallte er mit glasigen Augen. Schwankend befreite er sich vom Seil des Westernreiters und hob die verblüffte alte Dame hoch, um sie achtlos in einem riesigen Blumenkübel zu entsorgen. Seelenruhig schaukelte er in Schlangenlinien zum Schweizer zurück, schälte den vor Empörung verstummten Fabrikanten aus seiner seidenen Oberbekleidung, zog sie über den eigenen, muskelbepackten Astralkörper und sprengte die hinteren Nähte, als er das Hemd vorne zuknöpfte.

Im Gegensatz zum sprachlosen Schweizer sprang der Pudel mit grimmigem Gebell an Alexander hoch und verbiss sich im seidigen Zipfel.

Tussi, der trunkene Terrier, hatte nur auf einen erneuten Anlass gewartet, um dumpf knurrend in die erstbeste Gelegenheit zu beißen, die sich ihm bot. Und das war die Wade des Weißrussen. Als der Drangsalierte in einem wütenden Reflex den Wadenbeißer am Schlafittchen packte, um ihn jähzornig gegen die Hauswand zu schleudern, sprang Wladimir behände hinzu, pflückte den Pudel vom zerrissenen Hemdzipfel und stellte ihn sanft auf die Erde. Behutsam nahm er den Yorkshire auf den Arm und warnte zähneknirschend aus wutblitzenden Augenschlitzen: »Jedem zerquetsche ich die Hand, der es wagt, dem Hundchen etwas zuleide zu tun!«

Ehe Boris sich in die Auseinandersetzung der beiden Bandenmitglieder einmischen konnte, glotzte er atemlos in Richtung des Springbrunnens. Drei wild um sich schießende Gestalten flüchteten fluchend in heller Panik zur Treppenempore. Sie rannten vor einem runden Feuerwerkskörper davon, der zischend und knallend hinter ihnen herkollerte.

»Boss!«, insistierte Rasputin, »einer von den schießwütigen Gesellen da unten ist Paolo. Du weißt doch, der Itaker, den Bullen beim letzten Mafiatreffen in den Hintern gebissen und der dir persönliche Rache geschworen hat! Was haben die auf dem spanischen Festland in unserem Territorium zu suchen? Das gibt Krieg!«

»Halt 's Maul!«, befahl der Big-Boss nervös. »Im Moment sind wir im Nachteil – Territorium hin oder her – da wir keine Waffen haben. Für's erste werden wir uns dezent und ehrenvoll zurückziehen!« Unruhig in der Unterarmnässe rührend, dachte er laut nach. »Mein geistig blitzartig entworfener und strategisch gut durchdachter Fluchtplan erfolgt diesmal keineswegs durch den irren Garten, sondern hier über das Treppengeländer!« Kurz entschlossen stylte er mit geübter Fingerfertigkeit sein kurzes Blondhaar. »Wir steigen über die hintere Mauer des Anwesens, umrunden die Villa von der Straße und inspizieren feinfühlig, ob unser Auto von den italienischen Verbrechern mit Beschlag belegt wird! Wenn nicht, greifen wir uns die Schießeisen und heizen der vertragsbrüchigen Bande grob von hinten ein!«

»Wie gut, dass wir einen genialen Strategen als Anführer haben!«, stellte Rasputin honigsüß fest und zog eine breite Schleimspur hinter sich her, als er dienstfertig über das seitliche Treppengeländer kletterte, um seinem Boss und den übrigen Mitgliedern des folgsam folgenden Kosakenchors beim dezenten Rückzug hinter die feindlichen Linien behilflich zu sein.

»Hilfe! *Ayuda me*!«, schrie unterdessen der klägliche Rest der kleid- und hosenlosen Parteiteilnehmer. Mit Füßen und Händen hämmerten sie gegen die Eingangspforte, denn der aus allen Rohren schießende Feind näherte sich unabwendbar, um ihnen auf die nackte Pelle zu rücken.

Endlich wurde die Villentür einen Spaltbreit geöffnet. Annemie bedeckte ihre vordere Blöße mit dem Yorkshire-Terrier, den sie in ihrer Verzweiflung vom Boden aufgehoben hatte. Ihre nackte Hinterfront wurde vom spärlich bekleideten Gatten gedeckt, der dicht an sie gedrängt und im Gleichschritt mit ihr gehend die hell erleuchtete Villa betrat. Mit Verwunderung nahmen die Insider die halb- bis gar nicht bekleideten Neuankömmlinge zur Kenntnis und schauten äußerst pikiert drein.

»Die Gangster, die uns am Swimmingpool beschossen haben«, faselte Karl aufgewühlt und zog sich verschämt die verschmutzte Unterhose zurecht, »stehen jetzt unten an der Treppe und wollen das Anwesen stürmen!«

Ungestüm warf Erdmute die Pforte zu, nachdem Egon nebst Gattin sowie Bruno und der Schweizer mit erleichtertem Seufzen im rettenden Hafen der Mooshuber-Villa vor Anker gegangen waren.

»Wir müssen alles rasch verriegeln!«, rief die Gastgeberin geschockt und rannte schnurstracks in die Überwachungszentrale.

Der Schokoladenhersteller peste hinterher, um nötigenfalls helfend einzugreifen. Beide wurden vom Pudel überholt, der auf das Podest der Tastatur sprang, als die Gastgeberin den Knopf der Verriegelung betätigte. Während sie mit dem Schweizer zurückrannte, hakten die elektrisch betriebenen Rollläden und Eisengitter lärmend am Boden ein.

Gleichzeitig erreichten die Itaker-Mafiosi den obersten Treppenabsatz, um mit gezielten Schüssen und in mörderischer Absicht die eisenbeschwerte Haustür zu durchlöchern. Das herunterrasselnde Gitter versetzte Paolo einen derben Stoß. Überhastet trat er mehrere Schritte zurück, stolperte gegen den großen Blumenkübel und landete auf unbekanntem Terrain. Stumm vor Entsetzen blickte die weißhaarige Omi auf ein verdutztes Schoßkind nieder, das sich mit entsicherter Pistole irritiert an der Halbglatze kratzte.

Alfredo eilte zum Kübel. »Wo sind die Ostblock-Mafiosi?«, terrorisierte er die Mittachtzigerin und fuchtelte rabiat mit dem Stilett vor ihrer Nase herum. Die Terrorisierte verstand zwar kein Italienisch, aber das Wort Mafiosi ließ sie mit stummer Verzweiflung in die Richtung der zuvor geflohenen

Meute zeigen. Vergeblich versuchte Alfredo in der undurchdringlichen Finsternis den Feind ausfindig zu machen.

Emilio, der sich – dem Finger der alten Dame folgend – über das seitliche Treppengeländer gebeugt hatte, rief erregt: »Paolo, sieh! Da hinten steigt die Russen-Mafia über die rückwärtige Mauer auf die Straße. Da, wo unser Auto steht!«

Verlegene Entschuldigungsfloskeln von sich gebend, kletterte Paolo von Omis Schoß herunter und stieg mit der italienischen Räuberbande über das Geländer, um die Verfolgung aufzunehmen.

Die Ostblock-Gang hatte das hohe Gestein bereits überwunden und stand auf der Straßenseite vor der Naturquaderwand. Wladimir und Aljoscha packten den bäuchlings auf der Mauer liegenden und sinnlos betrunkenen Alexander an den Händen, um ihn zu sich herüberzuziehen.

Die Italiener erreichten ihre Kontrahenten von der anderen Seite und packten die Füße des Weißrussen, um ihn zurück in den Garten zu zerren. Dabei wurde die untere Körpermitte des Gefolterten zwischen den rauen Steinen aufgerieben. Das Geschrei des Gepeinigten gellte durch die schwülbleierne Nacht.

Draußen, auf der Treppenempore, hielt die alte Dame sich entsetzt die Ohren zu. Zaghaft pochend stand sie vor der Villentür und bat flehentlich um Einlass. Drinnen hüpfte Raffaello auf der Tastatur der Bewachungszentrale herum und besprang nicht nur den Sirenenknopf, sondern auch die Tasten der Scheinwerfer und Sprenganlagen.

Vor der Steinmauer im Garten, die plötzlich in gleißendes Licht getaucht war, stierte Paolo fasziniert auf einen harten Wasserstrahl, der mit voller Wucht die schweißnassen Rücken seiner Kumpane traf. Erschrocken und lästerliche italienische Flüche von sich gebend, ließen Alfredo und Emilio Alexanders Beine los. Wie von einem Katapult geschleudert flog der Weißrusse über die Mauer und landete unsanft mit Wladimir und Aljoscha auf dem harten Pflaster der Straße. Unter erzürntem Gezeter stolperte Boris hinzu und versetzte dem am Boden liegenden Wodkasäufer ein paar herzhafte Kopfnüsse. Auf dem Absatz machte der Big-Boss kehrt und brüllte harsche, russische Befehle in die laue Luft: »Rasputin! Da vorn steht Paolos Lancia-Limousine. Nimm die zerbrochene Flasche, die rechts neben dem Wagen liegt, und zerstech' einen Reifen! Die anderen laufen zu unserem

Auto und greifen sich die Pistolen, damit wir endlich wieder bewaffnet sind!« Grimmig gestikulierend und mit erhobenem Zeigefinger schnauzte er weiter. »Und sollte einer von euch es noch einmal wagen, mir den trivialen Vorschlag zu unterbreiten, ohne Waffen auf eine Party zu gehen, dann kann er jetzt schon sein Testament machen! Hö, hö, hö!«

In der Villa zuckten alle zusammen, als sie das fürchterliche Geschrei des Gepeinigten vernahmen.

»Mein Gott«, stöhnte die Domina. »Ich glaube, jetzt hat die rohe Revolverbande mein armes, kleines Bärchen und sämtliche russischen Chippendales massakriert!«

»Welche russischen Chippendales?«, echote Erdmute irritiert. »Ich habe weder Bären, noch Russen und auf gar keinen Fall irgendwelche Chippendales eingeladen!«

»Keine Chippendales? Überhaupt nichts Russisches?«, repetierte die Gans und schaute dumm. »Ja aber, zu welcher Seite gehörten diese gut gebauten und russisch sprechenden schweren Jungs denn dann?«

»Russisch sprechend?«, wiederholte Erdmute zögernd, wobei ihr langsam ein ganzes Elektrizitätswerk aufzugehen schien. »Die könnten eventuell zur Ostblock-Mafia gehören«, sinnierte sie nachdenklich, wobei ihr Herz vor Grauen und Angst zu rasen begann. »Die treiben seit geraumer Zeit ihr Unwesen in dieser Gegend«, fuhr sie stotternd fort, als sich alle Gesichter fragend nach ihr umsahen.

»Außerdem habe ich italienische Wortfetzen gehört, da bin ich mir ganz sicher!«, plapperte Annemie gereizt dazwischen, wobei sie verlegen die Terrier-Tussi vor ihre Brust presste. »Sag doch auch was, Karlchen!«

»Das stimmt!«, bekräftigte kopfnickend der halbnackte Karl, stellte sich auf Zehenspitzen und blickte über die schwarz verschmierten Schultern seiner Gattin in die fragenden Gesichter der skeptischen Zuhörer.

Durch Erdmutes Körper ging ein Ruck der Entschlossenheit, als sie sachlich feststellte: »Da man sich gegenseitig beschießt, könnte in diesem Moment auf meinem Grund und Boden ein Bandenkrieg stattfinden. Es bleibt nichts anderes übrig! Ich muss die Polizei benachrichtigen!«

Eilends hastete sie in die Bewachungszentrale und blickte erschüttert auf das Telefon, das mit ausgehängtem Hörer auf der Erde lag. Eine bekannte Stimme mit Ruhrgebietsdialekt dröhnte ihr erbost entgegen. Des Pudels Kern war, dass Raffaello den Apparat vom Tisch gerissen hatte und explosiv randalierend in die Muschel kläffte, als gleichzeitig mit dem Einsetzen der Sirene die Verbindung zur örtlichen Polizeistation hergestellt worden war.

»Getz bin ich sowat von baff! Willse mich nomma vergackeiern, du Lökel?«, beschwerte sich der spanische Ordnungshüter, als er auf dem Anzeigebrett in seiner Dienstzentrale sah, dass dieser diskriminierende Anruf abermals aus der Villa Mooshuber kam. Mit einer Stimme, die vor Empörung zitterte, schallte es durch Erdmutes Zentrale: »Getz bellt dat Fässken Königs-Pilsener! Da kannse aba inne ösige Situation kommen, Tütenkopp! Wird höchste Zeit dattich komm, dattich dich zeich, watne Haake is, fiesen Möpp date biss!«

Erdmute holte mehrmals tief Luft, als sie den Hörer hochhob und fieberhaft überlegte, welchen Ton sie diesmal anschlagen sollte. Sie entschied sich für hilflos-kleines Mädchen und schluchzte verzweifelt in die Leitung: »*Hola!* Wie Sie im Polizeirevier festgestellt haben, ist hier Frau Mooshuber aus *Javea*. Wir brauchen dringend Ihren polizeilichen Beistand! Bitte kommen Sie, kommen Sie bitte schnell! Wir werden seit geraumer Zeit beschossen und brauchen dringend Hilfe!« Heftig knallte sie den Hörer auf die Gabel, ehe sie der Polizist mit Fragen bombardieren konnte, und stellte das Telefon zurück an seinen Platz. Cholerisch zeternd, blickte sie auf den Pudel, der sie mit unschuldigen Hundeaugen ansah. Roh packte sie den Missetäter am Halsband, schleifte ihn aus der Zentrale und warf geräuschvoll die Tür hinter sich zu. Im Vorbeigehen raffte sie einige Kleidungsstücke von der Garderobe und verteilte sie unter die dürftig Bekleideten. Während des Aufstiegs in das obere Stockwerk rief sie atemlos: »Die Polizei wird jeden Augenblick erscheinen. Lauft in die Küche und nehmt alles, was sich als Waffe eignet! Ich gehe derweil nach oben und hole meine Schrotflinte!«

In Viktors Schlafzimmer angekommen, riss sie ihre alte Büchse vom Haken. Hastig schob sie eine Patrone in den Lauf, rannte im Eiltempo die Treppen hinunter, setzte sich mit den anderen Bewaffneten vor die Eingangspforte und harrte der Dinge, die unausweichlich auf sie zukommen mussten.

Genervt presste Viktor die Hände auf die schmerzenden Lauscher, um sich vor dem ohrenbetäubenden Schrillen der Sirene zu schützen, das vom Mooshuber-Anwesen zu ihnen herüberschallte.

»Da drüben tobt der Bär!«, brüllte Baldi gegen den Lärm an. »Zuerst dieses schreckliche Krachen der Feuerwerkskörper. Dann fetzten Pistolenschüsse durch die stockdunkle Nacht, und zu allem Übel hat dein Muschilein nun auch noch die Alarmanlage inganggesetzt.« Er wandte sich zu Viktor um. »Sag uns, mein lieber Freund und Kupferstecher, was geht da in der Villa eigentlich ab?«

»Keine Ahnung!«, der Kupferstecher zuckte verständnislos mit den Achseln. »Nur eins steht fest! Wenn mein Muschilein in Rage gerät, ist ihr alles, aber auch wirklich alles zuzutrauen!«

Beide lauschten nach rechts. Von der Einfahrt der Villa drangen laute, russische Flüche und das Zuschlagen von Autotüren zu ihnen herüber.

»Wenn ich es nicht mit eigenen Augen deutlich sehen könnte«, kam es dumpf aus Gottliebs Richtung, »dann würde ich behaupten, dass dies der Big-Boss Boris mit seiner Horde ist, der neben dem Volvo steht!«

Viktor und Baldi zuckten zusammen, als sie zu Gottlieb blickten, der sich erneut stiekum das Nachtsichtgerät über das Gesicht gezogen hatte und auf eine Szene starrte, die sich vor der Nachbarvilla abspielte. Baldi duckte sich neben seinen Freund. Obwohl ihm die Apparatur unheimlich war, riss er das garstige Gerät von Gottliebs Gesicht, um sich das Infrarotglas selbst über den Kopf zu stülpen.

»Was für eine bunt zusammengewürfelte Kleidung diese Mörderbande trägt«, wunderte er sich. »Wenn sie keine Revolver in den Händen hielten, würde ich behaupten, dass die Sippschaft auf eine Karnevalsveranstaltung geht! Was führen die nur im Schilde?« Angespannt verfolgte Baldi das weitere Geschehen und fuhr aufgeregt mit seinem Bericht fort: »Menschenskind! Die laufen in den Irrgarten! Wahrscheinlich wollen sie die Villa belagern!?«

Viktor konnte sich nicht mehr beherrschen. Ohne vorherige Erlaubnis bemächtigte er sich der Infrarot-Brille, zog sie über und stotterte verstört: »Wir müssen meinem Muschilein helfen!« Nervös drehte er am Binokular, um Schärfe und Helligkeit zu justieren.

Plötzlich hallten Schüsse durch die Nacht. »Da!«, erklärte der Muskelmann und presste die Brille fester an die Augen. »Von der anderen Seite nähern sich drei dunkle Gestalten und schießen auf die Irren im Garten!« Schuss-Salven zerrissen die feuchte Klebrigkeit der aufgeheizten Atmosphäre. Gottlieb hielt es keine Sekunde länger auf seinem Platz. Wie ein Gummiball sprang er an Viktor, der ihn um eineinhalb Haupteslängen überragte, hoch und versuchte, das Gerät von seinem Gesicht zu reißen.

»Also! Helfen wir jetzt der Inhaberin der Villa aus diesem Schlamassel herauszukommen«, versuchte Baldi die handfeste Auseinandersetzung zu schlichten, »oder haben wir die Absicht, uns weiterhin wie kleine Jungs zu streiten? Gib Gottlieb das Infrarot-Gerät und dann beraten wir gemeinsam, wie wir vorgehen wollen!«

Widerwillig überreichte Viktor die Apparatur dem Besitzer. »'tschuldigung, Kleiner. War nicht so gemeint!«

»Gottliebchen!«, entschied Baldi. »Du ziehst das scheußliche aber wichtige Dings über und berichtest, was drüben passiert!«

Schwer atmend tat Gottlieb, wie ihm geheißen. Akkurat befestigte er die Kopfhalterung, stellte die Sehschärfe ein und holte tief Luft, bevor er erregt berichtete: »Die korrekt Bekleideten zwingen die komisch Verkleideten mit vorgehaltenen Pistolen in den Garten. Jetzt sind alle hinter mannshohem Grünzeug verschwunden.«

»Das sind die Buchsbaumhecken des Labyrinths!«, kommentierte Viktor. »Siehst du kleine blaue Lichter am Eingang aufleuchten?«

»Nein, wo sollten die sich befinden?«

»Am Boden! Wenn keine blaue Markierung eingeschaltet ist, die direkt zur Villa führt, verläuft sich jeder unweigerlich, der den Weg nicht kennt.«

»Na prima!«, entfuhr es Baldi. »Da wären wir die ballernde Bande für eine gewisse Zeit erst einmal los, sodass du uns einen direkten Weg zum Haus zeigen kannst!« Er sah in Viktors besorgtes Gesicht und schüttete Öl in die Flamme der Unruhe, indem er scheinheilig fortfuhr: »Schließlich wollen wir dir helfen, dein geliebtes Muschilein aus dieser lebensgefährlichen Lage zu befreien. Nicht wahr, Gottliebchen!?«

Die unheimliche Maske am Kopf des Angesprochenen ging zur Bejahung auf und nieder.

»Das ist überhaupt kein Problem!«, sprudelte es aus Viktor heraus. »Ich kenne mich im Irrgarten aus, wie in meiner Westentasche. Es ist eine stockfinster-mondlose Nacht und Gottlieb hat das Infrarot-Gerät. Auf direktem Weg sind das höchstens zweihundert Meter bis zur Villa. Die Hauptsache ist, dass keiner die kleinen, blauen Markierungslichter in der Überwachungszentrale einschaltet, sonst könnten die Gangster nicht nur uns, sondern auch den direkten Zugang zur Villa finden!«

»Nun dann, packen wir es an! Und Muskelmann, geh du voran!«, dichtete Baldi, spuckte sich tatkräftig in die Hände, zwinkerte Gottlieb zu und schob Viktor in die vorderste Linie.

Vorsichtig schloss das Trio die Gartentür des McMillen-Hauses und schlich zum Anfang der Irrwege.

»Wieso hat die Schießerei aufgehört?«, wollte Viktor wissen.

»Pst!«, zischte Baldi alarmiert und hielt den Zeigefinger vor den Mund.

»Das ist doch klar!«, raunte Gottlieb seinem Vordermann zu. »Keiner will sich verraten! Denn in die Richtung, aus der Laute kommen, da wird hingeschossen!«

Unvermittelt klappte Viktor den geöffneten Mund zu.

»Diese verdammten Ausländer!«, schimpfte wütend der spanische Ordnungshüter aus dem Kohlenpott. »Nichts als Ärger! Das ganze Jahr machen die Typen Ferien, haben Langeweile und saufen, als wären sie auf Mallorca beim Ballermann!«

»Du sagst es, *Javier*!«, seufzte sein Kollege auf dem Beifahrersitz des Polizei-Jeeps. »Und unsereins kann sich jede Nacht mit deren Sauf- und sonstigen Problemen herumschlagen, einfach widerlich!«

»Die in dem Angeber-Anwesen müssen total zugedröhnt sein! Erst beschimpft mich der ausgeflippte Deutsche am Telefon. Dann ruft er wieder an und bellt besoffen in die Leitung. Anschließend will mir diese Mooshuber weismachen, dass sie in ihrem Protz-Palast beschossen wird! Sag mir *Ricardo*, wohnen wir auf dem spanischen Festland oder im wilden Westen?«

»*Javier*, das versprech' ich dir! Heute Nacht bekommen diese arroganten Armleuchter zum ersten Mal von uns eine Anzeige, die sich gewaschen haben wird. Ich bin es endgültig satt, ununterbrochen veräppelt zu werden! Einfach lächerlich das Ganze!«

Das Polizeifahrzeug fuhr langsam auf das Anwesen zu und *Javier* stellte Blaulicht und Sirene ab. »Sieh mal, *Ricardo*! Die Einfahrt wird von einem schwarzen Volvo blockiert. Notier vorsichtshalber die Nummer des Wagens! Ich geh zur Sprechanlage und melde das Eintreffen der spanischen Exekutive!«

Kaum hatte der Ordnungshüter den Knopf der Gegensprechanlage gedrückt, als der pechschwarze Himmel, unter dumpf knatterndem Donnergetöse, durch Kaskaden von grell zuckenden Blitzen taghell erleuchtet wurde. Orkanartige Windböen peitschten gewaltige Regenfontänen gegen den Polizisten, der an der Pforte schutzlos den entfesselten Naturgewalten ausgeliefert war. Sämtliche Schleusen des Himmels schienen sich auf einmal geöffnet zu haben und das Wasser prasselte sintflutartig auf die Erde nieder.

»Die spanische Polizei steht vor der Eingangstür!«, blubberte *Javier* durch die strömenden Wassermassen in die Sprechanlage, als eine zittrige Stimme knatternd aus der atmosphärisch gestörten Leitung zurücktönte.

»Gott sei Dank! Ich werde sofort die blaue Wegmarkierung zum Haus einschalten, damit Sie durch den Irrgarten finden! Hoffentlich ist ihre Hundertschaft gut bewaffnet!?«

Am Eingang zum Labyrinth flammte es bläulich auf.

»*Ricardo*!«, schrie missmutig der völlig durchnässte Polizist seinem Kollegen zu. »Steig endlich aus dem Jeep und folge mir! Immer der beleuchteten Markierung am Boden nach!« Sarkastisch fügte er hinzu: »Und vergiss nicht die Hundertschaft mitzubringen!«

Unterdrückt schrie Gottlieb auf und riss sich das Infrarotgerät vom Kopf. »Au, verdammt!«, stöhnte er und rieb sich die geblendeten Augen. »Bei den grellen Blitzen kann man keine Nachtsichtbrille benutzen!«

»Und was machen wir nun?«, wisperte Baldi ratlos zu Viktor hinüber.

»Keine Panik! Fasst einander an die Schulter und geht im Gänsemarsch hinter mir her, das sind höchstens noch hundertfünfzig Meter bis zur Villa!« Alarmiert sprang Viktor jäh zur Seite, als es blau zu seinen Füßen aufleuchtete. Schemenhaft erkannte er im diffusen Licht mehrere Gestalten, die mit wilden Bewegungen um sich schlugen. Während Viktor seine Kumpane rasch in eine Gartennische zog, drangen vereinzelte russische Wortfetzen durch das heftige Prasseln des Regens zu ihnen herüber.

»Boss!«, wisperte Rasputin voll Ekel. »Kannst du erkennen, was sich um meinen Kopf gewickelt hat?«

»Das sind riesige Schlangen!«, witzelte Wladimir im Flüsterton, zog an etwas Glibberigem, das über seiner Glatze lag und fragte belustigt den Nebenmann: »Ach übrigens: was macht eigentlich die kleine Schlange von Alexander dem Großen?«

»Ich nix trinken Wodka«, lallte der blonde Weißrusse stereotyp im besten Drechseldeutsch, wobei er klagend und tiefgebeugt sein malträtiertes Gemächt mit beiden Händen bedeckte.

»Seid leise!«, versuchte Aljoscha sich selbst zu beruhigen. »Das sind klatschnasse Spinnweben und sonst gar nichts!« Er zerrte an etwas Undefinierbarem, das feucht und unangenehm sein Ohr umschlungen hielt.

»Haltet gefälligst die Klappen«, befahl Big-Boss Boris bissig den Bandenmitgliedern, lauschte angestrengt in die pechschwarze Nacht und richtete seine Pistole nach rechts. Trotz des tosenden Regens meinte er ein Geräusch gehört zu haben. »Das sind die Seidenfäden der Polohemden, die von euch Spinnern durch sämtliche Gartenabteile gezogen wurden!«

»Den Göttern sei Dank! Wenn wir unseren scharfsinnigen Chef nicht hätten!«, schleimte Rasputin und atmete erleichtert auf.

»Ruhe, du kriechender Opportunist!«, zischte der Anführer zurück. »Haltet gefälligst die Schießeisen im Anschlag. Rechts neben uns, hinter den Büschen bewegt sich was!«

»Siehst du die kleinen, blauen Lichter hinter den Büschen?«, raunte Paolo. Der Italiener wischte mit einer Hand über seine tropfnasse Halbglatze.

»Die führen bestimmt vom Straßeneingang bis zur Villa.« Alfredo kratzte nachdenklich die Regentropfen mit dem Stilett vom Kinn. »Jedenfalls wäre das logisch!«

Emilio flüsterte: »Vor oder neben uns befinden sich die Russen. Die Sirene des Polizeiwagens ist verstummt und wir müssen damit rechnen, dass die

Beamten durch die Beleuchtung schnell zur Villa finden. Ich frag euch allen Ernstes, wollt ihr tatsächlich in den Palast einsteigen?«

»Willst du etwa kneifen?«, zischelte Alfredo cholerisch zurück und hielt Emilio das Stilett an den Hals. »Wir haben den Auftrag, das deutsche Vögelchen zum Zwitschern zu bringen! Die Alte hat die Klunker bestimmt im Haus gebunkert!«

»Vollidiot!«, raunte Emilio gereizt. »Ebenso könnten die Homos die Steinchen haben! Woher willst du das so genau wissen?«

Kaum hatte Paolo die Bandenmitglieder durch ein unterdrücktes »Pst!« zur Ruhe gebracht, als eine knallende Schuss-Garbe neben ihnen tiefe Furchen durch die aufgeweichte Erde zog. Blindlings pesten die Itaker-Mafiosi in das nächste Irrgarten-Abteil. Laut schreiend schlug Emilio im Dunkeln gegen einen imaginären Feind, als er sich im Netz einer Hängematte verheddere, die zwischen zwei roten Marmorsäulen hing.

Alfredo stürzte einen nassen Treppenabsatz hinauf, glitt aus und landete in zwei steinharten Armen, die sich erbarmungslos um ihn schlangen. Weiß wie die Wand, riss er die Augen auf, um seinen Widersacher durch die wabernden Regenschwaden in der stockdunklen Nacht erkennen zu können.

Paolo stieß mit dem dicken Zeh vor einen Sockel. Im Vorwärtsfallen versuchte er Halt zu finden und griff nach der erstbesten Stütze. Seine flatternden Finger erfühlten nasskalte Füße auf einer kantigen Erhöhung. Das Blut stockte in seinen Adern. Einer Apoplexie nahe, tastete er sich an den prallen, eiskalten Waden höher. Reflexartig schlug er gegen das steinharte Knie. Als daraufhin über ihm eine Hand mit künstlichem Fackellicht die Gartennische in gleißende Helligkeit tauchte, setzte Paolos Herzschlag für Sekunden aus.

Alfredo blinzelte geblendet in das grelle Licht. Verblüfft blickte er auf die kalten Arme des marmornen Orpheus, der vor der toten Eurydike kniete und finster auf den Mafioso niederblickte. Die gespenstische Szene wirkte so echt, dass er erschrocken den Kopf einzog, weil er fürchten musste, dass die Leier in Orpheus erhobener Hand nicht nur die Giftschlange zu Füßen seiner marmornen Geliebten, sondern auch ihn erschlagen würde.

Paolos Gehirn dagegen arbeitete in höchster Gefahr präzise wie ein Schweizer Uhrwerk. Ohne zu zögern drückte er abermals auf den Kontakt im Knie der griechischen Statue. Das Licht der Unheil kündenden Hochzeitsfackel erlosch und versenkte das Séparée in eine samtene, lebenserhaltende Dunkelheit. Synchron zu seinem Ruf »Rennt zum Ausgang!« sprang er die zwei Stufen zu den Säulen hoch und entwirrte das Netz der Hängematte, in die sich Emilio wie ein Kokon bis zur Bewegungsunfähigkeit eingedreht hatte. Durch die rasende Rotation stand sein Kumpan unsicher auf den Beinen. Kurz entschlossen nahm Paolo den schwankenden Drehwurm-Inhaber an die Hand und raste mit ihm schnurstracks zum Ausgang des Buchsbaumgartens.

»Da laufen sie! Da: wo gerade das Licht ausgegangen ist!«, brüllte Boris, zielte auf die schemenhaften Schatten, die kurz zuvor vom Scheinwerfer angestrahlt worden waren, und schoss eine Salve mitten hinein. Ein Querschläger streifte das andere Knie des starren Hochzeitsfackelträgers und löste wiederum einen elektrischen Kontakt aus, der diesmal Boris' Gartenabteil im besten Licht erscheinen ließ. Die unmittelbar einsetzende Helligkeit ließ die russische Horde kopfscheu zusammenzucken. Perplex blickten sie auf eine überlebensgroße, in weißen Marmor gemeißelte Lichtgestalt, die mit tiefer Zornesfalte zwischen zusammengezogenen Augenbrauen auf das Gewürm zu ihren Füßen schaute. In der verderbendrohend aufgerichteten Hand hielt Zeus einen versteinerten Blitz, in dessen glänzendem Marmor sich die funkensprühenden Lichtreflexe des tobenden Gewitters widerspiegelten. Der oberste griechische Gott und jüngste Sohn des Kronos, Herrscher des Himmels und Gebieter über Blitz und Donner, schien sich mit der Marmorstatue vereint zu haben.

Als hinter der Gottheit der Blitz einen Olivenbaum spaltete und vor ihren Füßen die Kugeln der sich wehrenden Itaker-Mafiosi einschlugen, traten die Russen erneut dezent einen ehrenvollen Rückzug an. In panikartigen Sprüngen hasteten sie der blauen Markierung nach, die den Weg aus dem irren Garten wies.

»Duckt Euch!«, rief Baldi, als die wild schießenden Itaker an ihnen vorbei zur Straße rannten. Mit gespitzten Ohren lauschte Gottlieb in die Nacht, wickelte in Windeseile ein Bergsteigerseil vom Hals und hielt das Sichtgerät kurz vor seine Augen. »Viktor, stell dich auf die andere Seite des Weges und spann das Tau an!«, flüsterte er atemlos. »Baldi und ich halten es auf dieser

Seite hoch, denn ich sehe ganz deutlich den Russenboss und sein Gefolge auf uns zukommen!« Viktor spurtete über die blaue Markierung, stellte sich hinter eine üppigen Hecke und straffte das Seil in Brusthöhe an.

Mit der Pistole im Anschlag rannte der 1,60 m kurze Rumänen-Deutsche den anderen voraus. Plötzlich blieb er abrupt stehen, als er hinter sich erstickte Schreie vernahm. Im Zorn blickte der kleine Big-Boss zurück. Ärgerlich machte er auf großem Fuße kehrt und stolperte in seinen Riesengaloschen zurück, um blindwütig auf die am Boden Liegenden mit der Pistole einzuschlagen, die – vulgär fluchend – ihre strangulierten Hälse rieben.

Keine Minute zu früh sprangen die Polizisten kurz hinter dem Irrgarten-Eingang in einen seitlichen Laubengang, als sich vor ihrer Nase die italienische Horde den Weg zur Straße freischießen wollte. »Was hast du gesagt? Wir sind nicht im wilden Westen!«, höhnte *Ricardo* grüngesichtig und zitterte wie ein Waldmeister-Wackelpudding.

Im Kontrast zum grüngesichtigen Waldmeister-Pudding zeichnete sich *Javiers* Gesicht durch eine tendenziöse Leichenblässe aus. Einem Roboter gleich, zog er seine Waffe und spähte argwöhnisch um die Ecke einer Hecke, als die schießende Meute aus dem Irrgarten verschwunden war. »Etwa zehn Meter von hier entfernt; vor uns, wo die Lämpchen zur Villa führen, bewegen sich dunkle Gestalten«, wisperte *Javier*. »Nimm den Autoschlüssel, hol das Handy und ruf Verstärkung herbei!«

»Mir schwant, dass ich beides im Jeep liegengelassen habe!«, stammelte *Ricardo*. Verärgert wühlte er in seinen Taschen herum. »Was bleibt zu tun?«

»Zieh deinen Revolver, Cowboy, und bleib dicht hinter mir!«

Unbemerkt schlich die spanische Exekutive an die russischen Ganoven heran, die sich in einem hitzköpfigen Handgemenge gegenseitig behinderten. Mit gezückten Waffen stürzten sich die Uniformierten in das sich balgende Menschenknäuel, schlugen Boris die Pistole aus der Hand und dann auf alles ein, was sich bewegte.

Vom Mut der iberischen Ordnungshüter angestachelt, verließen Baldi und Gottlieb die Sicherheit ihres Gartenkarrees, um sich verwegen auf die Russenmafia zu werfen.

Viktors Adrenalinspiegel erreichte zum zweiten Mal den Höchststand. Jegliche Vorsicht außer Acht lassend, trat er aus seinem Versteck und boxte jedes Gesicht blutig, das aus dem völlig ineinander verschlungenen Haufen herausragte. Selbst der Himmel mischte sich in die kannibalische Keilerei ein und ließ im Sekundentakt einen gewaltigen Donnerschlag auf den anderen folgen. Ein Blitz krachte in das Elektrosystem der Schaltzentrale, sodass nicht nur die blauen Markierungslampen erloschen, sondern auch das gesamte Anwesen mehrere Minuten in tiefe Dunkelheit getaucht blieb. Die mond- und sternenlose Nacht war durchdrungen von tiefen Grunz- oder hohen Schmerzlauten. Da, wo Schläge im Gesicht landeten, hörte man dumpfes Klatschen. Durch Mark und Bein gehendes Knirschen erklang, wenn Fäuste zerstörerisch auf Nasen und andere empfindliche Knochen trafen.

Schlagartig hielten die Kämpfenden ausgepumpt inne, als sie von der Straße die Sirene eines Polizei-Jeeps hörten. Die Lampen am Boden flammten auf und das bläuliche Licht beleuchtete eine skurrile Szene, in der zwei Uniformierte mit drei Zivilisten rangen. Während der in Boxershorts gekleidete, halbnackte Viktor *Ricardos* Kopf im Schwitzkasten hielt und ununterbrochen auf das stark blutende Gesicht des ächzenden Ordnungshüters einhieb, saß Gottlieb auf *Javiers* Schultern und bearbeitete dessen Schädel.

»Vadorri nomma!«, fluchte *Javier* im reinsten Kohlenpott-Dialekt und versuchte Gottlieb von seinen Schultern herunterzuziehen. »Getzt, wo dat Gesocks mit unserm Polizeiwagen wech is, hamwer eben nur noch unter uns Zoff!«

Fassungslos sah Viktor von *Ricardos* bluttriefender Nase zu seiner besudelten Faust und ließ bebend von dem spanischen Polizisten ab. Wehleidig lamentierend, verhakte er die Finger ineinander und verdrehte röchelnd seine Augen. Bevor er im Zeitlupentempo zur Erde sackte, drangen aus weiter Ferne laut-russische Flüche und die immer leiser werdenden Motorgeräusche eines sich schnell entfernenden Volvos in seine Ohren.

Rasch sprang Baldi hinzu, als sein Pendant mit hochrotem Kopf verlegen vom iberischen Kohlenpott-Kumpel herunterstieg.

Zutiefst darüber frustriert, dass sie keinen Mafioso hatten unschädlich machen können, sammelten sie missgelaunt die Waffen, Nachtsichtbrille und den regungslos daliegenden bayrischen Holzhackerbuben ein. Gemeinsam hoben sie das mimosenhafte Muskel-Monster hoch, um die schwer wiegende Fracht in der Villa abzulegen.

Zwölf

Julia blickte vom breitgetretenen Hundehäufchen vor dem Panzerschrank zum zusammengesunkenen Elendshäufchen auf dem Rotsamtenen, das kurz vor einem Kollaps stand.

»Es bleibt die schrecklichste Nacht meines Lebens, Fräulein Julia!«, gestand Erasmus unter temporärem Schlucken. Verzweifelt versuchte er, die Haltung zu bewahren.

»Herr Mooshuber!« Julia hob streng den Zeigefinger. »Jetzt müssen Sie die Polizei einschalten! Was sich in den letzten Tagen im Juwelierladen abgespielt hat, lässt vermuten, dass die Verbrecher nicht aufgeben werden! Sie – eigentlich wir alle – sind in großer Gefahr!«

Der Arbeitgeber stellte augenblicklich das Jammern ein, vergaß seine zeitweilig auftretenden Schluckbeschwerden und versicherte: »Nein, Fräulein Leitner! Auf gar keinen Fall!«

»Warum nicht?«

Erasmus druckste herum und suchte nach einer überzeugenden Antwort. »Es geht um meine Frau!«, warf er unsicher ein. »Erdmute hat gesagt, dass sie sich beobachtet fühlt und äh ...«

»Dann müssen Sie erst recht eine Anzeige bei der Polizei machen!«

»... äh, ich will meine Frau keiner unnötigen Gefahr aussetzen«, fuhr Erasmus fort und nickte zur Bestätigung mit dem Kopf. »Deshalb, liebes Fräulein Leitner, werde ich nie und nimmer die Polizei einschalten!«

Julia erschien die Sorge ihres Arbeitgebers um das Wohlbefinden seiner Gattin rätselhaft. Nach alldem, was sie während der letzten Wochen erlebt hatte, stand für sie unumstößlich fest, dass ihre Brötchengeber sich geradezu abgöttisch hassten. Ihre Diskussion wurde durch das siebenmalige Schlagen der großen Standuhr unterbrochen.

Pünktlich und mit fröhlichem Frohsinn erschien Fatima. Die türkische Raumpflegerin rümpfte die Nase und schnupperte stirnrunzelnd in den Nebenraum. Als ihr überraschter Blick auf der schmierig-braunen Masse haften blieb, erstarb das freundliche Lächeln auf ihren Lippen und sie schaute den übernächtigt und verwahrlost aussehenden Arbeitgeber entrüstet an. »Wenn

Klo gestopft, du gefälligst gehen Gassi!«, schimpfte sie, stemmte empört die Hände in die Hüften und wetterte: »Das ich nicht sauber machen! Ich türkisch Putz- und nix deutsch Scheißfrau!«

Terminator, der sich friedlich hinter dem Schreibtisch eine Auszeit genommen hatte, sprang behände auf die Füße und blickte Fatima böse knurrend an. Erschrocken versteckte sich die Raumpflegerin hinter Julias Rücken.

»Aus! Platz!«, befahl Julia und zeigte energisch in die Ecke des Raumes.

Das große Tier wedelte devot mit dem kläglichen Rest seiner kupierten Rute und nahm gehorsam am angewiesenen Ort Platz.

»Fatima, Sie haben zwei Alternativen«, schlug Julia der jungen Türkin vor. Augenzwinkernd sah sie ihren Chef an. »Entweder Sie entfernen mit mir zusammen den Kot oder Sie gehen mit dem Dobermann draußen Gassi. Der Wachhund war seit Stunden eingesperrt und wir müssen jeden Augenblick mit einem neuen, großen Geschäft hier im alten, kleinen Geschäft rechnen!«

Fatima überlegte kurz und gründlich. Argwöhnisch taxierten ihre dunklen Augen das bedrohlich wirkende Riesentier. Dann entschied sie mit fester Stimme: »Ich nehmen erste von zwei alten Naiven! Ich lieber machen von Hund Scheiß drinnen weg, als mit Hund Scheiß draußen hin!«

Fahrig sammelte Erasmus die Glasscherben der zerbrochenen Brille ein und legte sie akkurat in ein Fach des Panzerschranks. Das ruinierte Beinkleid und den Revolver platzierte er, ordentlich aufgereiht, in den Fächern darüber.

Julia, die kopfschüttelnd den absonderlichen Handlungen ihres Arbeitgebers zugeschaut hatte, meinte beschwörend: »Chef, Sie sollten nach oben in Ihre Wohnung gehen und sich ausruhen. Fatima und ich reinigen den Laden. Den Dobermann bringe ich zurück in die Hundeschule. Am Sonntag kommt Ihre Gattin, mit der Sie alles Weitere besprechen können!«

»Fräulein Leitner, Sie haben recht! Ich bin völlig erledigt. Vor Montag werde ich das Geschäft nicht mehr öffnen!« Schlurfenden Schrittes ging Erasmus Mooshuber durch die eiserne Hintertür in den Flur.

Als die Frauen den Aufzug nach oben rattern hörten, machten sie sich daran, die stinkende Hinterlassenschaft des Hundes zu entfernen.

Die Sonne schien vom Himmel – der wie eine blankgeputzte Herdplatte aussah – auf den gesäuberten Kinderspielplatz im Englischen Garten. Vor dem großen Sandkasten stand ein langer Tisch, der mit weißem Papier und blauen Papptellern bedeckt war. Auf einem Büfett prangten selbstgebackene Kuchen der verschiedensten Machart und Farbschattierungen. Überall lagen Süßigkeiten, Schokolade und Kaugummi herum, welche die Kinderherzen höher und die Zahnärzte Alarm schlagen ließen. An den Tischenden, Stuhllehnen und sogar über den Pfählen der Protest-Transparente schwebten viele bunte Luftballons, von denen Luftschlangen herunterhingen, die sanft im Sommerwind schaukelten.

Felix, Grubers Jüngster, der auf dem Schoß seiner Mutter saß und zufrieden vor sich hin gluckste, feierte seinen zweiten Geburtstag. Die ersten fünf Minuten des artigen Sitzens der jungen Geburtstags-Gäste waren vorbei, sodass die zünftige Balgerei unter und über den Tischen endlich beginnen konnte.

»Über das lustige Einladungsschreiben haben wir uns sehr gefreut«, bedankte sich Gretchens Nachbarin, als sie Papa Grubers aufwendig gestalteten Computerausdruck bewunderte. »Das hat sicherlich viel Arbeit gemacht, die vielen Fotos unserer Kinder auf das Papier zu scannen.«

Die junge Frau überreichte Gretchen lächelnd eine Unterschriftenliste. »Im Moment sammeln wir für ein herzkrankes Kind in Rumänien«, erklärte sie, »damit der zweijährige Bub in den USA operiert werden kann!«

Gretchen Gruber nahm der engagierten Mutter – deren dreijährige Tochter sich unter dem Tisch abmühte, der Stöckelschuhe ihrer Mama habhaft zu werden – eine Liste aus der Hand, in die sich bereits viele Eltern eingetragen hatten. Da Gretchen abgelenkt war, nutzte Fabian die Gelegenheit, um der großen Schwester genüsslich einen Negerkuss im Ausschnitt ihres Kleides zu zermatschen. Klein-Felix stibitzte derweil ein Stück Sahnetorte vom Teller seines Bruders und anstatt die Leckerei in den Mund zu stopfen, schmierte er sie voller Hingabe in die Haare. Mit der roten Kirsch-Verzierung, die er vorher herausgepult hatte, verstopfte er in mühevoller Kleinarbeit sämtliche Öffnungen seines Gesichtes.

Mit einem Löffel kratzte Fabian dem dreisten Kuchendieb den Schmand von seinen verklebten Körperteilen, popelte ihm die rot-runde Verzierung aus der Nase, dekorierte seinen Sahnelöffel damit und schluckte die süße Köstlichkeit unbeirrt hinunter.

Wutentbrannt starrte Franziska auf den in der Sonne schmelzenden Schokoladenrand, der durch das duftige Rosa ihres Sonntagnachmittag-Ausgehkleidchens schimmerte. Mit einem gellenden Aufschrei nahm sie ein Glas Limonade von der festlich geschmückten Tafel und schüttete den zuckersüßen Inhalt in den Hosenbund der brandneuen bayrischen Lederhose des Negerkuss-Übeltäters. Das wiederum konnte sich der Gruber'sche Stammhalter auf keinen Fall bieten lassen. Unter Indianergeheul sprang er vom Stuhl, nahm den Tortenteller seiner über alles gehassten Schwester und setzte ihn, mit dem Inhalt nach unten, als kalorienreichen Papphut auf Franziskas Kopf.

Ehe die Auseinandersetzung der beiden Familien-Kontrahenten ihren üblichen Lauf nahm, stand Gretchen Gruber in aller Ruhe auf, drückte ihrem Göttergatten den aufgekratzten Felix in die Hände, nahm den umgestülpten Kuchenteller vom Kopf der heulenden Tochter, setzte ihren Sohn mit dem limonadendurchtränkten Hosenboden auf den Stuhl, schrieb sich mit drei Euro in die Liste des bedauernswerten rumänischen Kindes ein und meinte: »Schaut mal! Hier auf dem Zettel ist das Foto eines sehr kranken Jungen, der Geld für eine teure Operation braucht. Wollt ihr auch etwas von eurem Taschengeld dazugeben?«

Schlagartig hörte Franziska auf zu schreien und kramte in der rosa Kleidchentasche, um ihrer Mutter stolz dreißig Cent zu überreichen. »Das habe ich als Pfand für die Plastikflasche bekommen, die ich gestern hier vom Rasen aufgesammelt habe!« Überrascht blickte Sie auf das Foto. »Mami, der sieht genau wie Felix aus!«

»Stimmt!«, bestätigte Gretchen und reichte der großen Tochter Liste und Kugelschreiber. »Er ähnelt unserem Pampershelden sehr! Nur: der kleine Junge ist sehr krank und hat keine Eltern mehr.«

»Warum?« Fabian hatte Unter- und Lederhose ausgezogen. Bevor er beides aufwendig auf dem Geburtstagstisch platzierte, entnahm er der Hosentasche eine Fünf-Cent-Münze und überreichte sie seiner Mutter.

»Frag nicht so blöd!«, wies seine ältere Schwester ihn zurecht und resümierte belehrend: »Weil sie halt gestorben sind!«

»Nein«, entgegnete ihre Mutter. »Es ist viel schlimmer! Die Menschen in Rumänien sind sehr arm und es gibt wenig Arbeit. Wahrscheinlich haben die Eltern den kranken Buben deshalb auf der Straße ausgesetzt.«

»Unser Papi hat aber Arbeit!« Fabian setzte sich mit dem verzuckerten Limonadenhintern auf das unbesetzte Knie seines Vaters, nahm aus dem Ohr des gegenübersitzenden Felix eine kandierte Kirsche, schob sie in den Mund und stellte sachlich fest: »Deshalb braucht uns das Papilein auch nicht in die Straße hineinzusetzen, nicht wahr!«

»Bei dieser katastrophalen Arbeitslage weiß niemand, wie lange er seinen Job hat«, murmelte das Papilein leise, bevor er seinem Sohn sanft über den Kopf strich und emphatisch verkündete: »Aber niemals, mein Junge! Denn wie heißt Paragraph eins des Gruber-Gesetzes?« Mit strenger Miene blickte er in die Gesichter seiner Schutzbefohlenen.

»Einer für Alle, alle für Einen!«, bestätigte der Gruber-Clan im Chor.

Gretchen lenkte ihren aufkeimenden Lachkrampf ab, indem sie in den Himmel guckte und der blankgeputzten Herdplatte eilends eins pfiff, um bloß nicht in die ernsthaften Gesichter ihrer Nachkommen blicken zu müssen, die mit einem kämpferischen Fanatismus den Familienzusammenhalt beschworen, während sie sich in der übrigen Zeit wie die Kesselflicker zankten.

»Und wer hat diesen wichtigen Satz gesagt, mein Sohn?« Vater Gruber schaute seine Tochter mit verneinenden Augen an, der die Antwort auf den Lippen lag.

Der fünfjährige Fabian runzelte angestrengt die Denkerstirn. »Äh ..., die drei Dingsbums.« Er sah sich hilfesuchend nach seiner Schwester um, die ihm vergnügt einen Vogel zeigte und dabei grauenerregende Grimassen schnitt.

Fabian erblickte auf der gegenüberliegenden Seite eine lärmende Rotte kahlgeschorener Männer, die mit schweren Hanteln ihre Muskeln stählten. Augenblicklich fiel ihm das Wort ein, nachdem er die ganze Zeit gesucht hatte. »Die drei **Muskel**tiere!«, verkündete er mit Stolz und streckte seiner älteren, ewig besserwisserischen Schwester die Zunge raus.

Als daraufhin die erwachsenen Geburtstagsteilnehmer in schallendes Gelächter ausbrachen, wiederholte der kleine Mann eifrig die Zungen-Pantomime. Seltsamerweise lachte keiner mehr. Fabian verstand das nicht, und diese blöde Erwachsenenwelt erst recht nicht.

Die Mutter des Zwillingspärchens flüsterte zum Gruber-Vater hinüber: »Gerhard, hast du die haarlose Horde mit den beiden Kampfhunden bemerkt?« Besorgt presste sie ihre Säuglinge an sich.

Der Angesprochene hielt beide Söhne auf seinen Knien umschlungen, ehe er sich unauffällig umsah und heftig erschrak. Die stämmigen Tiere liefen frei herum. »Das sind Pitbulls! Die könnten gefährlich werden, besonders, wenn unsere Kinder so aufgedreht herumlaufen.« Er wandte sich zu seiner besseren Hälfte um, die es zu guter Letzt geschafft hatte, ihre Tochter von Kuchenresten und Negerkuss zu befreien. »Gretchen, was meinst du dazu?«

»Gerhard«, bat Gretchen, indem sie sich die süßen Finger ableckte, »da hinten sitzt außerdem noch eine Gruppe mit drei großen Schäferhunden! Und links an der schönen Rotbuche laufen zwei Rottweiler herum. Alles Beinchen hebende, aggressive Rüden. Keiner von ihnen ist angeleint, ganz davon zu schweigen, dass sie Maulkörbe tragen. Bitte unternimm was!«

»Es könnten gut erzogene Hunde sein, die aufs Wort hören!?«, meinte der Ehemann lahm.

»Die Besitzer haben meistens vor ihren eigenen Tölen Angst.« Zwischen Gretchens Augenbrauen bildete sich eine Zornesfalte. »Da aber große Rüden für Stärke und Potenz stehen, legt man sich solche Statussymbole zu. Schließlich ist das schick! Jeder geht in die Fahrschule, wenn er ein schweres Motorrad beherrschen will. Keiner denkt daran, in eine Hundeschule zu gehen, wenn er ein gefährliches Tier unter Kontrolle halten muss! Oder hast du erlebt, dass jemals einer dieser freilaufenden Riesenköter gehorcht hätte?«

»Nein, noch nie! Die Hunde, die aufs Wort parieren, werden von ihren verantwortungsvollen Besitzern angeleint und tragen überwiegend Maulkörbe.«

Angsterfüllt sahen Fabian und Franziska zu den großen, unbeaufsichtigten Tieren hinüber.

»Papi, ich fürchte mich vor den unheimlichen Ungeheuern, die kommen immer nachts und wollen mich auffressen!«, klagte Fabian weinerlich.

Franziska lief zu ihrem Vater und drängte sich gemeinsam mit ihrem Bruder an das Familienoberhaupt.

»Sei's drum! Dann werde ich Kommissar Sedlmeier anrufen müssen!« Der geplagte Beschützer ließ sich von seiner Gattin das Handy reichen und schaute unschlüssig in die Runde, bevor er seufzend die lokale Polizeistation anwählte.

»Gerhard, denk an die vielen schrecklichen Berichte und Bilder in den

Zeitungen, worin beschrieben wird, was diese Tiere alles anrichten können und schon angerichtet haben!« Gretchen sah ihren Mann beschwörend an. »Grüß Gott, Herr Sedlmeier!«, begann Gerhard Gruber das Gespräch. »... ja, leider. Aber, was soll ich machen? Wir feiern am Spielplatz einen Kindergeburtstag, und bei solch einem Anlass tobt die Rasselbande besonders ausgelassen herum, und ehe etwas passiert ... Es handelt sich um zwei Rottweiler, zwei Pitbulls und drei Schäferhunde ... Ja, alle ohne Leinen und Maulkörbe ... Gut, die Eltern danken es Ihnen. Servus, Herr Kommissar.« Er sah in die gespannten Gesichter der Eltern. »Er hat versprochen, direkt zu kommen!« Aufmunternd nickte er den Kindern und seiner Gattin zu. »Also Rasselbande! Was haltet ihr davon, wenn wir ruhig Platz nehmen und mit den Kasperlepuppen spielen?«

Gretchen setzte die hervorragende Idee ihres Mannes in die Tat um und verschwand hinter dem Vorhang des aufgebauten Puppentheaters. Sie hoffte, die wilde Horde bis zum Eintreffen der Polizei ruhig halten zu können.

Parallel zum Anschleichen des Krokodils ans Kasperle, kämpfte sich die Polizei mit Martinshorn und Blaulicht an den Englischen Garten heran. Synchron zur Warnung der Kinder, dass das krude Krokodil dem Kasperle mit einem kräftigen Biss Ärger machen könnte, warnten sich die Hundehalter untereinander, dass die blöden Bullen mit einer saftigen Anzeige Scherereien machen könnten. Aufgrund der zu erwartenden tränenreichen Theatertragödie hielten die Kinder die Taschentücher, und die Hundehalter – angesichts der zu erwartenden Geldstrafe – Leinen und Maulkörbe bereit.

Als die Sirene verklungen war und die Gesetzeshüter den Weg zum Spielplatz per pedes zurückgelegt hatten, retteten sich die Puppen im letzten Moment vor den Attacken der gepanzerten Bestie und die Hundehalter vor den Strafanzeigen der gewappneten Gesetzeshüter. Die Kinder schauten entspannt und die Hundehalter gespannt auf den weiteren Handlungsverlauf des Sommertheaters. Während sich die Geschichte auf der Bühne von aggressiven Aktionen zur lustigen Lovestory wandelte, verwandelten sich die streunenden Struppis in eine Spezies der Gattung Musterhund, wobei sie unschuldig über ihre Maulkörbe schauten und stoisch den Leinenzwang akzeptierten.

Der Kommissar ging mit seinem Kollegen schnurstracks zum Puppentheater, nickte Eltern und Kindern freundlich zu und bat: »Nun zeigen Sie

Wachtmeister Huber und mir, wo die gefährlichen Übeltäter herumlaufen!«

»Das würde ich gerne tun, lieber Kommissar Sedlmeier.« Vater Gruber stellte den kleinen Felix auf die wackeligen Beinchen und klebte Fabian mit seinem nackerten Limonadenpopo auf das weiße Papier des festlich gedeckten Geburtstagstisches neben seine zuckerversteifte Lederhose. »Aber nachdem Sie sich so unauffällig an den Englischen Garten herangepirscht haben, erblickt man nur noch mustergültig gehaltene Hunde, die über ihre Maulkörbe schauen, als könnten sie kein Wässerchen trüben.«

»Während der Rushhour gibt's außer der geräuschvollen keine andere Alternative, um das Ziel zu erreichen! Demzufolge bleibt uns nur noch die Möglichkeit, an die Vernunft der Hundehalter zu appellieren«, empfahl der leidgeprüfte Gesetzeshüter.

Der junge durchtrainierte Wachtmeister Huber und sein zur Korpulenz neigender Vorgesetzter gingen mit Papa Gruber zur Lagerstatt der kahlen Köpfe.

Das Quartett hatte sich lässig-cool auf einer Decke ausgebreitet und schaute den Ankömmlingen provozierend mit einem hämischen Grinsen entgegen. Die Schädel waren geschoren und einheitlich trug man olivgrüne Shorts zu khakifarbenen ärmellosen Unterhemden. Die Pitbulls hatte man an zwei Bierkästen angebunden, deren Flaschen geleert waren. Bösartig grollend, feindete das Kampfhund-Gespann die Uniformierten an.

»*Bonjour* Herr Kommissar, wissen Sie denn schon wer's war?«, begrüßte ihn ein untersetzter Zwanzigjähriger, dessen heimtückischer Gesichtsausdruck durch eine lange Narbe am rechten Mundwinkel verstärkt wurde.

»Reden wir nicht lange drum herum, meine Herren!« Der Kommissar tippte mit dem Zeigefinger an die Dienstmütze. »Mir liegt eine Beschwerde vor, dass Sie Ihre Kampfhunde ohne Leinen und Maulkörbe herumlaufen lassen!«

Ein langer Dürrer sprang auf seine hochgeschnürten Knobelbecher, die er trotz der sengenden Hitze an den Füßen belassen hatte. »Aber nie und nimmer! Was sagt Ihr dazu Kameraden?«

»Ich werde mich bei Ihrem ... hick Gorversetzten beschweren«, zürnte lallend der schwankende Dritte, auf dessen Oberarm die Tätowierung eines Hakenkreuzes prangte. »Weil, das ist eine ... hick Krimidisierung!«

»Vorgesetzten und Diskriminierung, Kamerad!«, berichtigte der vierte im Bunde, dessen Augen glasig durch eine dicke Hornbrille starrten.

»Haut ab, Bullen!«, geiferte der Narbenmund mit seinen knurrenden Kampfhunden um die Wette. »Die Tiere haben Maulkörbe und Leinen an. Deshalb verpisst euch! Hier gibt's für sesselfurzende Beamtenärsche mit integrierter Pension nichts zu tun. Und wenn ihr nicht sofort Fersengeld gebt, dann machen euch Bullenpisser meine Pitbulls gehörig Beine!« Der untersetzte Narbige nestelte an den Leinen der Hunde.

»Wachtmeister Huber«, gereizt nahm Kommissar Sedlmeier die Dienstmütze vom Kopf, fuhr sich mit gespreizten Fingern durch das graumeliertschüttere Haar und wischte sich den Schweiß von der sorgendurchfurchten Stirn, »Sie haben soeben sowohl die Beleidigung, als auch die Drohung des Kampfhundehalters gehört!« Bedächtig öffnete er die Sicherungslasche an seiner Pistolentasche und zog den Schlagstock aus der Koppelhalterung. Breitbeinig stellte er sich vor den untersetzen Kahlkopf und schlug mit dem gummierten Instrument in seine Hand.

»Ja, Kommissar!« Wachtmeister Huber nickte zur Bestätigung mit dem Kopf, legte die Hand auf die Pistolentasche, nahm sein Handy und forderte Polizeiverstärkung sowie einen Hundefänger an, ohne das kahlköpfige Quartett und die gefährlichen Pitbulls aus den Augen zu lassen.

»So, junger Mann!«, die Stimme des Kommissars klang außerordentlich autoritär, als er fortfuhr. »Ehe Verstärkung kommt, zeigen Sie mir augenblicklich Ihren Ausweis und die Genehmigung zur Haltung von Kampfhunden!«

Der Narbenmund blieb verblüfft offen. Grimmig zog er Papiere aus einer Jackentasche. »Was für 'ne Genehmigung?«, fragte er unsicher und reichte dem Polizisten vier eng bedruckte Formulare.

Verwundert sah der Kommissar auf die Zettel. »Was soll ich mit Unterstützungsbescheinigungen für Arbeitslose?«

Wütend riss der Neo-Nazi dem Ordnungshüter die Vordrucke aus der Hand. »Daran sind die vielen Ausländer schuld, die uns Deutschen die Arbeitsplätze wegnehmen!«, schrie er hitzköpfig, steckte die Vordrucke in die Jackentasche zurück und warf dem Polizisten den Personalausweis vor die Füße.

Ächzend hob Kommissar Sedlmeier den amtlichen Daseinsbeweis auf. »So, so!«, stellte er nach eingehender Betrachtung fest. »Der Beamtenbeleidiger heißt Josef Rosenkranz. Ihrem frommen Vornamen machen Sie allerdings keine Ehre. Ihr Nachname lässt auf ehrbare, jüdische Vorfahren schließen ...« Er machte eine kleine Pause. Seine Stimme bekam einen schwärmerischen Klang, als er fortfuhr: »Wissen Sie, ich habe dieses herrliche Israel besucht und ...« Er stockte und sah überrascht hoch. Sein Blick fiel auf eine hassverzerrte, menschliche Fratze.

»Meine Eltern waren erzkatholische Spießer, die mir außer einem total klerikalen Scheißnamen Null und damit Nichts hinterließen, als sie ins Gras gebissen haben«, schäumte der Narbenmund. »Meine Freunde nennen mich Sepp! Merken Sie sich das gefälligst!«

»Da ich nicht Ihr Freund bin, Herr Josef Rosenkranz, sondern ein Ordnungshüter, der auf Recht und Gesetz zu achten hat, fordere ich Sie hiermit letztmalig auf, mir die Genehmigung zur Haltung von Kampfhunden zu zeigen!«

»Das ist reine Schirmane!«, lallte der kreuzweise Tätowierte dazwischen.

Der Hornbrillenträger, der die verzwickte Schieflage erkannt zu haben schien, lenkte servil ein: »Der Kamerad meint natürlich Schikane. Was jedoch Ihre vorschriftsmäßig geführte Ermittlung auf keinen Fall ist«, buckelte er kriecherisch. »Ich hoffe, dass Sie ein bisschen Spaß verstehen. Odin und Thor sind zwei lammfromme Schäfchen und sie waren die ganze Zeit über ordnungsgemäß mit einem Maulkorb ...«, er versuchte seinem rhetorisch feingeschliffenen Gesülze eine vornehme Note zu geben und beendete sein strapaziertes Satzgefüge mit »... bekleidet. Selbstredend haben wir Genehmigungen für die artigen Hunde. Die amtlichen Beglaubigungen erfreuen sich ... äh, einer bürokratischen Abwesenheit, sie liegen ... äh – sozusagen ortsgebunden – zu Hause. Wir haben sie einfach nur vergessen. Das schwöre ich Ihnen bei allem, was mir heilig ist!«, log der Feinschliff-Rhetoriker, dass sich seine Brillenbügel bogen.

»Und da Ihnen im Grunde nichts heilig ist, heilt der verlogene Zweck auch diesmal nicht die Mittel!«, stellte Wachtmeister Huber richtig und beendete leise brummend den Satz mit »Schleimscheißer!« Erleichtert bemerkte er, dass sich zwei Uniformierte und ein Hundefänger im weißen Overall näherten.

Kommissar Sedlmeier stieß hörbar den Atem aus und befestigte den Schlagstock am Koppel. »Wachtmeister«, wies er an, »sie gehen mit dem

Hundehalter Josef Rosenkranz auf's Revier. Sollte er tatsächlich eine Genehmigung haben, kann er seine germanischen Gottheiten zurückholen! Wenn nicht, muss Herr Rosenkranz mit einer empfindlichen Geldstrafe und dem Entzug der beiden Pitbulls rechnen. An den Herrn in Weiß geht die Bitte, die Tiere solange in Gewahrsam zu nehmen!«

Der narbige Mundwinkel zuckte verdächtig, als er von Wachtmeister Huber abgeführt wurde und sich nach Odin und Thor umsah. Ohne den Gruppenbeistand der Kumpane löste sich seine anmaßende Kaltschnäuzigkeit zwar nicht in Rauch, dafür aber in Tränen auf. »Kameraden«, flennte er, »verabschiedet euch von unseren Jungs. Die sehen wir niemals wieder.«

Der Hundefänger näherte sich den kehlig knurrenden Pitbulls und wurde sogleich angefallen, als er die Leinen von den Bierkästen lösen wollte. Geschickt wich der Spezialist den Anspringattacken aus. Mit geübten Griffen und einer Fangschlinge packte er die tobenden Tiere, um sie im bereitstehenden Auto zum Tierheim zu spedieren.

Der schleimige Wortakrobat riss Gerhard Gruber grob an der Schulter herum und zischelte bösartig: »Papilein! Glaub bloß nicht, dass du aus dem Schneider bist! Man kann auch abgerichtete Kampfhunde aus ihrem Zwinger klauen. Mach dich darauf gefasst, dass wir dir und deinen Gören diese Schlappe heimzahlen werden!«

»Und dem Mamilein ebenso fein«, reimte, sardonisch grinsend, der Dürre mit den Knobelbechern.

Gerhard befreite sich ungestüm aus dem Haltegriff des Neo-Nazis und folgte Kommissar Sedlmeier, der mit den Kollegen zehn Schritte weiter zu den Besitzern der Rottweiler gegangen war.

Der Halter der Tiere stand auf und übergab dem Polizisten unaufgefordert zwei amtlich beglaubigte Dokumente. Seine schmächtige Gattin hatte währenddessen große Mühe, die angeleinten, stämmigen Rüden festzuhalten, welche die Uniformierten lauthals anbellten.

Der Kommissar studierte lange die städtischen Gutachten. Die Rottweiler gehörten der Kampfhundeklasse zwei an und wurden durch das Negativzeugnis als Normalhunde geführt. »Alles in Ordnung Herr Notnagel«, beruhigte der Kommissar den heftig atmenden Hundehalter. »Aber auch diese Hunde sind an die Leine zu nehmen. Und da es sich hier um eine Liegewiese in unmittelbarer Nähe des Kinderspielplatzes handelt, muss ich

Sie bitten, mit Ihren Tieren wegzugehen. Ich verstehe das sowieso nicht! Die Stadt München hat im Englischen Garten extra einen hundgerechten Park herrichten lassen, in dem Ihre Tiere einen riesengroßen, artgerechten Auslauf haben. Warum gehen Sie nicht dort hin? Kinder reagieren in Gegenwart großer Hunde überängstlich und wirken mit diesem unsicheren Verhalten irritierend auf die Tierpsyche, sodass Bissattacken vorprogrammiert sind. Deshalb muss der Gesetzgeber sie schützen. Das steht alles deutlich auf den Schildern der Stadtverwaltung geschrieben, die hier überall aufgestellt wurden! Bitte nehmen Sie Rücksicht!«

Vom Nachbarlager erhoben sich gemächlich drei junge Männer einer Punkergruppe, die es sich mit ihren unverfroren kläffenden Schäferhunden auf dem eigenen Müll gemütlich gemacht hatten. Einheitlich schmückte die Punker-Häupter ein zehn Zentimeter hoher und fünf Zentimeter breiter Haarstreifen, der von der Stirn bis zum Nacken reichte, in der Mitte spitz zulief und schwarz-weiß eingefärbt war. Der restliche, rundherum rasierte Schädel beeindruckte durch viele kunstvolle Tätowierungen.

Der durch Nase, Ohren und Augenbrauen mehrfach gepiercte Anführer meldete sich zu Wort, ohne seinen lärmenden Hund zur Ordnung zu rufen. »He Alter, was liegt an?«, nuschelte er respektlos in Richtung Kommissar. »Will die uniformierte, staatliche Autorität wieder mal das einfache Individuum in seiner unbeschränkten Freiheit beschneiden?«

Die Haartracht der dazugehörigen Teenies unterschied sich vom Irokesen-Schnitt der Twens dadurch, dass die Höhe des Mittelstreifens auf ihren Köpfen fünfundzwanzig Zentimeter betrug, in vier dünn zulaufenden Spitzen endete und die leuchtenden Farben orange-gelb als Färbung bevorzugte. Stark schwankend setzten sich die Liegenden auf und die Alkopop-Flaschen von den Mündern ab.

»Eh Bulle, has 'e mal 'nen Euro?«, lallte die Jüngere, knapp Vierzehnjährige, durch das infernalische Gekläffe aus drei Hundekehlen hindurch.

Der Kommissar rief genervt »Aus!« und staunte, als augenblicklich Ruhe einkehrte. Voll Abscheu blickte er von den zehn leeren Alkopops zu den zwei vollen Minderjährigen. »Ihr solltet etwas Nützliches tun und die stinkenden Hundehaufen neben eurer Decke aufsammeln. Wenn ihr die von Fliegen übersäten, vergammelten Obst- und Lebensmittelreste mitnehmt, wäre jeglichem Ungeziefer der Boden entzogen, sich hier im gepflegten Englischen Garten einzunisten! ...«

Die Ältere zischte herablassend: »Und sogar in der unberührten Natur, die eigentlich jedermann Freiheit verheißen sollte, das gleiche autoritäre Gefasel wie zu Hause: geh pünktlich und sauber in die Schule! Räum ordentlich dein Zimmer auf! Bleib keusch, bis du verheiratet bist und die üblichen Spießeranordnungen. Mensch Alter! Das geht uns alles am Arsch vorbei! Wir sind gegen jedes Gesetz, und deshalb machen wir, was **wir** wollen! Basta!«

»Da hat meine kleine Schwester recht!«, brabbelte der zweite Irokese. Seine Gesichtsfläche glich einem Fußgängerüberweg, da er sich vom Kinn bis zur Stirn schwarz-weiße Streifen gezogen hatte. »Wir befinden uns in einem autoritätslosen Zustand und lassen uns weder vom Staat noch von einer Spießer-Stadt Vorschriften machen. Unsere Freiheit ist unbegrenzt!«

Der Dritte aus dem Punkermilieu, der sowohl Zebramähne, Gesichtsbemalung und Piercing übernommen hatte, trat mit zaghaften Schrittchen schüchtern aus dem Hintergrund hervor. Mit gesenktem Blick stellte er sich stotternd vor: »Mein Name ist Hiasl Mittermeier, alias ... äh, Tom Verlain. Und alles, was meine Punkerkumpels gesagt haben, ist richtig. Ich denke genauso wie unsere Stars aus der Punkerszene singen und meine Punkerfreunde denken, denk ich mal, äh ...«

Erschüttert bemühte sich Kommissar Sedlmeier, den Wirrwarr von Worten zu entschlüsseln und seine eigene Sprachlosigkeit über so viel jugendlichen Blödsinn zu überwinden. »Herrschaftszeiten!«, brach es aus ihm hervor, »wenn jeder so denken würde, hätten wir die reine Anarchie. Ein Zustand absoluter Gesetzlosigkeit! ...«

Der Polizist wurde beim letzten Wort durch ironisch-lauten Beifall unterbrochen.

»Aber, da ich zur anderen Seite gehöre ...«, fuhr der Kommissar irritiert fort und wurde diesmal mit zynischem Gegröle bedacht.

»Jetzt muss man sich auch noch von Gesetzesverdrehern des anderen Ufers Vorschriften machen lassen«, kicherte der schwarz-weiße Fußgängerüberweg ohne Befestigungshaken, wobei sich dicke Lachtränen den Weg durch die autofreie Zone seines Gesichtes suchten und erheblichen Schaden auf dem Zebrastreifen anrichteten.

Der gutmütige Kommissar hatte jetzt endgültig die Nase voll. »Kollegen!«, befahl er energisch, »die zwei minderjährigen betrunkenen Mädels werden aufs Revier gebracht und deren Eltern verständigt. Sie, meine Herren«, er wandte sich an die drei Hundehalter, die urplötzlich verstummten und sogar ihre Tiere zur Ruhe aufforderten, »erhalten eine Gnadenfrist, um die Hundehaufen und Lebensmittelmüllhalde zu entsorgen. Anschließend verlassen Sie mit den Schäfer-Rüden die Liegewiese vor dem Kinderspielplatz! Aber ein bisschen plötzlich, denn meine Geduld ist am Ende. Das heißt, dass ich euch empfindliche Geldstrafen aufbrummen werde, wenn ihr nicht postwendend ...«, der Kommissar unterbrach seine Rede und zeigte auf die Gesetzestafeln vor dem Kinderspielplatz, »... denn dort steht schwarz auf weiß geschrieben, bis zu welcher Höhe Strafen verhängt werden können!«

Während die schwankenden Teenies von der Polizei abgeführt wurden, drückten die beiden Twens dem schüchternen Stotterer die Hundeleinen in die Hand und räumten die vergammelten Essensreste zusammen, um sich wort- und grußlos, mit Wut im Bauch und Abfall in den Händen, von der Liegewiese zu verdrücken.

Müden Schrittes ging Kommissar Sedlmeier mit Gerhard Gruber zum Spielplatz.

»Es tut mir leid, dass Sie und Ihre Beamten sich dermaßen von diesen halbgaren Gören beschimpfen lassen mussten. Bewunderungswürdig, wie ruhig Sie geblieben sind!«, war Gerhards ehrliches Kompliment, als er mit dem Ordnungshüter am Sandkasten ankam.

»Guter Mann«, der Kommissar winkte desillusioniert ab. »Mit dieserart Leuten und noch viel schlimmeren werden wir – bei der Vielzahl von Beschäftigungs- und Orientierungslosen – täglich konfrontiert. Besonders frustrierend ist es, wenn man es mit Jugendlichen zu tun hat, die ihre verkorksten Ansichten aus pubertärem Protest gegen das – oft gewaltbereite oder desinteressierte – Elternhaus bilden. Die unerfreulichste Form der Gewalt erleben wir zur Zeit an Schulen. Hier wird der Polizeischutz mittlerweile von den Lehrern angefordert, die sich gegen bewaffnete Schüler zur Wehr setzen müssen. Oftmals begleiten wir Lernende auf dem Weg von und zum Unterricht, weil sie sich von ihren gewalttätigen Mitschülern bedroht fühlen, die sich täglich menschenverachtende Videos oder gewaltverherrlichende Filme aus Hollywood reinziehen. Die Rundumbetreuung – also: gute Erziehung, liebevolle Hinwendung und Interesse am Werdegang des Heranwachsenden – scheint für viele Eltern in der heutigen Zeit ein Fremdwort zu sein.«

Der Kommissar sah auf seine Uhr. »Mein Dienst ist seit drei Stunden beendet. Ich weiß, dass mich zu Hause das kalte Essen einer heißen Köchin erwartet, die mir mehrfach die Scheidung angedroht hat, weil ich ständig Überstunden machen muss. Wie jedem bewusst ist, werden bei wirtschaftlicher Schieflage zuerst die Stellen im öffentlichen Dienst gestrichen, obwohl hohe Arbeitslosigkeit zu erhöhter Aggressivität und vermehrten Straftaten führt, die eine größere Polizeipräsenz erforderlich macht. Ich will kein ewigdeutsches Gejammer heraufbeschwören«, betreten blickte der uniformierte Beamte zu Boden und riss sich zusammen. »Deshalb bleibt zu sagen, dass Sie jederzeit das Revier informieren können, falls sich etwas Unvorhergesehenes ereignen sollte. Ihnen und der gesamten Kinderschar wünsche ich einen schönen Geburtstag!« Abgekämpft winkte der Freund und Helfer den Kindern zu und ging hinter seinen Beamten her, um endlich den verdienten Feierabend genießen zu können.

Gerhard Gruber hob das Geburtstagskind in die Höhe, das fröhlich krähend Papis Bein umklammert hielt. »Also Rasselbande«, wandte er sich an die Teilnehmer des unterbrochenen Sommertheaters, die mit wachsendem Interesse der spannenden Polizeiaufführung auf der Freilichtbühne des Englischen Gartens zugesehen hatten. »Wir sind eben mittendrin unterbrochen worden, denn jetzt kommt der Schlussakt. Kriegt das böse Krokodil die verdiente Strafe, oder ...« Verwundert schaute er, wie die gespannte Zuhörerschaft mit weit aufgerissenen Augen auf irgendetwas hinter ihm starrte. Langsam drehte er sich um und erblickte die drei Schäferhunde der gepiercten Punker sowie Herrn Notnagel nebst Gattin und ihre Rottweiler, die sich lautlos während seiner Rede an ihn herangeschlichen hatten. Gott sei Dank sind die Hunde angeleint, dachte er und sah unbehaglich einer unausweichlichen Auseinandersetzung entgegen.

Herr Notnagel, der einem hochaufgeschossenen Bleichspargel glich, zürnte: »Sie haben heute zwar eine Schlacht gewonnen, aber der Krieg ist noch lange nicht beendet. Ihnen und Ihren Gören wurde kein Pachtvertrag über diese Liegewiese von der Stadt München gegeben. Alle, ob Hunde oder Kinder, haben die gleichen Rechte!«

»Das ist auch meine Meinung!«, bestätigte Notnagels bessere Hälfte, welche die Hundeleinen in der zarten Hand hielt und deren zierlich-kleine Gestalt verzweifelt der ziehend-geballten Kraft der beiden Rüden Widerstand zu leisten versuchte.

Vorsichtig die Worte wählend, versuchte Gretchen Gruber zu vermitteln. »Wenn Sie Kinder hätten, würden Sie verstehen, dass wir nicht anders handeln können, denn ...«

»So ein Quatsch!«, formulierte Notnagels Gattin ihren phänomenalen Beitrag zur allgemeinen Diskussionsrunde. »Ich müsste verrückt sein, wenn ich Kinder kriegen wollte. Sie werden sehen, was Sie davon haben! Nicht nur Ihr Ehemann wird sich von Ihrer ausgeleierten Figur ab- und anderen Frauen zuwenden, deren Körper schlank geblieben sind«, eitel strich sie über ihre mädchenhafte Taille, »sondern der Undank der Nachkommenschaft ist Ihnen sowieso gewiss. Das konnte ich bei all meinen dumm-dicken Freundinnen beobachten. Fortwährend rackern sie sich ab, um den gierigen kleinen und großen Ungeheuern den Rachen zu stopfen! Deshalb halten wir uns Hunde, nicht wahr Norbert?!«, sie schaute sich – *fishing for compliments* – zu ihrem Ehemann um.

Dieser jedoch war geneigt, seine wahren Empfindungen nicht zu zeigen. Wahr war, das sich Norbert Notnagel wahrhaftig einen Gesichtsausdruck bewahrte, als wenn er nicht sicher wäre, ob denn wahrlich die Behauptung seiner Frau wahr oder nicht wahr war.

»Von diesen treuen Tieren«, fuhr Frau Notnagel dessen ungeachtet fort, »bekommen wir täglich unsere Liebesbeweise und außerdem verdirbt kein Hund die Figur! Sehen Sie die fünf wunderschönen Goldmünzen an meinem Bettelarmband?« Notnagels Goldgattin klimperte mit den runden Talern. »Die hat mir mein weitsichtiger Göttergatte zu jedem Hochzeitstag geschenkt, an dem ich kinderlos blieb. Im Oktober kommt das sechste Goldstück dazu. Nein, glauben Sie mir! Gebären ist die unrentabelste Dummheit, die man(n) – beziehungsweise Frau – machen kann!« Sprach's, wandte sich um und verließ mit Mann und Hund das Feld der verlorengegangenen Schlacht.

Gerhard Gruber blickte alarmiert auf sein Gretchen, das zum ersten Mal in aller Öffentlichkeit ausrastete, indem es mit hochrotem Kopf ihren Frust an den dumm-dreisten Jugendlichen ausließ, die gehässig grinsend dem Beitrag der Goldmünzen-Hundemama zugehört hatten.

»Nach diesem horrenden Diskussionsmüll«, brüllte Gretchen außer sich, »empfehle ich euch pubertären Punker-Piefkes, kein einziges Wort mehr zu sagen! Sonst rufe ich den Kommissar an, damit ihr schlussendlich das bekommt, was euch zusteht! Eine Ordnungsstrafe, die den Alkopopflaschen-Kauf für lange Zeit verhindern wird!«

Bestürzt schaute Gerhard Gruber zu seiner besseren Hälfte, drückte der Nachbarin vorsichtshalber den familieneigenen Pampershelden in die Hände, klaubte eine Wasserpistole vom Boden und war willens und geneigt, erbarmungslos die schwarz-weißen Fußgängerübergänge in den Gesichtern der Punkergeneration zu zerstören.

Stattdessen schlossen selbige das verdutzt geöffnete Loch in der Mitte ihres Zebrastreifens, drehten sich sang- und klanglos um, schleiften die Hunde hinter sich her und gingen zu ihrem Liegeplatz zurück. Brummig entnahmen sie dem schmutzstarrenden Rucksack einen kleinen Haufen Deutschland-Flaggen aus Papier und steckten sie in jeden großen Haufen, der einsam und von Geschmeiß bedeckt in der Wiesenlandschaft vor sich hin müffelte.

»Ich halte diese Feindseligkeit, die uns Eltern entgegengebracht wird, nicht mehr aus«, beklagte sich die Mutter des Zwillingspärchens. »Ich gehe nach Hause. Hier ist es mir zu gefährlich.«

»Gerhard«, empfahl das Gretchen, »wir werden uns anschließen! Oder willst du den armen Sedlmeier abermals anrufen?«

Resigniert legte der Angesprochene die Wasserpistole auf den Tisch. »Der Kindergeburtstag ist verdorben. Alle sind sauer! Der schöne Tag ist vollkommen im Eimer!«, murrte er missgestimmt. »Wir sollten tatsächlich im Hellen heimgehen. Die spurlos verschwundenen Neo-Nazis könnten uns in der Finsternis auflauern. Eventuell mit Verstärkung aus dem menschlichen und tierischen Bereich. Jedem von ihnen attestiere ich eine große Gewaltbereitschaft. Tja, Geburtstagsgäste: wir brechen die Zelte ab, gehen bei Tageslicht nach Hause und besprechen dort das weitere Vorgehen. Wie es heute gelaufen ist, kommen wir weder auf den besagten schwankend-grünen Zweig noch auf die pendelnde Waage der Gerechtigkeit.«

Während die Eltern unter Protest dem Vorschlag nachkamen und den Spielplatz säuberten, dröhnte der Gruber-Clan in selten trauter Eintracht dem genervten Papi die Ohren zu: »Du hast uns versprochen, dass wir bei

Dunkelheit die vielen, bunten Laternen anzünden wollten, die wir extra zu Felix' Geburtstag mitgenommen haben.«

»Tut mir leid Rasselbande, die zwanzig Lampions müssen wir leider unausgepackt wieder mit retour nehmen.«

Sanft wehte der Abendwind über die grünen Wipfel der vielen in prachtvollem Sommerlaub stehenden Bäume des Englischen Gartens und löste langsam die sengend-staubige Dunstglocke auf, die den ganzen Tag heiß und drückend über München gelegen hatte. Der schwere Duft von Lavendel und Jasmin hing betörend in der Luft und erinnerte die abendlichen Spaziergänger an den Urlaub in südlichen Gefilden, der bei vielen – da Ebbe in der Kasse – bis auf weiteres verschoben worden war.

Julia hatte sich bei ihrem Freund eingehängt, der Rambo an einer langen Leine neben sich her führte. »Markus, glaub mir!«, flehte sie ihren Partner an, dem sie die morgendliche Mooshuber'sche Horror-Geschichte ausführlich erzählt hatte, »wir sollten von den Juwelen die Finger lassen. Da sind rücksichts- und erbarmungslose Verbrecher am Werke, die vor nichts zurückschrecken und vor überhaupt nichts halt machen. Das Ärgste ist, dass ich nicht weiß, was ich von meinem Chef denken soll. Auf gar keinen Fall sorgt er sich um seine Frau! Warum will er nicht zur Polizei gehen? Weiß er etwas über die gestohlenen Diamanten, die jeder – ebenso mein angehender Staatsanwalt – unbedingt rauben will? Bei dem brav-biederen Mooshuber übersteigt das allerdings meine Vorstellungskraft. Ich traue mich nicht, ins Geschäft zu gehen. Jeden Augenblick erwarte ich aus irgendeiner Ecke, bei Tag und Nacht, eine große Gefahr, die auf mich zukommt. Ich habe fürchterliche Angst!«

»Aber Liebes«, versuchte Markus mit besänftigender Stimme auf seine Freundin einzuwirken. »Du brauchst am Montag nicht mehr ins Geschäft zu gehen!«

»Wieso?«

»Am Sonntag, wenn die honorable Frau Mooshuber die wertvollen Steinchen im Tresor eingeschlossen haben wird, holen wir mit unseren Nachschlüsseln die geklauten Prunkstücke heraus und verschwinden auf Nimmerwiedersehen. Keiner wird uns verdächtigen, niemand wird uns anzeigen, alles wird gutgehen!«

Sie hatten die Liegewiese vor dem Kinderspielplatz erreicht und blickten sprach- und fassungslos auf das schwarz-rot-goldene Fahnenmeer, das jeden einzelnen der vielen Hundehaufen markierte.

»Dieses national-verbrämte Pflänzchen würde ich als endemisch bezeichnen, da nur hier wachsend und gedeihend!«, bemerkte Markus mit hintergründigem Zynismus. »Wahrscheinlich will man damit der Legislativen bildlich darlegen, wie tief das Land in der Scheiße steckt!«

Dreizehn

Unter ängstlicher Anspannung stehend, umringten Erdmutes Gäste die Eingangspforte, als ein dumpfes Pochen durch das Foyer hallte. Bereit, dem Feind erbitterten Widerstand zu leisten, standen sie hinter der Gastgeberin, die ihre alte Büchse schussbereit auf die Pforte gerichtet hielt. Hoch über ihren Köpfen hielten sie Mixer, Kaffeemaschine und Mikrowelle, um mit den computergesteuerten Waffen der neuesten Generation erbarmungslos auf russische und italienische Mafia-Banden einzuschlagen.

Ungestüm riss Erdmute das Villentor auf. Alle starrten gebannt nach vorn und erkannten in Blickhöhe: das dunkle Nichts. Als zu ihren Füßen ein klägliches Schluchzen erklang, fielen ihre überraschten Blicke auf die durchnässte Omi, die erschöpft auf der Türschwelle saß und um Einlass flehte.

»Aber Frau Mannteufel«, stotterte Erdmute fassungslos. »Warum haben Sie nicht früher auf sich aufmerksam gemacht?!«

Schnell legte der Schweizer sein wurfbereites Lasso zur Seite, hob die zitternde alte Dame vom Boden hoch und trug sie zur Couch, auf der Raffaello es sich bequem gemacht hatte. Da die Durchweichte nach nichts Aufregendem roch, trollte sich der Pudel zum offenstehenden Eingangsportal, verhoffte jäh auf drei Beinen und legte knurrend die Ohren an.

Misstrauisch blickten die Anwesenden von der Couch zur Tür. Im hell erleuchteten Türrahmen standen vier blut- und schmutzverkrustete schwer bewaffnete, triefnasse Gestalten, die ächzend ein schlaff-schlotterndes Schwergewicht in ihrer Mitte schleppten.

Mit schriller Stimme rief Erdmute erneut zu den Waffen. Fieberhaft kamen die Party-Gäste dem Befehl nach, um dem zahlenmäßig unterlegenen Gegner die Stirn zu bieten. Eingeschüchtert starrten die triefenden Gestalten auf die wahnwitzige Wurfwaffentechnologie in den Händen der zu allem Entschlossenen.

Die vier schwer Tragenden ließen den schlaff Schlotternden auf die Erde plumpsen, als die Horde halbnackter Hippies mit Kriegsgeheul auf sie losstürmte.

»Muschilein, du sollst mich nicht immer so erschrecken!«, röchelte Viktor mit letzter Kraft, als Erdmute zum zweiten Mal in dieser Nacht mit ihrer feuerbereiten Büchse auf ihn zielte. Eingeschüchtert zog er den Kopf ein, da ihm sein Erinnerungsvermögen höchst dringlich signalisierte, dass lautstarke Leidensäußerungen gezielt platzierte Kinnhaken hervorrufen konnten.

Er verstand die Welt nicht mehr, als Erdmute stattdessen schuldbewusst die Flinte zwar nicht ins Korn, dafür aber überreizt in die Ecke warf, sich niederkniete und ihn sanft in die Arme nahm. »Mein armes, unschuldiges Knödelchen«, schluchzte sie aufgewühlt, während ihr abrufbereites Tränen-Staubecken in bühnenreifer Dramaturgie überfloss und den jugendlichen Geliebten in einem Sturzbach der Reue zu ersäufen drohte. »Ich habe dich zu Unrecht der Untreue bezichtigt! Und damit du siehst, wie leid mir das tut, arrangierte ich für dich eine Überraschung, die«, sie schaute auf die Armbanduhr, »in genau sieben Stunden und fünfunddreißig Minuten vor der Tür stehen wird. Das Ding ist knallrot, hat einen satten Motorklang und einen Start von Null auf Hundert in ...«

Übergangslos verwandelte sich Viktors eselsgrauer Teint in den zarten Pastellton einer rosigen Sau. »Schenkst du mir einen Porsche-Carrera? Sag ja, geliebte Gönnerin!«

Als Erdmute zur Bejahung glücklich mit dem Kopf nickte und beide sich stürmisch umarmten, legten die kampfbereiten Partygäste erleichtert das Hightech-Küchen-Wurfwaffen-Arsenal zur Seite.

Die seltsam Gekleideten – allen voran Frau Gans – redeten unter lautem Geschnatter auf Viktor und die spanischen Polizeibeamten ein.

Unbeachtet schlichen Baldi und Gottlieb auf leisen Sohlen durch das Haus.

»Wir müssen fix die Diamanten finden«, wisperte Baldi, schaute sich unauf-fällig nach den laut Diskutierenden vor dem Eingangstor um und stieg mit Gottlieb lautlos die Treppe zum Wellness-Tempel hinab. »Die werden unsere Abwesenheit bald entdecken. Bevor man von uns wissen will, was wir hier zu suchen haben und die Polizei uns nach den Personalien fragt, sollten wir schnellstens wieder verschwunden sein. Vergiss nicht, die Mooshuber kennt mich! Gott sei Dank hatte die Alte eben nur Augen für ihren Riesendepp und ich konnte mich geschickt hinter den Uniformierten verstecken.«

»Du hast recht, an mich wird sie sich kaum noch erinnern, dafür war unser Zusammentreffen zu kurz! Komm, wir müssen uns beeilen!«, gab Gottlieb im Flüsterton zurück. Er öffnete eine Tür und erblickte einen schwarzen Mops, der sich mit zwei quietschvergnügten Spaniels auf dem Boden vor einem hölzernen Eintauchbottich herumbalgte. Rasch verschloss er die Tür und ging zum nächsten Raum. »Baldi, sieh dir das an! Hier hängt nur das Beste für den Edelhund aus vornehmem Haus!« Er nahm eins der unzähligen Hundehalsbänder vom Haken, hielt es gegen das Licht und bemerkte ironisch. »Meine Damen und Herren! Ich empfehle Ihnen ein vorzüglich gearbeitetes und mit Blattgold behämmertes Köterhalsband für den abendlichen Besuch Ihres gebildeten Lieblings im Hundetheater.« Staunend griff er zu einem zweiten und höhnte: »Ganz besonders empfehle ich Ihnen dieses Unikat von Dior. Ein Tölen-Geschirr, gearbeitet aus dem feinsten Seidenbrokat, verziert mit Pailletten; geeignet für den Gang zum abendlichen Sieben-Gänge Wauwau-Menü.«

Baldi nahm etwas duftig Weißes vom Haken und drehte es ins Licht. »Ja und hier: zwei winzige Brautkleider mit Schleier. Dazu passend zwei beson-ders schöne Schweinsleder-Halsbänder, überzogen mit weichem, durchsich-tigem Plastik. Darin viele glänzende Strasssteinchen!« Er hielt die Bänder gegen das Licht und rüttelte vorsichtig daran, sodass die klimpernden Kul-lerchen im hellen Lampenschein glitzerten. »Mein Gott, ist das dekadent! Woanders darbt die Menschheit und hier behängt man Tiere mit den kost-barsten Utensilien!«, rief er empört und warf die Hunde-Status-Symbole angeekelt in die Ecke.

»Pst!«, raunte Gottlieb. »Mach bloß keinen Lärm! Ich höre Schritte auf der Stiege. Am besten verschwindest du zu den Tieren in die Schwitzabteilung. Da stand ein mannshoher Bottich, in dem du dich verstecken kannst!«

Eilends lief Baldi an seinem Freund vorbei und schloss keine Minute zu früh die Saunatür hinter sich zu.

Neu verliebt und Arm in Arm stiegen Viktor und Erdmute die Treppe hinunter. Freudestrahlend ging der Muskelmann auf Gottlieb zu und klopfte ihm jovial auf die Schultern. »Muschilein! Darf ich dir einen der beiden Gangsterbezwinger vorstellen? Gottlieb, darf ich dich mit meiner großzügigen Geliebten bekannt machen? Stell dir vor, sie hat mir einen Porsche geschenkt. Und du sollst der Erste sein, der mit mir zusammen die Jungfernfahrt macht. Ruf mich um Punkt 11.00 Uhr an, damit wir uns treffen können!« Er wandte sich lächelnd zur gütigen Geldgeberin um. »Du bist doch einverstanden, nicht wahr?«

Im Stillen atmete die großzügige Geliebte auf, dass dieser Kelch an ihr vorüberging und Viktor bei seinem ersten Formel-Eins-Rennen auf ihre Anwesenheit verzichtete. »Aber sicherlich, mein kleiner Racker!«, bewilligte sie gönnerhaft sein Begehren. Mit ausgebreiteten Armen ging sie auf Gottlieb zu, der vor Verlegenheit und Entsetzen rot anlief. »Viktor hat mich über Ihr selbstloses Eingreifen bei der Verbrecherbekämpfung auf meinem Grund und Boden informiert und Sie mir wärmstens als Bodyguard empfohlen. Durch Ihr couragiertes Eingreifen haben Sie wahrscheinlich Schlimmeres verhindert.« Sie presste den Bodyguard in spé warm an ihren mütterlichen Busen und fragte wissbegierig: »Wo befindet sich Ihr todesmutiger Freund?«

Die weibliche Umarmung bereitete Gottlieb klaustrophobische Höllenqualen. Verzweifelt gab er das Versteck seines Kumpels preis, indem er nach Atem ringend auf den Eingang zum Reinigungstempel zeigte. »Oh, mein Gott!«, sandte Gottlieb ein lautes Gebet der Erleichterung gen Himmel, als Erdmute ihre Umklammerung löste und die Türklinke zur Sauna herunterdrückte.

»Oh, mein Gott!«, hallte das gekreischte Echo von den kahlen Saunawänden zurück, als Erdmute auf den moppeligen Mops blickte, der ihre heißen Hündinnen hechelnd vor sich her trieb. »Dieser wollüstige Wehrwolf hat meinen Scheißerlis die Pampers vom Leib gerissen und sie wahrscheinlich vergewaltigt! Wie ist dieser schwarze Schwerenöter hier hereingekommen, und wie lange treibt der liederliche Lüstling das abscheuliche Spiel mit meinen Rassehunden? Viktor, entfern' augenblicklich den bulligen Bastard!«

164

Laut fluchend rannte Viktor hinter dem molligen Mops her, der sich geschickt immer wieder seinen zupackenden Händen entwand. »Wenn ich diesen liebestollen Lustmolch zu fassen kriege«, im Vorbeilaufen stellte er am Bottich den Kältegrad auf Höchststufe, »werfe ich ihn zur Abkühlung in die eisigen Fluten des Eintauchbeckens!«

Seelenwund starrte Gottlieb auf den Hahn, aus dem unaufhaltsam Wasser über das Kühlsystem in den Holzzuber floss.

»Viktor, fass den morbiden Mops, ich hole neue Pampers!«, mahnte Erdmute, stürmte an Gottlieb vorbei die Stiegen hoch und blickte auf Raffaello, der ihr schwanzwedelnd entgegenhopste. Hinter ihm standen zwei geifernde Doggen, die sich mit dem Pudel in das Wellness-Center stürzen wollten.

Viktor scheuchte den überanstrengten Mops aus der Schwitzabteilung. Geistesgegenwärtig verschloss Gottlieb den Raum, sodass die anstürmende Rüdenrotte vor die Saunatür prallte.

Ärgerlich packte Erdmute die benommenen Doggen am Halsband und schleifte die liebeskrank winselnden Kälber die Treppe hinauf.

Kopfschüttelnd stellte Gottlieb fest: »Voll krass dieses ewige Theater mit den Kötern!«

»Abartig!«, bestätigte Viktor und zog den zappelnden Raffaello sowie den jaulenden Archibald am Genick in die Höhe. »Das kann man auf Dauer nur mit einer gehörigen Portion Galgenhumor verkraften. Apropos Hunde, Humor und Galgen«, lachte er. »Kennst du den Witz mit den drei Hunden, die sich beim Tierarzt treffen?«

»Nein!« Unruhig guckte Gottlieb auf die verschlossene Saunatür, hinter der man hohles Tröpfeln vernahm.

»Also: liegen zwei Schäferhunde beim Tierarzt im Wartezimmer. Sagt der erste Hund: Ich habe meinen Herrn angefallen! Deshalb soll ich eingeschläfert werden! Stöhnt der zweite Hund ...«

Die Erzählkunst des albern lachenden Possenreißers wurde jäh von Erdmutes Marktweibstimme unterbrochen, die ergrimmt vom obersten Treppenabsatz predigte: »Viktor! Ich kann die beiden Doggen-Kälber kaum bändigen, wo bleibst du mit den anderen Rüden?«

Seufzend blickte der Hüne nach oben. »Also, Bruder im Geiste!«, flüsterte er. »Ruf mich nachher an, dann erzähl ich dir die urkomische Pointe bei unserem rasanten Autorennen im Porsche!« Eilig hastete er mit den strampelnden Tieren seiner spendablen Sponsorin hinterher.

Gottlieb schaute sich stiekum nach allen Seiten um, schlüpfte in den Saunaraum, rannte eilig zum Eintauchbecken und zog seinen halb erfrorenen Kumpel aus dem Bottich.

Baldi zitterte wie Espenlaub. »Ss... sind ss... sie endlich weg?«, stotterte er zähneklappernd. »Ww... wenn du wüsstest, ww... wie ich friere!«

»Mach dir warme Gedanken.« Gottlieb rubbelte seinen blau angelaufenen Freund mit einem Frotteehandtuch ab. »Die alte Faltenschrulle könnte gleich wieder erscheinen, um uns unter Vertrag zu nehmen. Viktor hat uns nämlich wärmstens als Bodyguards empfohlen.« Mit dem Fuß wehrte Gottlieb die heißen Hündinnen ab, die übermütig an ihm hochsprangen. »In der Eile können wir die Klunker nicht finden. Das macht aber überhaupt nichts, denn der atemberaubende Adonis steht auf mich ...«, rasch lenkte er ein, als er den schiefen Blick seines Lebenspartners wahrnahm. »Viktor hat mich zur Jungfernfahrt im Porsche-Carrera eingeladen. Dabei werde ich dem müden Muskelmann auf die Sprünge helfen und ihm entlocken, wo seine Alte die Steinchen gebunkert hat!« Geräuschlos öffnete er eine Eisentür und zog den bibbernden Baldi hinter sich her, um ganz klamm und äußerst heimlich die Villa durch den hinteren Kellerausgang zu verlassen.

»Meine Herrschaften!«, unterbrach Erdmute ihre debattierenden Gäste in der Eingangshalle, die sich erregt gestikulierend mit dem spanischen Ordnungshüter aus dem Kohlenpott über den Bandenkrieg zwischen der italienischen und russischen Mafia unterhielten. »Nehmen Sie bitte ihre Hunde an die Leine, ehe ein rassewidriges Malheur passiert. Sie wissen, dass meine Edelspaniels läufig sind und einen Spitzen-Stammbaum haben. An einem Bastardnachwuchs bin ich nicht interessiert!« Die Herrin der spitzen Edelhunde befestigte Lederleinen an den Halsbändern der Doggen und drückte sie der Domina unwirsch in die Hand.

Elfriede Gans schaute beleidigt drein. Um ihrem aufgestauten Frust über das ungebührliche Betragen der Gastgeberin Luft zu verschaffen, ging sie zum Goldbruno, der vor dem Esstisch saß und seinen schmerzenden Schädel auf beide Arme gelegt hatte.

»Müsje?«, die Augen des Rheinländers blickten tieftraurig auf. »Mir is e'su schläch.«

166

»Dann sauf gefälligst nicht, wenn du keinen Alkohol verträgst! Aber warte nur! Komm du mir nachher aufs Laken, dann werde ich dafür sorgen, dass es dir wirklich schlecht geht!« Übellaunig verknotete sie die Hundeleinen an Brunos Stuhllehne.

»Isch jlaube, ming Müsje liebt mich wieder!«, hauchte der goldige Rheinländer und blickte der Domina schmachtend nach.

Verärgert rannte Annemie auf Viktor zu, der in seiner linken Hand einen zappelnden weißen und der rechten einen jaulenden schwarzen Hund am Genick hielt. »Vorsicht, Sie erwürgen unseren altersschwachen Mops!«

Viktor reichte den bellenden Belami an sein Frauchen weiter. »Von Altersschwäche konnte wahrlich keine Rede sein, als Archi die heißen Hündinnen aufmischte. Sie sollten dem winselnden Wüstling besser ein paar Kondome geben, bevor Sie ihn auf die Hochzeitsreise schicken!«

»Sie meinet Verhüterlis?«, amüsierte sich der Schweizer Westernreiter und nahm Raffaello, die weiße Versuchung, in Empfang.

Mit einem Ruck riss die Gastgeberin den schweren, geblümten Brokatvorhang am großen Fenster in der Eingangshalle zurück und blinzelte aus verquollenen Augen in die ersten Sonnenstrahlen, die zaghaft über die obere Kante der Naturquaderwand in den Garten fielen. »Das Unwetter ist vorbei, die Gangster verschwunden und der junge Morgen sieht frisch und rosig aus«, seufzte sie. »Ich glaube, wir können den neuen Tag draußen begrüßen.«

Bei den Worten frisch und rosig blickte Frau Gans auf die bunt zusammengewürfelte Kleidung der zerzausten, verkaterten und völlig übernächtigten Partygruppe. Sie stellte sich vor die Spiegelwand neben der Tür und erblasste, als ihr aus dem sonnenbeschienenen Kristall ein zerknittertes und verknautschtes Konterfei entgegenblickte. »Wer sind Sie denn?«, wollte sie von ihrem eigenen Spiegelbild wissen, indem sie ihm angewidert die Zunge herausstreckte. »Haben wir uns einander schon vorgestellt?«

Belustigt schauten die Damen der feinen Gesellschaft zur Domina und reihten sich neben ihr vor dem Spieglein an der Wand ein.

»Das ist unerträglich!«, schimpfte Erdmute betreten, als sie ihr zerklüftetes Antlitz betrachtete. »Es ist soweit! Noch heute werde ich bei meinem Schönheitschirurgen, Dr. Garcia, vorstellig!« Sie betastete die dicken Tränensäcke unter ihren Augen und tätschelte verdrossen gegen die schlaff-wabbelnden

Hängebäckchen. »Schließlich ist mein Viktörchen zweiundzwanzig Jahre jünger als ich. Man könnte mich für seine Mutter halten!«

Annemie hielt dem mitleidlos widerspiegelnden Kristall ihr verknöchertes Hinterteil entgegen. »Ob dein Dr. Garcia mir ein paar weibliche Rundungen verpassen könnte?«, desillusioniert strich sie sich über ihre kantig hervortretenden Hüften. »Erst neulich hat mich ein minderbemittelter Minuskavalier gefragt, wie man sich in meinem fortgeschrittenen Alter mit keinem Arsch in der Hose fühle.«

»Das ist doch noch gar nichts!«, rief Oma Mannteufel dazwischen, die sich – wie Phönix aus der Asche – bestens erholt hatte und mit glühendroten Bäckchen an den Spiegel der Wahrheit herangetreten war. »Unseren letzten Urlaub verbrachte ich mit meinem Heinrich - Gott hab ihn selig - in Tunesien. Als ich abends alleine am Strand spazieren ging, forderte mich ein junger Tunesier unverblümt zu einem Schäferstündchen auf. Auf meinen Einwurf, dass ich seine Oma sein könnte, erwiderte er in einwandfreiem Deutsch: Ein weises tunesisches Sprichwort sagt: altes Huhn macht gute Suppe!«

Missbilligend betrachtete Heidi ihre dicken Oberschenkel, die sich unter der unvorteilhaften eng-weißen Stretchhose abzeichneten, ehe sie in das allgemeine Gelächter einstimmte. »Das war wirklich unfein! Hoffentlich haben Sie diesem unverschämten Lümmel gehörig Bescheid gestoßen!«

»Gestoßen?! Nun ja ...«, stotterte die alte Dame und sah sich verschämt nach den Herren der Schöpfung um, die erregt über die Motorleistung eines Porsche-Carreras stritten, ehe sie flüsternd fortfuhr, »wenn ich ehrlich sein soll, kam ich nach reiflicher Überlegung zu der Überzeugung, dass Volksweisheiten – wie das Wort ja schon sehr deutlich sagt – weise sind, und deshalb ...«, irritiert unterbrach sie ihre Jugendbeichte, weil Egons Eheweib ihr hasserfüllte Blicke zuwarf, bevor sie überhastet einwarf, »das war das einzige Mal, dass ich meinen Gatten betrogen habe. Großes Ehrenwort!« Sie kreuzte hinter ihrem Rücken Zeige- und Mittelfinger. »Allerdings hatte diese verhängnisvolle Affäre verheerende Folgen, weil mir danach ...«, der Rest des Satzes blieb ihr abermals im Halse stecken, als sie in das erwartungsvolle und zynisch grinsende Gesicht ihrer Nebenbuhlerin blickte, ehe sie trotzig fortfuhr, »vor dem Sex mit Heinrich – Gott hab ihn selig – oder anderen alten Männern graute!«

»Das ist einfach nicht zum Aushalten!«, giftete die graue Piepsmaus enttäuscht, die einen anderen Ausgang des Mannteufel-Fehltritts erwartet hatte.
»Sie sollten sich schämen, in ihrem Alter Männer zu begrapschen, die Ihre
Enkel sein könnten! Suchen Sie sich Ihre Liebhaber gefälligst im Altersheim
aus!«

»Jetzt machen Sie aber mal 'nen Punkt!«, wetterte Erdmute aufgebracht
dazwischen. »Wenn Frau Mannteufel in ihrem Alter noch Chancen beim
jungen, starken Geschlecht hat, dann spricht das für sie und ...«

Heidi beeilte sich, den eskalierenden Streit zu schlichten. »Erdmute schau
dir meine fetten Reiterhosen an!«, sie schlug klatschend auf ihre Oberschenkel. »Meinst du, dass dieser Schönheitsschnipsler mir das überschüssige Fett
von Bauch und Beinen absaugen kann?«

»Natürlich! Das wurde bei mir alles schon gemacht. Schenkel, Bauch und
Taille sind vor mehr als zwei Jahren abgesaugt und modelliert worden, und
hier«, Erdmute nahm ihre Brüste in die Hand, »meine Oberweite wurde
vor fünfzehn Monaten – nachdem ich Viktor kennen gelernt hatte – von
Körbchengröße 90 B auf 90 D vergrößert. In Spanien sind solche Eingriffe
billiger als in Deutschland. Allerdings«, sie reckte die Nase in die Höhe und
erklärte versnobt, »musst du trotzdem dafür ein ordentliches Sümmchen
hinblättern. Aber: es wirkt bei jungen Männern, die auf das sogenannte
Holz vor der Hütten besonders abfahren.«

»Lieber Falten haben, als einfältig sein!«, wisperte gehässig die graue Piepsmaus der Domina ins Ohr. »Was diese alte Mooshuber sich auf ihr Geld
einbildet!? Aber Einbildung ist schließlich auch 'ne Bildung!«

»Sie sprechen bei diesem aufgepeppten Droschkengaul, der die Perspektive
einer Bettpfanne hat, von Bildung? Dass ich nicht lache!«, flüsterte Frau
Gans aufgestachelt und todmüde zurück.

»Pst! Nicht dass die schrumplige Trockenpflaume uns hört!«, zischte Egon
dazwischen, der sich von hinten mit gespitzten Abhörlauschern an sein flüs-
terndes Eheweib herangeschlichen hatte. »Schließlich möchten wir alle zur
nächsten Party wieder eingeladen werden!«

Melody McMillen hörte dem Schlagabtausch der Deutschen zu. »Mein
Gott, wird man(n) so, wenn Frau älter wird?«, murmelte sie erschüttert.

Heidi versuchte, die Situation zu entschärfen. »Ich glaube kaum«, bejam-
merte sie ihr finanzielles Manko, »dass Friedhelm mir so viel Geld bewilligt!

Fettabsaugen für mich und Klonen bei Tussi. Das geht über die Verhältnisse einer begüterten Pensionisten-Frau.« Sie seufzte herzerweichend. »Das Leben ist hart, wenn man nicht genug Geld für das Allernötigste hat! Aber trotzdem, ich will natürlich nichts unversucht lassen, denn ...«

»Dann sollten Sie es einmal auf die normale Art versuchen«, warf Egons Frau mit spitzer Stimme ein, da sie von ihrem bulligen Gatten äußerst kurz gehalten wurde. »Mein Motto lautet: Lieber entspannt alt werden, als verspannt jung bleiben! Mit dieser Devise hatte ich bei dem knackfrischen Weißrussen«, die graue Piepsmaus schaute bissig in Omis Richtung, »den allergrößten Erfolg!«

»Ph...« , zischelte die alte Dame abfällig zurück, indem sie der Nebenbuhlerin erbost den gestreckten Mittelfinger der rechten Hand zeigte.

»Mädels!«, ermahnte Erdmute die Streitenden und versuchte den auf Übermüdung zurückzuführenden Zickenalarm abzuwenden. »Denken Sie daran, dass mit einem neuen Tag wichtige Aufgaben auf uns zukommen. Zum Beispiel muss ich dringend zum Friseur und meinen Termin bei der Mani- und Pediküre darf ich auf gar keinen Fall versäumen.«

»Ganz recht!«, fiel ihr Annemie ins Wort. »Eine Massage steht an. Außerdem habe ich eine dringende Verabredung mit meinem Yogalehrer. Eine lange Meditation wird mir nach dieser denkwürdigen Nacht besonders gut tun.«

»Und nicht vergessen«, erinnerte Heidi ihre Freundin Annemie, »wir wollten heute eine ausgiebige Shoppingtour durch Valencia machen. Gott sei Dank sind in Spanien die Geschäfte bis 22.00 Uhr geöffnet, sonst könnte man diesen ständigen Stress überhaupt nicht bewältigen.«

»Ganz richtig!«, fiel es Oma Mannteufel siedend heiß ein. »Für heute hat sich mein P.T. angesagt!«

»Pi, Ti? Was ist das denn schon wieder?«, echote schnippisch Egons Eheweib.

»So jung und so von gestern!«, kostete maliziös lächelnd die alte Dame ihre sprachliche Überlegenheit aus. »*That's English, my dear* und heißt: Personal Trainer! Übrigens, meine Gute! Der junge Spanier zählt gerade fünfundzwanzig Lenze und betreut mich ganz allein zu Hause. Gemeinsam machen wir über zwei Stunden lang ausgefeilte und anregende turnerische Übungen!«

170

»Sie sehen, wir alle haben einen immens arbeitsreichen Tag vor uns und können deshalb die kostbare Zeit nicht mit unnötigen Streitigkeiten vertändeln!« Rasch ging Erdmute mit der Omi zur Tür, da sich die wütende Roswitha anschickte, gegen die betagte Lady handgreiflich zu werden.

Laut debattierend schritten die gestressten Damen hinter den Herren her, die das hochbrisante Thema über die Motorleistung eines Porsche-Carreras nach einstündiger intensiver Diskussion nicht auf einen einheitlichen Nenner bringen konnten.

»Was hat der Chef gesagt?«, erkundigte sich *Javier* bei *Ricardo*, der aus der Überwachungszentrale zurückgekehrt war, nachdem er sein langes Telefongespräch mit dem Vorgesetzten auf der Polizeistation beendet hatte.

»Der Chef wird das Protokoll erst gegen Mittag aufnehmen, da die Partygäste im Moment noch zu sehr unter Alkoholeinfluss stehen.« *Ricardo* wischte über sein blutverkrustetes Gesicht und klagte: »Er holt uns gleich mit dem Streifenwagen ab. In seiner ganz besonders netten Art hat er mir mitgeteilt, dass wir den gestohlenen Jeep bis zu unserem Lebensende in kleinen Raten abzahlen müssen, wenn er unauffindbar bleibt.«

»*Caramba*!«, fluchte *Javier* laut und vernehmlich in seiner Muttersprache. »Anstatt dreckige Bullen, sollte man uns lieber arme Schweine nennen!«

»Hör auf zu grunzen!«, fiel ihm sein Kollege ins Wort. »Gehen wir lieber der blauen Markierung nach; nicht dass der Chef warten muss!«

Javier informierte Erdmute kurz über die weiteren polizeilichen Maßnahmen und winkte den Partyteilnehmern zum Abschied zu, die lärmend den Weg zur Bar am Swimmingpool eingeschlagen hatten.

Als die Gäste am Pavillon vorbeikamen, blickten sie überrascht auf seine Hochwohlgeboren, dessen zugequollene Äuglein versuchten, über den Rand des Lammfleisch-Tellers zu schauen.

Laut ächzend erhob sich der Blaublütige, lächelte liebenswürdig und krächzte heiser: »Es tut mir leid, dass ich mich schon so zeitig von Ihnen verabschieden muss, verehrte Frau Mooshuber. Danke für die Einladung zu dieser harmonisch-dezent gestalteten Festivität.« Galant küsste er ihr die Hand, ohne dabei zu registrieren, dass ihm vergammelte Fleischstückchen aus den Haaren fielen, die das Dekolletee und die Arme der pikiert schluckenden Gastgeberin bekleckerten. »Auch wenn ich anmerken muss«, fuhr er dessen ungeachtet fort, »dass mir diesmal die raffinierten Mixgetränke nicht bekommen sind. Mich quälen bohrende Rückenschmerzen, die bis ins Steißbein hinunterziehen und die mir ein längeres Sitzen nicht mehr ermöglichen. Leben Sie wohl, gnädige Frau, und es würde mir die größte Freude bereiten, wenn ich bei der nächsten friedvollen *Fiesta* wieder dabei sein darf.« Ferdinand von Freudenhausen ging leicht humpelnd, aber dennoch zielstrebig in Richtung Irrgarten.

Sprachlos blickte die besudelt Pikierte auf die mit Flaschensplittern gespickte Hinterfront des hohen Herrn, der den Verlauf ihrer Party als ruhig-harmonische Festlichkeit erlebt zu haben schien. Bevor der blaue Ferdinand das Labyrinth erreichte, blieb er plötzlich stehen und starrte verblüfft auf das griechische Statuen-Potpourri im Brunnen.

Just in diesem Augenblick traten Peter, *Juanita* und *Pepe* aus dem Irrgarten. In ihrer Mitte stützten sie die betrunken-schwankende Hedwig. »Hat denn keiner mein...nn Loch gesehen?«, wollte sie lallend vom Adeligen wissen. »Wir haben danach gesucht und konnten nichts finden.«

»Gnädigste«, entgegnete der mit Grillasche verschmierte und säuerlich riechende Freiherr von oben herab. »Sie müssten mir näher erklären, zu welchem Genre dieses Loch gehört, nach dem Sie so verzweifelt fahnden. Sollte die von Ihnen gesuchte Gattung ein Locher oder Lochbohrer sein, kann ich mit genannten Gegenständen nicht dienlich sein. Sollte es sich jedoch um jenes Loch handeln, das der Volksmund allgemein mit Arschloch umschreibt, weil es sich erdreistet, intelligente Menschen mit Uraltwitzchen zu langweilen, kann ich Ihnen verbindlich versichern, dass selbiges«, seine Durchlauchtigkeit zeigte zum Brunnen, »da oben in Bacchus steinernen Armen schläft und – Gott sei's gelobt und gepriesen – der endlos-langweiligen Schwafelei für längere Zeit enthoben bleibt.«

Während der sieben Meilen gegen den Wind stinkende Freiherr humpelnd, aber äußerst befriedigt von dannen zog, weil er den elenden Pöbel auf subtile Gutsherrenart in seine Schranken verwiesen hatte, schluchzte Frau Loch erleichtert auf. »Ich bin so fr... froh, dass ich endlich mein...nn Loch wiedergefunden habe.«

Überrascht blickten die Partygäste von der glücklichen Hedwig zum friedlich schlummernden Costa-Blanca-Schwafler im Brunnen.

»Pst!«, forderte die Domina zur Ruhe auf und kicherte in schadenfroher Vorfreude. »Ich werde mit einem Pfiff den Bacchus-Jünger wecken und für eine happy-endende Zusammenführung des sich liebenden Paares sorgen!« Tief Luft holend, steckte sie Daumen und Zeigefinger der rechten Hand in den Mund und stieß einen lang anhaltenden, scharfen Pfiff aus. Gespannt blickten die Gäste zum marmornen Wasserwerk. Unbeirrt schlief Ottokar Loch weiter, sodass der erwartete tiefe Fall in die kalten Fluten des Springbrunnens ausblieb.

Stattdessen drangen von der Villentür verzweifelte, kölsche Töne nach draußen. »Dat jibt et doch janich! Ja, is dat denn möschlisch?«

Auf der Treppenempore erschienen laut bellend zwei Deutsche Doggen, an deren Hundeleinen ein Stuhl hing, auf dem der Rheinländer saß und gellend »M-ü-ü-ü-s-je!« schrie, bevor er von den schwarz-weißen Riesenkälbern in den Abgrund gerissen wurde.

Gottlieb schleppte sein hustendes und unentwegt niesendes Pendant im *Centro sanitario* am erbosten Herrn der Anmeldung vorbei. Ohne den spanischen Empfangschef weiter zu beachten, ging er schnurstracks zur Notaufnahme und rief erfreut »Hallöchen, Doktor! Da sind wir zwei schon wieder!«, als er des deutschsprachigen *Medicos* vom vergangenen Tag ansichtig wurde.

Der spanische Arzt zuckte erschüttert zusammen und stierte ungläubig auf Gottliebs zum Gruß erhobenes zierliches Händchen.

»Mein Baldichen hat sich heute Nacht bei dem schrecklichen Unwetter eine Lungenentzündung zugezogen. Bitte, Doktorchen, ich mache mir ganz, ganz große Sorgen. Sie müssen ihn ganz, ganz gründlich untersuchen! So wie er schnauft, könnte er sich glatt den Tod geholt haben. Oh Gott, ich bin ja so erregt!«

Das Wort *erregt* rief bei dem spanischen Arzt Gedankenverknüpfungen hervor, die ein Aufrechtstellen seiner Armhaare nach sich zog. »Es, äh... tut mir leid«, stotterte er mit bleicher Nasenspitze und sah dabei flehentlich seine Kollegin an, »aber ich habe einen außerordentlich dringenden Fall zu behandeln. Jedoch meine Mitarbeiterin, *Señorita Rodriguez*, wird Ihrem Freund couragiert mit Leib und Seele zur Verfügung stehen.«

Er jagte an den beiden vorbei und ehe der erstaunte Gottlieb den Satz »Was will der *Medico* denn auf dem Klo?« formulieren konnte, verschwand der ängstliche Äskulap-Weißkittel hinter der Tür mit der Aufschrift *Servicio*.

Im Toilettentrakt lehnte er sich keuchend an die kühlen Kacheln, blickte panisch auf das kleine Fenster an der Seitenwand und versuchte schweratmend, seiner Fluchtphobie Herr zu werden.

Missbilligend schaute Gottlieb auf den füllligen Leib des Fräulein *Rodriguez,* das mit seligem Gesichtsausdruck, aber äußerst couragiert, auf den harmlosen Huster zustampfte. Die *Señorita* war zwar der deutschen Sprache nicht mächtig, dafür aber mächtig mit Fleisch und Muskeln ausgestattet. Ohne viel Aufhebens hob sie den schniefenden Schnatterer auf eine lederne Liege, pellte ihm den feuchten Fetzen vom bebenden Body, horchte und tastete gründlich den opulenten Oberkörper ab, um anschließend eingehend seine Lymph- und sonstigen Drüsen zu befühlen.

Unwillig verfolgte Gottlieb jede Bewegung der dreisten Doktorin. Seine Blicke glichen Pfeilspitzen aus Stahl, die er in unterdrückter Wut auf sie abschoss, die jedoch wirkungslos an der ausladenden Weiblichkeit abprallten, um wie Butter in der Sonne zu schmelzen.

Als die kräftig gebaute Ärztin Baldis Rücken mit der Hand abklopfte und dabei »*Tose, tose*!« nuschelte, war es um Gottliebs Fassung geschehen. Hasserfüllt stürzte er sich auf die rundliche Spanierin und zeterte: »Wenn du wabbelige Walküre meinen kaputten Kumpel noch einmal mit **Zossen** beschimpfst, und ihm dabei wie einem kranken Gaul auf dem Rücken herumpatschst, dann ...«

»Halt an dich – hatschi – Gottlieb!«, krächzte Baldi und erlitt eine Niesattacke. »Sie hat mich nur zum – hatschi – Husten aufgefordert.« Mühsam das Niesen unterdrückend, kam er der geforderten Lautbildung nach und gab artig ein paar vorschriftsmäßige Huster von sich.

Gottlieb hielt beleidigt an sich, wobei er hilfesuchend nach männlichem Beistand um sich schaute. Nur: der mannhafte *Medico* blieb auch fürderhin unsichtbar.

Nachdem Baldi mit einem Rezept und Gottlieb mit strafenden Blicken von Mutter Courage verabschiedet worden war, wählte Gottlieb am Ausgang des Gesundheitszentrums auf seinem Handy die Nummer der Mooshuber-Villa. Baldi würdigte er keines Blickes. »Ich rufe meinen einzig wahren Freund an«, nörgelte er mit eingeschnappter Stimme und stierte missmutig das Gerät an, weil keine Verbindung zustande kam. »Jetzt ist es 11.30 Uhr und dieser sagenhafte Adonis geht nicht ans Telefon.«

Ärgerlich schüttelte Gottlieb das Handy und eine heftig Niessalve Baldis Körper. »Die stehen sicher alle draußen und bestaunen den neuen – hatschi – Porsche! Vielleicht kannst du ihn auf seinem – hatschi – Handy erreichen«, empfahl ihm sein erschöpfter Lebenspartner.

»Hoffentlich hat das dralle Dromedar mit der harmlosen Erkältung recht«, zweifelte Gottlieb und warf Blicke des Zorns zum Zentrum der Schmach zurück. Wütend wählte er erneut und hielt ungeduldig das Gerät an sein Ohr.

»Einen herrlichen und wunderschönen Morgen wünscht Ihnen, wer auch immer am anderen Ende der Leitung ist, der grandiose Formel-Eins-Fahrer aus dem Porsche Rennstall!«, meldete sich Viktors enthusiastische Stimme, deren Timbre an Klang und Farbe dem besten Tenor zur Ehre gereicht hätte.

»Mein edler Retter!«, flötete Gottlieb ins Handy und raspelte einen ganzen Berg Süßholz, in der Hoffnung, seinen Lebenspartner eifersüchtig zu machen. Erwartungsvoll blickte er in Baldis regungslose Gesichtszüge. »Nichts passt besser zu deinem muskelgestählten Körper als dieses rassige Fahrzeug!« Während an Gottliebs Mundwinkel flüssig-süße Holzspäne herabliefen, blieb Baldis Mienenspiel unbeeindruckt. »Ich kann es kaum erwarten, bis wir den rassigen Rennwagen durch eine gemeinsame und einzigartige Fahrt entjungfern!« Gottliebs Hoffnung auf eifersüchtige Ausbrüche zerplatzten wie Seifenblasen, da sich Baldis alleinige Gefühlsregung in einem profanen Ausbruch heftiger Erkältungslaute artikulierte.

»Ach Gottlieb!«, flüsterte es vom anderen Ende der Leitung. »Genau wie du habe ich sofort gemerkt, dass wir auf der gleichen Wellenlänge senden. Dass die Chemie zwischen uns stimmt! Wo bist du?«

»Ich stehe in *Javea* am *Centro sanitario* – ganz, ganz einsam und verlassen. Bevor wir aber eine Autofahrt unternehmen, musst du mir auf das Allerheiligste schwören, dass du die Pferdestärken deines hochgezüchteten Himmelstürmers beherrschst. In dieser Beziehung bin ich sehr sensibel und äußerst pingelig!«

»Ich würde es eher – hatschi – pickelig nennen!«, witzelte Baldi dazwischen und setzte sich keuchend in den Seat-Ibiza.

»Mach dir keine Sorgen!«, klang Viktors selbstgefällige Stimme in Gottliebs Ohr. »Es gibt keinen tauglicheren Herrscher über die hengstigen sechshundertzwölf Pferdestärken als mich! In spätestens zwanzig Minuten werde ich dies unter Beweis stellen!«

Mit der gezierten Feinmotorik seiner zarten Händchen steckte Gottlieb das Handy in die Hosentasche, entzündete betont langsam die Zigarette in der Elfenbeinspitze, schritt zum Seat und blies durch das geöffnete Fenster seinem Kumpel Qualm ins Gesicht.

»Also«, hustete Baldi fast erstickt zurück, »gib dein – hatschi – Bestes, währenddessen ich mir Medikamente besorge und nach *Dénia* zum Fischerboot fahre.« Baldi trompetete nonstop nasse Nieser in ein Taschentuch. »Ich überprüfe unsere Tauchausrüstung, damit wir gefahrlos entkommen können, wenn wir anschließend den alten Kahn auf offener See absaufen lassen. Falls der dusselige – hatschi – Deutsche dir das Diamantenversteck verraten sollte, werden wir der ehrbaren – hatschi – Mooshuber einen erneuten Besuch abstatten!« Mit tränenden Augen schaute Baldi in den Rückspiegel. »Da kommt dein einzig wahrer Freund um die Ecke geschossen. Ich verdünnisiere mich. Also – hatschi – Hals- und Beinbruch!«

Gottlieb starrte – aufgrund der unheilschwangeren Prophezeiung – mit einem mulmigen Gefühl dem davonfahrenden Partner nach.

Als Viktor mit quietschenden Pneus und laut hupend neben dem Bordstein stoppte, aus dem flotten Flitzer sprang und mit einer tiefer Verbeugung galant die Beifahrertür für ihn aufriss, belebten rosige Wangen sein bleich gewordenes Gesicht.

Vierzehn

Langsam erhob sich Erasmus Mooshuber von seiner Lagerstatt. Ein ausgewachsener Muskelkater, den er sich während der vergangenen Nacht durch das krumme Liegen in der winzigen Toilette zugezogen hatte, peinigte seine steifen Glieder. Kummervoll dachte er an die Albträume, die ihn während der wenigen Ruhestunden dieser Nacht ununterbrochen aus dem Schlaf hatten hochschrecken lassen. Wie ein Perpetuum mobile kehrten seine Gedanken immer wieder zum Ausgangspunkt zurück.

Seit einem knappen Jahr stand es für ihn fest, dass seine Frau völlig über ihre Verhältnisse lebte. Durch Zufall waren ihm die Buchungsunterlagen ihres Juwelierladens in die Hände gefallen. Dem bestens gehüteten Geheimnis seiner Gattin konnte er entnehmen, dass sie ihren luxuriösen Lebenswandel durch krumme Geschäfte finanzierte, da der Erlös aus den legal geführten Schmuckverkäufen gerade für den Lebensunterhalt reichte. Ihre Liegenschaften gehörten inzwischen komplett der Bank, weil die immensen Darlehenszinsen das gesamte Vermögen aufbrauchten, das die fleißig-sparsamen Eltern dem einzigen Kind nach einem arbeitsreichen Leben hinterlassen hatten.

Gierig stürzte Erasmus den lauwarmen Kaffee seinen ausgetrockneten Schlund hinunter und freute sich über die wiederkehrenden Lebensgeister, die langsam die bleierne Müdigkeit vertrieben. Er zog den besten dunkelblauen Sommeranzug aus Seidenleinen an, rasierte sich gründlich und beschloss, dem Rat der jungen Angestellten zu folgen.

Das Geschäft blieb geschlossen. Stattdessen wollte er einen langen Spaziergang machen, um an der frischen Luft neue, positive Eindrücke auf sich einwirken zu lassen. Als Erasmus den Hofgarten passiert hatte und im Englischen Garten – am japanischen Teehaus vorbei – dem Spielplatz am Eisbach zustrebte, blieb er plötzlich verblüfft stehen. Überrascht starrte er auf eine elegante Dame mittleren Alters, die neben einem fünfjährigen, dunkel-gelockten Mädchen kniete und ungläubig ihren weißhaarigen, kess geschnittenen Bubikopf schüttelte.

»Maria? ...«, fragte Erasmus. »Meine große Liebe aus Kindertagen? Ich fass' es nicht!«

»Erasmus? ...«, lächelte der kesse Bubikopf zurück, »bist du es wirklich?«
Mit ausgestreckten Armen lief Erasmus auf seine erste Liebe zu, nahm
sie in die Arme und hauchte ihr einen Kuss auf die Wange. Er trat einen
halben Schritt zurück, betrachtete sie ungeniert, lächelte spitzbübisch und
stellte charmant fest: »Du hast dich verdammt gut gehalten. Ich habe dich
nach ...«, er zögerte einen kurzen Moment, »sechsundvierzig Jahren sofort
wiedererkannt! Als du mit deinen Eltern nach Paraguay gezogen bist«, versonnen blickte er auf das fließende Gewässer neben dem Spielplatz, »ging
nicht nur meine Gefühlswelt, sondern auch meine Zeugnisnote den Eisbach
hinunter.«
»Ja! Lang, lang ist's her!«
»Eine endlose Zeit ist seitdem vergangen! Aber glaub' mir, ich habe dich
nie vergessen können!« Erasmus' Stimme verhaspelte sich. »Mia erzähl' doch:
wie ist es dir ergangen? Und zu wem gehört dieses kleine, niedliche Mädchen
im Sandkasten und ...«
»Eras, um Gotteswillen!«, versuchte Maria ihren Kindergarten- und Schul-
gefährten zu beruhigen. »Der Reihe nach. Bis Montagnachmittag habe ich
Zeit, um dir alles zu erzählen, dann fliege ich nach Südamerika zurück.«
Sie wandte sich nach dem kleinen Mädchen um, das brav hinter den aufge-
pflanzten Protest-Transparenten mit den anderen Kindern im Sandkasten
Burgen baute. »Manuela, schau! Oma la Mia setzt sich mit dem netten Herrn
dort drüben auf die Parkbank.«
Mit großen, schwarzen Augen betrachtete die dunkel-samthäutige kleine
Schönheit den älteren Herrn eingehend, ehe sie zustimmend nickte.
»Ja, Eras!«, lachte Maria, als sie mit ihrem Lebensbericht begann. »Dass
mein Vater Arzt war, ist nichts Neues. Aber dass meine Eltern nach Paraguay
gezogen sind, um dort den leprakranken Menschen im Hospital Psiquiátrico
helfen zu können, das weißt du sicher nicht!«
»Nein!«, gab Erasmus verwundert zu.
»In Paraguay ging ich auf ein deutsches Gymnasium, wurde anschließend
als Krankenschwester ausgebildet und war lange und sehr glücklich mit
einem deutschen Arzt verheiratet«, erzählte die erste Liebe freimütig, nachdem sie es sich auf der Parkbank bequem gemacht hatten. »Leider konnten
wir keine Kinder bekommen. Deshalb adoptierten wir einen indianischen
Waisenjungen – Emanuel –, dem wir in München das Arztstudium finan-

zierten. Vor fünf Jahren verunglückten meine Eltern in Asunción bei einer Massenkarambolage«, ihre Augen füllten sich mit Tränen. »Mein Mann saß auf dem Rücksitz.«

»Oh, Mia. Das tut mir sehr leid!«

»Es war ein furchtbarer Schicksalsschlag. Aber das Leben geht weiter. Muss weitergehen!« Maria räusperte sich, ehe sie mit belegter Stimme fortfuhr. »Ein Jahr später heiratete Emanuel Veronika, ein Münchner Kindl, deren Tochter – meine Enkelin Manuela – du ja eben im Sandkasten kennen gelernt hast. Emanuel arbeitet seitdem in einer Münchner Privatklinik für Schönheitschirurgie und möchte, zusammen mit Frau und Kind, nach Paraguay zurück. Deshalb bin ich für kurze Zeit hier, um der kleinen Familie bei der Übersiedlung behilflich zu sein. Der Flug nach Asunción ist gebucht und am Montagnachmittag geht es los.«

»Aber warum will dein Sohn nach Paraguay?«, fragte Erasmus erstaunt.

»In Deutschland kann man mit der Schönheitschirurgie viel Geld verdienen. Ich weiß ein Lied davon zu singen! Meine Frau gibt für solche Sachen ein Vermögen ...«

»Das ist es ja gerade, was Emanuel nach fünf Jahren abstößt!«, unterbrach Maria Erasmus' Redefluss. »Er will den durch Lepra Entstellten mit seinem Wissen und Können helfen. Menschen, die seiner Hilfe wirklich bedürfen. Er erträgt es schon lange nicht mehr, für den Schönheits- und Jugendwahn der westlichen Hemisphäre zur Verfügung zu stehen, alters- oder wohlstandsbedingte Fettpolster abzusaugen, Brüste zu vergrößern, und so weiter.«

»Ja, ich verstehe.« Nachdenklich blickte Erasmus zu Boden, ehe es plötzlich aus ihm herausbrach: »Ihr könnt nicht zufällig in eurem Krankenhaus einen ollen Haudegen gebrauchen, der sein Handwerk bei der Bundeswehr gelernt hat?«

»Was macht denn so ein alter Haudegen?«

»Ich war zwölf Jahre in einer Stabskompanie für die Planung und Organisation zuständig!«

»Das heißt, dass du Dienst- und Bettbelegungspläne erstellen könntest und gelernt hast, den Verpflegungsnachschub zu organisieren?«

»Ja! Das war lange Zeit mein tägliches Brot. Etwas, das ich gerne tat und noch heute dem Verkauf von kalten Pretiosen jederzeit vorziehen würde, wenn man mich nur ließe.« Niedergeschlagen blickte Erasmus in die Ferne. »In unserer Ehe ist vieles schiefgelaufen«, dachte er laut nach. »In den letzten Jahren haben wir uns gegenseitig das Leben zur Hölle gemacht. Wahrscheinlich war es falsch, keine Familie zu gründen. Ich vernachlässigte meine Frau. Sie nahm Rache, indem sie sich junge Liebhaber zulegte. Ich glaubte meine Jugend von vorn aufleben lassen zu können, indem ich jungen Mädchen den Hof machte. Sie ließ sich ihr Alter operativ wegschneiden oder absaugen. Unterdessen haben Erdmute und ich uns vollkommen auseinandergelebt, da unser einziges Ziel darin bestand, dem schnöden Mammon nachzujagen. Ich brauche eine sinnvolle Aufgabe, etwas ...«

Maria schüttelte den modern gestutzten Bubikopf, während sie auf Erasmus' elegante Kleidung schaute. »Sinnvolle Aufgaben haben wir massenhaft. Was wir nicht besitzen, ist der besagte Mammon, der überhaupt nicht schnöde ist, wenn man ihn für lebenswichtige Dinge braucht. Was ich damit andeuten will ist, dass wir für viel Arbeit nur wenig Geld bezahlen können, weil ...«

»Ich brauche kein Geld!«, unterbrach Erasmus sie mit fester Stimme. »Meine kleine Pension vom Bund reicht. Außerdem habe ich einiges in den letzten Jahren zurücklegen können.«

»Ja, wenn das so ist, Eras...«, Maria ging zum Sandkasten, klopfte der Kleinen den Schmutz vom gelben Chiffonkleidchen und lachte fröhlich, »dann stehen deiner Emigration nach Paraguay nur noch ein paar Paragraphen der Einreise- oder sonstigen Behörden im Wege.«

»Mia«, wandte sich Erasmus mit einer knappen Verbeugung an die beiden Damen im Sandkasten, »darf ich dich und deine Enkelin zum Mittagessen einladen? Es würde mir das allergrößte Vergnügen bereiten, zumindest leihweise in einem großen Lokal und in aller Öffentlichkeit als Großvater fungieren zu können.«

»Manuela, hast du Hunger?«, fragte Maria ihr Enkelkind. »Mein Freund Eras will uns beide zum Essen einladen.«

»Oma la Mia!«, rief der Dreikäsehoch. »Manuela hat einen Riesenhunger!« Sie hüpfte auf Erasmus zu, nahm ihn ohne Umschweife an der Hand, schaute ihn mit einem schelmischem Blick an und bemerkte großzügig: »Manuela kann einen großen Stier ganz alleine aufessen! Und deinen Freund mit dem komischen Namen darfst du gerne zum Essen mitbringen.«

Erasmus lächelte amüsiert, schaute seine Jugendfreundin fragend an und wisperte: »Bisher dachte ich, dass mein Name altmodisch sei, aber komisch ..?«

»Dein Kosename *Eras* heißt ins Spanische übersetzt: du warst«, kicherte Maria übermütig, »und mein Kosename *la Mia* heißt: die Meine!«

»Wenn das nicht zusammenpasst!?«, lachte Erasmus gut gelaunt. Arm in Arm schlenderten **du warst** und **die Meine** durch Schwabing, um in einem gemütlich-bayrischen Restaurant Einkehr zu halten.

Fünfzehn

Mit nervöser Neugier ließ Gottlieb sich in die aus schwarzem Schweinsleder gefertigten Schalensitze des purpurfarbenen Porsches plumpsen.

»Wo ist dein Freund geblieben?«, wollte Viktor betont beiläufig wissen, als er den Sportwagen umrundete und auf dem Fahrersitz Platz nahm.

»Oh! Dieser Idiotus maximus!« Verbittert biss Gottlieb auf dem gewilderten Elfenbein der grauen Urzeitriesen herum, anstatt den Rauch zu inhalieren. »Der ist zwar leider nicht vom Blitz, dafür aber von einer grausamen Erkältung getroffen worden. Wahrscheinlich muss er heute das Bett hüten.« Noch immer erzürnt blies er mit spitzen Lippen Rauchringe in die Luft.

»Übrigens: Bett hüten, nun ja, äh ...«, druckste Viktor herum und schielte verlegen zum neben ihm hockenden Beiwohner, »dann gibt es ein Problem bei der Frage, ob wir nach dem Proberennen die Poolposition bei dir oder bei mir einnehmen werden. Denn beim Muschilein in der Erdmute-Eremitage erhalten wir bestimmt keine Startgenehmigung!«

Verdutzt runzelte Gottlieb die Stirn und blickte den bisexuellen Viktor lauernd von der Seite an. »Ich würde mir in der Villa gerne mal euer Schlafzimmer ansehen«, begann er mit klimpernden Wimpern, »um mir – nur probeweise – den schönen Schmuck deines reichen Muschileins ...«, er unterbrach kurz seinen Erklärungsversuch, weil Viktor vollkommen verständnislos dreinblickte. »Du musst wissen«, fügte er treuherzig hinzu, »dass ich tierisch auf Gold und Edelsteine stehe. Meinst du, dass die Juwelenju...

äh, dass ich mir einige Juwelen jubelnd um den Hals legen könnte, die zu meinem roten Designerhemd passen?«, seine Hände glitten über die gut geformten Gliedmaße.

Fasziniert stierte Viktor auf Gottliebs harmonisch modellierten Körperbau und summte lasziv: »Sexbomb, sexbomb, you are my sexbomb ...«

»Baggerst du mich an?«, unterbrach Gottlieb mit geziert-schäkerndem Augenaufschlag Viktors gesungene Anmache. »Du bist mir vielleicht ein Schlimmer!«

»Wie wahr, wie wahr«, bestätigte Viktor. »Und da mein Bratkartoffelverhältnis und ihre fetten Hunde heute Nachmittag in Verschönerungsinstitute gehen, sollte für uns genügend Zeit bleiben, um nach dem Schmuck zu suchen. Wenn wir Muschileins streng gehütetes Pretiosenversteck nicht finden, kannst du mich in ihrem Münchner Juwelierladen besuchen. Meine gebefreudige Dukatenkackerin fliegt nämlich mit den Hunden und mir am Sonntag nach Deutschland zurück.«

Überrascht erklärte Gottlieb: »Ich dachte, dass du das niedertourige Nilpferd, an dem du dich ständig scheuerst, zumindest gerne hättest, aber bei diesen abfälligen Worten ...«

»Gern haben? ... Gerne habe ich ein sorgenfreies Leben!« Über Viktors dümmlich grinsende Gesichtszüge legte sich ein Hauch von Bauernschläue. »Um Eindruck zu machen, Bestätigung zu finden sowie Missgunst und Neid bei den weiblichen Altersgenossinnen hervorzurufen«, fuhr er hintergründig fort, »tun diese alten Weiber einfach alles für dich. Präsentiert man ihnen den Geist formbar und den Körper muskulös geformt, kann man es sich für den Rest des Lebens bequem machen. Man(n) wird mit wertvollen Gegenständen geradezu überschüttet ...«

»Nennt man so was nicht Hurerei?,« unterbrach Gottlieb angewidert die Bekenntnisse eines Schmarotzers und während es ihm vor Ekel den Magen umdrehte, drehte Viktor vital den Zündschlüssel herum. In erwartungsvoller Vorfreude stellte er seine Schuhgröße 49 auf das Gaspedal und ließ röhrend den 10-Zylinder-Saugmotor im Leerlauf auf Touren kommen. Das vibrierende Röhren des hochgezüchteten VarioCam-Motors brachten Viktors Adrenalinspiegel auf Vordermann. Entschlossen hieb er den ersten Gang ein, indem er fast gleichzeitig die Zwei-Scheiben-Keramik-Trockenkupplung und das Gas bis auf den Boden durchtrat. »Jetzt erlebst du, wie man(n) in 3,9 Sekunden von null auf hundert kommt!«, schrie er in das Krachen der Hinterachse, deren Pushrod-Anlenkung-Doppelquerlenker schmerzvoll aufstöhnte.

Gottlieb wurde durch den Druck der Beschleunigung wie eine Flunder in den Sitz gepresst, sodass er mit dem Schweinsleder eins zu werden drohte. Die Elfenbeinspitze samt brennendem Inhalt verschwand nach rückwärts in einem Mund, der sich vor Schreck rund geformt hatte, um ein entsetztes *Oh!* hervorstoßen zu können.

Mit rauchenden Reifen schoss der scharlachrote Schlitten – mitten in der Ortschaft – an erstaunten bis empörten Einheimischen vorbei. Einzelne Anwohner, welche die Straße überqueren wollten, retteten ihr Leben durch einen Hechtsprung zurück aufs Trottoir und dem verzweifelten Festkrallen an Haus- oder sonstigen Vorsprüngen, um nicht vom Fahrtwind des vorbeipreschenden Düsenjets erfasst zu werden.

Gottlieb würgte zwischen verbrannter Zunge und angesengten Zähnen ein »Bist du denn völlig verrückt geworden?!« hervor, spuckte reflexartig die zerbissene Elfenbeinspitze nebst Krümeltabak aus und schnauzte: »Du kannst doch in einer geschlossenen Ortschaft keine Hundert fahren!«

»Was bleibt mir anderes übrig?«, brüllte Viktor in das Aufheulen des Motors hinein, dessen Titanpleuel zur Reduzierung der Massenkräfte gequält vibrierte. »Muschilein hat mir zwar einen rassigen Rennwagen geschenkt, jedoch beim monatlich bewilligten Taschengeld hält sie mich äußerst kurz. Deshalb schalte ich sofort auf eine außerstädtische Höchstgeschwindigkeit, bei dem der Motor nur 11,7 Liter verbraucht, während bei den innerstädtisch geforderten 50 km die Lebemann-Luxus-Limousine 28,3 Liter schluckt. Genauso steht es in der Beschreibung. Diese logische Fahrweise sollte jedem intelligenten Menschen einleuchten, der auf sein sauer verdientes Geld achten muss! Oder?«

Ruckartig schaltete Viktor das vergewaltigte Getriebe vom vierten in den fünften und dann übergangslos in den sechsten Gang hoch, da eine langgezogene, schnurgerade Strecke vor ihnen lag. »Lauschst du auch auf das feine Geräusch der Trockensumpfschmierung, die mit neunfacher Ölabsaugung zur Motorölversorgung bei meiner extremen Querbeschleunigung edel eintröpfelt?«, zitierte er in wichtigtuerischer Weise die zuvor gelesenen technischen Daten der Carrera-GT-Information.

Gottlieb vernahm weder ein trockenes Schmieren noch ein edles Tröpfeln in seinen sumpfigen Lauschern. Stattdessen saß er ängstlich zusammengekauert im schwarzen Schalensitz und schwitzte schweinisch in das leblose Leder. Mit schreckensrunden, aufgerissenen Kulleraugen stierte er auf das mit Edelholz verbrämte Tachometer im Cockpit, dessen Nadel zwischen Kilometer 220 und 230 hin- und herzitterte. Das Beben des Anzeigers ging ihm unter die sensible Haut, wobei über der selbigen seine Pickel pingelig darauf bedacht waren, sich gleichmäßig zu verteilen. »Viktor bitte, du musst die luftverdrängende Geschwindigkeit drosseln, ehe mich die luftabschnürende Furcht erdrosselt!«, wimmerte er.

Das Opium der Rennraserei ließ Viktors Gesicht rot anlaufen und seine hervorquellenden, blutunterlaufenen Augäpfel auf das hellerleuchtete Armaturenbrett starren. Während sein Mund berauscht geöffnet blieb, verschloss sich sein Gehör jeder ängstlich vorgebrachten Bitte. »Und jetzt verpass ich dir den ultimativ-krassen Kick«, flüsterte er wie in Trance. »Sieh auf den Tacho! Bei Kilometer 250 werde ich die automatisch ausfahrbaren Heckflügel aktivieren, um anschließend die Spitzengeschwindigkeit von 330 km zu praktizieren!«

Gottliebs Nackenhaare standen aufrecht, als er hysterisch kreischte: »Wenn du hirnloses, bayrisches Riesenarschloch nicht augenblicklich bremst und das Tempo trimmst, trimm ich dir mit der bloßen Faust dein Zwergnäschen in 3,9 Sekunden von hundert auf null Prozent!«

Bei Wortwahl und Tonlage schien Gottlieb goldrichtig zu liegen. Wie ein hypnotisiertes Medium, das aus dem Jenseits in die Wirklichkeit zurückfindet, nahm Viktor den Fuß vom Gas und trat abrupt auf die Ceramic Composite Brake-Bremse. Die innenbelüfteten Keramikfaser-Scheiben fassten schlagartig, wobei die Zug- und Schub-Lamellensperre des Sperrdifferentials die Magnesium-Schmiederäder in der Spur hielt.

»Gottlieblein, du sollst mich nicht immer so erschrecken«, jammerte der Möchtegern-Rennfahrer und starrte dabei angstvoll blockiert auf die servounterstützte Zahnstangen-Lenkung, die bei der Vollbremsung über das holprige Gelände angefangen hatte, wie wild zu hüpfen. Von Panik erfasst ließ Viktor das Lenkrad los, sodass der führerlose rote Rennwagen nach rechts ausscherte. Wie ein Geschoss durchbrach er den Holzzaun einer riesigen Koppel. Starr vor Entsetzen stierten sie den durch die Luft wirbelnden Palisaden nach, ehe ihnen die Sicht durch die herausschießenden Front- und Seitenairbags genommen wurde.

Das vierhundertfünfzigtausend Euro teure, purpurne Power-Paket überschlug sich mehrmals und blieb verbeult – mit rotierenden Rädern – auf dem Dach liegen. Rumpf und Kopf der Protagonisten waren bewegungslos zwischen den aufgeblasenen Sicherheitskissen eingeklemmt.

Vor dem ramponierten Rennwagen stand eine kohlrabenschwarze Rindvieh-Herde, die erzürnt in den schrottreifen Schlitten auf ein marmorweißes Rindvieh-Duo starrte, das benommen, und von Gurten gehalten, auf dem Kopf stand.

Parallel zum Unfallereignis hatten mit langen *Garrochos* bewaffnete Reiter einen zweijährigen Jungstier zu Fall gebracht, der auf der Nebenkoppel in einer Herde gleichaltriger Stiere gehalten wurde. Wie üblich hielten sie ihn mit den langen Lanzen am Boden fest, um zu prüfen, ob er sich erheben und das Pferd beherzt angreifen würde. Hatte er die Mutprobe bestanden, konnte er drei weitere Jahre auf der Weide verbringen, ehe er als wertvoller Kampfstier verkauft werden durfte.

El Toro bravo sprang auch tatsächlich schnaubend auf und zerpflügte gereizt mit den Vorderbeinen das ausgetrocknete Erdreich. Keineswegs jedoch war sein Blick auf die bewegten Hufe der Pferde gerichtet, stattdessen stierte er wutentbrannt auf die rotierenden Reifen des roten Rennwagens.

Mühevoll schälte sich Gottlieb aus den zerdepperten Blechteilen heraus. Argwöhnisch sah er auf die schwarze Kuhherde, hinter der ein blutjunger *Matador* stand, der in eine weiße Tracht gekleidet vor den Augen einer zornigen Zuchtkuh die rot-gelbe *Muleta* flattern ließ, um mit ihr verschiedene Figuren des Stierkampfes zu üben. Der Jungmatador beherrschte die einzelnen *Passes de la Faena* in herausragender Manier, sodass eine handvoll Zuschauer, die hinter einer Absperrung standen, begeistert in *Olé*-Rufe! ausbrachen.

Entmutigt stellte der weißgekleidete *Novillero* seine Bemühungen ein, als die Kuh durch Gottliebs rot-flatterndes Designerhemd abgelenkt wurde, und glotzte entgeistert auf das havarierte Fahrzeug, in dem der eingeklemmte Viktor laut lamentierend versuchte, sich vom Trümmerballast zu befreien. Verzagt rüttelte der Eingeklemmte am verbeulten Porsche-Chassis. Als sich daraufhin die schwarze Kuhherde – die sich schützend vor ihre Kälber gestellt hatte – zornig stampfend zu ihm umwandte, verharrte er angstschlotternd und ließ stoisch die wütend hervorgebrachten Beschimpfungen des Beifahrers über sich ergehen.

»Du roher, rücksichtsloser Rennwagen-Rambo!«, zischte Gottlieb, indem er langsam rückwärtsging. »Du hirnloser Herrscher über sechshundertzwölf hengstige Pferdestärken! Jetzt kannst du beweisen, wie du mit einem lächerlichen Dutzend spanischer Zuchtkühe fertig wirst. Nicht umsonst sagt man, dass der Stier Kraft und Mut vom Vater, aber Wildheit und Wendigkeit der Mutter erbt! Ich jedenfalls ziehe mich langsam und bewegungsarm zurück. *Hasta la vista*, Baby!«

»Aber Gottlieblein!«, flehte Viktor. »Ich bin in Not! Du kannst deinen einzig wahren Freund hier nicht so hilflos liegen lassen!«

»In der Not gehen hundert Freunde auf ein Lot!«, rezitierte Gottlieb salbungsvoll, als er unter seinen rückwärts tastenden Füßen erleichtert das harte Pflaster der Straße spürte. »Und was die Hilfe angeht, die du von mir einforderst: hilf dir selbst, dann hilft dir Gott! Dieses Sprichwort wird besonders bei geistesgestörten Größenwahn-Rasern angewendet.« Gottlieb hielt sein Patschhändchen hoch, um einen entgegenkommenden Lastwagenfahrer zum Halten zu bewegen. »Ich jedenfalls lass mir von dem iberischen Brummifahrer helfen, der gerade neben mir gestoppt hat und mich mitnehmen will!« Aufatmend stieg er in den mit einer hellblauen Kiste beladenen LKW, der mit der Aufschrift *Toro ganado bravo* versehen war und einen ausgewachsenen, mutigen Stier nach *Valencia* zur *Corrida* brachte.

Erst als der Fahrer vorwurfsvoll schnuppernd die Nase in seine Richtung hielt, wurde Gottlieb das feucht-warme Gefühl um seine hintere Mitte bewusst. Durch vornehm-gespreizte Verlegenheitsworte versuchte er, die peinliche Situation zu entschärfen. »Sie müssen wissen«, stotterte er beschämt, »dass sich während des Unfalls mein ... äh, hinterer Windkanal öffnete, und dann passierte das ... äh, Malheur!«

Der Spanier schaute ihn fragend an.

Unruhig rutschte Gottlieb in seinem feuchten Malheur herum. Er übersetzte das Gesagte ins Spanische, indem er auf den zertrümmerten Porsche zeigte. »*Accidente*!?«

»*Si*!«, bestätigte der Iberer und nickte verstehend mit dem Kopf.

Gottlieb streckte seine Zunge heraus und formte Laute, die das Geräusch eines langgezogenen Furzes wiedergeben sollten.

Über das Gesicht des freundlichen Brummifahrers legte sich der Ausdruck des Verstehens. »*Si, si*! *Accidente*!«, wiederholte er, streckte ebenfalls seine Zunge heraus und gab sich die größte Mühe, die Interpretation des Deutschen – für den internationalen Laut eines Furzes – an Klang und Volumen zu übertreffen. Leise kichernd wiederholte der Spanier die Worte: »*Accidente ... pedo ... malheur*!« Dann übermannte ihn ein Lachkrampf, wobei ihm die Tränen die Wangen herunterkullerten. Schnaufend und prustend beendete er seine Lachsalven mit: »*Comprendo amigo, comprendo*!«

Der Transporter fuhr im Zeitlupentempo an, und der erlöst aufatmende Gottlieb verfolgte im Beifahrerrückspiegel, wie sich sein einzig wahrer Freund hurtig der Blechtrümmer des purpurnen Porsches entledigte. Um auf die Beine zu kommen, drückte Viktor gegen den Kotflügel, riss ihn aus der Verankerung und drehte ihn – erschüttert auf das kostbare Teil blickend – wie ein rotes Tuch nach allen Seiten.

Daraufhin überstürzten sich die Ereignisse. Auf der Nebenkoppel stürmte der von den rotierenden Rädern gereizte Jungstier wutschnaubend auf den Zaun zu. Die Lanzenreiter hetzten ihre Pferde hinterher, um ihm den Weg zu versperren. Während der schwarz-gehörnte Teufel über den Stacheldraht sprang, sich die Unterseite des Bauches aufriss und seine Hoden im Stacheldraht zurückließ, prallten die aufgeschreckt galoppierenden Pferde gegen die Einzäunung. Die Matten der Pferde, die man zum Schutz gegen die Hörner der angreifenden Stiere seitlich an ihren Leibern befestigt hatte, verhedderten sich in den Stacheln des Drahtes. Die sich panisch aufbäumenden Pferden warfen zuerst ihre Reiter ab und dann die gesamte Umzäunung nieder.

Der zum Ochsen mutierte Stier fiel in einen Zustand der Raserei und stürzte sich schmerzgepeinigt von vorn auf den mit dem Kotflügel wedelnden Viktor. Der junge, schmächtige Matador reagierte pfeilschnell. Im großen seitlichen Abstand kniete er neben dem angstschlotternden Germanen-*Gringo* nieder und schwang dabei die *Muleta* an seinem Kopf vorbei, um die Aufmerksamkeit des schwarzen, vor Wut rasenden Eunuchen auf sich zu lenken. Die Zuschauer hinter der Absperrung stießen, aufgrund der gefährlichsten Figur der *Faena*, ein gemeinsames *Olé* hervor, um dem Mut des angehenden Toreros zu huldigen.

Da die Mutterkühe im gleichen Augenblick von hinten angriffen, gab es für Viktor kein Halten mehr. In gehetzten Sprüngen über die Koppel jagend, suchte er sein Heil in der Flucht. Laut kreischend rannte er auf ein uraltes Gehölz zu, um in den knorrigen Ästen des morschen Mandelbaumes Schutz vor den ausgerasteten Bestien zu finden. Gottlieb, der sich im sicheren Schutz des Lastwagens befand, konnte nicht erkennen, ob seinem einzig wahren Freund die Flucht gelang, weil das Fahrzeug – just in diesem Moment – um die Ecke bog.

»Du kannst sagen, was du willst«, flüsterte Paolo und strich sich dabei über die schweißglänzende Halbglatze. »Ich fühle mich auf dem spanischen Festland immer unwohl, wenn dieser Russenboss mit seinen vier- und zweibeinigen Bullterriern auf der Bildfläche erscheint.« Bösen Blickes betrachtete der Italiener die beiden knurrenden Kampfhunde, während er unbewusst an sein Gesäß griff.

Die drei Mitglieder der Ostblock-Mafia, die mit verschränkten Armen hinter den bellenden Bluthunden standen, blickten feindselig zu ihnen herüber.

Paolo lief ein kalter Schauer über den Rücken, als er an einen bevorstehenden Bandenkrieg dachte.

»Ihr verdammten Memmen!«, entfuhr es Alfredo unwirsch, wobei er – wie aus dem Hut gezaubert – in jeder Hand ein Stilett aufblitzen ließ und auf die Hunde zuging.

Emilio blickte respektvoll auf die beiden Staffordshire-Bullterrier, die an einem eisernen Fahrradständer vor dem Restaurant *Castellos* in *Javea* angebunden waren und grollend hinter allem hergeiferten, was sich bewegte. »Alfredo, reiß dich gefälligst zusammen!«, befahl er eindringlich, als die beiden Tiere zähnefletschend aufsprangen und das schwere Eisen hinter sich herzerrten. »Die tollwütigen Tölen bringen es fertig und reißen sich los. Sagt mir lieber, was unser Pate im Restaurant mit dem Russen-Boss zu beraten hat!«

»Unser großer Cäsar di Caprioli stellt den Ostblock-Chef vor die Wahl: entweder gibt er die auf unserem Balearen-Territorium geklauten Diamanten zurück oder er riskiert ein Gemetzel!«, erklärte Paolo und blickte aufmerksam zur Ostblockbande hinüber, weil der Weißrusse einem der bellenden Bullterrier gezielt in das Hinterteil trat.

»Das gallige Gekläffe geht mir tierisch auf den Sack!«, schrie der verkaterte Alexander und hielt dabei seinen schmerzenden Schädel fest. Mit einem überhasteten Rückwärtssprung brachte er sich in Sicherheit, bevor ihn der rasende Hund attackieren konnte.

An Wladimirs kahlem Kopf lief die Zornesader rot-blau an. »Wenn du das arme Hundchen noch einmal mit Tritten traktierst«, warnte der Bulgare, »dann zerquetsch ich dir tierisch deinen sekundären Sack, du weißrussisches Wodkafass!«

»Diese Drohung sollte ernst genommen werden«, begann der Kasache Aljoscha anzüglich, indem er hintergründig grinsend fortfuhr, »denn unsere liebliche Alexandrine sieht so aus, als hätte sie die ganze Nacht auf einem Klodeckel verbracht!«

»Wladimir hat selbst gestern Abend mit diesem Terrier-Wauwau Wodka um die Wette gesoffen!«, plärrte Alexander aufgebracht zurück. Stöhnend betastete er seinen revoltierenden Bauch, aus dessen alkoholgestresstem Inneren hohlklingende Laute zu hören waren. »Und du hast dein Breitleinwand-Gesicht nicht nur tief in das Wodkaglas, sondern auch in den einladenden Ausschnitt der blauäugig-deutschen Amnesie gesteckt!«

Noch bevor Aljoscha darauf hinweisen konnte, dass Kasachstan und Bulgarien den Alkohol besser vertragen könnten als Weißrussland, erschien der schwarzbehaarte Georgier gemeinsam mit dem aus München zurückgekehrten Eros in der Tür des Restaurants. Die als Bodyguards agierenden Beschützer der Mafia-Bosse winkten ihre Kumpane herein.

»Achtung Leute!«, raunte Paolo zwischen zusammengepressten Lippen. »Die Russen-Rambos gehen ins Restaurant. Das heißt, dass wir an der Diskussion teilnehmen und bis ins Detail schildern sollen, was das Schwulenpärchen mit der dicken Deutschen auf dem Kai von *Dénia* verhandelt und ausgetauscht hat.« Er hob beschwörend den Zeigefinger der rechten Hand, um die Wichtigkeit der nachfolgenden Worte zu unterstreichen. »Passt auf, dass ihr euch nicht verplappert und zum Besten gebt, wie wir anschließend in den Fischtrawler eingebrochen sind und das geklaute Geld unter uns aufgeteilt haben!«

»Ich bin doch nicht blöd!«, behauptete Alfredo, ließ beide Stiletts in der Jackentasche verschwinden, griff unter den linken Arm und stellte beruhigt fest, dass der trocken-kalte Revolver sicher im Schulterhalfter unter der feucht-warmen Achselhöhle saß.

Während der geplagte Weißrusse mit zusammengekniffenen Hinterbacken auf das rettende Örtchen flitzte, standen sich die Mitglieder der beiden Verbrecherparteien mit grimmigen Gesichtszügen gegenüber. Mit blanken Fäusten hämmerten sie gegen die geschlossene Tür des Sitzungszimmers, hinter der ihre Bosse verhandelten.

Die Gäste im Esssaal, die hungrig die Spezialität des Hauses *paella de la casa* in sich hineinstopften, schauten erzürnt auf das rüpelhafte Benehmen der düster und bedrohlich wirkenden Männergruppe. Erst als man sie eingehender betrachtete und die Ausbeulungen unter den Achselhöhlen ihrer Jacketts wahrnahm, beschlich sie ein ungutes Gefühl, sodass der dröhnende Lärmpegel einer jäh eintretenden Stille Platz machte.

Die Mittagsgäste wandten sich dem betreten dreinschauenden Wirt zu, der die fragenden Blicke seiner Klientel mit einem ratlosen Achselzucken beantwortete. Nachdem die schweren Jungs die Tür des Nebenzimmers geräuschvoll hinter sich zugeworfen hatten, atmeten alle befreit auf. Die skeptischen Gäste sputeten sich, die zuvor unterbrochene Kautätigkeit aufzunehmen, um anschließend schleunigst die ungastliche Gaststätte zu verlassen.

Obwohl die Ereignisse der letzten halben Stunde den Wirt zutiefst beunruhigt hatten, konnte er seine Wissbegierde nicht unterdrücken. Die Schritte auf den steinernen Fliesen hallten von den Wänden des komplett geleerten Esssaals dumpf zurück, als er sich zur geschlossenen Tür des Raumes begab und sein Ohr lauschend an das kühle Holz legte. Vereinzelt drangen abgehackte Wortfetzen an sein Trommelfell, die er der italienischen Sprache zuordnete. Erschrocken sprang er zur Seite, als die Tür aufgerissen wurde und Eros den überraschten Lauscher über den Haufen rannte.

Der Itaker steckte langsam seine Waffe ins Schulterhalfter zurück, die er reaktionsschnell beim Zusammenprall mit dem Spanier gezückt hatte. *»Subito, acqua minerale per tutti!«*, belferte er ungehalten durch den gespenstisch leeren Saal.

Der Restaurantbesitzer rappelte sich verstört vom Boden auf und kam schnurstracks der gebrüllten Aufforderung nach. Auf einem großen Tablett schleppte er Batterien von Mineralwasser in das Zimmer, während Eros ihm mit misstrauischer Miene folgte. Er stellte das Gewünschte in die Mitte des langen Tisches, an dessen einem Ende ein graumelierter, Zigarren rauchender Mittfünfziger saß, dessen dezent gekleidetes Äußere im krassen Gegensatz zu dem verschwitzt und verwahrlost wirkenden Rest der Gesellschaft stand.

Aufmerksam hörte der Pate seinen neben sich stehenden und beredt gestikulierenden Verbrecherkollegen zu. Plötzlich hob er gebieterisch die Hand und die italienisch plappernden Bandenmitglieder verstummten augenblicklich. Obwohl des Deutschen nicht mächtig, hingen sie gebannt an den Lippen ihres Chefs und lauschten andächtig den Worten, die er an den kleinwüchsigen Rumänen-Deutschen richtete. Lediglich Paolo bildete sich ein, dem Inhalt der Besprechung leidlich folgen zu können.

»Nun«, begann Cäsar di Caprioli in der gewohnt arroganten Weise, »wenn man den betulich agierenden Bediensteten aus dem Raum entfernt haben wird, will der große Pate dem kleinen Kollegen von der anderen Seite die Ausführungen seiner Untergebenen ins Deutsche übersetzen.« Sekundenlang schaute er den neugierigen Wirt durchdringend an und nötigte ihn mit einer energischen Handbewegung – die dem Wegwischen einer lästigen Mücke glich –, zu gehen.

Das lästige Insekt klappte opportun seinen geschäftsmäßig grinsenden Mund zu und rannte eiligst aus dem Raum, um übervorsichtig und ganz leise die Tür hinter sich zu schließen.

»Fakt ist«, fuhr Cäsar di Caprioli fort, wobei er mit theatralischem Gehabe beide Arme nach vorn streckte, »dass die Domestiken des großen Paten – Paolo, Alfredo und Emilio – von zwei Homos berichten, die gestern im Hafen von *Dénia* mit einer drallen Deutschen sehr lange verhandelt haben.« Aus dramaturgischen Gründen machte er eine verheißungsschwangere Pause, bevor er mit gefährlich-leiser Stimme fortfuhr: »Zu allem Überfluss teilte der Scharfschütze Eros dem ruhmreichen Cäsar mit, dass sich der kleine Napoleon-Narziss nicht nur die Ibiza-Diamanten im Münchner Juwelierladen unter den Nagel gerissen hat, sondern dass sich die beiden Leibeigenen des berühmten römischen Feldherren – Luigi und Eros – auch noch gegen zwei hässliche Hunde verteidigen mussten!«, behauptete er emphatisch und zeigte in unmissverständlich drohender Gebärde mit beiden Zeigefingern auf den verdattert guckenden Big-Boss.

Als Emilio und Alfredo flüsternd von Paolo wissen wollten, welche Kampfansage ihr Pate an den Ostblock-Zwerg gerichtet hätte, runzelte Paolo überanstrengt die Stirn und wisperte stockend: »So wie ich das verstanden habe, hat unser ruhmreicher Feldherr gesagt, dass sich die zwei Homos in den Dolomiten übergeben haben, nachdem sie gestern im Hafen mit der drallen Deutschen angebandelt hatten. Zu allem Überfluss riss sich unser scharfer kleiner Kollege Eros den Nagel an den Ibiza-Diamanten auf, die zwei hässliche Hunde im Münchner Juwelierladen mit dem eigenen Leib verteidigt haben.«

Während Emilio und Alfredo ihren Kumpan entgeistert – aufgrund des ununterbrochenen Unsinns, der aus seiner Übersetzung resultierte – anstarrten, veranlasste die aggressiv klingende Stimme des Paten den Bodyguard Eros dazu, die rechte Hand unter dem Sakko verschwinden zu lassen. Am anderen Ende des Tisches ging Rasputin ebenfalls in Habachtstellung. Stiekum öffnete der schwarzbehaarte Beschützer des Russen-Bosses den Knopf seines Jacketts. Die Situation wirkte außerordentlich bedrohlich. Eine knisternde Spannung lag in der verqualmten Luft.

Die herablassende und spöttische Art des großen Paten ließ den Kopf des kleinen Kollegen von der anderen Seite hochrot anlaufen. Vergeblich versuchte Boris, seine von Hass durchdrungene Aversion gegen den geschwollen daherredenden Itaker unter Kontrolle zu bringen. Es ärgerte ihn maßlos, dass der aufgeblasene Spaghetti die Sprache seiner Urahnen eleganter artikulierte als er selbst. Fieberhaft bastelte er an einer geschliffenen Erwiderung. Da sich sein Repertoire ausschließlich auf abartige deutsche Drechselsätze beschränkte, griff er kurz entschlossen auf die bekannten Sprichwörter und Bauernweisheiten seiner germanischen Vorfahren zurück. Mit überlegenem Lächeln zitierte er das, was sein Großvater ihm vor langer Zeit vorgelesen hatte. »Weise Deutsche Sprichwörter uns sagen: Gelegenheit hat Gold im Mund! Und: Morgenstund' macht Diebe! Denn ich nicht gewesen in München und jetzt ich wissen, dass Homos haben geklaut auf eigene Faust Diamanten von Ibiza-Territorium. Und gestern Morgen, sie wollten verkaufen an moppelige Mooshuberfrau! Aber wegen Schiff kaputt haben versäumt Rendezvous mit dicke Deutsche. Deshalb alles sie wollten später verhökern. Aber wegen Riesenparty in Villa dies nicht möglich gewesen!« Ganz auf napoleonische Art steckte Boris die rechte Hand zwischen den geöffneten Knopf seines Jackenrevers, während er weiter aus den unerschöpflichen Tiefen seines Sprichwortschatzes schöpfte. »Warmes Brüder glauben, dass dümmste Bauern lachen am besten! Ich aber sagen: Wer zuletzt lacht, der hat dickste Kartoffeln!«

Berauscht von seiner deutschen Sprachgewandtheit holte er zum letzten Sprichwortgefecht aus. »Aber da umgedrehter Homoerectus haben gemacht Rechnung ohne den Hausmeister! Ich und der Makkaroni-Major ihnen nicht gehen auf den Schleim. Denn jeder wissen: eine Hand wäscht den Speck, die andere fängt Mäuse, hö, hö, hö!« Von Boris' Stirn liefen dicke Schweißperlen herab, als er voller Pathos ausrief: »Deshalb ich und Spaghetti-Oberst sich helfen und nicht schießen einander Arsch ab! Ich schlau und ankündigen für Schwulis neuen Auftrag! Das ich lügen in Handy. Dann sie haben kurze Beine! Und wenn sie mit uns gegangen, dann sie nicht nur gefangen, sondern auch gleich von uns aufgehangen!«

Die anfängliche Verwirrung über die haarsträubende Zusammenfassung der Geschehnisse des letzten Tages legte der Pate mit einem entnervten Kopfschütteln ad acta. Herrisch winkte er Alfredo heran.

Eifrig bot Paolo seine Hilfe an. »Alfredo, soll ich dir vorher eine kurze Übersetzung des eben Gesagten geben?«

»Auf gar keinen Fall!«, wehrte Alfredo mit hocherhobenen Händen entsetzt ab, als er aufsprang und eilfertig dem Befehl des Palermo-Paten nachkam.

»Stiletto!«, donnerte der Sizilianer, von oben auf ihn herunterblickend. »Das ominöse Ostblock-Osterhäschen hat dem großen Paten glaubhaft versichert, dass mit der drallen Deutschen kein Geschäft zustande gekommen ist!«

»Das ist gelogen!«, entfuhr es Alfredo unbeherrscht, während seine Stimme vor Furcht zitterte. »Wir haben den Zaster für den Handel unter uns aufgeteilt, nachdem wir von unten in den Trawler eingebrochen sind. Allerdings Diamanten waren keine dabei! Das können Paolo und Emilio beeiden!« Um Bestätigung heischend blickte Alfredo zu den Kumpanen hinüber. Als er in ihre bleich-entsetzten Gesichter sah, wurde ihm die ganze Tragweite seiner spontan hinausposaunten Aussage bewusst.

Cäsar di Caprioli wäre kaum zum alles beherrschenden Paten avanciert, hätte er sein Imperium nicht nach unumstößlichen Prinzipien regiert. Zu einer der festen Regeln gehörte es, dass Verfehlungen in den eigenen Reihen niemals in der Öffentlichkeit breitgetreten wurden. »Diese Unterschlagung wird der große Sizilianer bald bestrafen!«, drohte er leise zischend den versteinert dastehenden Delinquenten in seiner Muttersprache zu. Niemals wäre es ihm in den Sinn gekommen, dass seine Leute ihn zu hintergehen wagten. Infolgedessen gestand er dem Boss der Gegenseite zu, dass ihn die beiden Homos ebenso betrogen hätten.

Der Sizilianer wandte sich zum Rumänen-Deutschen um. Mit erhobenen Händen und undurchdringlichem Pokerface sprach er zu den Anwesenden, deren lautes Gemurmel jäh verstummte. »Der große Cäsar und der Ostblock-Kollege sind sich einig! Sie werden gemeinsam zuerst gegen das Schwulenpaar antreten. Durch Folterung werden sie zur Herausgabe der Ibiza-Diamanten gezwungen. Sollte diese Strategie zum Misserfolg führen, wird die zweite Kriegshandlung das Einnehmen der Villa sein, woraufhin man der drallen Deutschen auf den fülligen Leib rücken wird!«

Baldi stand auf der Brücke seines havarierten Fischtrawlers und nahm einen tiefen Schluck aus der Hustensaftflasche. Sorgsam verstaute er Tauchanzüge, Schnorchel und Schwimmflossen unter der Persenning des kleinen, von Holzwürmern zerfressenen Rettungsbootes. Schrill tönte sein Handy und auf dem Display erkannte er, dass der Big-Boss mit ihm zu sprechen wünschte. Kalter Angst- und heißer Erkältungsschweiß vermischten sich auf der fröstelnden Haut und ließen einen heiß-kalten Schauer nach dem anderen über seinen Rücken laufen.

»Du jetzt haben Geld von Deutschfrau für Schmuck bekommen?«, krächzte Boris in die erkältungsbedingte Mittelohrentzündung seines zitternden Zuhörers.

Baldis ängstliche Anspannung entlud sich in einem hallenden Hustenanfall. Mitleidheischend röchelte er ins Telefon: »Das war leider nicht möglich, Boss. Wie du hörst, bin ich schrecklich erkältet und liege mit hohem Fieber im Bett. Ich habe massenhaft Tabletten in mich hineingeschüttet«, Baldi nieste mehrmals, »und werde deshalb erst morgen zur Villa fahren können.« Da es am anderen Ende der Leitung gefährlich ruhig blieb, versuchte Baldi zu beschwichtigen. »Boss, die Alte läuft uns nicht weg!«

»Jetzt, wo du sein?«

»Im Hafen von *Dénia*, auf unserem Trawler!«

»Gut, dann ich kommen vorbei nachher, weil ich haben Aufträge für mehrere Einbrüche! Ich dir auf Landkarte zeigen, wo. Davon ein Haus hat komplizierten Safe!«

»Aber Boris«, beeilte sich Baldi anzubiedern. »Du weißt doch, dass ich jeden Panzer knacke!«

»Gut, Panzerknacker warten auf Schiff, bis ich kommen, hö, hö, hö!«

Baldi blickte furchtsam auf das Handy, weil der Big-Boss die Verbindung abrupt unterbrochen hatte. Die Zeichen der Zeit standen auf sofortige Flucht, die er aber ohne seinen Partner nicht antreten wollte. Unruhig stand er an der Reling. Er beschattete ungeduldig mit der Hand die Augen und hielt in der Ferne Ausschau nach seinem Lebensgefährten, als unter ihm eine klägliche Stimme zum Schiff hinaufschallte.

»Hallöchen, Baldi! Da bin ich wieder!«

Erleichtert und belustigt zugleich schaute der Angesprochene auf seinen Freund herunter, der mit staksigen Schritten auf das Schiff zusteuerte. »Meine Güte, Gottliebchen!«, entfuhr es Baldi, als er die Pickellandschaft im Antlitz seines Spezis entdeckte. »Du hättest Omas Streuselkuchen lieber essen und nicht in dein Gesicht bröseln sollen. Außerdem gehst du so breitbeinig, als hättest du die Hose voll, und dein Gang ist so gebeugt, als wäre der Vorgang noch nicht beendet.«

»Ja!«, gab Gottlieb weinerlich zurück. »Mach dich nur lustig über mich. Ganz nach dem Motto: wer den Schaden hat, spottet jeder Beschreibung!«

Baldi reichte seinem Pendant hilfreich die Hand und wandte demonstrativ die Nase zur Seite, als er ihn über die Reling hievte.

Nachdem Gottlieb sich wieder menschlich hergerichtet hatte, erzählte er in ausschweifender Umständlichkeit seinen langen Leidensweg, den Viktor ihm mit der grauenvollen Raserei beschert hatte. »Dabei hätte ich mir das alles ersparen können«, bemerkte er niedergeschlagen. »Denn dieser meschugge Muskelheini weiß überhaupt nicht, wo seine Faltenschrulle die Diamanten versteckt hat. Um an die Klunker heranzukommen, gibt es nur noch eine Möglichkeit!«

»Und die wäre?«

»Wir müssen nach München durchstarten!«

»Das solltest du mir erklären!«

»Die Mooshuber fliegt am Sonntag mit ihrem Lover und den fetten Hunden zurück ins Bajuwarenland. Bevor Viktor mit mir und dem Rennwagen in die Viehweide raste, lud er mich nach München ein. Er bot an, mir im Juwelierladen alle Schmuckstücke zu zeigen, die mich interessieren.«

»Menschenskind Gottlieb, das ist die Rettung!«, entfuhr es Baldi. »Das passt sozusagen wie Arsch auf Eimer! Wir müssen nämlich sofort verschwinden!« Mit lautem Getöse ließ er den Dieselmotor anspringen. »Lichte sofort den Anker! Der Big-Boss hat sich eben per Handy bei mir gemeldet. Seine Stimme verhieß nichts Gutes!« Baldi steuerte auf die Hafenausfahrt zu. »Ich gehe mit dem unheimlichen Gefühl schwanger, dass er uns im Hafen von *Dénia* festhalten will. Der Mistkerl hat Lunte gerochen, dass wir das Ding mit den Ibiza-Diamanten gedreht haben!«

Über Gottliebs nervös zuckendes Gesicht zog sich eine schweißige Blässe und sein strapazierter Darm meldete erneut Überdruck an, den er durch kleine, leise vor sich hinstinkende Windflüchter zu kompensieren versuchte.

»Der Big-Boss hat befohlen, im Hafen auf ihn zu warten. Wäre es nicht besser – auch, weil mir ganz flau im Magen-Darmtrakt ist – wenn wir hier noch ein bisschen herumsitzen und ...«

»Herumsitzen?«, unterbrach Baldi seinen Spezi. »Herumsitzen kannst du auf 'm Klo, dabei kommt wenigstens was raus!« Vorwurfsvoll hielt er die Nase in Gottliebs Richtung. »Glaub mir, es ist äußerste Eile angebracht!«

Mit quietschenden Pneus bremsten zwei Limousinen im Hafen von *Dénia*. Aufgeregt sprang Big Boris aus dem Volvo und riss den Wagenschlag des Paten auf, der hinter ihnen geparkt hatte. »Da hinten! Winziges, rostendes Dingsbums«, keuchte er, »das sein Bumsding von Schwulenpaar!«

»Wo?«, wollte Cäsar di Caprioli wissen. Betont langsam stieg er aus dem silbergrauen Ferrari, der von Eros gesteuert wurde, und ging würdigen Schrittes an den Rand der Kaimauer.

»Du gucken zu Hafenausgang!«, Boris reichte dem Itaker-Mafioso ein Fernglas. »Du sehen weißen Verkäufer von Seelen mit Namen *Temperamento,* welcher ziehen viele, stinkige Wölkchen hinter sich her?«

Bedächtig blickte der Pate durch den Feldstecher zum Hafenausgang. Dann drehte er sich verärgert zu Paolo um, der mit beträchtlicher Verspätung die Lancia-Limousine gerade hinter seinem Ferrari einparkte.

»Cäsar«, flüsterte Paolo entschuldigend, »wir mussten einen zerstochenen Reifen ...«

»Paolo, Alfredo und Emilio machen die Motoryacht des Paten startbereit«, unterbrach der Sizilianer barsch den gestotterten Entschuldigungsversuch seines unruhigen Untergebenen, »damit Eros sofort ablegen kann! Es ist wichtig, die Abtrünnigen des Ostblock-Bosses zu fangen, zu foltern und anschließend mit einem Zementsockel an den Füßen im Meer zu entsorgen!« Finster blickte er auf das eigene Abtrünnigen-Trio vor dem Lancia, dem bei den Worten foltern und entsorgen die Knie schlotterten, obwohl ihre unteren Extremitäten bisher noch zement- und sockelfrei geblieben waren.

Während Cäsar dem Big-Boss mitteilte, was er vorhatte, gingen sie zum letzten Liegeplatz am Hafenausgang und stiegen über die Reling eines windschnittigen Linssen-Cruisers. Die Länge der Variotop betrug über Deck knapp zwanzig Meter. Das Exterieur bestach durch den prachtvollen Entwurf des legendären Don Shead, während das Interieur durch die Gestaltung des renommierten italienischen Architekten Roberto del Re glänzte.

Das Abtrünnigen-Trio lichtete den Anker in rekordverdächtiger Zeit und wartete mit hündisch ergebenen Dackelblicken auf die nächsten Befehle des Paten.

Rasputin stand an Bord der edlen Motoryacht. Mit den behaarten Händen fasste er Boris unter die Arme und Wladimir mit seinen riesigen Pranken unter das Big-Boss-Popöchen, damit man den zu kurz Geratenen über die Reling des Cruisers heben konnte.

»Chef, was hat der Pate vor?« Rasputin setzte den in der Luft hängenden Napoleon-Nachahmer sanft auf den Boden.

»Wir verfolgen die Homos, entern ihr Schiff, foltern sie solange, bis sie singen und entsorgen sie anschließend mit einem Zementblock im Meer!«

»Und wenn die warmen Jungs keine Diamanten geklaut haben?«, stellte Aljoscha zur Diskussion. Er half dem schlappen Weißrussen auf die Yacht.

»Dann hat die olle Deutsche eben die Glitzersteinchen!«, behauptete Alexander. Stöhnend hielt er sich den rumorenden Bauch, dessen durch Wodka überbürdetes Gekröse wie ein Sägewerk anhaltend dumpfe bis schrille Protestlaute von sich gab.

»Unsere abgefüllte Wodkaflasche hat ausnahmsweise recht!«, räumte der Big-Boss widerwillig ein. »Obwohl – wie man deutlich hören kann – Alexander seit gestern nichts anderes mehr von sich gibt, als gequirlte Kacke. Hö, hö ...« Der letzte Laut blieb Boris in der Kehle, respektive im Hosenboden stecken, da er – jählings mit einem außerordentlich unsanften Ruck – auf selbigem landete und nach hinten über die spiegelblanken Bohlen bis zum Heck schlitterte.

Mit seinem Blitzstart brachte Eros die gesamte Russen-Rotte zu Fall.

»Der kleine Kollege von der anderen Seite sollte darauf bedacht sein, sich und seinen zierlichen Geisha-Füßchen festen Halt zu verschaffen!«, bekundete maliziös grinsend der standfeste Feldherr, gemeinsam mit seinem gesamten, aufrecht-stehenden römischen Heer. »Auch wenn der Pate grundsätzlich der Meinung ist, dass das selbsternannte Napoleon-Naturell auf viel zu großem Fuß lebt!«

Die Russenbande gab sich große Mühe, die – vor Zorn zischende und nach Rache rufende – japanische Liebesdienerin davon abzuhalten, dem arroganten Sizilianer mit den zierlichen Geisha-Füßchen vors Schienbein zu treten.

»Achtung Baldi!«, rief Gottlieb warnend. »Steuer nach rechts, sonst stoßen wir mit einem voll unter Segel stehenden Katamaran zusammen!«

Baldis Orientierung war ununterbrochen Richtung Heck gerichtet. Das Gefühl verfolgt zu werden, hatte sich als Hirngespinst in seinem Schädel manifestiert. Hastig riss er das Steuer herum, sodass sein Trawler um Haaresbreite dem abermaligen Zusammenstoß mit einem Doppelrumpfboot entging. Er bemerkte weder das Entsetzen im Gesicht des Katamaran-Kapitäns noch dessen empörtes Tippen an die Stirn. Sein Blick blieb starr auf die Hafenausfahrt von *Dénia* gerichtet.

»Gottlieb, lass das Beiboot zu Wasser!«, befahl er plötzlich. »Die Tauchausrüstung liegt unter der Persenning. Nimm die beiden Neoprenanzüge raus!«

»Wa..., was ist los?«, stotterte Gottlieb panisch und blickte ängstlich über das Heck in die schäumende See.

»Schau nach hinten! Brauchst du weitere Erklärungen?«

»Nein! Jetzt sehe ich es auch! Wir werden verfolgt!« Gottlieb handelte wie in Trance. Mit geübten Griffen ließ er das winzige Rettungsboot an der

Winde zu Wasser und streifte den Anzug über. Simultan zu den Bemühungen seines Partners, zu steuern und dabei den engen Neoprenanzug über den schweißnassen Körper zu ziehen, nahm Gottlieb eine Axt von der Bootswand und schlug hastig große Löcher in die verfaulten Planken des Fischtrawlers. Gluckernd sprudelte die gischtige See durch die Bohlen nach oben.

Kaum hatte Baldi den Reißverschluss des Tauchanzuges hochgezogen, als der schlanke, schnittige Schiffskörper des Variotop-Cruisers längsseits ging. Neben Boris stand der Itaker-Chef, der sich weit über die Reling beugte. »Man hat die Diebe der Ibiza-Diamanten in die Zwickmühle genommen!«, brüllte er warnend und zielte mit einer Maschinenpistole auf die Köpfe der Illoyalen. »Es gibt kein Entrinnen für die flatterhaften Fahnenflüchtigen. Denn vor ihnen lauern die Russen und hinter ihnen steht der große Pate!«

Gottliebs axtbewehrte Hand hielt mitten im Schlag inne. Mit runden Kulleraugen blickte er über seine Schulter. »Wessen großer Pate steht hinter uns?«, fragte er schwer von Kapee.

»Ganz bestimmt keiner unserer Taufpaten!«, zischelte Baldi zwischen zusammengebissenen Zähnen hervor. »Mit dem großen Paten meint der Schreihals da drüben sich selbst!«

»Ja aber: der Schreihals steht doch vor uns! Warum sagt er denn, dass er hinter uns steht?«, in törichter Verwirrtheit blickte Gottlieb von vor- nach rückwärts.

Baldis Augen richteten sich genervt gen Himmel. »Wusstest du nicht, dass der Pate von sich nur in der dritten Person spricht? Sich selbst sozusagen mit **Sie** anredet?«

Gottlieb nickte zustimmend, obwohl der Sinn der Worte nicht mehr bis zu seinen verängstigten und verworrenen Gehirnwindungen vordrang. Der Mut des Verzweifelten übermannte ihn, als er hinüberzeterte: »Ätsch! Ihr Idioten könnt uns ruhig totschießen. Aber die Ibiza-Diamanten fliegen morgen mit der molligen Mooshuber nach München. Außerdem«, log Gottlieb hinterfotzig, »hat die gierige Geierwalli auch den geklauten Schmuck des Big-Boss eingesteckt, ohne ihn zu bezahlen! Und zu diesem Zweck wird die alte Faltenschrulle all die kostbaren Klunkerchen in ihrem Münchner Juwelierladen verhökern! Jetzt guckt Ihr aber krass kreuzdumm. Jedoch so geht es allen Blödmännern, die die Perspektiven von abgetragenen Handtaschen haben, und die ...«

»Gottlieb!«, flüsterte Baldi geschockt. »Hör sofort auf, die Mafiosi zu provozieren!« Vor Grauen standen seine Haare zu Berge und jeden Augenblick rechnete er damit, dass man sie unter Beschuss nehmen würde. »Vertändle keine Zeit mit sinnlosem Geschwafel. Du redest dich nicht nur um Kopf und Kragen, sondern spielst mit dem Verlust deiner mädchenhaften Männlichkeit. Oder hast du vergessen, was Boris' Bullterrier mit dir anrichten werden?«

Ein krachendes Geräusch ertönte.

»Was war das?« Baldi blickte zum Cruiser hinüber. »Hat man uns beschossen?«

»Geschossen hat nur einer – und das war ich!«, heulte Gottlieb auf. Erschüttert packte er sich an seinen gummierten Achtersteven. »Und mitten in den Taucheranzug hinein!«

»Das nur können passieren Memmen-Männern! Homos, heulenden! Schwulis, schwammigen«, brüllte Boris hinüber. »Aber niemals so was können passieren Mafiosi, muskelharten! Ganoven, genialen!« Dröhnend stimmte er in das schadenfrohe Gelächter der Costa-Blanca-Connection ein.

Unbeherrscht nahm Baldi dem breitbeinig dastehenden Lebenspartner die Axt aus der erhobenen Hand und warf sie – außer sich vor Wut – mitten in die hämisch grinsenden Gesichter der Mafiosi-Banden, die sich in Sicherheit brachten, indem sie nach rechts und links zur Seite wichen. Mit zitterndem Schaft sauste das scharfe Geschoss durch den Schritt des dahinter stehenden Weißrussen, der mit gespreizten Beinen versuchte, dem Schaukeln des Schiffes und seiner daraus resultierenden Übelkeit Paroli zu bieten. Um Haaresbreite verfehlte die Schneide das Beste Stück des gegen die Übelkeit kämpfenden Weißrussen und zerhackte krachend die hinter ihm liegende Schiffswand.

Man vernahm ein durchdringendes Donnergrollen. Alexanders Hände, die unentwegt auf dem revoltierenden Bauch gelegen hatten, betasteten ungläubig sein Hinterteil, dem ein durchdringend-fauliger Geruch entströmte.

Die vom Donner gerührte Costa-Blanca-Connection – die ihre entsicherten Maschinenpistolen auf den Fischtrawler gerichtet hielt – drehte sich fassungslos nach dem traumatisierten Weißrussen um. Die dunklen Mündungslöcher der MP's starrten in Alexanders weit aufgerissene Pupillen, der mit trockenem Mund und nasser Kehrseite darauf wartete, von den eigenen Leuten unter **friendly fire** genommen zu werden.

Baldi nahm die allgemeine Verwirrung zum Anlass, den hauseigenen Hosenscheißer hinter sich herzuziehen. »Renn' Gottlieb, renn' um dein Leben! Nachdem du der Mörderbande verraten hast, wer die Diamanten hat, ist unser Leben keinen Pfifferling mehr wert!«

Beide liefen auf die Leeseite und sprangen fast gleichzeitig ins Beiboot hinab. Kaum hatten sie Schwimmflossen und Tauchbrille übergestreift, als der mit Wasser vollgelaufene Fischkutter anfing, im Zeitlupentempo nach unten zu trudeln.

»Wir müssen ins Meer, Gottliebchen!«, brüllte Baldi seinem Kumpan zu. »Auch das morsche Beiboot steht voll Wasser und der Sog des untergehenden Trawlers wird es mit in die Tiefe reißen!«

»Was soll ich tun Baldi? Hilf mir!«

»Tauch so lange wie möglich unter und versuch, den Katamaran zu erreichen. Der Doppelausleger hat seine Fahrt gestoppt und die Besatzung sieht gespannt zu uns herüber. Wenn du es schaffst, dann halte dich daran fest. Falls das Glück uns hold ist, erreichen wir mit ihm den rettenden Hafen von *Dénia*!«

Gottlieb hatte kaum die Ratschläge seines Partners in die Tat umgesetzt, als vom Cruiser MP-Feuer aufblitzte. Mit gefährlichem Zirpen durchschlugen die todbringenden Kugeln die schäumende Wasseroberfläche und zerfurchten mörderisch die aufgewühlte See.

Sechzehn

»Wann geht der erste Flieger nach München?«

»Um 9.30 Uhr.« Gottlieb stand im Zentralbereich des Flughafens von Valencia und versuchte den Inhalt eines Zettels zu erfassen, der an der Tür des Herren-Toilettentraktes klebte. »Das Gekrakel kommt mir Spanisch vor. Kannst du es übersetzen?«

»Das *Servicio* ist gesperrt!«, entzifferte Baldi mühsam die handgeschriebenen Sätze. »Bitte suchen Sie die anderen Toiletten auf.«

»Das ist total Klasse!«, entfuhr es Gottlieb beglückt. »Wenn wir uns umziehen, wird uns keiner stören.« Er hielt die unverschlossene Eingangspforte geöffnet und forderte seinen Partner zum Eintreten auf. Vorsichtig schaute er in die Runde und konstatierte befriedigt, dass keiner von ihnen Notiz genommen hatte, ehe er die Tür hinter sich ins Schloss gleiten ließ.

Baldi stellte sich vor den einzigen Spiegel und betrachtete kritisch sein Gesicht. Die gelockten Haare hatte Gottlieb in einen kurzen Mecki-Schnitt umgeformt und weiß eingefärbt. Auf der Oberlippe klebte ein graues Menjoubärtchen, sein Kinn zierte ein gleichfarbener Spitzbart und auf der Nase thronte eine dicke, schwarze Hornbrille mit Fensterglas. »Ich bin mindestens zwanzig Jahre gealtert und glaube, dass mich die eigene Großmutter nicht erkennen würde.«

»Dein neues Aussehen gestaltete ja auch einer der genialsten Visagisten und Verkleidungskünstler der westlichen Hemisphäre«, beweihräucherte Gottlieb sich selbst, indem er verschämt seine feingliedrige Mädchenhand hob und wie ein pubertierender Teenager kicherte. »Wenn ich gleich in Frauenkleider verkleidet sein werde, meinen die Leute, dass ich die junge, hübsche Tochter eines alten Ziegenbocks bin.«

Gottlieb stellte sich neben seinen Partner, griff in einen grellbunten Schminkbeutel und puderte mit einer Quaste Rouge auf die Wangen. »Ein Glück, dass ich meinen Milchbart nur zweimal im Monat zu rasieren brauche«, bemerkte er erfreut. Gekonnt tuschte er die langen, seidigen Wimpern und legte betörend-rosa Lipgloss auf das spitz geformte Mündchen. Die langen Haare türmte er kunstvoll zu einem duftigen Dutt auf und schmückte die gesprayte Lockenpracht mit einer grünen Schleife. Durch schwarze, lange Ohrclips verlängerte er optisch seinen zu kurz geratenen Hals und krönte das gesamte Ensemble durch ein gleichfarbenes, kunstvoll gearbeitetes Silbercollier mit schwarz-glitzernden Halbedelsteinen.

Aus einer großen Reisetasche zog Gottlieb einen Büstenhalter, zwei Paar gerollte Socken, ein Mieder mit Strapsen und Nylons hervor. Wohlgefällig betrachtete er die spitzenbesetzten schwarzen Dessous. Ein sorgfältig zusammengelegtes, hellgrünes Seidendirndl hängte er auf einen mitgebrachten Bügel und bewunderte voller Entzücken die dazu passende, schwarz-glänzende Schürze mit grünen Blumenapplikationen.

»Baldi, du musst mir beim Büstenhalter behilflich sein!« Gottlieb stopfte sich die gerollten Socken in die BH-Körbchen.

»Dreh dich um!«, forderte Baldi sein Pendant amüsiert auf.

Während Gottlieb die Nylons an den Strapsenden befestigte, versuchte sein Lebenspartner die Haken mit den Ösen des sockenvollen Büstenhalters auf dem Rücken seines Freundes zu verbinden.

Plötzlich blickte Baldi zum Toiletteneingang. »Hörst du das Gegröle draußen vor der Tür? Das sind Schlachtenbummler des FC Valencia, die waren eben schon mächtig mit Mahou-Bier abgefüllt! Raff deine Kleider zusammen, Gottliebchen! Wir schließen uns in einem Toilettenabteil ein!«

»Welche von den zehn Klo-Kombüsen sollen wir nehmen?«, fragte Gottlieb hysterisch, da die grölenden Fans die Klinke zur Tür des Toilettentraktes schon niedergedrückt hatten.

»Das Hinterste! Beeil dich!«

»Alle Flieger nach München sind ausgebucht.« Aljoscha stand neben dem Big-Boss und blickte auf die Anzeigetafel des Flughafens von Valencia. »In der Allianz-Arena findet das Endspiel der Champions League zwischen dem FC Bayern München und dem FC Valencia statt!« Entnervt fuhr er sich mit dem Zeigefinger durch den verschwitzten Hemdkragen. »Was nun?«

Der Ostblock-Chef steckte die rechte Hand zwischen den geöffneten Knopf seines Jackenrevers und blickte nachdenklich auf eine Gruppe von Schlachtenbummlern, die in den Farben ihres Vereins gekleidet waren und emphatisch die schwarz-weißen Fußballfahnen hin- und herschwenkten. Unablässig schüttete der Fantrupp Dosenbier in sich hinein und die gemeinsam gebrüllten Schlachtrufe ihres Clubs schallten durch die Halle.

»Wir brauchen Bordkarten!« Boris Hand rührte gedankenverloren in der Unterarmnässe. Er blickte zu Rasputin. »Ist der Pate mit seinen Leuten in Sicht?«

»Nein! Es war abgemacht, dass wir uns am Ticketschalter treffen.«

»Hm«, brummte Boris unschlüssig. Da er sich plötzlich mit gespreizten Fingern durch den blonden Bürstenhaarschnitt fuhr, schien er zu einem Entschluss gekommen zu sein. »Rasputin, du wartest am Schalter auf den Sizilianer! Wenn den abgefüllten Valencia-Fans der Bierpegel bis Oberkante Unterlippe steht, werde ich mit Alexander, Wladimir und Aljoscha den Jungs folgen und sie unschädlich machen, falls sie sich auf dem *Servicio* erleichtern. Es wird die leichteste Übung werden, den besoffenen Haufen in das Reich der Träume zu schicken, hö, hö, hö! Wir nehmen ihnen die Bordkarten ab, bemächtigen uns ihres schwarz-weißen Outfits und agieren im Flieger als Schlachtenbummler des ruhmreichen spanischen Fußballvereins. Rasputin kommt mit den Makkaroni nach, damit wir anschließend einheitlich bekleidet durch die Abfertigungskontrolle gehen können! Habt Ihr Eure Revolver griffbereit?«

Die Mörderbande nickte lässig.

»Boss, die Schlachtenbummler gehen aufs Häuschen!« Wladimir tippte auf Boris' Schulter.

Unauffällig schlenderten die Ostblock-Mafiosi hinter der grölenden Gruppe her, schlossen leise die Tür des Traktes und warteten, bis sich einer nach dem anderen in die lange Reihe vor den Urinalen aufgestellt hatte und unter Absingen schmutziger Lieder das Wasser abschlug.

Geräuschlos öffnete und schloss sich die Toilettentür und Rasputin trat mit den Itaker-Mafiosi ein. Wie auf Kommando griffen alle unter ihre Jacketts und zogen die Schießeisen hervor. Die Costa-Blanca-Connection trat hinter ihre ahnungslosen Opfer und beförderte sie, mit einem dumpf-trockenen Schlag auf den Hinterkopf in das Reich der Träume.

»War der Überfall nötig?«, fragte der Palermo-Pate mit strengem Blick.

»Heute es geben keine Tickets für Flug nach München!«

Cäsar di Caprioli tat sich schwer, dem Rumänen-Deutschen zuzustimmen.

»Um den Endsieg zu erreichen, wird auch der große Feldherr dem Knock-out von nichtigen Nebendarstellern nicht nachtrauern!«

Hastig nahmen sie den Schlachtenbummlern die Kappen, Schals und Fahnen ab, durchwühlten ihre Taschen und steckten die Bordkarten ein.

Der Itaker-Boss mahnte zur Eile. »Man soll dem Paten durch die Abfertigungskontrolle folgen, ehe die nutzlosen Nieten aufwachen, denn trotz des Zettels am Toiletteneingang ist man vor der Idiotie einiger Fluggäste nicht geschützt!«

Bei dem Wort: *Abfertigungskontrolle* schaute Boris auf die Waffe in seiner Hand. Sein ratloser Blick wanderte nach oben in das zynisch grinsende Gesicht des Sizilianers. »Was jetzt wir machen mit Revolvern?«, fragte er kleinlaut.

»Im Gegensatz zum kleinen Kollegen wusste der große Pate, dass man Pistolen nicht durch die Kontrolle bekommt. Deshalb hat er dem korrupten Aufseher über die Reinigungskräfte befohlen, den Toilettentrakt zu sperren. Selbstverständlich kann auch der Napoleon-Nachäffer mit seinen Leuten die Schießeisen im Kabuff ablegen.« Betont gelangweilt schaute Cäsar di Caprioli auf seine gepflegten Fingernägel, ehe er mit hohntriefender Stimme fortfuhr: »Außerdem hat er dafür gesorgt, dass Luigi in der Bajuwaren-Hauptstadt den unbesiegbaren Sizilianer mit einem geeigneten Waffenarsenal erwartet!« Er nahm einen Schlüssel aus der Tasche, schloss den kleinen Nebenraum des Toilettentrakts auf und wies alle an, die Pistolen auf dem Tisch abzulegen.

Der Palermo-Pate wandte sich mit theatralischer Geste zum Ostblock-Chef um. »Der gewiefte Sizilianer hofft, dass das kleine Hirn des größenmäßig angepassten Kollegen seinen Untergebenen gesagt hat, dass sie als spanische Schlachtenbummler agieren und im Flugzeug kein Wort Russisch sprechen dürfen! Oder hat der kleine Kollege das etwa auch nicht bedacht?«

Das Gesicht des Rumänen-Deutschen lief puterrot an. »Du labern Unsinn!«, schrie er unbeherrscht. »Du reden italienisch und ich sprechen rumänisch! Beide Sprachen ähnlich wie Spanisch! Deshalb logisch, dass wir beide können palavern, weil Gäste in Flieger nicht wissen zu unterscheiden diese Sprachen!«

Die lautstarke Auseinandersetzung veranlasste die Mafiosi-Parteien, sich mit finsteren Blicken hinter ihre Bosse zu stellen.

Wütend drehte sich Boris zu seiner Mannschaft um und brüllte: »Dass keiner von euch hirnlosen Untergebenen es wagt, russisch zu sprechen! Was würdet ihr phantasielosen Affen machen, wenn euer strategisch vorausplanender Big-Boss nicht an jede Kleinigkeit dächte?!« In versöhnlichem Ton wandte er sich an den Sizilianer. »Cäsar, du aufhören musst mit ständigen Beleidigungen gegen mich! Du wollen Ibiza-Diamanten und ich Geld für geraubten Schmuck von dicker Deutschfrau! Wir uns müssen helfen gegenseitig!«

Der ruhmreiche Feldherr schluckte mehrmals. »Der Ostblock-Chef hat recht!«, räumte er widerwillig ein.

Tief zogen sie die Kappen ins Gesicht. Jeder hielt eine geöffnete Bierdose in der Hand und schauspielerte den betrunkenen Gang eines abgefüllten Schlachtenbummlers. Ohne die geringste Beanstandung wurden ihre Bordkarten am Einlass der Kontrollabfertigung begutachtet. Die spanischen Beamten an der elektronischen Überwachung blickten belustigt auf die feucht-fröhlichen Fußballfans und nahmen nur eine flüchtige Leibesvisitation vor. Schwankenden Schrittes gingen sie über die Gangway in das wartende Flugzeug.

»Viktor, hat der Beamte an der Frachtgutannahme darauf geachtet, dass die Box meiner Rassehunde mit dem Aufkleber des Zielflughafens München versehen wurde?«, fragte Erdmute.

»Aber ja, Muschilein!«, jammerte Viktor. Vorsichtig zupfte er an der Binde, in der sein verstauchter linker Arm lag. »Ich bin geblieben, bis die **Muc**-Banderole am Tragehenkel der Hundebox befestigt war.« Er stöhnte laut, als sein Arm gegen Erdmutes Trolley stieß.

Ohne Rücksicht auf Viktors beschädigten Zustand hastete seine Gönnerin zur Stewardess vor der Gangway, überreichte ihr die Bordkarten und eilte in den Flieger. »Hast du dich davon überzeugt, dass die ausgeleierten Verschlüsse der Boxentür korrekt eingehakt waren?« Ächzend ließ sie sich in das weiche Sitzpolster sinken und überließ das Verstauen des Handgepäcks dem jugendlichen Geliebten.

Viktor hievte den schweren Trolley mit der unversehrten Hand in den oberen Ablagekasten und nahm erschöpft den Platz neben ihr ein. »Die

Schließen der Hundebox habe ich zwei Tage vor dem schmerzlichen Verlust meines *über alles geliebten Porsches* sorgfältig repariert!«

»Was heißt das schon bei dir? Außerdem, halt ja deinen Mund und sprich niemals mehr von diesem großen, finanziellen Verlust!«, fuhr sie ihrem Liebhaber über den Mund und zeigte gleichzeitig einem gegenübersitzenden, aufgeschreckten Mitreisenden ihr teures Keramiklächeln. »Wenn du dieses Desaster noch ein einziges Mal erwähnst, dann vergesse ich mich! Auf keinen Fall jedoch vergesse ich die kolossalen Kosten!« Erdmutes vornehm-blass geschminkter Teint bekam hektisch-rote Flecken. »Soll ich dir ausrechnen, wie hoch der Betrag sein wird, der auf mich zukommt?«

»Nein! Bitte nicht, Muschilein! Seit gestern hast du es mir mehr als zwanzigmal vorgerechnet. Mein dröhnender Schädel hält das nicht mehr aus!« Stöhnend fasste Viktor an seinen dick bandagierten Kopf.

Erdmutes Redefluss war nicht mehr zu bremsen. Sie zeichnete imaginäre Zahlen in die stickige Luft des stehenden Flugzeugs, während sie erbarmungslos aufzählte: »Für den hoffnungsvollen Jungstier Hannibal, der seine Bälle im Stacheldraht hängen ließ und sich von nun an Hanni nennt, verlangen diese spanischen Halsabschneider zehntausend Euro. Die Arztrechnung für die verletzten Pferde werden voraussichtlich zehntausend Euro ausmachen. Der Jungmatador, den der entmannte Stier schwer verletzte, will zehntausend Euro Schmerzensgeld. Von den zehntausend Euro, die seine Krankenhaus- und Arztkosten ausmachen werden, will ich erst gar nicht reden. Und wie hoch der Preis für den Koppelzaun sein wird, den du ...«

»Muschilein, halt endlich ein, wie viele Zehntausender sollen es noch sein?«, flehte Viktor. »Ich will dir alles auf Heller und Cent zurückzahlen. Wenn du mir einen neuen Porsche gekauft haben wirst, werde ich ganz groß ins Renngeschäft einsteigen und eine Menge Geld verdienen, denn ...« Viktors Satz blieb unvollendet.

Die Passagiere in der Businessklasse sahen sich genötigt, in das hemmungslose Handgemenge einzugreifen, weil Erdmute ihren jugendlichen Geliebten mit einer schweren Handtasche zu erschlagen versuchte.

Gottlieb stand in verkrampfter Haltung auf dem Toilettendeckel und hielt sich mit beiden Händen die Ohren zu.

Angespannt lehnte Baldi an der Wand des hintersten Séparées. Vorsichtig zupfte er an den Strapsen seines Lebensgefährten. »Beruhige dich, sie sind weg!« Nervös öffnete er die Toilettentür.

Mit verstörtem Gesicht riss Gottlieb die geschlossenen Augen auf und nahm die Hände von den Ohren. »Diese Brutalos schrecken vor nichts zurück!«, wisperte er beklommen. »Auf keinen Fall steige ich mit dieser Mörder-Connection in den gleichen Flieger! Baldi denk' an gestern, als sie uns im Meer fast erschossen hätten. Halb ertrunken konnten wir uns gerade noch in den Hafen retten.«

»Überleg' mal, Gottliebchen!«, versuchte Baldi seinen Kumpel zu beruhigen, während er erschüttert auf die besinnungslosen Alkoholleichen vor dem Toilettenabteil blickte. »Keiner wird mit unserem Erscheinen rechnen. Außerdem sind deine Verwandlungskünste so perfekt, dass uns niemand erkennen kann«, prüfend schaute er in Gottliebs verspanntes Gesicht und versuchte ihn zu ködern, indem er hintergründig fortfuhr: »Das Wichtigste ist doch, dass wir der alten Faltenschrulle die wertvollen Klunker abnehmen. Inzwischen müsste auch dir klar sein, dass uns diese raffgierige Geierwalli restlos über den Tisch gezogen hat!«

Wütend sprang Gottlieb von der Klobrille, streifte entschlossen das grüne Dirndl über und schlüpfte in hochhackige schwarze Pumps. »Für diesen Betrug werden wir sie bestrafen!«, brabbelte er zwischen zusammengepressten Lippen hervor und trat forsch in den Trakt des Männerpissoirs. Seine geweiteten Pupillen saugten sich an den reglos daliegenden Körpern fest. Auf den hohen Pfennigabsätzen machte er eine Kehrtwendung um hundertachtzig Grad, hob die Klobrille hoch und frühstückte würgend rückwärts.

»Wir müssen schnellstens verduften«, sagte Baldi und wühlte voller Abscheu in den Taschen der Fußballfans, »sonst identifiziert man uns als die Täter!« Er steckte zwei Bordkarten in die Hosentasche, zog seinen dirndlbekleideten, fraulichen Freund aus dem Toilettenabteil, stieg mit ihm über die hingestreckten Fans, schlug die Tür des Lokus-Traktes hinter sich zu und hastete zur Kontrollabfertigung.

»Geh' langsamer!«, beschwerte Gottlieb sich. »Auf den hohen Hacken kann ich keine großen Schritte machen.«

Sie eilten an einer Schlange wartender Fluggäste vorbei. Plötzlich griff Gottlieb in einen Kinderwagen und grapschte nach dem Schmusekissen eines schlummernden Säuglings, an dessen Zipfel das Kleinkind friedlich nuckelte. Ehe das empörte Geschrei des Zipfellosen von den Wänden der Abflughalle widerhallte, schob Gottlieb das vollgesabberte Kissen blitzschnell unter sein Strapsmieder.

»Was soll das denn werden?«, schüttelte Baldi verwundert den Kopf, sodass seine Hornbrille verrutschte.

»Ein Kind: falls die Mafia niemand zum Mord an- und damit das werdende Leben abtreibt.«

Entgeistert rückte Baldi die verrutschte Hornbrille und Gottlieb begeistert den siebten Monat in die richtige Lage.

Schüchtern lächelnd überreichte die werdende Mutter dem Beamten an der elektronischen Überwachung die Bordkarte. Mit unverhohlener Schadenfreude nahm Gottlieb zur Kenntnis, dass sein Pendant eine gründliche Leibesvisitation über sich ergehen lassen musste, während man ihn – hochschwanger – verschonte. Im Flugzeug begleitete ihn ein rücksichtsvoller junger Steward mit übertriebener Fürsorge zum Mittelsitz in einer Dreierreihe.

»Vielen Dank, Sie sind wirklich ein vollendeter Kavalier!«, flötete Gottlieb in den höchsten Tönen, klimperte aufreizend mit den getuschten Wimpern und machte dem uniformierten Flugbegleiter eindeutige Avancen.

Eilig zog sich der gut aussehende Steward zurück, da die sensiblen Sensoren seines Frühwarnsystems dringlich signalisierten, dass die werdende Mutter einen Beschützer für ihr vaterloses Kind suchte.

Erst als der weißhaarige Baldi den Gangplatz neben dem schwangeren Gottlieb eingenommen hatte, bemerkten beide, dass sie neben Boris saßen, der sich – im schwarz-weißen Outfit des FC Valencia – auf dem Fenstersitz herumlümmelte und fürchterlich nach Bier stank.

»Warum trächtige Frau mich so geschreckt angucken?«, wandte sich der Big-Boss an Gottlieb.

»Sie müssen vielmals entschuldigen, mein Herr«, mischte sich Baldi mit zitternder Stimme ein und legte dem schwangeren Schwulen schützend den Arm um die Schultern, »aber meine Tochter ist in anderen Umständen und gerade vor zehn Minuten hat sich die Ärmste noch heftig erbrochen.«

Hastig zog Boris die Spucktüte aus dem Service-Netz. »Ich hoffen, dass wurfbereite Tochter nicht macht andere Umstände, wenn Flieger flattert in

Luft. Denn dann Luft schlecht in Flieger und anschließend mir schlecht beim Fliegen ...«

Aus der hinteren Reihe lehnte sich der Palermo-Pate über Baldis Rückenlehne und unterbrach Boris' diffuse deutsche Drechselsätze. »Der Mini-Mameluck sollte seinen stinkenden Bieratem von der tapferen, jungen Mutter abwenden!«, bemerkte er anzüglich. »Vielleicht geht es *la Mama* dann besser.«

Synchron und stumm vor Entsetzen drehten sich die Köpfe des Homophilen-Paares um, als die Stimme des Sizilianers gegen ihr Trommelfell schlug. Verblüfft nahm Gottlieb den unerklärlichen Ansatz eines sanften Ausdrucks in den Gesichtszügen des Mafioso zur Kenntnis, als dessen Blick über die Rundung streifte, die sich unter seiner Dirndlschürze abzeichnete.

Plötzlich schallte aus der Businessklasse ein abartiges Gekreische durch die abgestandene Luft. »Viktor! Schau sofort aus dem Fenster auf das Rollfeld!«, hörte man Erdmutes hysterisches Gezeter.

Zu Tode erschrocken schnellte der vor sich hin dösende Deutsche in die Höhe, stieß mit dem bandagierten Schädel unter das harte Brett der Ablage und stotterte: »Wo? ... Muschilein, du sollst mich nicht immer so ...?«

»Da unten!«, unterbrach Erdmute wild gestikulierend. »Meine Scheißerlis! Sie rennen über das Flugfeld!« Sie heulte auf, als hätte man ihr ein Messer tief ins Herz gestoßen. »Beide haben die durchsichtigen, wertvollen Hundehalsbänder um! Jetzt ist alles verloren!«

Gottlieb starrte Baldi bedeutungsvoll in die Augen. Einem inneren Impuls folgend, stürzten sich beide auf den Fenstersitz und zerquetschten jenen leicht zu übersehenden Wicht, der diesen Platz inne hatte. Unbeirrt blieben sie sitzen und schauten gespannt auf die fetten Cocker-Spaniels, die kläffend über das Rollfeld sprangen.

Hartnäckig sträubten sich die Hunde, von den Flughafenmitarbeitern eingefangen zu werden und schnappten nervös nach jeder Hand, die ihnen ans Leder wollte. Der Inhalt der plastiküberzogenen Halsbänder funkelte und blitzte im gleißenden Licht der spanischen Sonne.

Als der Rumänen-Deutsche vor Schmerz laut aufstöhnte, zog Baldi den Schwangeren peinlich berührt hoch, der auf dem Kopf des Schrumpfgermanen seit geraumer Zeit niedergekommen war. Umständlich setzte er den in anderen Umständen Befindlichen neben sich auf den Mittelsitz und entschuldigte sich zerknirscht beim Zerquetschten auf dem Fensterplatz. Beklommen stellte er fest, dass der Big-Boss ihn mit dem irren Blick eines Dorftrottels anstarrte. Als Baldi beruhigt aus den Augenwinkeln bemerkte, dass der Sizilianer hinter ihnen kein Interesse an den Geschehnissen auf dem Rollfeld zeigte, wisperte er seinem Lebensgefährten ins Ohr: »Was dachtest du, als die glitzernden Strasshalsbänder über das Flugfeld flitzten?«

»Das gleiche wie du, liebster Papa! Jetzt bin ich guter Hoffnung, wenn ich in München niederkomme«, säuselte der Schwangere mit glockenheller Stimme und hauchte dem alten, weißhaarigen Väterchen einen Kuss auf die Wange.

In der Halle des Münchner Franz Josef Strauß Flughafens knackte es im Lautsprecher und eine weich-sympathische Frauenstimme verkündete: »Meine Damen und Herren! Der Flug 123 von Valencia nach München – der sich um eine Stunde und fünfundvierzig Minuten verspätet hat – ist gerade gelandet.«

»Es ist eine Unverschämtheit«, entrüstete sich Julia, die mit Markus und Rambo im Wartebereich der Ankunftshalle stand, »dass die olle Mooshuber ihre Aushilfsverkäuferin am Sonntag zum Flughafen bestellt. Seit über zwei Stunden warten wir jetzt schon, nur weil ich ihre verzogenen Hunde beruhigen soll. Was mag in Spanien mit den Tieren passiert sein?«

»Das ist vollkommen unwichtig!«, beruhigte Markus seine Freundin. »Wenn wir der habsüchtigen Hehlerin hier hilfreich zur Seite stehen, könnten wir eventuell in Erfahrung bringen, wo sich das Versteck der geklauten Klunker befindet.«

»Markus! Was erzählen wir dem Fan der Deutschen Marschmusik, der jeden Augenblick erscheinen wird, um seine über alles gehasste Gattin in Empfang zu nehmen? Ich bin gespannt, wie du ihm unsere traute Zweisamkeit erklären willst!«

»Eigentlich ist mir die Lust vergangen, dem vertrockneten Ziegenbock überhaupt noch was zu erklären, da er ab nächste Woche nicht mehr dein Brötchengeber sein wird! Außerdem können wir ihm unser Zusammensein ganz logisch verklickern. Im Juwelierladen haben wir uns eben kennen- und lieben gelernt! Das wird selbst so ein verknöcherter Spießer, wie dieser ...«

Die Augen des angehenden Staatsanwalts wanderten zum großen, verglasten Eingangsportal der Halle. »Wenn man vom Teufel spricht!«, schluckte er irritiert, »vor den automatisch schließenden Glastüren im Eingangsbereich steht dein altväterlicher Verehrer, und ...« Markus überlegte fieberhaft, sprang jäh wie ein Känguru hoch und winkte heftig, um Erasmus' Aufmerksamkeit zu erringen. »Wie mein Opa schon immer sagte: Angriff ist die beste Verteidigung!«, grinste er.

Julia kämpfte mit Rambo, der vermutlich Känguru-Gene in seinem DNS-Strang hatte und unbedingt mithüpfen wollte.

Erfreut bemerkte der Juwelier die wedelnde Hand des Bundeswehrkameraden. Schnellen Schrittes rannte er auf den Einlass zu. Die geschlossenen Automatik-Doppelglastüren verfehlte er um einen ganzen Meter, sodass er mit voller Wucht gegen das danebenstehende, fest verankerte Element prallte, dessen Glas kleine Risse zeigte.

Julia blickte vom zappelnden Boxer-Rüden zu Markus, der von Lachkrämpfen geschüttelt keuchend in die Knie ging, den Hund umschlungen hielt und Lachsalven in sein kurzes Fell prustete.

»Was ist los?«, griente Julia und blickte verständnislos in die erheiterten Gesichter der wartenden Menge. Erst als der Juwelier mit blutender Nase neben ihnen stand, glaubte sie die Ursache der allgemeinen Heiterkeit zu erahnen. »Was ist vorgefallen?«, wollte sie von ihrem Chef wissen. Unauffällig kickte sie dem kichernden Komiker zu ihren Füßen in die Seite.

»Die gläsernen Eingangstüren vermitteln den Eindruck, dass sie aus drei sich automatisch öffnenden Elementen bestehen«, schniefte Erasmus durch die blutverklebten Nasenlöcher.

»Oh, ich verstehe«, bemitleidete Julia ihren Arbeitgeber. Mit einem sauberen Taschentuch tupfte sie ihm die tropfende Nase ab. »Diesem Trugschluss waren noch zwei weitere Gäste erlegen, dass konnte ich während der langen Wartezeit beobachten!«

Erasmus versuchte krampfhaft vom Thema abzulenken. »Wen erwarten Sie und der vor Ihnen kniende Herr Mandant?«

»Ihre Gattin!«, bemerkte Julia angesäuert. »Sie hat mich telefonisch herbestellt. In Spanien muss es einen Zwischenfall mit den Hunden gegeben haben. Frau Mooshuber meinte, dass ich die aufgeregten Tiere beruhigen solle.«

»Da das Fräulein Leitner noch immer sehr verängstigt ist«, beeilte sich Markus aus seiner bodennahen Regenwurmperspektive hinzuzufügen, »hat sie mich und Rambo um Geleitschutz gebeten.« Ächzend erhob er sich, fuhr erschöpft mit dem Handrücken über das nasse Gesicht und klopfte das Salz seiner Lachtränen aus Rambos verklebtem Fell.

»Das ist ausgesprochen höflich und imponierend ritterlich«, lobte der Spieß a.D. mit nasaler Stimme. »Ein gutes Benehmen wird der undisziplinierten Jugend heutzutage nur noch bei der Bundeswehr beigebracht.« Erasmus klopfte dem imponierenden Ritter anerkennend auf die Schulter.

Ihr Gespräch wurde unterbrochen. Am Ausgang der Zollkontrolle erschienen zwei kläffende Cocker-Spaniels, die ihr Frauchen hinter sich herschleiften. »Fräulein Leitner!«, rief Erdmute in einer Tonlage, die auf einen kommenden nervlichen Zusammenbruch hinwies. Unentwegt schlug sie mit den Hundeleinen auf die hysterischen Tiere ein. »Beruhigen Sie sofort meine Scheißerlis! Wofür bezahle ich Sie überhaupt?«

Trotz der Empörung über das taktlose Verhalten der Chefin, überwand Julia ihre Aversion, ging mit festem Schritt zu den überforderten Tieren und nahm der unfähigen Hundehalterin die Leinen aus der Hand. Hinter ihr tauchte Viktor mit einem Gepäckwagen auf, über dessen Ladefläche er die überdimensionale Hundebox und den schweren Trolley gestapelt hatte.

»Erasmus! Nimm dem jungen Mann das Gepäck ab! Er war mir beim Transport der schweren Reiseutensilien behilflich«, schnaufte Erdmute ausgepumpt und wandte sich nach Viktor um. »Mein Herr! Ich wünsche Ihnen einen schönen Aufenthalt in München. Mein Gemahl und ich wären überglücklich, Ihnen mit einem gepflegten Abendessen im Bayrischen Hof für Ihre Hilfe danken zu können. Ihr Name ist …«, Erdmute schaute betont lange auf die Visitenkarte in ihrer Hand, »Viktor Knöterich. Ich werde Sie ganz bestimmt anrufen. Nochmals vielen Dank und auf Wiedersehen!«

»Au… außerordentlich erfreut, Madam«, stotterte Herr Knöterich, von so viel Liebenswürdigkeit überwältigt. »Vielleicht könnten wir dann weiter über Porsche-Rennwagen fachsimpeln?« Viktor sah seiner ältlichen Geliebten tief in die Augen, drehte sich umständlich um und hinkte in hoffnungsvoller Erwartung auf bessere Zeiten zum Ausgang der Halle.

Während Erdmute sinnend hinter ihrem jungen Liebhaber herschaute, blickte eine Gruppe von schwarz-weiß gekleideten Schlachtenbummlern gebannt zu ihr hin.

»Seit wann interessierst du dich für Autos?«, fragte Erasmus verwundert. Er gab sich die größte Mühe, den ausscherenden Gepäckwagen in Richtung Glastür zu steuern. »Gerade Rennschlitten waren dir stets ein Gräuel!«

»Ich interessiere mich überhaupt nicht für Sportwagen!«, plärrte Erdmute die bessere Hälfte an. »Erasmus, pass auf, dass sich der Doppelboden der Hundebox nicht löst und zur Erde fällt! Das hätte mir in der Nähe des Zolls gerade noch gefehlt!« Nachdenklich schaute sie zur Fantruppe des FC Valencia. Ihr besonderes Augenmerk galt einem zwergenhaften Männlein, dem die beiden Enden seines Schals bis auf den Boden herabhingen. Ein hünenhafter, schwarzbehaarter Zwei-Meter-Mann hielt ihn an der Hand und redete in einem sanften, unverständlichen Kinder-Kauderwelsch auf ihn ein. Während die Augen unter der viel zu großen FC Valencia-Kappe zu dem Riesen-Russen mit dem Ausdruck eines Hirnamputierten aufsahen, durchforstete Erdmute vergeblich ihr schwach ausgeprägtes Personengedächtnis nach dieser Minusminiatur, die ihr bekannt vorkam.

Als ihre Cocker-Spaniels freudig winselten, wurde Erdmute abgelenkt und sie schaute missbilligend zu Julia hinüber, die neben einem weißhaarigen Mann stand. Der ältere Herr sprach zwar besorgt auf seine schwangere Tochter ein, schien aber äußerst interessiert in Erdmutes Richtung zu lauschen. Beklommen blickte sie auf die schwangere Dirndlträgerin, die voller Entzücken ihren Hunden den wulstigen Nacken unter den wertvollen Halsbändern kraulte. Entnervt herrschte sie die Aushilfsverkäuferin an: »Kommen Sie mit den Rassehunden sofort her, Fräulein Leitner!«

Die Angebrüllte und das Cocker-Duo zuckten erschrocken zusammen. Die Contenance bewahrend verabschiedete sich Julia höflich von der Schwangeren und ihrem Vater, ging mit versteinertem Blick hinter ihrer Arbeitgeberin her und legte beschwörend den Zeigefinger auf den Mund, als Markus sich anschickte, Partei für seine Freundin zu ergreifen.

Erdmute ging der dumpf dreinschauende Dreikäsehoch nicht aus dem Sinn und ihre inneren Alarmleuchten blinkten unablässig, als sie über die schwangere Tochter und ihren weißhaarigen Papa nachdachte, die den Hundehalsbändern – ob absichtlich oder zufällig – bedrohlich nahe gekommen waren. Tief in Gedanken versunken nahm sie weder das laute Bersten von Glas noch die deutschen Drechselworte wahr, als sie in die wartende Jaguar-Limousine stieg.

Der schwarzbehaarte Zwei-Zentner-Zentaur, der den kurzen Kümmerling an der Hand hielt, war den verkleideten Fußballfans im Laufschritt nachgeeilt. Er hastete durch die automatisch gesteuerte Glastür und der geschrumpfte Gnom frontal mit dem Kopf gegen das fest verankerte, rissige Glaselement, das mit einem krachenden Knall über dem winzigen Wicht zusammenbrach.

Verwundert schüttelte der Big-Boss den blutenden Schädel, als sein verlorengegangener Verstand langsam wieder einsetzte. Erstaunt registrierte er, dass er in einem Scherbenhaufen saß und von einer Menschenmenge interessiert angegafft wurde. Verärgert guckte er auf seine Hand, die noch immer in der schwarzbehaarten Riesenpranke des Georgiers lag. Langsam richtete er sich auf, stampfte durch das knirschende Glas, schnitt verlegen-grimmige Fratzen in die grinsenden Gesichter der umherstehenden Deutschen und bemühte stammelnd seine Germanischen Sprichwortzitate. »Auch wenn deutscher Mund von Volk sagen: wer den Schaden hat, der soll nicht mit Steinen werfen! Dann aber ich sagen: wer im Glashaus sitzt, der braucht für den Spott nicht zu sorgen!«

»Doppelt verdammt sowie drei Mal verflixt und zugenäht!«, fluchte Gottlieb mit glockenhellem Sopran. Wütend warf er seinen schwangeren Körper auf den Rücksitz eines vor dem Flughafen wartenden Taxis, sodass sein siebter Monat das Bestreben zeigte, abwärts zu rutschen. »Die Verschlüsse der Halsbänder waren halb offen, ich hätte sie nur noch herunterreißen und weglaufen brauchen«, schimpfte er. »Aber das neunmalkluge weißhaarige Väterchen, alias Baldi von Baldrianowitsch, musste mich unnötigerweise von den Hunden wegziehen.«

Der Taxifahrer schaute perplex über den Rückspiegel auf die werdende Mutter.

»Aber Gott ... äh Liebchen!«, rief Baldi aus, während er sich neben ihn setzte. Mit säuerlichem Lächeln klärte Baldi das Gesicht im Rückspiegel auf: »Wissen Sie, ich kaufe dem armen, gestressten Töchterchen zur Beruhigung gleich Baldriansaft, damit ...«

»Ich habe keinen Bock«, fuhr Gottlieb aufgeregt fort, »mir den abgestandenen Bockmist von einem alten Ziegenbock weiter anzuhören!« Aufgelöst heulte er in die grünen Blumenapplikationen seiner schwarzen Dirndlschürze. »Und da wir gerade vom Bocken sprechen: das Bockspringen hat hiermit ein Ende! Ich verlasse dich und geh zu meiner Mutter, weil …«

»Aber junge Frau!«, warf der Taxifahrer belehrend ein und drehte sich nach den Streitenden um. »Eine werdende Mutter sollte keine Flüche vor der Niederkunft aussprechen, denn das könnte künftig ein Handicap für …«

»Und du weltgewandter Witzmacher«, unterbrach Gottliebs tiefer Bariton den ratgebenden Münchner Taxifahrer aufgewühlt, »kannst deinen süßen Weißwurstsenf woanders dazugeben, auf keinen Fall aber bei der werdenden Mutter.« Mit einem Ruck zog er das nass-kalte Sabberkissen unter dem Strapsmieder hervor, warf es dem verdatterten Taxifahrer mitten ins Gesicht und fuhr fort: »Denn die kommt hier und heute mit ihrem künftigen Handicap im saudummen Gesicht eines Taxifahrers nieder!«

Während Gottlieb zornig der Limousine entstieg und der Taxichauffeur ihm sprachlos nachsah, wollte auch Baldi sich stiekum verdrücken. Im Vorbeilaufen teilte er dem sprachlosen Münchner Kindl verschwörerisch mit: »Sie müssen das von Hormonen fehlgesteuerte Verhalten meiner schwangeren Tochter vielmals entschuldigen, Herr Oberchauffeur.«

Kurz bevor er Gottlieb erreichte, drangen die schmählich-bayrischen Kraftausdrücke »Zipfiklatscha, saupreissischer! Damischer Hirsch! Du kannst ma mit deinem Gwäsch den Buckl obirucka, zugroasta Saukrippi!« an sein Ohr, deren Übersetzung ihm – mangels Zeit und Kenntnis des bayrischen Dialekts – erspart blieb.

»Gottliebchen«, lockte Baldi, als er sein Pendant endlich erreichte, »jetzt stell dich nicht so bockig an.« Er hielt seinen Lebenspartner am Arm zurück. »Gell, du gehst weder zu deiner Mutter, noch verlässt du mich, oder?«

»Ich geh zu keinem, denn keiner liebt mich«, schmollte der Dirndlträger.

»Ich lieb' dich!«, schmeichelte Baldi. »Sei ehrlich Gottliebchen. Auf den hohen Stöckelabsätzen hättest du im Flughafen nicht wegrennen können. Alle – einschließlich der Mafiosi – wären bei der hektischen Flucht auf uns aufmerksam geworden. Wir hätten in die schwersten Schwulitäten kommen können. Sieh es ein, es war einfach zu gefährlich!«

»Du hast ja recht! Aber man muss es sich vorstellen. Ich hatte die Diamanten in der Hand! Verdammt, verflixt und Halleluja! Da verhält sich auch das zahmste Lämmchen bockbeinig! Baldi, was sollen wir jetzt tun?«

»Denk nach Gottliebchen! Wir sind im absoluten Vorteil!«, grinsten Baldis Augen durch die dicke Hornbrille. »Keiner erkennt oder erwartet uns. Deshalb werden wir heute Nacht bei der fiesen Faltenschrulle einbrechen! Und im Gegensatz zu den Mafiosi wissen wir nicht nur, wo die Diamanten sind, sondern auch, wo sich der geklaute Schmuck befindet!«

»Wieso?«

»Weil ich genau gehört habe, wie die gierige Geierwalli ihren armen Angetrauten angeplärrt hat, ja nicht den Doppelboden der Hundebox auf die Erde fallen zu lassen. Überleg doch: Doppelboden! Na, ist das Zehncentstück gefallen?«

»Da hinten ist ein kleines Einkaufscenter!«, sagte Gottlieb mit entschlossener Stimme. »Ich muss mir dringend was besorgen!«

»Äh: wem ... musst du ... was besorgen?«

»Ich muss mir eine Einstiegshilfe besorgen! Denn ohne ein Seil mach ich keinen Bruch!«

Siebzehn

Gegenüber des Viktualienmarktes saß die Costa-Blanca-Connection in einem Nebenzimmer des Münchner Hofbräuhauses.

»Der Palermo-Pate kann froh sein«, brüllte der Sizilianer über die ganze Länge des kunstvoll geschnitzten Eichentisches und zeigte dabei auf sich, »dass der Pygmäen-Pimpf durch den Schlag auf den Hinterkopf ein bisschen von seinem wenigen Verstand wiedergefunden hat!« Heftig gestikulierend zeigte der Itaker-Mafioso in Richtung Ostblock-Bande. »Sonst hätte der große römische Hero seinen Feldzug ohne die winzige Witzfigur machen müssen!«

»Mir jetzt platzen endgültig Hosenkragen!«, schrie der Big-Boss. Er hielt seinen mit Glassplitter übersäten, höllisch schmerzenden Schädel fest. »Nun ich befehlen Beginn von barbarischem Bandengemetzel!« Boris drehte sich zu seinen Leuten um und belferte scharfe russische Befehle. »Zieht eure Waffen! Hiermit erkläre ich den Krieg zwischen der Italo- und Ostblock-Mafia für eröffnet!«

Automatisch griffen die Russen unter ihre Jacketts und schauten betreten auf ihre leeren Hände, die ohne Pistolen wieder zum Vorschein kamen.

Dreißig Sekunden lang machte sich ein ohrenbetäubendes Schweigen breit. Dann überfiel den Palermo-Paten jäh ein unbändiges Lachen. »Das ist die grandioseste Groteske, die der glorreichste Gladiator der römischen Geschichte jemals erleben durfte!«

Seine Untergebenen schauten ihn abwartend an. Erst als der Sizilianer die Hände hob, stimmten seine Leute in die schadenfrohen Heiterkeitsausbrüche ein. Der Pate beendete die Lachorgie, indem er abrupt die Hände herunternahm. Sofort setzte eine spannungsgeladene Stille ein.

»Luigi, gib dem kurzen Kümmerling und seinen Leuten die Schießeisen!«, herrschte er den gutgekleideten Dressman an, der vor geraumer Zeit mit zwei prallgefüllten Geigenkästen das Hofbräuhaus durch den Seiteneingang betreten hatte.

Luigi verteilte das beachtliche Waffenarsenal an die einzelnen Mafia-Mitglieder.

Während sich jeder mit der Mechanik der neuen Pistole beschäftigte, predigte Cäsar di Caprioli: »Heute Nacht, Punkt 24.00 Uhr, treffen wir uns vor dem Juwelierladen der dicken Deutschen! Der Ortsplan wird von Luigi jetzt und die Munition um Mitternacht ausgeteilt!«

Der kleine Big-Boss lästerte zum großen Rasputin hinauf. »Bei der ersten Gelegenheit knall ich den selbst ernannten römischen Feldherrn ab! Das ist ein Versprechen!«

»Erasmus, lass die Transportbox im Juwelierladen neben dem Panzerschrank stehen!« Erdmute nahm Julia harsch die Hundeleinen aus der Hand. »Das Fräulein Leitner kann jetzt gehen, meine Scheißerlis haben sich beruhigt!« Sie zog den Tieren die Strasshalsbänder aus und legte sie auf den Hundekäfig. »Gib der Aushilfe 'nen Euro! Die Untergrundbahn ist keine hundert Meter entfernt. Ich habe mich völlig verausgabt und brauche unbedingt Ruhe!«, sie drohte Julia mit dem Zeigefinger. »Dass Sie mir am Montag pünktlich zum Dienst erscheinen!« Mit grußloser Schroffheit machte sie auf dem Absatz kehrt und eilte, die Cocker im Schlepptau, über den Flur zum Aufzug.

»Liebste Julia!« Erasmus wischte den Schweiß von der Stirn und vergewisserte sich, dass sein Eheweib verschwunden war. »Ich muss mich für meine unhöfliche Frau entschuldigen.« Stammelnd bemühte er sich eine Erklärung zu finden. »Ich glaube, dass ihr die Reise von Spanien nach Deutschland – aus welchen Gründen auch immer – den letzten Nerv geraubt hat. Ich werde Sie im Jaguar nach Hause fahren und ...«

»Nein, Herr Mooshuber!«, fiel Julia ihrem Arbeitgeber hastig ins Wort. »Das ist nicht nötig. Mein Freund ... ich meine: freundlicherweise ist der Herr Mandant mit seinem Auto hinter uns hergefahren. Er hatte mir vorhin angeboten, mich in meine Wohnung zu fahren. Sie sollten sich um Ihre Gattin kümmern, die sehr elend aussah! Einen schönen Sonntag, Herr Mooshuber.« Schnell rannte sie über den Flur auf die Gasse hinaus und stieg in den alt-zerbeulten Fiat Punto ihres Freundes ein. Aufatmend setzte sie sich neben Markus auf den Beifahrersitz, wehrte mit lautem Gequieke die feuchte Abschleck-Zeremonie des Boxerrüden ab und empfahl erschöpft: »Mensch Markus, fahr schnell los! Sonst steht mein Brötchengeber gleich neben uns, um mich im Jaguar heimzufahren.«

Markus kam der Aufforderung seiner Freundin im Zeitraffertempo nach. »Nichts, wie weg!«, flüsterte er, hieb hurtig die Gänge ein und brauste entschlossen Richtung Schwabing. »Konntest du sehen, wo die ehrliche Erdmute das Diebesgut verbuddelt hat?«

»Nein! Sie hat mich schnell und äußerst unhöflich verabschiedet.«

»So wie ich die schlaue Schlawinerin beurteile, wird sie in einem unbeobachteten Moment die heiße Hehlerware im Panzerschrank einschließen! Und wer hat von Wohnung, Juwelierladen und Safe die Duplikatschlüssel?«

»Der angehende Staatsanwalt! Wer sonst?«

»Genau! Deshalb werden wir heute zur fortgeschrittenen Stunde den geraubten Raub rauben!«

»Julia«, wisperte Markus zehn Stunden später vor dem Nebeneingang zum Juwelierladen. »Wie viel Uhr ist es?«

Die Angesprochene schaute auf das Leuchtzifferblatt ihrer Armbanduhr und raunte: »Genau 1.15 Uhr!« Ängstlich blickte sie sich in der dunklen Gasse um, bevor sie behutsam das Haustor aufschloss und mit Markus leise in den düsteren Flur trat. »Ich lehne die Tür an!«, flüsterte sie. »Die fällt sonst mit einem lauten Knall ins Schloss!«

»O.k.! Halt dich dicht hinter mir! Wir machen vorsichtshalber kein Licht an!«

»Markus!«, Julia drängte sich eng an ihren Freund, als sie sich am Aufzug vorbei bis zum hinteren Eingang des Geschäftes vortasteten, »hast du eben an der Feldherrnhalle das Handgemenge beobachtet, in das die schwarz-weiß gekleideten Schlachtenbummler des FC Valencia verwickelt waren?«

»Ja! Warum?«

»Ich könnte schwören, dass ich bei dem erhitzt geführten Palaver italienische und russische Wortfetzen gehört habe. Ist doch irgendwie komisch, oder?«

»Das war bestimmt das enttäuschte und besoffene Geschwafel von einigen Hooligans des FC Bayern München, die den Anhängern des FC Valencia ans Leder wollten, weil sie das Endspiel der Champions-League verloren haben!« Langsam drehte Markus den Schlüssel im Eisentürschloss herum, zog Julia in den Vorraum des Juwelierladens und ließ das schwere Tor angelehnt.

»Von hier aus kann ich sehen, dass die Rollos vor Schaufenster und Haupteingang heruntergelassen sind«, flüsterte Julia. »Wir könnten das Licht anknipsen.« Erfolglos drückte sie auf mehrere Lichtschalter, tastete sich bis zum Sicherungskasten vor und betätigte ergebnislos den Hauptschalter. »Markus, das gesamte Elektrosystem funktioniert nicht!«

»Seltsam!«, brummte ihr Freund. »Schau mal nach rechts! Was ist das für ein blauer Lichtstrahl?«

»Merkwürdig!«, erwiderte Julia. »Das sieht wie eine elektronische Lichtschranke aus. Wahrscheinlich hat der olle Mooshuber die vom Strom unabhängige Sicherheitsmaßnahme nach dem letzten Einbruch ganz kurzfristig für den wertvollen Schmuck in der Glasvitrine einbauen lassen.«

»Egal! Wir wollen nur die geklaute Hehlerware stibitzen, alles andere interessiert uns nicht. Hauptsache wir bleiben aus dem Gefahrenbereich der Alarmanlage. Leuchte bitte mit der Taschenlampe in den Panzerschrank. Ich habe das überdimensionale Monstrum geöffnet.«

Der Lichtstrahl fiel in das Innere des Safes, in dessen Widerschein das blanke Eisen einer Pistole aufblitzte.

Erschrocken wisperte Julia. »Markus, das ist der Revolver von diesem *Nessuno*! Mein Gott, ist das unheimlich! Hier, halt' die Taschenlampe selbst. Vor dem Schaufenster am Haupteingang höre ich Stimmengemurmel.« Sie zwängte sich zaghaft an der Lichtschranke vorbei, ging zögerlich auf die Panzerglastür zu und horchte angestrengt nach draußen.

»Der große Sizilianer fordert das Russen-Rumpelstilzchen zum letzten Mal auf, seine Ostblock-Bande im Zaum zu halten«, knurrte Cäsar di Caprioli vor dem eisenvergitterten Haupteingang des Juwelierladens in Boris Ohr. »Nur der ruhmreiche Cäsar bestimmt, wann die Munition ausgeteilt wird! Das Ostblock-Osterhäschen hat sich zu fügen! Sollte noch einmal ein Übergriff auf die Untergebenen des Palermo-Paten erfolgen wie eben an der Feldherrnhalle, dann erhält niemand von der Russen-Rotte auch nur eine einzige Patrone!«

Die beiden Bosse schauten sich mit bitterbösen Blicken an.

»Wir haben sämtliche elektrischen Leitungen des Juwelierladens gekappt!«, fuhr Cäsar di Caprioli unbeirrt fort. Er blickte auf Luigi, den geschniegelten Modebeau. »*Nessuno* soll dem ruhmreichen Feldherrn mitteilen, ob sich außerdem noch eine vom Strom unabhängige Alarmanlage im Geschäft befindet!«

Der gepflegte Dressman drängte sich durch die Reihen der finster dreinblickenden Mörderbanden und achtete sorgsam darauf, dass niemand seinem dunkelblauen, neu erworbenen Armani-Anzug zu nahe kam. »Cäsar, ich habe das Innenleben dieses Ladens bei meinem ersten Überfall penibel unter die Lupe genommen. Du kannst dich auf meine Aussage verlassen, es gibt keine Sicherheitsanlage!«

»Gut! Nachdem jeder die Munition in Empfang genommen und seine Waffe geladen hat, gehen alle hinter dem Triumphator her. Die Kriegsstrategie heißt: die Belagerung und Einnahme des Juwelierladens erfolgt durch den Nebeneingang in der Seitengasse!«

»Ich habe es gewusst!«, wisperte Julia aufgeregt in Richtung Panzerschrank. »Markus, lass alles stehen und liegen! Draußen vor der Tür stehen Russen- und Itaker-Banden. Sie teilen gerade die Munition aus und wollen von hinten in das Geschäft eindringen. Nimm den Revolver! Wir müssen fliehen!«

Die pure Panik in der Stimme seiner Freundin veranlasste Markus zum sofortigen Handeln. Seine rechte Hand umklammerte das kalte Schießeisen und die linke die heißen Finger der Freundin, die vor Aufregung zitterten. Sie flohen durch den unbeleuchteten Gang hinaus auf die dunkle Gasse.

»Da läuft jemand durch den finsteren Flur!«, flüsterte Baldi. Er zog seinen Lebenspartner blitzschnell in eine Nische neben dem Aufzug. Kaum war das Klappern der Absätze in der kleinen Gasse verklungen, raunte Baldi: »Konntest du erkennen, wer das war?« Er drängte seinen Partner zur Eisentür.

»Wenn mich nicht alles täuscht, hatte die letzte Person eine verblüffende Ähnlichkeit mit dem jungen Mädchen, das die fiese Faltenschrulle heute vom Flughafen abholte.«

»Was wollte diese Person, um diese Zeit, an diesem Ort?«

»Bin ich Hellseher?«, fragte Gottlieb ungeduldig. »Vorwärts! Wir müssen herausfinden, wo sich die Hunde-Transportbox befindet. Wenn sie nicht im Laden steht, klettern wir unauffällig über den hinteren Balkon in die Mooshuber-Wohnung im ersten Stock. Irgendwo muss der schnuckelige Schmuck ja geblieben sein!« Befriedigt griff Gottlieb nach dem dicken Seil, das er sich über den dunklen Trainingsanzug eng um den Leib gegürtet hatte.

Baldi rüttelte am Eisentor und bemerkte verblüfft: »Auch diese Pforte steht sperrangelweit offen. Man wird regelrecht zum Einbruch aufgefordert! Das kommt mir alles äußerst Spanisch vor. Wenn das mal gut geht!«

Gottlieb trat hinter seinem Pendant in den dunklen Vorraum des Juwelierladens. »Hör auf zu unken!«, flüsterte er ärgerlich und leuchtete mit der Taschenlampe auf den Transportkäfig, der neben dem großen Panzerschrank stand. Wütend stellte er die unbewiesene Ferndiagnose: »Da befinden sich weder Diamanten noch Schmuck drin!«

»Abwarten!«

Gemeinsam stellten sie die schwere Box auf den Kopf und öffneten voller Erwartung die Schließe des Doppelbodens. Aus dem leeren Zwischenraum tröpfelte ihnen unaufhaltsam stinkender Hundeharn entgegen.

Kaum hatte Baldi in tiefster Enttäuschung festgestellt »Hier läuft aber auch gar nichts, nur das Wauwau-Pipi läuft!« sprang Gottlieb hinter Baldis Rücken und wisperte erschrocken: »Erkennst du die Stimme vor dem Eisentor im Flur?«

»Cäsar mir diesmal recht geben müssen! Türen alle offen!«, klang es hohl bis in den Juwelierladen. »Hier was nicht stimmen! Hö, hö, hö!«

In panischer Angst hopste das Homophilen-Paar durch den Verkaufsraum, immer haarscharf an der elektronischen Lichtschranke vorbei. Beide wussten, dass sie um ihr Leben liefen. Während Gottlieb in Richtung Haupteingang spurtete, rannte Baldi kopflos zum Riesen-Safe. Seine gehetzten Blicke suchten verzweifelt nach einem sicheren Versteck. Keine Minute zu früh kletterte er in das siebte Fach des Panzerschrankes und erstarrte in gekrümmter Fötushaltung im obersten Abteil.

»Alfredo, Emilio!«, befahl Cäsar di Caprioli in seiner Muttersprache, als sich beide Mafiosi-Parteien um den geöffneten Panzerschrank scharten. »Richtet die großen Suchscheinwerfer auf den Safe. Eros hält die Russen-Rotte in Schach! Luigi und Paolo räumen die Fächer aus!«

Zwei grelle Scheinwerfer leuchteten in die unteren Zwischenräume des Panzerschranks. Paolo fluchte verhalten und blickte verblüfft auf seine verletzte Hand, als er eine zerbrochene Brille aus dem Fach herauszog.

Schadenfroh grinste Luigi über Paolos Missgriff. Im Fach darüber ertastete er einen Stofffetzen und war felsenfest davon überzeugt, dass er das Säckchen mit den gesuchten Diamanten gefunden hatte. Ein penetranter Geruch stieg ihm in die Nase, als er eine zerknautschte Hose in den Händen hielt.

»Leute von Pech-Paten heute kein Glück haben!«, spottete Boris verächtlich. »Aber das nicht mich wundern. Denn römischer Feldherr Cäsar glauben, wenn dauernd er sprechen italienisch, dann er können übertölpeln Kaiser Napoleon, der Sprache nicht versteht!« Mit einem unmerklichen Nicken gab er Rasputin zu verstehen, dass er sich rückwärts bewegen solle, um den wertvollen Schmuck in der Glasvitrine zu konfiszieren.

»Ja glaubt das strunzdumme Stumpf-Stückchen von einem Rumänen-Deutschen tatsächlich, dass der glorreiche und listige römische Feldherr nach dem Motto: teile und herrsche handeln würde?«, wollte Cäsar di Caprioli mit diabolischem Lächeln wissen. Das joviale Timbre in seiner Stimme war verschwunden, als er mit scharfen italienischen Worten befahl: »Paolo und Alfredo halten mit Eros die Russen-Rotznasen in Schach!«

Die Angesprochenen zogen ihre Waffen und zielten in die wütenden Gesichter der Ostblock-Mafiosi.

Der Palermo-Pate herrschte den Rest seiner Leute an: »Emilio soll den Modestenz hochheben, damit er die oberen Safe-Fächer ausräumen kann!«

Das Vorhaben wurde geräuschvoll unterbrochen. Die Köpfe der Anwesenden drehten sich in Richtung Verkaufsraum, als der Gong der altehrwürdigen Standuhr ein Mal schlug.

Luigi schaute erstaunt von der stinkenden Hose in den Händen auf die Uhr an seinem Arm. »Wieso schlägt sie nur ein Mal, es ist doch schon 2.00 Uhr!« Fragend sah er seinen Chef an.

Als der Palermo-Pate ihn mit einem ungeduldig-kalten Blick zum Handeln aufforderte, kam Luigi übereifrig dem gegebenen Befehl nach, warf hastig die verklebte Hose nach hinten und ließ sich von seinem Kumpan in die Höhe stemmen. Im gleichen Augenblick, als Emilio unterdrückt in das stinkende Beinkleid fluchte, das über seinen Kopf gefallen war, streifte der rückwärts schleichende Rasputin unabsichtlich den hellblauen Lichtstrahl der elektronischen Sicherheitsanlage. Das ohrenbetäubende Schrillen des ausgelösten Alarms ließ alle geschockt zusammenfahren. Emilio warf den schwer wiegenden Modestenz auf die Erde und schlug ihm rabiat die stinkende Klebehose um die Ohren.

Der Sizilianer eilte auf den bäuchlings am Boden Liegenden zu, trat ihm gezielt in die teure Armani-Kehrseite und zerrte bei jedem blindwütig ausgestoßenen Satz an seinen eleganten Hosenbeinen. »Keine vom Strom unabhängige Sicherheitsanlage, was!? Alles genauestens unter die Lupe genommen, wie!? Der Pate kann sich auf seine Aussage verlassen, was!?« Erst als Cäsar di Caprioli auf die Anzughose in seinen Händen blickte, kam er wieder zur Besinnung. »Alles hier raus!«, befahl er und warf zornbebend das teure Beinkleid im hohen Bogen weg. »Gleich muss die Polizei eintreffen!«

In wilder Flucht rannte die italienische Bande, der die Russen-Rotte auf dem Fuße folgte, aus dem Raum. Durch den finsteren Flur stürmten sie über die düstere Gasse hinaus auf die menschenleeren Münchner Straßen. Das Schlusslicht bildete ein humpelnder Halbbekleideter, der bei jedem Schritt stöhnend seine schmerzenden Hinterbacken zusammenkniff.

»Gottlieb, wo bist du?« Schweißüberströmt kletterte Baldi von der obersten Safe-Etage hinunter und kam mit wachsweichen Knien im Parterre an. Trotz des Höllenlärms griff er beherzt nach einem Scheinwerfer und leuchtete den Verkaufsraum aus. Sein Blick fiel auf das zitternde Ziffernblatt der alten Standuhr. Vorsichtig öffnete er die Tür zum Kettenzugwerk und blickte überrascht auf seinen Lebenspartner, der völlig apathisch auf dem Boden der Standuhr kauerte und in gerollter Heringshaltung wie Espenlaub zitterte. Ununterbrochen schlug das Pendel gegen seinen linken Nasenflügel und versuchte eigensinnig, den verhinderten zweiten Gong auszuführen. Behutsam zog er seinen Freund aus dem engen Verlies des Uhrstellwerks und insistierte eindringlich: »Verdünnisieren ist angesagt, sonst werden uns die Bullen gleich arretieren!«

Gottlieb heulte hysterisch auf. »Die Polizei soll sich gefälligst um die Mafia-Mörder kümmern und nicht um uns kleine Ganoven!« Zornig trat er gegen die alte Standuhr, die daraufhin erleichtert den zweiten Gong erschallen ließ. »Außerdem kannst du den Uniformierten mitteilen, dass sie Zwangsjacken mitbringen sollen, damit sie den Irren, die sich Kaiser Napoleon und Feldherr Cäsar nennen, eine bleibende Unterkunft in der geschlossenen Abteilung einer Nervenheilanstalt besorgen!«

»Wenn wir im Laufe der gesamten Geschichte alle Massenmörder sicher weggeschlossen hätten«, sinnierte Baldi tiefsinnig, »wäre der Menschheit viel Leid erspart geblieben. So aber gilt: töte einen Menschen und du bist ein Mörder; überfalle oder lösche ganze Völker aus und du wirst als ruhmreicher Feldherr oder Eroberer in die Geschichte eingehen.«

Gottlieb zuckte desinteressiert mit den Achseln, tastete angewidert durch das zerklüftete Gebirge seines Gesichtes und schnaubte wütend: »Jetzt sieh dir diese Pickel an, die ...«

Baldi richtete den Scheinwerfer auf seinen Kumpel. »Aus deinen wenigen Pusteln wird gleich eine ganze Landschaft entstehen, wenn du nicht augenblicklich mit mir zusammen das Weite suchst!«, unterbrach Baldi das Endlosgejammer seines Lebenspartners. »Oder hörst du nicht das Gekreische der gierigen Geierwalli über uns? Ganz sicher wird sie gleich ihren Aufzug benutzen, um dir voller Inbrunst an ihrem künstlichen Busen für immer die letzte Möglichkeit des freien Atmens zu nehmen, denn ...«

Gottlieb war nicht gewillt, sich das Ende des Satzes anzuhören. Wie ein wildgewordener Handfeger raste er über den dunklen Flur hinaus in die frische Nachtluft, wo er keine Möglichkeit ausließ, befreit am Busen der Natur zu atmen.

Markus und Julias Flucht endete vor dem Gotteshaus. Schweißnass und schwer atmend standen sie vor dem Hauptportal der Theatinerkirche.

»Ich muss eine Pause einlegen«, keuchte Julia erschöpft. »Markus! Du wirst mich niemals mehr zu so einer schrecklichen Sache überreden können!«, schluchzte sie aufgewühlt. »Niemals mehr in meinem ganzen Leben möchte ich etwas von arroganten Mooshuber-Juwelierinnen, brutalen Mafiosi-Banden oder kriminellen Möchtegern-Staatsanwälten hören, und deshalb ...«

»Pst, Julia!« Markus zog hastig seine kurz vor einem Weinkrampf stehende Freundin tiefer in den dunklen Eingang des Gotteshauses. Er lugte vorsichtig um den steinernen Vorsprung der Türeinfassung zur gegenüberliegenden Feldherrnhalle hinüber, wo düstere Gestalten die Treppe zur Empore hinaufhuschten.

Big-Boss Boris, der mit seiner Mannschaft geduckt hinter der rechten Säule der Feldherrnhalle stand, blickte auf ein halb bekleidetes Etwas, das langsam an ihnen vorbeihumpeln wollte. »Rasputin, pack zu und befrei den modisch-italienischen Lackaffen von der gesamten Kleidung!«, belferte er seinen russischen Befehl in den schwarzen Nachthimmel.

»Aber gerne, Boss!«, grinste Rasputin erfreut und entblößte den gelackmeierten Modeaffen bis auf die Haut.

Boris schob den nackerten *Nessuno*, der schamhaft seine vordere Blöße mit der Hand bedeckte, vor die Steinsäule. »Du gehen rüber zu Palermo-Pachulke und ihm ankündigen, dass haben geschlagen sein letztes Stündchen!« Er schoss, am zitternden Luigi vorbei, auf die gegenüberliegenden Steinsäulen, hinter der sich Cäsar di Caprioli mit seinen Leuten verschanzt hatte. Mit überheblicher Stimme rief er: »Infantiler Itaker-Idiot vielleicht glaubt, dass mich ich lassen verscheißern? Jedoch, bevor Palermo-Palatschinken muss sterben, ich ihm auf lange Reise als letzter Weisheit Schluss werden mitgeben deutsches, spitzfindiges Sprichwort: wer sät den Wind, der muss auch B sagen! Und wer A sagt, der wird ernten den Sturm!« Jede Vorsicht außer Acht lassend und mit Todesverachtung in den mordlüsternen Augen, trat der Rumänen-Deutsche mit seiner Ostblock-Gang hinter dem steinernen Rund hervor. Der Vorteil des Überraschungsangriffes ließ sie auf einen sicheren Sieg hoffen.

Cäsar di Caprioli nahm mit breitem Grinsen die Herausforderung des Gegners an. Gemeinsam mit seiner Mörder-Mannschaft trat er aus dem schützenden Schatten der linken Säule hervor. »Obwohl der geschrumpfte Schrumpelgermane nicht in der Lage ist, die Volksweisheiten seiner Urahnen richtig zu formulieren«, näselte der Sizilianer mit süffisantem Gehabe, »glaubt dieser nichtssagende napoleonische Niedergang tatsächlich, dass ihm der triumphalrömische Tribun scharfe Munition für seine Pistolen gegeben hat?!« Ohne eine Antwort abzuwarten, feuerte er auf seinen verhassten Feind.

Fassungslos starrte die Russen-Bande auf die mit Platzpatronen geladenen nutzlosen Waffen in ihren Händen. Ehe sie zu Tode getroffen auf dem Boden der Feldherrnhalle ihr verruchtes Leben aushauchten, röchelte Big-Boss Boris mit versagender Stimme dem Palermo-Paten ins hämisch grinsende Gesicht: »Im München-Territorium es geben andere Mafia. Sie dir werden abschießen arroganten Arsch, weil du wildern in ihrem Revier! Denn deutsches Sprichwort sagen: wenn sich streiten zwei, dann sich freut dritter, hö, hö ..!«

Der Sizilianer überzeugte sich eigenhändig davon, dass kein Mitglied der Ostblock-Gang überlebt hatte. Voller Verachtung trat er gegen Boris' lebloses Körper. »Ein weises deutsches Sprichwort sagt: besser schnell gestorben, als langsam verdorben!«, zitierte er verächtlich. »Und auf deinem Grabstein wird der Pate die Bauernweisheit eingravieren lassen: für jede Dummheit findet sich einer!« Mitleidlos betrachtete er Luigis toten Körper, der zwischen die rivalisierenden Fronten geraten war. Er zuckte lediglich bedauernd die Schultern und verkündete mit Pathos. »Auch wenn Luigi versagt hat, so wird der Pate dafür sorgen, dass seine Familie nicht mittellos zurückbleibt!« Laut trieb er seine Leute an, schnell das blutige Schlachtfeld an der Ruhmeshalle zu verlassen.

Kaum war das Stakkato der Mafiosi-Absätze auf dem harten Pflaster der Theatinerstrasse verklungen, als Markus den verkrampften Körper seiner Freundin leise schüttelte. Zusammengekauert und leichenblass hockte sie gegen das Portal der Kirche gelehnt und hielt sich zitternd die Ohren zu. »Julia«, flüsterte Markus leise. »Wir müssen verschwinden, ehe die Polizei auftaucht!« Mit einem Taschentuch wischte er seine Fingerabdrücke von der Nessuno-Pistole, die er mit spitzen Fingern aus der Tasche gefischt hatte. »Ich verspreche hoch und heilig, dass vom angehenden Staatsanwalt Markus Mandant von jetzt an keine kriminellen Ausschweifungen mehr ausgehen werden. Hiermit schwört der Besagte – so wahr ihm Gott helfe – dass er sein Studium schnell beenden und alles anklagen wird, was die Menschen mit jener Brutalität drangsaliert, deren abscheuliches Handeln wir hier und heute hautnah erleben mussten!« Eilig rannte er zur untersten Stufe der Feldherrnhalle und warf die gesäuberte Waffe auf Luigis leblos-nackten Körper.

Als Julia und Markus hastig die Treppen zur U-Bahn hinunterstolperten, hörten sie die Sirenen der Polizeifahrzeuge, die den Odeonsplatz mit quietschenden Pneus erreichten.

»Oh, what a beautiful morning«, summte Julia in die ersten Sonnenstrahlen des jungfräulichen Morgens. »Ist es nicht herrlich, sorglos im Englischen Garten zu liegen und die unberührte Stille der Natur zu genießen? Keine taktlosen Worte der Chefin, kein Anbaggern des bieder-balzenden Bosses.« Sie streckte ihren jungen, schlanken Körper auf der gelben Decke aus, die sie über der saftig-grünen Wiese ausgebreitet hatten.

Markus saß, in eine schwarze Badehose gekleidet, neben ihr und betrachtete mit Erleichterung die rosigen Wangen seiner Freundin, die die Strapazen der vergangenen Nacht unbeschadet überstanden zu haben schien. Zufrieden seufzte er: »Liebes, du hattest recht, dass ich mir einen freien Tag nehmen sollte.« Er blätterte in einem billigen Boulevardblättchen. Eine fette Überschrift stach ihm ins Auge. »Julia, du glaubst nicht, was hier steht!« Laut las er vor:

»Betrunkene FC-Bayern-Holigans schlachten in der Feldherrnhalle sechs Valencia-Fans ab.

Wie unser Korrespondent, Engelbert Ente, für unsere Zeitung aus sicherer Quelle erfuhr, glich die Feldherrnhalle in den frühen Morgenstunden einem blutigen Schlachtfeld. Blinde Wut und sehr viel Alkohol muss bei dem Massaker im Spiel gewesen sein, das sechs Todesopfer forderte und selbst vor dem harmlosen Flitzer des FC Valencia nicht halt machte, der gestern beim Endspielstand 0:3 gegen München in exorbitanter Freude splitterfasernackt über das Spielfeld rannte.«

Erschüttert vom haarsträubenden Bericht blickte er zu seiner Freundin, die in ihrem knappen fliederfarbenen Bikini bäuchlings auf der sonnenbeschienenen Decke lag und aufmerksam im Lokalteil der Süddeutschen Zeitung blätterte. »Es ist kaum zu glauben!«, teilte sie Markus mit, »aber in dem sauber recherchierten Artikel der Tageszeitung steht haargenau das, was sich wirklich zugetragen hat. Nämlich, dass es sich bei den Toten um die Mitglieder von Mafia-Banden handelte, die sich mit der Kluft des FC Valencia getarnt hätten.«

Markus setzte gerade dazu an, ein Plädoyer über die verheerende Wirkung einer schlechten Recherche zu halten, als sein überraschter Blick auf mehreren Transparenten haften blieb. Ein langer Zug von Eltern mit ihren Kindern zog an den Sonnenanbetern vorbei. Mit dem fröhlichen Lied auf den Lippen – dessen veränderter Text dem Kanon: alle meine Entchen entnommen war – gingen sie im Gänsemarsch hintereinander zum Spielplatz und trällerten: »Alle eure Hunde, kacken in die Au, kacken in die Au, Popöchen in den Rasen, machen dann wau wau.« Zu den um den Sandkasten gesteckten Transparenten gesellten sich weitere Spruchbänder. Er stellte sich neugierig auf die Füße und las vor: »Hundehaufen im Englischen Garten täglich frisch auf dem Rasen. Alle Viren und Bakterien, machen im Hundehaufen Ferien.«

Julia richtete sich auf und zeigte belustigt auf ein quadratisches Plakat. Kichernd entzifferte sie: »Und täglich grüßt der Hundehaufen, eintauchst im Gehen bis zum Knie, aber auch im Sitzen, Liegen, Laufen, plagt ständig dich 'ne neue Allergie!«

»Liebes, setz dich«, warnte Markus. Hurtig ließ er sich im Schneidersitz auf der Decke nieder. »Hinter dir hat sich die Hundefraktion zusammengerottet, um gegen die demonstrierende Transparent- und Minnesänger-Koalition anzutreten. Ich glaube, gleich gibt es ordentlich Zoff. Da halten wir uns lieber raus!«

Im Niederknien schaute Julia entrüstet auf die geschlossene Front der Hundehalter, die mit energisch-ausholenden Schritten zum Sandkasten strebte. Allen voran ging die fünfköpfige, haargestylte und gepiercte Punkertruppe mit ihren freilaufenden Schäferhunden. Ihnen folgten die randalierenden Rottweiler-Rüden, die kurz vor dem Durchdrehen standen und das Ehepaar Notnagel an den Leinen hinter sich herschleiften. Auch der beleibte Bermudashortsträger ließ es sich nicht nehmen, den Pfotenstapfen seines angeleinten Labradors zu folgen. Den krönenden Abschluss der empörten Hundehalter bildete die Herkules-Hundemutti, die ihren durchmischten Rassehund auf dem Arm trug und ihm liebevoll den Bauch krabbelte, um das zappelnde Tier zu beruhigen. Die freilaufenden Schäferhund-Rüden rannten aufgeregt bellend durch die Reihen der versteinert dastehenden Erziehungsberechtigten, die beruhigend auf ihre ängstlich weinenden Kinder einredeten.

»Nein, Gottlieb, nein!«, schnaufte Baldi aufgebracht. »Ich war damit einverstanden, dass wir unsere alte Verkleidung anziehen, bevor wir in den Juwelierladen der Geierwalli gehen. Auf keinen Fall aber spielst du wieder eine Hochschwangere!«

»Dann eben nicht!«, bockte Gottlieb mit eingeschnappter Stimme und legte das runde Sofakissen in den Krimskrams-Korb zurück, der vor einem Einrichtungsgeschäft in der Theatinerstraße stand. Er ging fünf Schritte weiter zum Blumenladen. Vorsichtig schaute er sich nach allen Seiten um und warf verstohlen Blicke in einen vor dem Geschäft stehenden Kinderwagen. Ehe Baldi einschreiten konnte, stolperte sein Lebenspartner auf hochhackigen Pfennigabsätzen mit der Baby-Beförderungskarre um die nächste Ecke in eine ruhige Seitenstraße.

»Ja bist du denn vollkommen von Sinnen?«, keuchte Baldi, als er seinen Kameraden eingeholt hatte. Mit zittrigen Händen putzte er umständlich die Fenstergläser seiner dicken, schwarzen Hornbrille, die durch den Schweiß der Anstrengung beschlagen waren. »Was willst du mit dem leeren Kinderwagen?«

»Ihn mit den Erdmute-Diamanten füllen! Denn niemand wird es wagen, den Schlaf meines Säuglings zu stören, falls man nach den geklauten Klunkern fahnden sollte!«

»Hm?«, brummte Baldi in seinen künstlichen Weißspitzen-Bart, setzte nachdenklich das gereinigte Sehgestell auf die Nase und folgte dem vorantrippelnden Partner. »Einverstanden! Aber lass uns schnell verschwinden, ehe die Mutti des Hosenscheißers erscheint, und man durch ihr lautes Gezeter auf uns aufmerksam wird.«

Auf Umwegen, durch menschenleere Seitengassen schleichend, erreichten sie den Hintenlang'schen Juwelierladen am Odeonsplatz.

»Mein Gott!«, stöhnte Gottlieb. »Mein Hüfthalter bringt mich noch um, und auf diesen Highheels kann ich auch nicht mehr laufen. Es ist unbeschreiblich, was wir alles tun, um dem starken Geschlecht zu gefallen!«

»Wer wollte unbedingt Weiberklamotten anziehen? Wer schön will sein, muss leiden Pein! Jetzt reiß dich gefälligst zusammen, wenn wir in den Laden gehen!« Baldi fuhr sich mit gespreizten Fingern durch das feuchte Haar. »Stell den Kinderwagen vor der Geschäftstür ab! Wir machen wieder auf Vater und Tochter. Nach dem Motto: liebevolles Väterchen kauft tapferem Töchterchen zur Geburt des Enkels einen teuren Diamantring und ...« Das Satzende blieb in Baldis staunend gerundeten Lippen stecken. »Gottlieb«, artikulierte er flüsternd einen neuen Satz, »siehst du da drüben die hübsche Türkenfrau mit den beiden Scheißerlis an den Leinen?«

»Ja!« Gottliebs starr-staunende Stielaugen saugten sich an den glitzernden Halsbändern der Spaniels fest. »Wenn die Muselmanin gleich mit den Kötern das Geschäft betritt, dann gehen wir hinterher!«

Freundlich nickte Fatima der jungen Mutti zu, die – in ein hübsches Dirndl gekleidet – neben ihrem Kinderwagen stand. Sie zog ihr Kopftuch tiefer in die Stirn und hielt der Kundschaft ihres Arbeitgebers höflich die Tür auf. Die Raumpflegerin und die Hunde gingen zum Nebenraum und das weißhaarige Väterchen mit dem reizenden Töchterchen zur Schmuckvitrine.

Erasmus hielt den Telefonhörer in der Hand und grüßte gewinnend zur Kundschaft hinüber. »... ja Erdmute, Fatima hat das Geschäft gereinigt und aufgeräumt«, hauchte er ungeduldig in die Muschel, »... nein Erdmute, die Polizei ist schon wieder weg, es wurde ja nichts gestohlen, ... ja aber Erdmute, du rufst extra aus dem Schönheitssalon an, nur um mich zu fragen, welche Halsbänder Fatima den Tieren beim Gassi gehen umgelegt hat?« Entnervt schüttelte Erasmus sein lichtes Haupt. »... ja gut, ich weiß zwar nicht warum, aber wenn du dich wohler fühlst, lege ich die plastiküberzogenen Hundegeschirre in den Safe!« Wütend knallte er den Hörer auf und tippte sich mit dem Zeigefinger an die Stirn. Bevor er bei der eventuell euroschweren Klientel angekommen war, hatte seine wütend entgleiste Gesichtsmimik dem kundenorientierten Drittzähne-Lächeln Platz gemacht.

»Ich wollte meiner geliebten Tochter einen wunderschönen Diamantring kaufen. Wissen Sie«, köderte Baldi die Verkaufsgier des Juweliers, »zur Geburt meines ersten Enkels soll es etwas ganz Besonderes sein. Da will man sich als Großvater nicht lumpen lassen!«

Erasmus taxierte verstohlen die spießig-seriöse Kleidung seiner Kundschaft, schielte unmerklich durch das Schaufenster, erblickte den abgestellten Kinderwagen vor der Geschäftstür und entschloss sich – trotz des Schreckens der vergangenen Nacht – die Schmuckvitrine aufzuschließen. »Da bin ich ganz ihrer Meinung! So was ist doch Ehrensache!«, bemerkte er jovial und legte drei wertvolle Diamantringe auf eine blausamtene Unterlage, die er über der gläsernen Vitrine ausgebreitet hatte.

»Väterchen, schau mal!«, juchzte Gottlieb in übertrieben hohem Sopran, als die neugierigen Hunde um ihre Beine scharwenzelten. »Sind die Cocker-Spaniels nicht goldig?!« Er kniete neben dem freilaufenden Rosen-Resli-Duo und kraulte den Tieren unter den funkelnden Halsbändern den Specknacken.

»Ja, die beiden sind allerliebst! Reichlich gefüttert und gut erzogen, als wären es unsere Kinder«, redete der geschäftstüchtige Juwelier der Dirndlträgerin nach dem Mund und verzog dabei das Gesicht, als hätte er in eine saure Zitrone gebissen.

Das Telefon schrillte.

»Fatima!«, rief Erasmus in den Nebenraum. »Entschuldigen Sie«, er wandte sich achselzuckend um. »Meine Putzhilfe ist schon gegangen. Bitte begutachten Sie derweil die Ringe. Ich bin sofort wieder bei Ihnen.«

Erasmus nahm den Hörer ab. »... ja natürlich Erdmute«, flüsterte er in unterdrücktem Zorn in die Muschel. »Ich habe die Halsbänder in den Panzerschrank ge...« Erasmus hielt erschreckt inne, als ein schmerzvolles Quietschten erklang, das Vater-Tochter-Gespann Hals über Kopf aus dem Laden stürzte und mit dem Kinderwagen Richtung Hofgarten flüchtete. Synchron zur Kinnlade fiel ihm der Hörer herunter. Böses ahnend, rannte er zur gläsernen Vitrine und atmete erleichtert auf, als er die drei wertvollen Diamantringe – fein säuberlich aufgereiht – auf dem blauen Samt vorfand. Überglücklich beugte er sich zu den Spaniels herunter und erklärte ihnen: »Mit Säuglingen habe ich keine Erfahrung. Aber beim ersten Kind ist jeder verunsichert. Und wenn das Kleine draußen vor der Tür ein Fürzchen quersitzen hat und peinvoll quiekt, rennt man voller Panik hinaus und sucht den erstbesten Kinderarzt auf! Hoffentlich ist es nichts Ernstes«, beruhigte Erasmus die Hunde und sich selbst. »Zuerst dachte ich, dass ich einem Betrüger-Paar auf den Leim gegangen wäre.« Entspannt kraulte er die halsbandlosen, wulstigen Nacken der molligen Maderln und streckte dem Telefon, aus dessen Hörer noch immer ein endlos schrilles Brabbeln schallte, die Zunge heraus.

»Halt an Baldi! Mindestens drei Kilometer sind wir durch den Englischen Garten gelaufen. Ich kann keinen einzigen Schritt mehr gehen«, klagte Gottlieb. »Das wäre fast schief gegangen. Als ich die Bänder von den Hundehälsen gerissen hatte und die Viecher laut quietschten, dachte ich nicht mehr, dass uns die Flucht gelingen würde.« Schwer atmend setzte er sich auf eine leere Parkbank vor dem Spielplatz, stellte den Kinderwagen neben einen Abfalleimer und zog die hochhackigen Pumps von den rot angelaufenen, schmerzhaft stechenden Füßen.

Baldi ließ sich völlig erledigt neben seinem Freund nieder und beobachtete aufmerksam die Gesichter der Spaziergänger. »Das Wichtigste ist«, er schnäuzte umständlich die Nase, »dass wir die Diamanten unauffindbar in der Baby-Transportkarre verstecken.« Verärgert sah er auf den abgelösten, weißen Kunstbart im rot-blau karierten Taschentuch, fischte mit Daumen und Zeigefinger das Männlichkeitssymbol heraus, pappte den spitzen Ziegenbart auf die Oberlippe und das Menjoubärtchen ans Kinn.

Gottlieb untersuchte den Kinderwagen. Im Ablagekorb fand er ein Paket mit Zellstoffwindeln. Sorgfältig entfaltete er eine Pampers und erblickte nach langem Suchen am Bündchensaum ein winziges Loch. Bevor er stiekum unter dem Plumeau die Halsbänder hervorholte, sondierte er aufmerksam sein Umfeld. Vorsichtig schob er die Kostbarkeiten durch die kleine Öffnung zwischen die Doppelzellstoffwände. »Ich lege die gefüllte Windel zu den anderen Pampers zurück«, erklärte er mit verschwörerischer Stimme. »Da wird sie niemand suchen!«

Nervös beobachtete Baldi, dass die Spaziergänger amüsiert zu ihnen herüberstarrten. »Komm Gottlieb! Die Leute begaffen uns, wir sollten gehen!« Kritisch betrachtete er Gottliebs Exterieur. »Das liegt bestimmt an deinen komisch-nackten Männerfüßen, die unter dem Dirndl hervorgucken!«

»Einen schönen Menschen entstellt nichts!«, setzte Gottlieb zu einer schnippischen Gegenrede an und blickte belustigt in Baldis Gesicht. »Außerdem«, fuhr er mit schadenfrohem Gekicher fort, »würde ich mich auch spöttisch nach einem alten Zausel umsehen, der seine Senilität durch 'nen falsch angeklebten Bart zum Ausdruck bringt!« Er riss seinem Lebenspartner das Haargekröse aus dem Gesicht, wickelte es – zusammen mit den schwarzen Pumps – in eine himmelblaue Decke und verstaute alles unter dem Plumeau. Neugierig ging er auf eine zehn Meter entfernte Menschenansammlung zu, die sich um den Spielplatz geschart hatte.

»Gottlieb!«, drängte Baldi, »wir müssen auf dem kürzesten Weg zum Flughafen!« Er blickte sich nach allen Seiten um. »Wahrscheinlich hat man unsere Spur schon aufgenommen ...« Baldi stockte der Atem. Aufgeregt stieß er seinem Kumpan in die Seite. »Schau unauffällig nach links!«

Gottlieb tat, wie ihm geheißen. Bestürzt blickte er auf den Itaker-Mafioso-Trupp, der laut debattierend an ihnen vorbeiging.

»Cäsar«, erklärte Eros seinem Chef, »vom Englischen- bis zum Hofgarten sind es ungefähr zwei Kilometer. Von der Straße aus können wir dann das Juweliergeschäft sehen. Paolo hat mir eben vom Beobachtungsposten vor dem Hintenlang'schen Laden per Handy mitgeteilt, dass die beiden P's das Geschäft verlassen haben.«

»Beide P's?«

»Polizei und Putzfrau! Die Mooshubers sind allein im Laden. Keine Kundschaft. Außer ...«, Eros kratzte seinen Schädel. »Du erinnerst dich an die hochschwangere Frau und ihren Vater, die im Flugzeug vor uns saßen? Vor ungefähr einer Stunde verbrachten sie circa fünf Minuten im Hintenlang'schen Geschäft, ehe sie aus dem Laden stürzten und zum Hofgarten rannten.«

»Gab es daraufhin eine Reaktion im Juweliergeschäft?«, wollte der Palermo-Pate wissen. »Wurde Alarm gegeben?«

234

»Nein! Paolo meinte, dass das Gequieke des Babys im Kinderwagen vor dem Geschäft die beiden in Panik versetzt hätte.«

»Ja klar!«, rief der Palermo-Pate wissend aus. »Das ist vollkommen normal. Erstens: zur Geburt des neuen Erdenbürgers kauft der Großvater ein wertvolles Schmuckstück! Zweitens: wenn das Primär-Enkelkind nur einen unverhältnismäßig fulminanten Furz lässt, dann rennt die ganze Familie, wie eine in Panik geratene Hammelherde, zum nächsten Kinderarzt! Völlig normal! Allerdings ...«, der Sizilianer strich nachdenklich über den riesigen Rundbogen seines römischen Riechers. »Gestern noch hochschwanger, heute hinter 'm Kinderwagen ein Roadrunner! Hm? ... Nun ja, dieses Gebärverhalten soll bei den Naturvölkern gang und gäbe sein!«

»Aber Chef!«, mischte sich Alfredo anbiedernd ein. Er hielt ein Stilett in der Zauberhand. »Fragen wir doch die Schnellwerfer-Schlampe selbst. Da hinten steht die Dirndl-Dirne mit ihrem weißhaarigen Ziegenbock und schaut durch aufgeschreckte Äuglein zu uns herüber.«

Der Blick des Sizilianers folgte dem ausgestreckten Zeigefinger seines schizoiden Schlachters. Als er das elend aussehende, leinenweiße Antlitz der barfuß gehenden jungen Mutter erblickte, erhielt das menschenverachtende Herz des Palermo-Paten einen ungewohnt weichen Stoß. »Du stumpfsinnig-stupider Stilett-Stecher!«, knurrte Cäsar di Caprioli seinen untergebenen Messerwerfer drohend an. »Wag' es nicht, der tapferen, jungen Mutter auch nur für eine Sekunde Angst einzujagen. Du hirnloser Hinterwäldler kannst dich glücklich schätzen, dass du noch gebraucht wirst, um der dicken Deutschen durch Folter das Diamanten-Versteck aus den Rippen zu schneiden. Ansonsten wäre dein überflüssiges Leben keinen Pfifferling mehr wert!«

Alfredo wuchs fünfzehn Zentimeter in den Boden. Parallel zum Kopf, der voller Entsetzen zwischen seinen ängstlich eingezogenen Schultern verschwand, hatte sich auch das Stilett blitzschnell zurückgezogen.

Schnurstracks ging der Sizilianer mit freudig ausgebreiteten Armen auf das angstschlotternde Homophilen-Pärchen zu. »Den allerherzlichsten Glückwunsch zur Ankunft des neuen Erdenbürgers!«, rief er und drückte beiden warm die Hände. »Cäsar di Caprioli freut sich, dass Mutter und Kind nach dieser überaus schnellen Geburt wohlauf sind.«

»Es war eine äh ... Sturzgeburt«, stotterte Baldi.

»Sturzgeburt? So?! Deshalb haben Sie sich so überstürzt den Bart abrasiert, wie?«, gab Cäsar di Caprioli jovial zum Besten. »Das hat der siegreiche Sizilianer bei seinem ersten Enkel auch gemacht! Schließlich will keiner bei seiner Nachkommenschaft als Zausel-Opa in Erinnerung bleiben.« Mannhaft klopfte er dem entzauselten Opa zum Abschied auf die Schultern und der bleichen Mutter zärtlich die blutleeren Wangen, bevor er sich mit seiner Meute auf den Weg zum Juwelierladen machte.

Als sie aus dem Hofgarten traten, zeigte Eros auf die gegenüberliegende Seite der Ludwigstrasse. »Chef, geradeaus liegt der Hintenlang'sche Laden,« sein Zeigefinger wanderte nach links, »und neben der Theatinerkirche, wo die Absperrbänder der Polizei im Wind flattern, liegt die Feldherrnhalle.«

»Eros kann seine Informationen stoppen«, gebot Cäsar mit erhobenen Händen. »Obwohl die Topografie bei Nacht anders wahrgenommen wird als bei Tage, hat das geniale Gehirn des ruhmreichen Feldherrn nicht nur das Profil der Geländestruktur sofort wiedererkannt, sondern auch das weitere strategische Vorgehen zur Erlangung der Diamanten in Nanosekunden geplant.«

»Chef!«, fuhr Emilio aufgeregt dazwischen. Er zeigte auf das blaue Schild am Odeonsplatz. »Drüben, neben dem Eingang zur Untergrundbahn, steht Paolo.«

»Untergrundbahn?«, wiederholte der Palermo-Pate erzürnt. »Will dieser Versager türmen? Die Order des großen Cäsars hieß: Beobachtungsposten vor dem marmornen Mooshuberladen bis zum Zapfenstreich beziehen!« Der Sizilianer überquerte die verkehrsreiche Straße, indem er mit erhobener Hand und durchdringendem Blick die wütend hupenden Autos zum Anhalten zwang, scharte sich gemeinsam mit seinem Gefolge um den geschockten Paolo, packte ihn brutal am Schlafittchen und drohte: »Warum hat der Unterstellte des römischen Triumphators den Späherposten vor dem Juweliergeschäft der dicken Mama verlassen?«

»Di... di... Ma... ma...«, Paolo brachte keinen zusammenhängenden Satz heraus. Der Angstschweiß perlte in dicken Tropfen von der glänzenden Halbglatze, lief über das fahle Gesicht bis zum Kinn und spritzte mit jedem Kopfnicken – zum Takt der gestotterten Silben – auf das helle Seidenjackett des Sizilianers.

Der Palermo-Pate blickte gebannt auf den stotternden Mund des Nickenden. »Die ... dicke ... Mama«, half er ihm auf die Sprünge, indem er die Kopfzuckungen seines Untergebenen nachahmte und Paolo bei jedem Wort kräftig auf den Rücken klopfte.

»N... nein, Chef!« Der verstörte Unterdrückte versuchte sich zusammenzureißen. »Ich wollte sagen: di... die ... Mafia hat gerade den Hintenlang'schen Juwelierladen überfallen!«

Der Sizilianer stellte abrupt sein Nicken ein. »Jetzt ist es passiert!«, resümierte er resigniert. »Nun ist der Untertan des genialen Feldherrn völlig übergeschnappt!« Cäsar schüttelte dem Unterjochten heftig die Schultern. »Paolo!«, sagte er betont langsam, indem er auf sich zeigte. »Der Palermo-Pate ist die Mafia! Und selbiger steht, gemeinsam mit deinen Mafia-Kollegen, vor dir.«

»Nein, Chef!«, wagte der Untergeordnete zu widersprechen, da er endlich die Gewalt über seine Stimme wiedergefunden hatte. »Die Münchner Mafia ... oder die Bayrische Mafia ... oder die Süddeutsche Mafia ... oder alle drei Mafia-Banden sind vor zwei Minuten als Sechserpack mit den Pistolen im Anschlag in den marmornen Mooshuberladen gestürmt!«

»Warum hast du dem großen Paten keine Information zukommen lassen?«, rief Emilio vorwurfsvoll dazwischen.

»Der Akku des Handys war leer! Deshalb wollte ich zur Telefonzelle in der U-Bahn-Station gehen!«

Schaulustige hatten sich um die Bande geschart und grienend dem sinnlos stotternden Gebrabbel der seltsamen Touristen zugehört.

»Um Aufsehen zu vermeiden, geht alles sofort dem Palermo-Paten nach!«, herrschte Cäsar seine Leute unwirsch an. Mit gefährlich-glitzernden Pupillen und drohend erhobenen Händen verschaffte sich der Bandenführer Respekt bei der Masse Mensch, bahnte sich mit forschen Schritten eine Gasse durch die Gaffer, schlich mit Gefolge im Gänsemarsch hinter das kurfürstliche Maximilian-Reiterstandbild auf dem Wittelsbacher Platz und beobachtete die Tür des Juwelierladens.

»Cäsar!«, redete Paolo beschwörend auf seinen Chef ein. »Ich habe mir die sechs Typen nicht nur genau angesehen, sondern ihnen auch zugehört. Es waren zwei Italiener, zwei Russen und zwei Chinesen. Ist das eine Mafia-Connection oder sind das verschiedene Mafia-Parteien, die sich zufällig zusammengefunden haben?«

»Es ist gleichgültig, welche Art von Mafia das ist«, mahnte der Pate mit scharfer Stimme. »Fest steht, dass der ruhmreiche Feldherr des Balearen-Territoriums zur Zeit mit seinen Unterprivilegierten in einem fremden Revier räubert. In den Mafia-Kreisen spricht es sich sofort herum, wenn Nebenbuhler in fremden Revieren ihre Verbrechens-Duftmarken absetzen. Deshalb lautet die Parole: Vorsicht! Ab jetzt herrscht Alarmstufe eins! Denn ...« Der Pate unterbrach seinen für gewöhnlich nicht enden wollenden Sermon über das Abstecken von Mafia-Revieren und starrte gebannt auf die Panzerglastür, aus der sechs Männer herausstürzten, um überhastet die Richtung zum Hofgarten einzuschlagen.

»Wo will das Sechserpack hin?«, wollte die vierfache Unterinstanz des Palermo-Paten gleichzeitig wissen.

Cäsar di Caprioli hob gebieterisch die Hände. »Die Untertanen sollen dem großen Triumphator folgen und alles Weitere ihm überlassen!«

Gemeinsam überquerten sie die Brienner Straße, traten geräuschvoll in den Juwelierladen ein und suchten laut fluchend nach den Eigentümern. Einzig und allein Erasmus glänzte durch schweißnasse Anwesenheit. Zusammengeschnürt saß der späte Sechziger auf dem Rotsamtenen des frühen Zwanzigsten und wimmerte herzzerreißend in die Muschel eines herunterbaumelnden Telefonhörers, aus der eine schrille Stimme durch den Raum plärrte.

»Der unangenehm flennende Untermensch soll dem ruhmreichen Feldherrn sofort sagen, erstens: wo sind die Diamanten? Zweitens: was hat der *VuP* vorhin den sechsköpfigen Bandenmitgliedern ins Ohr gezwitschert, sodass sie schnurstracks auf den Hofgarten zugerannt sind?«

»Alle wollen dauernd wissen, wo irgendwelche Diamanten sind«, greinte der unangenehme Flenner. »Gerade haben mich sechs brutale Kerle dazu gezwungen, Erdmute im Schönheitssalon anzurufen. Meine gierige Gattin gab das Geheimnis erst preis, nachdem man gedroht hatte, sie aufzusuchen und ihr das Gesicht zu zerschneiden. Irgendwer verkaufte meiner Erdmute an der Costa Blanca Diamanten, die sie in zwei mit Plastik überzogene Hundehalsbänder gesteckt hatte. Vor circa einer Stunde rissen eine junge Mutter und deren weißhaariger Vater die wertvollen Hundegeschirre unseres Cocker-Spaniels von den Hälsen. Beide sind mit einem Kinderwagen in den Hofgarten geflüchtet. Bitte, glauben Sie mir! Mehr weiß ich nicht!« Erasmus keuchte und qualmte wie eine Dampflokomotive, aus deren Schornstein der heiße Brodem des Entsetzens wich.

»Die unfehlbare Menschenkenntnis des großen Cäsars stellt fest, dass dieser übelriechende Überhitzte die Wahrheit sagt! Alle Unterbegabten sollen sich auf den listigen Paten verlassen, der mit Hilfe seines hohen IQ's einen neuen, meisterlichen Schlachtplan entworfen hat. Genau wie am vorherigen Tag will er der Herausforderung einer minderwertigen Mafia-Meute Folge leisten, die er ebenso erbarmungslos vernichten wird!« Die Pupillen des selbst ernannten Feldherrn funkelten vor wahnsinniger Mordgier, als er in Richtung Alfredo nickte und fortfuhr: »Aber ganz besonders soll seine hasserfüllte Grausamkeit das betrügerische Vater-Tochter-Gespann und deren Nachkommenschaft treffen!«

Alfredo ließ mit sadistischem Grinsen sein Stilett aufblitzen, als er und die übrige Bande das Juweliergeschäft verließen. Bevor der Palermo-Pate die Eingangstür hinter sich zuwarf, um in den Hofgarten zu hetzen, wagte der Ladeninhaber unterwürfig zu fragen: »Könnten Sie mir erklären, wer oder was ein *VuP* ist?«

Erasmus, der die Fesseln seiner nach hinten gebundenen Hände unter größter körperlicher Anstrengung gelöst hatte, zog erschrocken den Kopf ein, als der Sizilianer durch den Raum brüllte: »Sie sind geradezu der prädestinierte Inbegriff einer *VuP*, was die Abkürzung für: *very unimportant Person* ist!«

Die sehr unwichtige Person stöhnte herzzerreißend, als sie die enggeknüpften Fußfesseln mit zitternden Fingern löste. Hastig lief Erasmus zum Panzerschrank und zog aus dem untersten Fach einen gepackten Koffer heraus. Stoßweise atmend, griff er nach der daneben stehenden leeren Reisetasche, rannte zur gläsernen Vitrine, zertrümmerte die darüber liegende Glasscheibe und legte die wertvollen Pretiosen in die große Tasche. Bevor er den Schmuck aus dem Schaufenster nahm, ließ er die Rollos herunter. Eilig rannte er zur Toilette, in der die eingesperrten Cocker-Spaniels unruhig rumorten und entließ sie auf den Flur. »Auch die unterdrückten Hunde sollen ihre Freiheit haben!«, murmelte er keuchend. Seine Augen überprüften gründlich die Gegebenheiten des Verkaufsraums, ehe er das Sicherheitssystem über der Glasvitrine scharf machte. Genussvoll streifte er mit der Hand das hellblaue Licht der Alarmanlage. Während die Sirenen aufheulten, nahm er das Gepäck, hastete in den Flur zum Hinterausgang und entließ die jaulenden Maderln in die Freiheit, bevor er selbst das Weite durch die Gasse suchte.

Als sich Cäsar di Caprioli mit seiner Mördermeute hinter einer Hecke im Hofgarten niederkniete, flüsterte er:»Im Gegensatz zu der bewaffneten Gemischtwaren-Gangster-Gruppe, die da drüben unter den Arkaden des Marstalls nach der Mutter mit dem Kinderwagen sucht, weiß der Palermo-Pate, wo man das Vater-Tochter-Gespann und die Diamanten finden kann.«

In geduckter Haltung folgten die Mafiosi ihrem Bandenführer. Im gleichen Moment, als sie die Straße am Haus der Kunst passierten, ertönte das durchdringende Schrillen einer Alarmanlage.

Eros drehte sich erstaunt um. »Cäsar, das kommt aus der Juwelierladen-Ecke«, behauptete er. »Wahrscheinlich hat man den kokelnden Kretin erneut überfallen. Schade, dass wir nicht die Klunker in der Glasvitrine geklaut haben.«

»Den ehrenvollen römischen Feldherrn interessieren die immens wertvollen Diamanten! Kinkerlitzchen zu rauben, ist unter seiner Würde!«, knurrte der Sizilianer die obstinate Ordonanz an, die es wagte, seine Entscheidungen infrage zu stellen. »Der Anfang des Englischen Gartens ist erreicht. Eros kennt sich aus und wird die Führung bis zum Sandkasten am Kinderspielplatz übernehmen!«

Baldi zog unwillig an der Dirndlschürze seines Partners, der an der eskalierenden Auseinandersetzung zwischen der Kinder- und Hundepartei einen tierischen Spaß zu haben schien. »Gottlieb!«, rief er verärgert. »Lass uns fix davoneilen, ehe uns das Schicksal durch einen irren römischen Feldherrn ereilt!«

»Warte noch ein kleines Augenblickchen, geliebtes Väterchen«, bettelte der sensible Gottlieb mit heller Stimme und rosaroten Wangen. Gespannt abwartend, schob er den Kinderwagen hin und her. »Vielleicht gibt es gleich eine Massenkeilerei. Das könnte himmlisch enden.«

»Fragt sich, wer himmlisch enden wird, wenn wir nicht sofort verschwinden, um ...« Baldi's Augen rundeten sich erschreckt, als plötzlich drei Schäferhunde hinter zwei ängstlich aufschreienden Kindern herhetzten, die sich weinend von den Händen ihrer Mütter losgerissen hatten.

»Rufen Sie augenblicklich Ihre tollwütigen Bestien zurück!«, schrie Gerhard Gruber. Das blanke Entsetzen stand in seinen Augen.

»Nun hab' dich mal nicht so, Papi«, rülpste der gepiercte Anführer der Punker-Gruppe, der eine Alkopop-Flasche mit einem Zug austrank. »Alle Hunde sind vorschriftsmäßig mit Maulkörben versehen. Was soll den Rotznasen schon passieren, außer, dass sie ein paar Albträume haben werden!?«

Die Rottweiler-Rüden, die der Schäferhundrotte folgen wollten, rissen mit einem Ruck ihr schmerzvoll aufkreischendes Frauchen von den Füßen und schleiften es durch die frisch gelegten Tretminen auf dem Rasen.

»Da sehen sie, was Ihre verhätschelten Gören angerichtet haben!«, brüllte Norbert Notnagel, der mit hastigen Schritten seiner Zeter und Mordio schreienden Gattin zu Hilfe eilte.

Trotz des gewaltigen Leibesumfangs bückte sich der Herr des Labradors tief zu seinem Hund herunter, um die Leine am Halsband auszuhaken. »Sie brauchen keinen Kommissar Sedlmeier per Handy zu rufen. Alle können bezeugen, dass unsere Hunde Maulkörbe tragen!«, rief er boshaft den Eltern zu, die ihre Protest-Transparente abgelegt hatten, um sich schützend vor ihre Kinder zu stellen.

Der befreite Labrador trabte zu seinen Artgenossen und umrundete laut bellend die verstörten Kinder.

Von der Seite näherten sich vier kahlgeschorene Neonazis, die einen Dobermann an der kurzen Leine führten.

Der lange Dürre mit den hochgeschnürten Knobelbechern grinste höhnisch in Gerhard Grubers Gesicht. »Papilein, wir hatten dir Rache geschworen. Darf ich dir einen kernigen Kampfhund vorstellen.« Er hakte das Tier von der Leine. »Noch hat Terminator seinen Maulkorb an, aber ...«

Gretchen Grubers Gesicht glich einem weißen Leichentuch, als sie sich nach den feixenden Kahlköpfen umsah. Die Narbe am rechten Mundwinkel des süffisant grinsenden Anführers verstärkte die ausgestoßene Drohung um ein Vielfaches.

Psychisch fühlte Gerhard Gruber sich wie ein Mann, der mit dem Rücken zur Wand stand. Physisch bemerkte er, wie in seinem Körper eine ungewohnte Kälte aufstieg, die den rasenden Herzschlag abbremste. »Leute!«, rief er mit ruhiger Stimme den regungs- und sprachlos dastehenden Eltern zu. »Man lässt uns keine andere Wahl. Ab sofort gilt der Notfallplan. Da alle Hunde Maulkörbe tragen, können sie nicht zubeißen. Deshalb führen die

Frauen ihre Kinder in aller Ruhe vom Spielplatz weg. Die Männer handeln so, wie in Phase drei besprochen!«

Während die Mütter schnell die ängstlich schluchzenden Kinder einsammelten und den Spielplatz verließen, teilten sich die Väter in zwei Gruppen auf. Der erste Trupp baute sich drohend vor den hämisch grinsenden Hundehaltern auf, die zweite Gruppe schritt auf die laut bellenden Tiere zu. Jeweils zwei Väter hielten einen Hund am Kopf und Schwanzende fest.

»Gerhard!«, rief einer der zupackenden Hundefänger. »Die Frauen haben vergessen, uns die Pampers zu geben! Was nun?«

Gerhard Gruber blieb die Ruhe in Person. Bedächtig und freundlich lächelnd ging er zur Dirndl-Mami mit den nackten Männerfüßen und erklärte höflich aber bestimmt: »Sie werden uns für eine kurze Zeit die Windeln in Ihrem Ablagekorb überlassen müssen!«

Noch ehe Gottlieb einschreiten konnte, bückte sich Papa Gruber mit einem charmanten Lächeln, nahm das Dutzend Zellstoffwickel und verteilte sie unter den wartenden Männern. Nach dreißig Sekunden hatte man die Hundepopos mit den Pampers bedeckt. Gelernt ist eben gelernt.

»Aber Sie können doch nicht einfach ...«, begann Gottfried empört den Satz, als er auf die wertvolle Windel an Terminators Hundehintern blickte.

Der überraschte Dobermann drehte sich im Kreise, um mit der Schnauze der klappernden Windel habhaft zu werden. Da seine Artgenossen ebenfalls das Verlangen spürten, sich in den Allerwertesten zu beißen, entstand für den unbeteiligten Zuschauer das Bild eines laut jaulenden Hundekarussells, deren Protagonisten man schamhaft die blanken Ärsche bedeckt hatte.

Just in dieses Wauwau-Wirrwarr platzte die Itaker-Bande, der die bewaffnete Gemischtwaren-Mafia im sicheren Abstand folgte.

Aufreizend langsam ging Cäsar di Caprioli auf die zur Salzsäule erstarrten Homos zu. »Nun wird der grausame Feldherr demonstrieren, wie er mit Menschen umgeht, die ihn hintergangen und betrogen haben!«, donnerte er in Gottliebs verstörtes Gesicht. Der Palermo-Pate winkte Alfredo mit der linken und griff gleichzeitig mit der rechten Hand unter das bauschige Plumeau im Kinderwagen. Während sich der sadistisch veranlagte Mafioso mit gezücktem Stilett und sardonischem Lächeln neben Gottlieb stellte, zog der verdatterte Pate ein in eine blaue Decke gewickeltes Baby hervor, dessen winzig-schwarzes Gesicht mit einem smarten Menjou- und weißem Spitzbart bedeckt war.«

»*Per amor di Dio*!«, stieß Alfredo erschüttert hervor. »Ich wusste gleich, dass diese *Prostituta* im Dirndl eine Schlampe ist, aber dass sie es gleich mit alten, bärtigen Schwarzen treibt?! ...«

Dem verdutzten Sizilianer rutschten die weißbärtigen schwarzen Pumps aus dem blauen Wickeltuch und das Homo-Gespann nutzte die günstige Gelegenheit des sprachlos dastehenden Palermo-Paten aus, um eine nahestehende Baumgruppe zu erreichen. Kaum hatten sie sich hinter den Stämmen verborgen, als Cäsar di Caprioli sie zum Abschuss freigab.

Die bewaffnete Gemischtwaren-Gruppe, die abwartend im Hintergrund gestanden hatte, fühlte sich angegriffen und eröffnete nun ihrerseits das Feuer auf die Okkupanten des von ihnen beanspruchten Münchner Reviers.

Die fassungslos dreinschauende Menschenmenge geriet in Panik. Unter lautem Gekreische versuchte man Schutz hinter hohen Hecken zu finden und störte dabei die kreiselwütigen Hunde, die aufgescheucht im gemeinschaftlichen Durchdrehen inne hielten und im gehetzten Galopp durch den Englischen Garten flüchteten.

»Lieber Gott!«, betete Gottlieb mit hysterisch hoher Stimme hinter den Baumstämmen, von denen ihnen die Geschosse als zirpende Querschläger um die Ohren pfiffen. »Hiermit verspreche ich hoch und heilig, dass ich ein ehrlicher Ganove werden will. Den idiotischen Ideen meines leichtsinnigen Lebenspartners werde ich die Gefolgschaft verweigern, wenn er der Costa-Blanca-Connection Diamanten streitig machen will! Ich schwöre: sollte ich noch ein einziges Mal mit dem Leben davonkommen, werde ich mich nur noch an kleinen, bescheidenen Gaunereien beteiligen, denn ...«

»Halt die Klappe!«, zischte Baldi entnervt und versetzte seinem hyperventilierenden Pendant eine saftige Ohrfeige. »Um der Mafia-Meute zu entkommen, müssen wir getrennt marschieren! Heute Abend treffen wir uns im Zentralbereich des Flughafens!« Baldi zählte: »Eins, zwei, drei ...«

Mit eingezogenen Köpfen stoben sie in entgegengesetzte Richtungen auseinander. Büsche und Bäume als Deckung nutzend, rannten sie in Zick-Zack-Linien durch den Englischen Garten und rechneten jeden Augenblick damit, von hinten erschossen zu werden.

In seinem geschockten Zustand bemerkte Gottlieb weder, dass er von Eros verfolgt wurde noch, dass er an Erasmus Mooshuber vorbeihastete, der sich mit dem schweren Gepäck hinter einer gestutzten Buchenhecke versteckt hielt.

Entgeistert schaute Erasmus auf einen gewindelten Dobermann, der plötzlich winselnd vor seinen Füßen stand. »Terminator!«, flüsterte er leise, »hast du mich am Geruch erkannt? Ich muss ja fürchterlich stinken!« Verwirrt tätschelte er dem Tier den Kopf. »Einen Hund mit einer Windel zu vergewaltigen!«, schimpfte er verhalten und forderte das verstörte Tier mit »Platz« zum Liegen auf, um ihn vom Fremdkörper zu befreien. Einen kurzen Moment blickte er verwundert auf die wertvollen Hundehalsbänder im zerfledderten Zellstoff, ehe er von lästerlichen italienischen Flüchen abgelenkt wurde, die Eros vor der Buchenhecke von sich gab.

»*Porca miseria*! Glaub bloß nicht, dass du mit den Diamanten entkommst, verdammte Schlampe!«, zeterte der Mafioso und schoss im Laufschritt eine Salve nach der anderen hinter der flüchtenden Dirndlträgerin in die Erde. »*Prostituta*! Gleich blase ich dir das Lebenslicht aus!«

Aufmerksam beobachtete Erasmus das Verhalten des Dobermanns, der knurrend hochsprang, als er Eros' Stimme erkannte. »Schlaues Tier!«, nickte er anerkennend. Vorsichtig nahm er dem zum Sprung bereiten Wachhund den Maulkorb ab.

Angespannt wartete der Dobermann auf neue Befehle.

»Terminator! Fass!«

Das auf den Mann abgerichtete Tier nahm Anlauf, setzte mit einem eleganten Sprung über die fünfzig Zentimeter hohe Hecke, versperrte Eros den Weg und legte mit hochgezogenen Lefzen die Raubtierzähne frei.

Eros blieb wie angewurzelt stehen. Automatisch richtete er die Waffe auf den Riesenhund und brach in Panik aus, als der Revolver mit einem metallischen Klicken vermittelte, dass sich keine Kugel mehr im Lauf befand. Immer wieder drückte er auf den Abzug. Fluchend warf er die nutzlose Waffe vor die Füße des Dobermanns, machte auf dem Absatz kehrt und flüchtete mitten in die Schusslinie der aufeinander feuernden Mafia-Banden. Von einer Kugel tödlich getroffen, stürzte er neben dem schwer verwundeten, unbesiegbaren Triumphator nieder, der neben dem blutüberströmten Stilett-Stecher lag.

»Chef«, röchelte Eros dem großen Cäsar zu, bevor er endgültig sein verruchtes Leben aushauchte, »die ganze Zeit über kamen mir die Gesichter der Dirndl-Schlampe und des dazugehörigen Väterchens bekannt vor. Jetzt – wo meinem Leben das Licht ausgeht – geht mir ein Licht auf: dies war das Schwulen-Paar, das zur Big-Boss-Bande gehörte und deine Ibiza-Diamanten geklaut hat!«

»Ausgeschlossen!«, stieß Cäsar di Caprioli mit letzter Kraft hervor, »keiner wagt es, die herausragende Menschenkenntnis und Genialität des ruhmreichen Feldherrn anzuzweifeln!« Cäsar di Caprioli ließ die Behauptung für die Nachwelt im Vakuum zwischen Leben und Tod stehen, bevor seine größenwahnsinnigen Augen starr in den blau-weißen Bajuwarenhimmel blickten.

Terminator schnüffelte desinteressiert am toten Eros, trabte seelenruhig zum Auftraggeber zurück, setzte sich artig vor dessen Füße und wartete begierig auf die nächste Order.

»Gut gemacht!«, belobigte Erasmus das gehorsame Tier. »Leider kannst du nicht bei mir bleiben, denn ich werde diesem Land für immer den Rücken kehren, nachdem ich Erdmute den Jaguar entwendet habe, der vor ihrem Schönheitssalon steht.« Er richtete den Zeigefinger auf den Hofgarten und befahl: »Terminator! Geh nach Hause!«

Das Gehirn des hervorragend ausgebildeten Hundes erfasste den Sinn des gegebenen Befehls. Die Nase tief am Boden, versuchte er den Weg wiederzufinden, der ihn in den Englischen Garten geführt hatte.

Erasmus stopfte die glitzernden Hundehalsbänder in die Reisetasche, hob die Gepäckstücke hoch und ging zur Lerchenstrasse, wo sich Erdmutes Jungbrunnen-Tempel befand. Hinter seinem Rücken hörte er, wie die Polizeifahrzeuge mit Blaulicht und Sirene an den Kinderspielplatz heranfuhren.

Gegenüber des Schönheitssalons setzte er sich müde auf eine Parkbank und starrte zum Jaguar, in dem der junge Herr Knöterich saß und sich gelangweilt in der Nase bohrte. Gestresst tastete er nach dem Handy und wählte die Nummer seiner Frau.

Als sich die treulose Angetraute endlich mit unwirscher Stimme meldete, konnte Erasmus es nicht verhindern, dass ihm Tränen in die Augen stiegen. »Erdmute«, begann er mit belegter Stimme, »ich will mich für immer von dir verabschieden.«

»Erasmus! Rede keine Stuss-Opern und stör' mich gefälligst nicht, wenn ich mir im Schönheitssalon eine Auszeit nehme,« raunzte Erdmute marktschreierisch in die Leitung. »Erzähl mir lieber, was die Polizei gegen die spinnerten Typen unternimmt, die mir angeblich mein frisch geformtes Gesicht zerschneiden wollen. Einfach lächerlich das Ganze! Und was ist denn eigentlich mit deiner Stimme los? ... Und wo sind die wertvollen Hundehalsbänder? ... Und vor allen Dingen, was soll der blödsinnige Verabschiedungs-Hokuspokus? Und ...«

»Es ist mein völliger Ernst!«, unterbrach Erasmus. Auf den gerade erlebten Überfall, bei dem er nur mit Mühe dem Tod entkommen war, ging er nicht mehr näher ein. Mit fester Stimme insistierte er: »Der Flug nach ... äh – sehr weit weg – ist schon telefonisch gebucht!«

»Bei deinem lieblosen Verhalten, das du mir gegenüber während unserer gesamten Ehe gezeigt hast«, schnauzte seine Gattin bewusst verletzend durch das drahtlose Telefon, »ist unklar, was du mir heute mit dem Neuesten von gestern sagen willst!?« Vorsichtig befühlte sie die höllisch brennenden Schwellungen ihrer frisch unterspritzten Lippen.

Erasmus seufzte: »Könntest du nicht ein einziges Mal den klimakterisch bedingten Marktweibjargon auf ein Minimum reduzieren!?«

»Diese Gemeinheit kann nur ein Mann von sich geben, der jedem jungen Mädchen pubertäre Hormonschwankungen zugesteht, wenn sie nur hübsch genug ist!«, gab Erdmute beleidigt zurück. »Sollte es aber die eigene Frau wagen – nachdem sie ihm genügend Kinder geboren hat – während ihrer Menopause um Nachsicht und Mithilfe zu bitten, dann ...«

»Das muss ich mir von keiner Frau vorwerfen lassen, die mir ihren jugendlichen Liebhaber am Flughafen als Kofferträger Knöterich vorstellt und für den sie sich Botox-Nervengift zur Glättung der ausgeprägten Zornesfalte unterspritzen lässt«, unterbrach Erasmus verbittert den vorwurfsvollen Monolog seiner Gattin. »Für diesen Muskelprotz lässt du dir Fett vom Faltenhintern absaugen, um mit dem Wohlstands-Talg die verschrumpelten Lippen jugendlich aufzupeppen. Willst mit künstlich vergrößerten Brüsten einem bedeutend jüngeren Dumpfbacken-Dümmling imponieren, anstatt in Würde mit mir alt zu werden!«

Tief gekränkt verzog Erdmute den schmerzhaft zerstochenen Schwellmund. »Wer trägt denn die Schuld daran«, rief sie schluchzend ins Handy,

»dass die Frauen auf den teuren Schönheitswahn hereinfallen? Nicht allein die Medien, sondern ebenso Marschmusik-Mümmelgreise, die eitel den faltigen Schlabberbauch einziehen, wenn junge Frauen vorbeigehen, die das Alter der eigenen Tochter haben könnten.«

»Ja, wenn wir wenigstens eine Tochter gehabt hätten!«, rief Erasmus erbost zurück. »Aber du wolltest dir nicht die Figur mit Kinderkriegen versauen lassen und hast unentwegt auf Liberalismus und Selbstbestimmung über den eigenen Bauch gepocht!«

»Du musst von Liberalismus labern!«, schrie Erdmute daraufhin empört. »Liberal warst du über all die Jahre nur im Bereich deiner langen Rheuma-Unterhose, da wo deine Libido sich die Freiheit nahm, jede Rockträgerin in meinem Beisein wie ein Pennäler mit schmachtenden Hundeaugen anzuhimmeln ...«

»Apropos, Hunde!«, unterbrach Erasmus bärbeißig Erdmutes Vorwurf-Endlosliste. »Die habe ich, genau wie mich selbst, in die Freiheit entlassen!«

»Was? Du hast meine Scheißerlis aus dem Haus gejagt, die ich wie meine eigenen Kinder ...«

»Wie dekadent muss Frau sein, dass sie den Verlust ihrer Hunde höher einstuft, als den des eigenen Ehemanns«, resümierte Erdmutes Noch-Ehemann und fuhr dann zornig fort: »Damit du es weißt: deinen Schmuck aus dem Geschäft habe ich geklaut. Deine illegal erworbenen Diamanten, mit deren Verkaufserlös du wahrscheinlich die hohen Darlehen für die iberische Villa, die Motor-Yacht, den Mercedes, den Jaguar und das Münchner Geschäftshaus zurückzahlen wolltest, befinden sich ebenfalls in meiner Hand. Somit kommen deine Besitztümer in Kürze unter den Hammer!«

»Dann wird der von dir ausgeführte, niederträchtiger Raub durch unsere Versicherung ersetzt werden, und außerdem habe ich den Jaguar, in dem ein junger Liebhaber auf mich wartet!«, stotterte Erdmute trotzig, während sich die Gesichtshaut unter dem dick aufgetragenen Schönheitsbrei langsam mit einer fahlen Blässe überzog.

»Nichts wird ersetzt«, warf Erasmus mit bitterbösem Lächeln ein, »denn seit einem Jahr habe ich keine Versicherungsbeiträge mehr entrichtet. Das Geld werde ich für einen guten Zweck im schwärzesten Afrika, ärmsten Südamerika oder wer weiß wo spenden.«

»Erasmus!«, weinte Erdmute von jetzt auf gleich dicke Krokodiltränen, »du wirst mich nicht völlig mittellos und allein zurücklassen ...«

Erasmus wurde durch Herrn Knöterichs Tun abgelenkt, der den neuen Jaguar vor die uralte Citroen-Ente eines hübschen, jungen Mädchens gestellt hatte und beide Fahrzeuge mit einem Abschleppseil verband.

»... und was den Jaguar und den jungen Beschäler betrifft«, unterbrach Erasmus den immerwährenden Redefluss seiner Noch-Ehefrau, »so solltest du dir schnell die Schönheitspaste von sämtlichen Backen putzen, sonst ist dein junger, hochpotenter Hengst mit einer stattlichen Stute in deiner Nobelkarosse auf Nimmerwiedersehen verschwunden! ...« Tief Luft holend, beendete Erasmus das Gespräch und wählte die Nummer eines Taxiunternehmens.

Achtzehn

Gottlieb blickte erleichtert auf das Hotel, vor dessen Eingangsportal seine Flucht durch den Englischen Garten unversehrt endete. Nach Luft ringend schlich er die Treppen zum Zimmer im ersten Stock hoch, schloss mit zittrigen Fingern die Tür auf und zog sie lautlos hinter sich wieder zu. Hastig griff er nach einer ledernen Tragetasche. In Windeseile stopfte er seine und Baldis spärliche Habseligkeiten hinein, schlich lautlos die Stiegen hinunter und atmete erlöst auf, als er das Hotelportal hinter sich schließen konnte, ohne Aufmerksamkeit erregt zu haben. Verstohlen blickte er sich auf der Straße um, bevor er versuchte, die Türen der geparkten Autos zu öffnen. Endlich wurde er fündig. Das uralte Model einer CV-Ente entpuppte sich als unverschlossen. Der Besitzer hatte den Zündschlüssel in der Überzeugung stecken gelassen, dass niemand die ausrangierte, schrottreife Karre stehlen würde.

Gottlieb stellte die Reisetasche auf den Beifahrersitz, drehte den Schlüssel im Zündschloss um und wunderte sich, dass die verbeulte Rostlaube ansprang. Nach mehreren Fehlzündungen ruckte das Fahrzeug unter lautem Geknatter an und schepperte blechern um die nächste Ecke. Als Gottlieb in die Lerchenfeldstraße einbog, gab die entwendete Ente endgültig mit motzendem Motor ihren Geist auf. Den Tränen nahe, stieg er aus und betrachtete gestresst den zischenden Zivilisationsmüll.

Auf der gegenüberliegenden Seite schälte sich ein mehrfach bandagierter Bodybuilder aus einem blankpolierten Jaguar. Dümmlich grinsend ging er auf das hilflos wirkende Mädchen im aufreizenden Dirndl zu. »Der jungen Frau kann geholfen werden«, raspelte er joviales Macho-Gesülze.

Über die anhaltende Pechsträhne nachdenkend zuckte Gottlieb erschrocken zusammen, als er zum tot geglaubten Rennwagen-Rambo aufblickte, der ihn nicht zu erkennen schien.

Mit dem Finger seiner gesunden Hand wies Viktor auf die Luxuslimousine vor dem protzigen Eingangsportal des Schönheitstempels. »Der winzige Schlitten da drüben gehört mir«, gab er sein Understatement-Urteil über die Nobelkarosse ab. »Wenn Sie ein Seil haben, schleppe ich Sie bis zur nächsten Werkstatt. Ich könnte etwas Kurzweil vertragen, sonst komme ich hier vor Langeweile um. Meine Mutter lässt sich seit mindestens zwei Stunden in den Schönheitshallen straffen und wird höchstwahrscheinlich noch eine endlos lange Zeit die Dienste der Jungbrunnen-Jünger in Anspruch nehmen müssen.«

Gottliebs Augen blieben begehrlich auf der spritzigen Limousine haften. »Ich habe ein Abschlepptau dabei.« Er kramte in der Tasche auf dem Beifahrersitz, zog sein Einbruchsseil hervor und überreichte es Viktor. »Ich kann zwar ein Auto abschleppen, habe aber noch nie in einem abgeschleppten Auto gesessen«, log Gottlieb und klimperte aufreizend mit seinen seidigen Wimpern. »Wenn Sie das Tau am CV befestigen, setze ich mich in den Jaguar und zieh die Ente.«

»Ein erfahrener Rennwagen-Profi wie ich beherrscht jede Position in jedem Autotyp!«, gab Viktor mächtig an, ging zum Luxusschlitten, ließ den Motor an und setzte sich mit dem coolen Jaguarheck vor den erhitzten Entenbug. Ächzend stieg er aus, guckte unschlüssig auf die Fahrzeuge und überlegte krampfhaft, wo er das Seil befestigen sollte.

»Sie könnten sich schon mal mit der Technik des Jaguars vertraut machen«, empfahl er forsch, mannhaft seine Unsicherheit verbergend.

Gottlieb setzte sich auf den Fahrersitz, beobachtete das Geschehen im Rückspiegel und wartete angespannt auf einen günstigen Augenblick, um durch einen Blitzstart entkommen zu können. In dem Moment, da er den Anlasser tätigte und auf das Gas treten wollte, stand Viktor plötzlich mit freudestrahlendem Grinsen neben ihm und verkündete: »Es kann losgehen, Lady! Ich habe die Autos bombenfest miteinander verbunden.« Betont lässig setzte er sich auf den Fahrersitz der Ente und winkte nonchalant zum Jaguar vor ihm. Gottlieb fuhr mit einem scharfen Ruck an und sandte ein Stoß-gebet gen Himmel, dass das Tau reißen möge. Als ein knallendes Geräusch ertönte, dem ein ohrenbetäubendes Scheppern folgte, schrie er erschrocken auf, hielt an, stieg aus und blickte verblüfft auf zwei Stoßstangen, die abge-rissen und verbeult auf der Straße lagen.

»Was ist passiert?« Viktors Augen stierten vorwurfsvoll auf den tiefen Aus-schnitt der Dirndlträgerin. »Warum sind sie nicht behutsam angefahren?«

Gottlieb vergaß, seinen Sopran zu aktivieren. »Ich dachte, Sie sind ein Autofreak!?«, wetterte er empört im tiefen Bariton. »Jedenfalls würde ein Rennfahrer-Profi die Autos nicht an den Stoßstangen, sondern an den Ab-schlepphaken miteinander verbinden!«

»Aber natürlich!«, murmelte Viktor mit hochroten Ohren, schlug sich mit der flachen Hand klatschend vor die niedrige Stirn und ließ tief beschämt den bandagierten Kopf hängen.

Entnervt entfesselte Gottlieb die ineinander verschlungenen Stoßstangen und legte sie achtlos an den Straßenrand, bevor er das Cockpit des Jaguars erneut mit Beschlag belegte. Wie ein Luchs beäugte er Viktors abermalige Seilbefestigungs-Künste im Rückspiegel. Kurzfristig wurde er durch ein ent-gegenkommendes Taxi abgelenkt, das heftig bremste und mit quietschenden Pneus einem Fahrradfahrer auswich. »Verflixt und zugenäht!«, brummte er misslaunig, als seine Augen im Rückspiegel nach Viktor suchten. »Dieser Anus anabolikanus hockt doch schon wieder hinter dem Steuer.«

Langsam fuhr Gottlieb an und lenkte die Nobelkarosse am Taxichauffeur vorbei, der den erschrockenen Radfahrer durch das geöffnete Fenster seines Wagens lauthals mit bayrischen Flüchen belegte. »Ich muss diese hirnlose Hohlbirne loswerden!«, murmelte er, bog um die nächste Straßenecke und wollte gerade in den nächsthöheren Gang schalten, als er neben dem he-runtergelassenen Fenster des Jaguars das hallende Stakkato von laufenden Absätzen vernahm. Sein entgeisterter Blick fiel auf Viktor, der neben dem abschleppenden Jaguar rannte und keuchend rief: »Ich wollte nur erklären, dass die nächste Werkstatt zwei Straßen weiter in der Luitpoldstrasse liegt!«

Was dann geschah, ereignete sich in Sekundenschnelle. Um Schlimmeres zu verhindern, trat Gottlieb auf die Bremse. Zu keiner weiteren Handlung fähig, verfolgte er im Rückspiegel, wie die führerlose Ente mit voller Wucht in die Hinterfront des Jaguars stieß, den Wagen von der Straße drängte und ihn – die Böschung hinab – in den leise gurgelnden Eisbach schob. Zerbeult blieb die Nobelkarosse auf der Seite liegen. Mühsam und durchnässt kletterte er aus dem geöffneten Fenster. Sein Teint war wutrot eingefärbt, als er sich vor dem herbeigeeilten Viktor aufbaute, die Hände in die nassen Hüften stemmte und brüllte: »Wozu kann man dich dusselig-dämlichen, dumm-doofen Dumpfbacken-Dümmling eigentlich überhaupt einsetzen!?«

»Du kannst mich als deinen Büstenhalter einsetzen!«, entfuhr es Viktor mit anrüchiger Stimme, wobei der Speicher seines langsam funktionierenden Gehirns das ausspuckte, was ihm beim Anblick der vollbusigen Maid vor zwei Minuten an Sexphantasien noch durch den Kopf gegeistert war.

»Wie bitte?!«, rief Gottlieb. Kurz entschlossen riss er sich das feuchte Dirndloberteil herunter, enthakte knurrend den Büstenhalter und warf dem Bodybuilder die nassen Socken um die Ohren. »Wie will die unterste Stufe der Nahrungsquelle mich vernaschen, als Mann oder als Frau? Vielleicht könntest du dich kurzfristig entscheiden?!«

»Eigentlich ist es mir vollkommen egal, ob ich dich als Gottlieb oder Gottliebchen flachlege«, erklärte Viktor mit unschuldigem Augenaufschlag und fuhr mit lüsterner Bauernschläue fort: »Wo die Liebe nun mal hinfällt, da bleibt sie eben kleben! Aber ganz ehrlich: dein Streuselkuchen-Gesicht kam mir gleich so bekannt vor!«

Aufgeschreckt rannte Gottlieb zum Außenspiegel der Ente, die auf der Böschung des Eisbachs stehen geblieben war und durch das Seil – einer Nabelschnur gleich – mit dem Jaguar verbunden blieb. »Bei dieser ständigen Aufregung muss man ja Pickel kriegen«, heulte er auf, als er die Verwüstung in seinem Gesicht betrachtete. »Zuerst der Einbruch im Juwelierladen, dann der beengte Aufenthalt in der Pendeluhr, anschließend der Streit auf dem Spielplatz zwischen der Kinder- und Hundepartei ...«

»Nebenbei bemerkt, Hunde!«, unterbrach Viktor treuherzig Gottliebs

Jammertiraden. »Ich wollte dir ja noch den Witz mit den drei Hunden im Sprechzimmer des Tierarztes zu Ende erzählen!«

Angeödet schlug Gottlieb die Augen gen Himmel, ging von der Eisbachböschung hoch auf die Straße, knöpfte sich das halbgetrocknete Oberteil des Dirndls ordentlich zu und hielt nach einem vorbeifahrenden Auto Ausschau.

»Also, wie gesagt!«, sagte Viktor, indem er unbeirrt Gottliebs Fußstapfen folgte.

»Liegen zwei Hunde beim Tierarzt im Wartezimmer. Sagt der erste Hund: Ich habe gestern meinen Herrn angefallen und soll deshalb heute eingeschläfert werden. Sagt der zweite Hund: Ich habe gestern das Kind meines Frauchens angesprungen und gebissen, deshalb soll ich heute eingeschläfert werden. Kommt ein dritter Hund ins Wartezimmer und sagt: Ich habe heute mein Frauchen besprungen ... Stöhnen die beiden anderen Hunde: Deshalb sollst du heute eingeschläfert werden. Schüttelt der dritte Hund den Kopf und sagt: ...«

Erneut unterbrach Gottlieb Viktors Geschwafel, indem er unvermittelt stehen blieb, da er das Geräusch eines Dieselmotors hörte. Als das Taxi, mit einem Fahrgast im Fond, an ihm vorbeifahren wollte, sprang er beherzt mitten auf die Fahrbahn und zwang den erbost hupenden Chauffeur – den er voller Entsetzen als den weltgewandten Witzerzähler vom Flughafen wiedererkannte – zum Halten. Verzweifelt hämmerte er gegen die Fensterscheibe des weißen Mercedes und rief flehend: »Bitte, nehmen Sie mich mit. Ich muss dringend meinen Flieger erreichen. Mein Freund erwartet mich am Flughafen. Wenn ich nicht komme, wird er ohne mich wegfliegen!«

Erasmus' interessierter Blick wanderte vom zertrümmerten Jaguar im Eisbach, zum grobschlächtig grinsenden Muskelprotz, der bei der jungen Frau anscheinend nicht zum Zuge gekommen war. Er hielt den wütend schimpfenden Taxifahrer zurück, der zornig weiterfahren wollte. »Steigen Sie ein!«, forderte er Gottlieb höflich auf. »Zufälligerweise haben wir den gleichen Weg. Und genau wie Sie, erwartet auch mich eine gute Freundin am Flughafen.«

Viktor spurtete zum Mercedes und hielt die Dirndl-Trägerin zurück. »Aber Gottliebchen«, sagte er enttäuscht. »Ich habe den Witz doch noch nicht zu Ende erzählt!«

Gottlieb setzte sich auf den leeren Platz neben Erasmus und versuchte vergeblich die Autotür von innen zuzuziehen. Gegen Viktors Kraft blieb er machtlos: »Na gut«, murmelte er erschöpft und gab den Türgriff frei. »Dann erzähl, was der dritte Hund gesagt hat.«

»Der dritte Hund sagte: Bei mir werden nur die Krallen geschnitten!«

Die Autorin dankt ihrer Tochter Simone für das Probelesen und die Beratung, ihrem Ehemann Udo als geborenem Westfalen für seine Beiträge im Ruhrpott-Dialekt, Hans-Peter Studer für seine Formulierungshilfen im Schweizer Dialekt, Lotti Vogt für das Probelesen sowie dem Münchner Kindl Randolf Zeschky für seine köstlich-bayrischen Schmankerln und – last but not least – dem Team von BoD.

Christel Görres-Strohmeier wurde 1945 in der Uckermark geboren und wuchs in Köln auf. 1990 veröffentlichte die passionierte Reiterin und Voltigiertrainerin – die mit Tochter Simone und dem Pferd Wacker europaweit Turniererfolge feiern konnte – das Jugendbuch »Herr Winzig und die Voltigierbande«.

Die Autorin und Malerin lebt heute mit ihrem Mann in Spanien. Ihre Beobachtungen und Eindrücke in diesem Schmelztiegel vieler Nationen und Mentalitäten lieferten den Stoff für ihren Roman.

Die auf der Iberischen Halbinsel entstandenen Ölgemälde und die dazugehörigen Gedichte fanden Eingang in die Anthologien des R.G. Fischer Verlages.